Peter Miniböck

Mutwillige Sommervögel

Eine Trilogie

Verlag
Kulturstammtisch Kirchstetten

Medieninhaber, Herausgeber, Verleger:
Verein »Kulturstammtisch Kirchstetten«,
vertreten durch Obfrau Helga Panagl,
A-3062 Kirchstetten, Ringstraße 49

Produktion: Grübl GmbH,
A-3108 St. Pölten, Unterwagramer Straße 35

ISBN 3–902263–13–X

Für Lisbeth

Dieses Buch entstand
mit freundlicher Unterstützung . . .

... der Kulturabteilung der
Niederösterreichischen Landesregierung

... des Bundesministeriums für
Unterricht und Kunst

... der Marktgemeinde Kirchstetten

... der Raiffeisenbank Böheimkirchen

... der Volksbank Kirchstetten

... der Bank Austria

... des Kulturstammtisches Kirchstetten

Inhalt

Widerhall

Peter Miniböck, Romancier und Lyriker ersten Ranges – so betitelt für sein Buch »wortkarg« –, stellt in seinem neuesten Buch »Mutwillige Sommervögel«, eine Trilogie, wieder einmal seine Sprachbrillanz unter Beweis.

In Teil I, »Die Asiatin«, tanzt Miniböck sprachlich – leicht wie eine Ballerina – vom Realen zum Irrealen und wieder zurück. Traumhaft, verdichtet unterlegt er seine Erzählung mit den Bildern großer Meister, die der Protagonist in seiner Einsamkeit erlebt, einer Einsamkeit, die ihn – fast kafkaesk – ein Nirwana suchen lässt.

In Teil II, »behutsam; beide«, lässt er Bilder und Skulpturen zum Leben erwachen und erzählt – ‚behutsam' vom erzählenden Beobachter zum Erzähler selbst (sowohl männlich wie weiblich) wechselnd – in für Miniböcks exzellentem Sprachstil typischer Art von der unerfüllten Sehnsucht der Menschen. Dabei lässt er seine Kenntnis der Bibel ebenso bedachtsam einfließen wie die Griechische Mythologie.

Teil III »Ist den Gang dort aufgeflogen, ‚Mutwillige Sommervögel'«. Diese Worte sagt Mephistopheles zu Marthe Schwertlein, als Margarethe – gefolgt von Faust – ins Gartenhäuschen entschwindet. Als ‚Paraphrase' bezeichnet Miniböck seine Abhandlung, und fügt hinzu ‚eher im musikalischen Sinn als im sprachlichen', womit er erst recht auf die Doppeldeutigkeit des ‚lieblichen Umspielens' hinweist. Denn das Urfaust-Problem verlegt er in seiner Fassung etwas tiefer.

Zusammenfassend lässt sich über die Trilogie sagen, dass der Autor auch in diesem Buch seine Kenntnisse über Malerei, Musik und Literatur einfließen lässt und nebenbei mit Wortspielereien dem Leser Vergnügen bereitet. Auf jeden Fall ist es ein Buch, das den Leser fordert.

Helga Panagl

Die Asiatin

oder

Mit offenen Augen herumsitzen

Ich meine also,
am besten gibt man die Träume frei.

Sigmund Freud, Die Traumdeutung

Es ist doch auch ein Stück Freiheit,
wenn Literatur nicht mehr unter
aufgebürdeter Verantwortung
schwitzen muß,
sondern ein bißchen tanzen darf
oder mit offenen Augen herumsitzen.

Sten Nadolny, Das Erzählen und die guten Ideen

Aber tut es nicht gut,
wenn sich einer einmal hinsetzt,
wenn sich einer einmal langsam bewegt?

Robert Lax, Tagebuch A

Präambel

Befindet man sich in einem fremden Zimmer, hat man alsbald das Bedürfnis, aus dem Fenster zu blicken. Befindet man sich in einem gewohnten Zimmer, hat man manchmal das Bedürfnis, aus dem Fenster zu schauen. Um das zu sehen, was man sehen will. Ein Fenster jedoch taugt nicht als Verbindung vom Drinnen zum Draußen. Wohin geht die Reise? Und wer darf mitkommen? Wer hat sich dafür qualifiziert? Einer bleibt draußen. Einer bleibt drinnen. Der Akteur ist derselbe. Und: Die Eine wird schwinden, verblassen, sich in sich selbst verlieren. Der Andere wird bleiben. Vielleicht.

Die Reise geht nirgendwohin. Stilles Dasitzen. Einige Worte nur. Die Stille wäre nicht zu ertragen. Diese eigenartige laute Stille, um das Leben zu vergessen. Ohne jede Methode. Das männliche Prinzip, mit seinen unendlichen Systemen ist… Das weibliche Prinzip …, ist kein Prinzip. Es ist das Leben. Drinnen wie draußen. Es gibt keine Regeln. Demut, Verzweiflung, Narretei. Es gibt keine Rangordnung. Nur das Sein. Es sollte genügen. Um wegzugehen. Oder um zu bleiben. Um im Zimmer zu sitzen und hin und wieder zum Fenster hinauszuschauen. Ansonsten nur: Geben und Nehmen, feige sein und mutig zugleich.

Die Dinge sammeln und sie verteilen. Alle Dinge. Übrig bleibt am Leben zu sein. Gemeinsam. Getrennt. Ein seltsames Fegefeuer zweier verworfener Gestalten.

Tag eins Wiederaufnahme

Es muss möglich sein, das Eigentliche zu erkennen. Und das Innere vom Äußeren zu trennen. Um das Klare aus dem Trüben zu fischen. Ich fische nicht. Schon lange nicht mehr.

Ich sitze wie gelähmt in einem Fauteuil. Nur manchmal tue ich so, als bewegte ich mich. In meinem Zimmer. In meinem Haus. Herinnen jedenfalls. Obwohl ich manchmal … *„Dann werde ich, das weiß ich, schaudernd und weinend in meinem Stuhle sitzen oder weiter unter der angespanntesten und angsterfülltesten Aufmerksamkeit lauschend in diesem Zimmer, meinem letzten irdischen Zufluchtsort, auf und ab rennen, achtend auf jeden drohenden Laut."* [1]

Es ändert nichts. Was habe ich denn in Händen außer meiner kraftlosen Wehrlosigkeit, die meine Existenzberechtigung darstellt? Ich lasse meine Zweifel zu. Und meinen Ekel. Und wende mich dem Äußeren zu: In einem durch zugezogene, schwere Vorhänge verdunkelten Zimmer sitze ich auf einem Stuhl und reflektiere über meine Situation, die mein Sitzen auf einem Stuhl in einem durch zugezogene Vorhänge verdunkelten Raum charakterisiert. Noch hat keine Katharsis stattgefunden. Dennoch werde ich keine Vorsätze fassen. Und die Müdigkeit vergessen. Und die Reise antreten. Und mich nicht von der Stelle rühren. Und mich an den langsamen Rhythmus des Alleinseins gewöhnen.

Kaum, dass ich die Einzelheiten im halbdunklen Zimmer zu erkennen vermag: Auf dem Tisch … ein leerer Teller, eine

[1] *Robert Louis Stevenson, Dr. Jekyll und Mr. Hyde © 1949 Reclam Universal-Bibliothek Nr. 6649 (2)*

Kaffeeschale, Kuchenreste. Krüge stehen am Fensterbrett. Halbvoll. Halbleer. Getrocknete Strohblumen in einer Vase nahe dem Fenster. Auf dem Tisch liegt ein zerknitterter Brief. Ungelesen.

Woran orientiert sich das Gedächtnis, wenn die Erinnerung fehlt? Das Besondere vorsätzlich suchen bedeutet: herinnen zu bleiben. Die Hoffnungslosigkeit ist nie langweilig. In der Zuckerschale am Tisch befinden sich kleine, tote Fliegen.

Über die Lehne eines Stuhls wurde ein Kimono gelegt. Auf dem Herd schmale Töpfe, in denen verdorbene Lebensmittel auf ihre Beseitigung warten. In der Mitte des Raumes steht eine nackte Frau. Wie eine Buche: Ruhig und gerade. Die Melancholie ist wortlos. Ich bin in Sicherheit. Noch. Aufrecht steht die ASIATIN inmitten des Zimmers und spannt auffordernd ihre Gesäßmuskeln an. Und ich glaubte mich in Sicherheit.

Dem Verlorenen sollte ich nachreisen. Mir stehen zu wenig Alternativen zur Verfügung. Es ist unmöglich geworden, Prioritäten zu setzen. Ich werde hinausgehen. Irgendwann. Vielleicht lag nie ein Brief auf meinem Tisch. Und es ist keine nackte Frau in diesem Raum. Ich möchte mich hinlegen und schlafen wie ein Karnickel: mit offenen Augen.

Dabei werde ich versuchen, nicht ans Sterben zu denken. Und Rituale vermeiden.

Dennoch werde ich in Bewegung bleiben. In aller Ruhe. Ich stehe auf, neige mich drei Mal gen Norden und rufe MUTABOR. Keine Rituale mehr! Nur noch die Fundstücke verlangsamter Momente beachten. Keine neuen Wirklichkeiten. Ich weiß nicht mehr, wie es draußen ist. Ich weiß nicht, wie man mit Frauen spricht. Ich sollte gehen. Man kann niemanden retten.

Es dominiert das Konzept des Augenblicks: Das Jetzt: Eine junge, schlanke Frau im roten Kostüm, ein Hütchen schräg auf dem Kopf, schiebt einen Kinderwagen vor sich her, führt ihr Kind an der Hand, spricht während des Gehens hin und wieder mahnende Worte, ohne sich dabei zu dem Kind hinunterzubeugen; Worte, die das Kind nicht hört, die von niemandem gehört werden. Ruhig, erwartungsvoll sitze ich auf einer Parkbank – die junge Frau geht an mir vorbei – ohne das Bedürfnis zu haben, ihre Worte zu verstehen. Das Reden. Das Schweigen. Es gelingt mir nicht, beides gegeneinander aufzurechnen. Ein Unterstandsloser beschimpft, nach vorne gebeugt, seinen Hund. Ich wünsche mir, so wie dieser Mann zu sein, in diesem schäbigen Mantel, der dem meinen gleicht.

Vielleicht sollte ich aufstehen und gleichfalls zu reden beginnen. Manchmal stellt sich der nächste Augenblick wie von selbst ein. Manchmal ist er vorbei, wenn man an ihn denkt. Ich schließe die Augen. Und denke an die ASIATIN. Ein leichter Wind streicht mir über das Gesicht. In der Ferne lärmen Kinder. Die Alten hört man selten. Wäre ich in meinem Zimmer, ich ginge zum Fenster und öffnete es, um den Alten zu lauschen. Und die nackte Frau hinter mir zu wissen. In diesem Zimmer, das ich nicht verlassen hätte. Längst wäre die junge Mutter mit ihrem Kind an der Hand nach Hause gegangen. Ich bräuchte mich nur umzudrehen, um zu erkennen, dass ich mit der Stille des Zimmers allein bin ... Ich sitze mit offenen Augen allein auf einer Bank im Park und versuche, nicht an Seidenkimonos zu denken. Es funktioniert wie ein Lidschlag: Draußen. Drinnen. Manchmal glaube ich, dass mit mir noch einer in diesem Zimmer sitzt. Auf jener Parkbank sitzt. Und dass der im Zimmer hinausgehen will. Gegen meine Intention. Und dass der im Park nach Hause gehen will; müde und unentschlossen, wie ich selbst. Ich weiß, wo ich hingehöre. Immer dorthin, wo ich mich befinde. Ich habe mich entschlossen, in den Park zu gehen. Zu *meiner* Parkbank. Dort sitzt jemand: Ein alter Mann, ein Farbiger, einfach gekleidet, mit weißen Bartstoppeln, die ihm die Würde eines erfahrenen Patriarchen verleihen. Wir hassen das Hase-Igel-Spiel, ohne deshalb den Igel zu hassen, der immer gewinnt. Ich bin auf meinen Igel gestoßen. Ich setze mich neben ihn auf die Bank. Es gibt für mich keinen Grund, diesen Mann zu hassen. Irgendwie sieht er aus wie der Jazz-Saxophonist Lester Young; ein Profi in seinem Metier, ein Anfänger im Umgang mit seinem Leben. Ich weiß nichts über diesen Mann. Und ich ertappe mich dabei, wie ich ihn aus den Augenwinkeln von der Seite her beobachte. Nein, ich kenne diesen Mann nicht. Und setze an, ihm zu sagen: Das ist meine Bank, in meinem Park … Die junge Frau in Rot geht langsam vorbei, ohne ihr Kind zu beachten, das sie immer noch an der Hand führt. Vor ihnen rollt ein Spielball her, unentschlossen, in welche Richtung er sich bewegen soll.

Manchmal sind alle wichtigen Teile vorhanden und man müsste sie lediglich zusammenfügen. Hier ist ein Ganzes. Und dennoch zerfällt es, noch bevor es vollständig ist. Deshalb ist es perfekt. Für mich. Ich stehe auf, entferne mich von der Bank und verlasse den Park. Meinen Park. Während ich weggehe, sagt der Farbige etwas; nur ein Wort: MUTABOR. Ich bin auf der Straße. Eine Verstörung ist eine Störung, die von innen oder von außen herrühren kann. Und meine momentane Störung verbindet sich augenblicklich mit ihrer Schwester, der Orientierungslosigkeit.

Ich vermag die Dinge nicht mehr festzuhalten. Ich gehe zurück in den Park. Wäre dieser Park ein aus einem einzigen Smaragd geschnittener Palast, und nicht eine traurige Stätte mit nur wenigen Bäumen, ich könnte der Prinz darin sein. So aber habe ich lediglich das Bedürfnis, hier ruhig zu sitzen und abzuwarten, indem ich den Vorbeigehenden in die Augen schaue. Denn stünde ich – unweit von hier – auf der Straße, und die Menschen, die an mir vorbeigingen, würden misstrauische Blicke auf mich werfen: Ich wäre zu einem Bettler geworden, der sich den Augenkontakt der Vorbeikommenden erbettelt. Der Wind würde um die Hausecke säuseln und in seinem Wirbel würde ich den Duft der ASIATIN erkennen. Und ich würde niemanden mehr anschauen, würde nirgends mehr hinsehen, würde mich auf den Weg machen und in mein Zimmer zurückkehren. Ich bleibe konsequent. Und beziehe Stellung. Mir selbst gegenüber. Ich will nun alles sehen. Und erkennen. Ich bleibe ruhig. Wortlos geht eine Frau vorbei. Ich schaue ihr auf die Augen. Das Sehen ist eine Sprache. Das Schauen eine andere. Das Sprechen ist keine Sprache. Es ist nur das Sprechen. Alles gesehen zu haben und dann doch zu sprechen beginnen. Leise nur. Ich denke an den alten schwarzen Mann. Auf jener Bank. In diesem Park.

Es sind immer dieselben Orte, wo du dich manchmal hindenkst. In ruhigen Momenten. Ohne den Atem anzuhalten. Es sind nicht die Orte des Glücks oder die des Schmerzes, es sind die Orte selbstverständlicher Vertrautheit, die man aufsucht. Dieser Park ist so ein Ort: Die Sitzbänke, in Reihen aneinander geschmiegt, bewahren die Kälte in ihren Lehnen. Niemand sitzt hier. Im Hintergrund ein junger Baum, über und über mit jungfrauenblauen Blüten beschenkt: Schmetterlinge aus dem Himmel herabgetaumelt. Ich lasse die Bänke zurück in ihrer Kälte und gehe fort, ohne den Blick vom Weg zu wenden. Meine Welt besteht nur noch aus flüchtigen Beobachtungen. Hin und wieder den Blick zu senken, erscheint mir demnach mehr eine Geste der Entspannung als unverhältnismäßiger Demut zu sein. Vermutlich erkennt man nur das, woran man leidet.

Ich gehe zurück. In mein Zimmer. Mein Suchen nach einem kreisenden Adler am Himmel war ohne Erfolg geblieben. Und die wenigen Menschen, denen ich im Park begegnete, konnten mich nicht dazu animieren, geduldig aufzuschauen. Erkundungen haben eine andere Qualität: Es fertig bringen, nur dazusitzen. Nur das. Und die kobaltblauen Blüten eines Baumes betrachten. Meine Farbe aber ist Zyan.

Ich gehe über einen Holzsteg. Immer noch scheint die Sonne. Asiatinnen hätten an diesem Ort längst ihre filigranen Papierschirmchen behutsam aufgespannt. Jenseits des Stegs zeigt sich mir eine Wiese, an deren Ende ich ein Haus ahne. Jetzt auf der Spitze eines Berges stehen! Ich befürchte, mich in meinen Vorstellungen zu verstricken, ohne den Blick je vom Boden gelöst zu haben. Ich hätte - für mich nur - rechtzeitig alles ändern sollen. Meine Zaghaftigkeit ist lediglich das Ergebnis sturer Planungslosigkeit. Denn: Müsste ich jetzt nicht jene Wiese mit vorsichtigen Schritten betreten und sie überqueren, um schließlich festzustellen, dass ich mich in ihrer einladenden Harmlosigkeit geirrt habe? Und hätte ich dann nicht auch noch den Gehweg zu betreten, der diese Wiese in zwei Hälften teilt, ähnlich einer Grenze, die es für mich zu überschreiten gilt? Nein, ich bleibe am Weg, bin bereit nach Hause zu gehen, nicht ohne einen zaghaften Blick auf den Himmel geworfen zu haben. Ich bin unterwegs. Nach Hause. Und halte die Augen offen. Trotz allem. So stelle ich meine Wirklichkeit her: Lächelnd blättere ich im Journal meiner missglückten Vorstellungen. Und versuche ohne Zaubersprüche auszukommen. Wunschlos, mit offenen Augen dastehen ist meine perfide Variation des Glücks. Es fällt mir nicht schwer, das Angenehme vom Unangenehmen zu unterscheiden, das Deutliche vom Verschwommenen abzugrenzen. Obwohl ich noch nicht angekommen bin, vermag ich bereits den muffigen Geruch meines Zimmers wahrzunehmen - niemals hat sich dort jemand außer mir aufgehalten. Abgestandene Zimmerluft in den Ganglien der Erinnerung … MUTABOR: Schon bin ich da, stehe inmitten des Zimmers, rücke die auf dem Tisch stehende Zuckerdose zurecht; misstraue dennoch meinen Zaubersprüchen.

Wir sollten uns die Orte, an die wir zu glauben bereit sind, genau ansehen. Die Orte wechsle ich ..., meine Identität aber? Ich bin derselbe, der ich immer war. Unsicher im halbdunklen Zimmer sitzend warte ich auf einen Funken, starre die Wand an, versuche etwas zu erkennen. Selbst das ist mir verwehrt: Ein Bild verhängt die vollständige Ansicht auf die Tapetenwand, verwehrt mir den Blick auf die Illusionen, die die Mäander der Tapete zu vermitteln imstande wären. Ein Spiegel hat mich hinters Licht geführt und jenes Bild, das ich zu sehen glaubte, nur vorgetäuscht: An seinem Rand erkenne ich undeutlich die Silhouette einer Gesichtshälfte. Und ich überlege, ob ich mich auf diesen Anblick einlassen soll, ob ich ihn für mich zulassen soll. Es ist ein Teil meines Gesichts, das der Spiegel zeigt. Die Welt unter meinen Füßen hat nichts mehr mit dem Himmel gemein. Auch nach Adlern halte ich nicht mehr Ausschau. Und ich möchte auch nicht mehr auf der Spitze eines Berges stehen.

Es klopft. Zwei Mal. Ich setze mich an den Tisch. Nehme - mit zwei Fingern nur - ein Buch an mich, das der Tisch für mich bereithält. Und warte auf ein weiteres Klopfen. Längst sind der Spiegel und dessen Reflexionen aus meinem Blickfeld verschwunden. Klopfen. Ich hätte zumindest mein Bett aufschlagen sollen. Aus einer hoffnungsvollen Selbstverständlichkeit heraus erwarte ich die ASIATIN. Vor der Türe. In meinem Zimmer. Ich sollte es verlassen. Sofort. Vielleicht hat sie einen Boten geschickt. Nur um mir zu berichten. Aus dem Fundus ihres Lebens. Und Berichte zu erwarten. Aus meinem Leben.

Die Dinge, die man nie gefunden hat, von denen weiß man nichts. Von sich selbst kennt man nur das Verborgene. Manchmal. Ich stehe auf und öffne die Türe. Hinter mir weiß ich den verhassten Spiegel. Vor mir steht eine exotische Frau, die mir auf Russisch Fragen stellt ... seltsamerweise verstehe ich plötzlich Russisch. Der Spiegel in meinem Rücken. Ich werde mich nicht umdrehen. Ich schließe die Türe. Habe sie nie geöffnet. Gehe zurück ins Zimmer, gehe zum Fenster, bleibe stehen, schaue hinaus. Eine diffuse Landschaft, unterbrochen von sanft schaukelndem Buschwerk, dessen Farben verblasst und dessen Strukturen unerkennbar geworden sind, zeigt sich mir: Graugrüne Blätter, Distelzeug, kahles Braun verblühter Dolden. Weit dahinter: Häuserreihen, Zäune, Schlote. Niemand geht vorbei. Das passt mir gut in mein Bild der seltsamen Realitäten eines Blickes aus dem Fenster.

Meine gewünschte und ideale Vorstellung eines Blickes aus dem Fenster aber wäre, ein durch Querbretter lose versperrter; nur in den Zwischenräumen würde sich der eine oder andere Lichtstrahl herein stehlen, zu wenig, um mir gefährlich werden zu können, um irgendwelche Sehnsüchte auszulösen: Vor dem, nun von Jalousien verhangenem Fenster sitzt, die Beine leicht angewinkelt, eine nackte Frau. Im diffusen Gegenlicht ist nur ihre linke, dem Betrachter zugewandte Seite in allen Details und Schattierungen fleischlicher Farben, Wölbungen und Ausbuchtungen zu erkennen. Unbewegt schaut sie, durch die Zwischenräume der Jalousie hindurch, zum Fenster hinaus, sieht weit hinten, jenseits des Buschwerks und der Disteln, die Vorderseite eines Gebäudes, die – vollständig aus Glas – das Dämmerlicht nicht zu reflektieren vermag: Aufrecht stehend, ruhig, ohne jede Bewegung, ist hinter dem Glas eine Personengruppe durch das von hinten einfallende Licht als Silhouette zu erkennen: Schwarz-Weiß-Bilder …, Scherenschnitte, die in die beginnende Nacht hineinragen. Figuren, deren absolute Unbewegtheit ein seltsames Perpetuum mobile aufeinander folgender Augenblicke bildet.

Ich wende mich vom Fenster ab, gehe die wenigen Schritte zum Tisch in der Mitte des Raumes. Hier bin ich sicher. An den Spiegel denke ich nun nicht mehr. Vermutlich benutzte ich die ASIATIN - die eine Russin ist - nur, um mir meine Ambivalenz deutlich zu machen. Und meine Handlungen vor mir selbst zu entschuldigen. Hätte ich jene Silhouette im Spiegel genauer betrachtet, ich würde nur einen Teil eines aus Glas gefertigten Kopfes gesehen haben. Ich bin für mich selbst nicht mehr sichtbar geworden. Und hätte ich mit jener allzu heftig verschwundenen Russin, die ja - ich weiß es - eine Asiatin ist, ein Rendezvous und säße mit ihr in einem kleinen Café, ich würde nur den Vorbeigehenden Beachtung schenken und ihr nicht jene Aufmerksamkeit zukommen lassen, die mir meine träumerischen Vorstellungen in diesem Moment auferlegten. Und weil ich nichts gefunden zu haben glaubte, hätte ich aufgehört zu suchen. So aber nehme ich das Buch von vorhin zur Hand, schlage es auf und beginne darin zu lesen: *Alles Unheil kommt ...* Während sich die Russin an meiner Türe im Fortgehen umdrehte, habe ich ihr nicht nachgeschaut und auch nicht auf ihre Gesäßmuskeln geachtet, die - wie ich wusste - angespannt waren.

Aufzeichnung 1

Als ich damals die kurze Mitteilung für ihn zurückgelassen hatte - lange betrachtete ich das gefaltete Papier, das am Tisch lag - blieb ich an der Türe stehen, ohne mich umzudrehen. Erst nach diesem kurzen Innehalten verließ ich das Zimmer. Dieses überladene Zimmer; sein! Zimmer. Ich war mir mit einem Mal nicht mehr sicher, ob ich tatsächlich fortgehen sollte. Und während ich dann langsam die Treppe hinunterging, dachte ich: Eigentlich haben wir wenig erlebt, wenig gemeinsam erlebt.

Damals schon ist er meistens nur herumgesessen, ist in seinem Sessel in diesem Zimmer gesessen, die Vorhänge zugezogen, und hat immer nur ... Dass ich dann so rasch eine kleine, praktische Wohnung gefunden habe, war ein angenehmer Zufall. Obwohl ..., mein neues Zuhause befindet sich in einer für mich riskanten Nähe zur alten Wohnung. Trotzdem glaube ich nicht, dass ich ihm in der nächsten Zeit begegnen werde.

Es ist spät geworden. Ich sollte mir noch Strümpfe besorgen. Und gegessen habe ich auch noch nichts. Man kann das Vertrauen in einen Menschen nicht endlos abnützen. Es ist eine unbestechliche Einheit. Trotzdem habe ich immer wieder versucht, diese Verlässlichkeit flexibel zu gestalten. Je nach Befindlichkeit. Nach meiner und nach seiner. Meist nach seinem Befinden. Das war die Ausrichtung. Dort ging es immer wieder hin.

Später habe ich mir vorgenommen, nicht mehr zu weinen. Ich kam mir dabei immer so würdelos vor.

Wenn ich jetzt nicht losgehe, werden die Geschäfte geschlossen haben. Tampons muss ich auch noch besorgen. Frauenhygiene ..., auch so ein Wort. In Wahrheit geht es nur um Blut und Schleim. Manchmal auch um Rotz und Wasser. Geweint habe ich dann nur noch selten. Ich bin meist verstummt, wenn ‚etwas' war mit ihm. Kam er aus seinem Zimmer und setzte sich zu mir an den Tisch, stand ich auf und ging wortlos an ihm vorbei. In mir aber schrie alles auf. Manchmal dachte ich dann: was, wenn er stürbe - in diesem Augenblick - und ich ihn nicht mehr ertragen müsste. Ein Zimmer ohne ihn. Nur für mich. Wünschte ich mir das? Damals. Und welche Wünsche habe ich denn noch? Heute.

Blicke in den Spiegel versuche ich ja zu vermeiden - vielleicht sollte ich mir das Haar färben. Nein, nicht rot; schwarz vielleicht. Ja, schwarz! Mein schwarzes Haar und mein dunkles Gemüt. Eine annehmbare Kombination. Vielleicht sollte ich mir nur die Beine rasieren. Irgendetwas ‚Männliches' kommt da immer wieder hervor. Und mein Bauch ..., eigentlich habe ich ständig Kopfschmerzen. Weshalb ich Kopfweh habe, kann mir auch keiner erklären. Obwohl früher ..., in manchen Momenten glaubte ich, meinen Rhythmus gefunden zu haben: Ein tägliches, stündliches Wiederholen der immer gleichen Handgriffe und Verrichtungen, die verbunden waren mit den immer gleichen Gedanken. Gedanken, die mich in die Enge führten. In solchen Augenblicken wollte ich nur noch fort ..., hinaus; irgendwohin verreisen vielleicht.

Jeden Tag: irgendwelche Cremes. Jeden Tag: Reinigung. Jeden Tag: diese nutzlosen Rituale. Wozu? Und sonst? Eigentlich esse ich fast nichts. Irgendwie fehlt mir die Lust dazu. Eigentlich wusste ich nie, wo ich hingehöre. Ich war mir immer nur sicher, nicht zu ihm zu gehören. Vielleicht hätte ich es leichter gehabt, wäre er ein alter Mann gewesen. Ich hätte dann seine Ablehnungen und Verweigerungen hingenommen und an den täglichen Ritualen nicht so starr festgehalten. Immer war ich zaghaft.

Er war wie ein Stein. Seine scheinbare Ruhe verursachte mir ein ständiges Unbehagen. Ihm war es egal. Doch was nützen mir diese Gedanken jetzt? Sie bewirken lediglich, dass ich in meinem neuen Zimmer ruhelos hin und her gehe; wie damals. Als ich noch bei ihm war, näherte ich mich allmählich einem Zustand völliger Wunschlosigkeit; es gab ja nichts mehr, von dem ich hätte sagen können, das möchte ich haben. Ich wollte nur noch fort von ihm. Es war demnach ein Nicht-Haben-Wollen, das ich mir wünschte.

Einmal versuchte ich es sogar mit einem Russisch-Kurs, nur um aus diesem Zimmer, aus dieser Wohnung hinauszukommen. Es blieb bei wenigen Unterrichtsstunden. Ich war wieder gescheitert. Und saß in diesem Zimmer fest.

Eines Tages bestellte ich einen Lieferboten ins Haus - ich hatte irgendeinen unnützen Plunder aus einem Katalog bestellt - nur damit irgendjemand diese unerträgliche Stille in der Wohnung unterbricht. Als der Bote dann kam und sich mit Namen an der Türe meldete, ließ ich ihn nicht herein. Vermutlich liegt das Päckchen heute noch ungeöffnet vor der Wohnungstür. Er aber hatte, in seinem Zimmer sitzend, von meinem heimlichen Kontaktversuch nichts bemerkt.

Später begann ich stundenlang am Fenster zu stehen. Eigentlich starrte ich dann immer nur auf die gegenüberliegende Häuserfront, ohne sie wirklich wahrzunehmen. In sein Zimmer warf ich nie einen Blick. Lieber blätterte ich in illustrierten Journalen; für Bücher hatte ich nie Geduld genug. In denen waren ja immer nur gedruckte Worte, keine gesprochenen ...; wie sehr sehnte ich mich damals noch nach einem Wort von ihm. Anfangs glaubte ich aus der Tatsache, dass er nur wenig mit mir sprach, auf ein extravagantes Naheverhältnis zu mir schließen zu können. Alsbald aber fragte ich mich, was aus mir geworden war. Ich vermisste die Freude. Einmal bin ich mitten auf der Straße stehen geblieben, niemand kümmerte das. Na ja, ich war eben nur auf der Straße gelandet. Eigentlich wusste ich nicht, wo ich hingehen könnte.

Sicher haben die Geschäfte schon geschlossen. Wo bekomme ich jetzt noch Tampons her? So zog ich in der Stadt umher, trottete durch die Straßen, ohne zu wissen ... Oft saß er alleine auf einer Bank in irgendeinem Park und hat auch dort mit niemandem gesprochen. An solchen Tagen kam er stets spät zurück. Ansonsten verhielt er sich immer gleich. Jedenfalls saß er fast immer nur in seinem Zimmer. Nie haben wir über die bizarre Art unseres gemeinsamen Lebens gesprochen. Meistens versuchten wir nur eine diffuse Realität zwischen uns aufrecht zu erhalten. Letztlich lebten wir wie Schwester und Bruder.

Vielleicht sollte ich mir heute nur eine Kleinigkeit kochen; eigentlich wollte ich noch Gemüse kaufen. Es ist zu spät dafür. In die Parks bin ich ihm ja nie nachgegangen. Doch, ein Mal. Ich weiß noch, ich hatte damals dieses herrliche blaue Seidenkleid an. Aber ich bin an diesem Tag bald nach Hause gegangen. An manche seiner Verhaltensweisen hatte ich mich ja gewöhnt. So wie ich mich an dieses Zimmer gewöhnt hatte. Sein Zimmer. Es ist ... Es war ... Wenn man versucht, etwas aus der Erinnerung zu beschreiben, etwas wie dieses Zimmer, dann beginnt man an der Echtheit seiner eigenen Gefühle zu zweifeln. Ich glaubte mit einem Mal unaufrichtig zu sein. Unaufrichtig mir selbst gegenüber. Ich hatte mich also aufzurichten. Und auszurichten. Für ihn und für dieses Zimmer war da kein Platz. Und überall waren seine Bücher präsent. Durch meine Art zu leben ertrug ich allmählich diese Bücher nicht mehr und auch die zerfledderten Alben nicht, die er jeden Tag mehrmals durchblätterte, von denen ich jedes einzelne kannte und vor denen es mich ekelte.

Vielleicht habe ich im Badezimmerschrank noch Tampons. Ich möchte heute nicht mehr fortgehen müssen. Irgendwie war ich bei ihm nie zu Hause. Ich kam mir wie eine Chimäre vor: blau, blass, durchscheinend, ein Gespenst meiner eigenen Vorstellungen. Heute frage ich mich, wie können wir sicher sein? Wo können wir uns sicher fühlen? Vielleicht nur in uns selbst. Vielleicht aber auch in der Reflexion durch den anderen.

Manchmal spricht man nur ins Leere. Manchmal sollte man den Mut aufbringen, um endlich ...

Jeden Tag misstraue ich mir selbst mehr und mehr, bei hunderten Dingen, die ich ... Ihm vertraute ich immer, das heißt ..., ich weiß es nicht mehr. Aber da war nichts an ihm, das Misstrauen auslösen hätte können. Er war so indifferent in seinen Handlungen und Ansichten. Ich versuchte sein Verhalten zu akzeptieren, bis ich bemerkte, dass mir manchmal die Stimme versagte, wenn ich ihn ansprach.

Man lernt mit der Zeit Nein zu sagen. Obwohl ich so gerne Ja gesagt hätte. Ich muss mir jetzt doch eine Kleinigkeit kochen, sonst bekomme ich wieder diese Schwindelanfälle. Er hat so selten zu mir gesprochen. Ich war wahrscheinlich zu lange dieser Stille ausgesetzt; seiner Stille. Ich will ab jetzt ..., ja, ich will den Lärm des Lebens!

Tag zwei Ayers Rock

Ich habe meinen Platz eingenommen. Und wenn mich jemand fragte, ob ich mich hinter den Gedanken an Spiegelbilder verstecke, so liegt meine Antwort darin, dass ich es ab nun vermeide, in Spiegel zu schauen. Meine Sicherheit scheint demnach eine vollkommene zu sein. Genauso wenig, wie ich nicht mehr an den Spiegel denke, habe ich keine Gedanken mehr an jenes Foto der Frau, das ich in einer Schublade fand: Ausgebleicht liegt eine blass-gelbe Aufnahme einer auf einem Sofa sitzenden nackten Frau vor mir. Ihr Kopf, zur Seite geneigt, ihr Blick, auf einen nicht vorhandenen Gegenstand außerhalb des Bildes gerichtet, lässt Resignation vermuten. Eine Erfahrung vielleicht, die sie vor langer Zeit machen musste, und die Erinnerung daran hat ihre Hilflosigkeit von damals auf dem Foto festgehalten: ein festgefrorenes Dokument ihrer Traurigkeit.

Wäre ich ein Jäger, ich hätte die Erfahrung gemacht, dass man Lebewesen im Wald deutlicher erkennt, wenn man an ihnen vorbeischaut. Nur noch alles erkunden. Und dokumentieren. In Journalen. Wie lange ist es her, dass ich an Journalen gearbeitet habe! In diesem Moment ist es wichtig, hier zu bleiben: Die Bücher, die Journale, die Fotoalben ..., immer wieder alles erkunden, das ist alles, wozu ich noch die Kraft aufbringe. Die Fotos in den Alben ..., das ist nicht mein Leben. Und die Abwesenheit von Hoffnung ist nur die Voraussetzung für meine Art zu leben.

Die bewegungslose Menschenansammlung vor dem Fenster hat als Köder versagt. Nur die verblühten Dolden vor meinem Fenster erinnern mich an den traurigen Blick jener Frau auf dem Foto. Ich bin schon zu lange hier herinnen. Und nur wie beiläufig nach alten Gewohnheiten suchend habe ich die Regeln, die ich mir selbst auferlegte, vergessen. Aus dieser Diskrepanz und der Verwirrung meiner Seele entsteht mitten im Zimmer ... Ayers Rock.

Was also ist noch zu tun, außer die Fliegen in der Zuckerdose zu zählen, ohne Interesse in den Büchern zu blättern, die Fotoalben endgültig beiseite zu schieben und ... auf ein Klopfen an der Tür zu warten? Ich kann nicht hier bleiben, als wäre nichts passiert. Und ich sollte damit beginnen, langsam hinauszugehen. Aufgeben kann ich immer noch. Was bedeutet es aber anzukommen, wenn man entschieden hat, bereits angekommen zu sein? Und alles gesehen zu haben. In den Straßen hat der Wind längst das Ganze hinweggefegt. Und in den Parks ... Ich nehme mir Zeit. Und aus der Unsicherheit über das, was mich draußen erwartet, setze ich mich an den Tisch, schlage ein noch leeres Journal auf und beginne zu schreiben: „Ich werde hinausgehen. Auf die Straße, in die Parks, zu den Straßenecken." Und während ich das Journal schließe, befällt mich eine leichte, beunruhigende Müdigkeit. Im Hintergrund leuchtet Ayers Rock ein letztes Mal in seinen feurigsten Farben, bevor ihm die Sonne ihre Gunst entzieht.

Das Träumen hat mit dem Schlafen nichts zu tun: Hinter mir weiß ich, ruhig und mit angehaltenem Atem, die nackte ASIATIN. Mutabor! Und was das Foto jener anderen traurigen Frau vor dem mit Jalousien verhangenem Fenster betrifft, weisen die Ergebnisse darauf hin, dass ich meine eigenen Gefühle zur Grundlage dafür mache, die Empfindungen anderer zu verstehen. Manchmal, im Sommer, wird in den Parks fotografiert. Und dabei immer gelacht.

Ich werde für mich eine verantwortungsvolle Souveränität erfinden: Den Menschen nur noch in die Augen schauen. Alle Schwäne sind weiß. Noch. Und ich bin kein schwarzes

Schaf. So fällt mir der Entschluss leicht, das Zimmer zu verlassen, auf die Straße zu gehen, kleine Brücken zu übersetzen, mich den besetzten Bänken im Park zu nähern. Oder, was wahrscheinlicher ist, von alldem nichts zu initiieren, es auch nicht auszuführen, und stattdessen lediglich mit langsamen Schritten durch die Straßen zu gehen; vielleicht auch ein Ziel anzusteuern, von dem ich noch nichts weiß.

Die Straße nimmt mich auf, ich bin sofort für sie bereit. Und gehe meinen Weg. Was ist mit mir geschehen, welche Kräfte haben mich hierher gelenkt, so dass ich in einem Zustand bin, indem ich nichts mehr bereue, aber auch nichts mehr erwarte? In diesem Moment ist es mir wichtig, hier zu bleiben. Nur die Straße erkunden: Im Umhergehen liegt meine Ruhe. Ich führe Buch darüber. Denn eigentlich wollte ich den Menschen in die Augen sehen; oder sie nur heimlich, aus den Augenwinkeln heraus, mit meinen Empfindungen abtasten. Und daraufhin meine Augen schließen. Ich merke, dass ich anders fühle als früher. Überall finde ich Spuren, die ich gelegt habe und die ich vor mir selbst versteckt zu haben scheine. Noch habe ich nicht alle Gesichter zu Gesicht bekommen. Man wird sehen. Diese und Jene. Die, die mir entgegenkommen, sind die Gleichen wie jene, die als Ansammlung von Menschen vor meinem Fenster ruhig verharrten. Ich vermag ihnen nicht zu entgehen. So versuche ich – als letzte Bastion meiner Selbstachtung – ihnen zumindest andeutungsweise in die Augen zu sehen. Es könnte ja einer darunter sein, der ... Oder eine, die ... So aber kommt mir nur eine endlose Schlange von Menschenleibern auf dieser Avenue der versäumten Hoffnungen entgegen; niemand, den ich als Erwiderer meiner Augenkontaktversuche identifizieren könnte.

Ich bleibe stehen, lasse sie alle an mir vorbei. Mein Versuch, das Innen mit dem Außen zu tauschen, hat sich nicht bewährt. Und während ich dastehe ist mir, als ob auch all die anderen stehen geblieben wären und mich mit abwartenden Gesten musterten. Nur einige senken den Blick oder schauen beiseite zu ihrem Nachbar. Was habe ich davon zu halten? Das Verneinen jener hoffnungsvollen Gedanken, die sich sofort bei mir einstellen, wäre eine Variante der Obszönität, der zu huldigen ich nicht antreten werde. So verharre ich in meiner starrsinnigen Haltung, wie die Menge auch, und genieße das allmähliche Erkennen meiner Ambivalenz. Dennoch: Alle setzen sich wieder in Bewegung; der Strom fließt weiter. Schon habe ich jene vergessen, die sich mir scheinbar entgegengestellt haben.

Ab nun bleibe ich wie gelähmt ..., das schlösse jedoch eine Absicht mit ein, die ich nicht habe. Ich werde handeln: Das ist die Absicht. Zum Beispiel Entgegenkommenden in die Augen zu schauen. Das aber, was ich zu suchen, nein, zu finden glaubte, was ich mir herauszufinden vorgenommen habe, das bleibt ja meist liegen. Besser: Es wird übergangen. Ich übergehe das - für mich. Und versuche nur noch die wenigen Schritte zurückzugehen, gleich einem Maler, der sich dadurch einen besseren Überblick über sein Werk verschaffen will. Also den Überblick erlangen; als Parole sozusagen. Nehmen wir an, es bedeutet ..., bedeutet ..., schon kommen wir ins Stottern. Vielleicht auch ins Grübeln. Die Bedeutung einer Sache, abgesehen von der Bedeutung, die wir ihr zuschreiben, macht Schwierigkeiten. Wir beginnen nochmals: Die Bedeutung der ..., es ist NICHTS. Es wäre einfach ..., aber es ist nichts. Nicht einmal Nihilismus. Davon müssen wir ausgehen. Davon gehe ich aus. Ich bleibe demnach wo ich bin.

Am besten wäre es hinauszugehen. Aber ich bin ja bereits draußen! Es ist Zeit geworden. Es gilt aufzubrechen. Und mein Stottern gleicht lediglich einem Blick auf die Menge aus den Augenwinkeln heraus. Es bleibt nichts übrig. Mir bleibt nichts mehr. Außer einem faden Geschmack auf der Zunge.

Vom Schweigen. Ich werde es im Zaume halten, mein Zünglein. Es hat den Anschein, als stünden mir unwahrscheinliche Begegnungen bevor. Und denke mir: Ich lebe mir die Seele aus dem Leib. Und stelle mir vor: So lebt man sich die Seele aus dem Leib: mit fiktiven Straßentheatererlebnissen. Und schrägen Blicken. Und der Sehnsucht nach Asiatinnen. Im Wohnzimmer.

Auf zum Park! Oder irgendeinem der Parks in dieser Stadt. Straße ..., Park ..., lieber hielte ich mich jetzt in einer jener sauberen, blau-weiß getünchten Milchküchen der Stadt auf und sähe - an der Wand lehnend - einer Milch-Mamsell bei ihrem Tun über die Schulter. Über das Erscheinungsbild des Mondes glaube ich mehr zu wissen als über den Blick einer ... Zum Park! Zum Park!

Abrakadabra: Da sitzt er schon. Wie erwartet. Der alte Mann. Leicht vornüber gebeugt scheint er - stimmig mit sich und der Welt - mit der Bank verbunden zu sein. Und mit dem Park. Er liest in einem Buch, schaut nicht auf, trägt eine Brille; muss sie wohl tragen. Heftige Bewegungen vermeidet er, greift nur hin und wieder mit Finger und Daumen ein Seitenblatt, um es von rechts nach links zu schlagen; ruhig hält er dabei seinen Kopf. Seinen ganzen Körper. Keine weiteren Erläuterungen: Die Wiederholung holt mich ein. Sofort bin ich hilflos. Entschlossen aber, mich in diesem Moment auf die dem Alten gegenüberliegende Bank zu setzen, jeden Blickkontakt mit ihm zu meiden, um ihn nicht zum Sprechen zu provozieren. Auch vermeide ich es, ihm auf den geschlossenen Mund zu schauen; mein Blick ruht stattdessen auf seinen gepflegten, braunen Raulederschuhen. Schuhe betrachten. Aufschauen. Seufzen. Träge schlage ich ein Bein über das andere: Ausdruck der Hilflosigkeit in der Wiederholung hängen geblieben zu sein.

So schließe ich die Augen: Stünde ich JETZT vor meinem Haus und blickte zum - einzigen! - Fenster des Zimmers, das ich gleichfalls das meine nenne, empor, ich sähe, wie ein Träger IHRES Kleides langsam an ihrer Schulter herab geglitten wäre, weil SIE sich aus dem - offenen! - Fenster herabgebeugt hätte. Irgendetwas - ein Tier vielleicht, nicht ich - hätte IHRE Aufmerksamkeit in Anspruch genommen; vielleicht auch IHRE Neugierde nach einem davonlaufenden Tier geweckt; IHRE schwarze Perücke wüsste ich wohlverwahrt in einer adretten Schachtel auf einem Regal hinter IHR. Und mit IHRER beinahe entblößten Brust gliche SIE jener Frau auf dem Foto im Album, das neben jenem Karton liegt, in dem die Perücke aufbewahrt liegt: die zweite Wiederholung. Aufmerksam aber würde SIE aus dem Fenster über mich hinwegschauen, weit über die Halden und Sträucher, bis zu jenem - nunmehr beleuchteten - transparenten Gebäude, in dem - immer noch - einige auf und ab gingen, und andere ruhig stehen geblieben wären: die dritte Wiederholung. Kein Wort würde ich wagen, zu IHR hinauf zu sprechen. Das ruhige Verharren an diesem Ort - mit angehaltenem Atem - wäre mein einziges Verlangen.

Die Augen offen sitze ich einem alten Mann gegenüber und betrachte seine gepflegten, braunen Raulederschuhe: die vierte Wiederholung. Mein Wünschen ist nur noch träge; die Zaubersprüche sind mir ausgegangen. Mut ..., ich weiß nicht. Irgendwo in diesem Park steht ein Baum in blauen Blüten: die fünfte Wiederholung. Der Alte klappt das Buch zu, steht auf und geht mit sicheren Schritten davon. Sofort könnte ich mich auf die nun frei gewordene Bank setzen. Die Augen schließen. Und an IHREN verrutschten Träger denken. Und SIE mir in diesem Park vorstellen: in der Pose des Herabbeugens.

Ich bleibe sitzen, wo ich bin. Ich stehe auf. Ich gehe fort. Ich bleibe hier. Ich mache mich auf den Weg. Ich gehe zu ihr. Ich gehe zu mir. Ich bin hier. Ich sitze hier. Hier zu sein: meine Pose. Auch: spielende Kinder beobachten. Und herumtollenden Hunden hinterher schauen. Und jungen Müttern in die Augen sehen. Und ..., aufstehen (endlich!), um den immer noch blühenden Baum zu suchen. Aber was halte ich denn schon von meinen eigenen Möglichkeiten?! Ich werde mich hinsetzen und darüber nachdenken, welche Varianten mir zur Verfügung stehen. Und ich werde damit beginnen, die Schnurknotenschrift zu erlernen. Schon bin ich ein ewig wacher Maya-Priester. Oder auch nur ein blinder, alter Pew, der Botschaften zu überbringen hat. Man wird sehen.

Die junge Frau im roten Kostüm, mit keckem Hütchen, geht, ihren Kinderwagen vor sich herschiebend, an mir vorbei. Auch die Sprache der Wiederkehr habe ich mir anzueignen. Die Lautlosigkeit wird dabei mein Gegner sein und so werde ich zur Maya-Sprache der Schnüre zurückkehren, und sie wird mir dienlich sein. Und ich werde kein Prinz im grünen Palast sein können, sondern lediglich eine erbärmliche Variante der Prinzessin auf der Erbse; blind versteht sich. Es sei denn ..., ich versuchte mit der ASIATIN, die ja eine Russin ist, zu sprechen, leise nur, damit niemand sonst ... Trotzdem ziehe ich meine Konsequenzen und errichte mir ein Paradoxon, indem ich mich nicht um leise Worte, Schnursprachen oder mystische Botschaften kümmere, sondern nur noch die Augen offen halte. Hier. Überall. Nur noch hier zu sitzen vermag ich auszuhalten. Und allmählich zur Ruhe zu kommen. Dann aber: Die Dinge genau betrachten, fokussieren, Einzelheiten wahrnehmen. Das Ergebnis: Ich finde den Körper des toten Propheten im Treibsand; alle anderen gehen stumm an mir vorbei.

Das Sehen scheint kein konstruktiver Prozess zu sein. Was aber halten wir denn schon von Prozessen, in denen wir mittendrin sind? Über mich selbst mag ich kein Urteil abgeben. Hier sitze ich. Nichts sonst. Und bin außerstande, in meinen Gedanken einer von ‚denen' zu sein. Denn alle sind sie mir gleich. Keiner und keine würde herausragen aus dem Treibsand, auf den sie sich zubewegen. Ach, so gerne hätte ich SIE einmal wirklich vor mir gesehen. Leibhaftig vor mir. Oder zumindest hinter mir gewusst. (Unweit des Parks lockt ein Chinesisches Restaurant mit einem rot angestrichenen Portal).

Ein Hund trottet vorbei. Ein Kind folgt ihm torkelnd. Es kann keine Regeln geben. Ich schaue umher. Und werde auch weiter fleißig in die Gesichter schauen. So habe ich mir schon lang nicht mehr gedroht. Die Sonne aber ist ...; verloren habe ich, weil ich ungeschützt hier bleibe. Wogegen aber soll ich mich wappnen?

Ein zweiter Hund läuft an mir vorbei. Den Hades hat er nie gesehen. Ihm wurde eine andere Hölle zugeteilt. Ich dagegen darf mir meine eigenen Höllen kreieren. Ein Trost. Für mich. Blicke vermögen zu töten; einen Menschen im Moment eines Lidschlags für immer zu vernichten. Ich halte meinen Blick gesenkt. Wieder einmal. Nun sehe ich vor mir nicht einmal mehr braune Raulederschuhe. Ein Mann geht vorbei. Gut gekleidet. In Grau. Wie ihm wohl zumute sein wird, wenn er an jenem blau blühenden Baum vorbeikommen wird? Ich werde ihm nicht nachgehen; trotzdem mit ihm sein. Absurd: Ich versuche, im Sitzen in Bewegung zu bleiben. Immer möchte ich woanders sein. Und bin doch hier. Jetzt. Stehe ich auf. Gehe weiter. Keine fünf Schritte tragen mich meine Beine. Wieder sitze ich auf einer Bank. Sitze da.

Zyanfarben färbt sich der Kiesweg, allmählich. Mir zuliebe. Aus einem geöffneten Fenster nahe dem Park hört man sanfte Versuche, Chopin in den Griff zu bekommen.

Als wäre ich in einem Boot, springe ich auf, stoße mich ab, eile davon; danke meinen Beinen für ihre Dienste. Auf zum Schloss! Zum Landvermesser scheine ich mich nicht zu eignen. Zum Schloss, zum Schloss!!! Auch bin ich kein Prinz. Zum Schloss! Von einer leisen Wolke aus Chopin umhüllt, gehe ich direkt zur Bildergalerie. Ins Schloss. Um Bilder von zyanfarbenen Asiatinnen zu betrachten. Und mich auszuruhen. Vom Blicke tauschen. Und von Chopin. Hell hier das Licht. Dunkel die Bilder: Landschaften, gezaubert aus erdiger Schmiere; Teppiche urbaner Sehnsüchte.

Ich aber schreite. Durchs Schloss. Saal um Saal. Bild um Bild. Landschaft um Landschaft. Meinen schmerzenden Beinen gehorchend setze ich mich; gegenüber ein Bild. Wieder sitze ich auf einer Bank. Und träume. Und das Bild träumt mich. So erkennen wir einander: in Ruhe und mit Respekt. Einander erkennen. Im Schloss. Eine Art Glück. Hier kann ich nicht bleiben. Schon bin ich wieder der Vagabund, der ich immer war: streunend, beobachtend, vorsichtig, langsam, geduldig, servil, einsam, niedergeschlagen, hoffend, allem gewärtig. Chinesische Restaurants beachte ich nicht mehr. Mein Appetit ist ein anderer. Aber mein Hunger ist größer geworden.

Aufzeichnung 2

Kann man die Art und Weise seines Lebens eintauschen gegen eine andere Qualität des Lebensgefühls, indem man die Kulissen vertauscht? Ein Zimmer ist ein Zimmer. Da wie dort. Nur, hier kann ER mir mit seinen Phantasien nicht mehr nahe kommen.

Früher habe ich noch versucht, etwas über seine Gedanken herauszufinden. Allmählich aber hatte ich das Gefühl, dass er mich ständig mit seinem Schweigen ausstopfte und mit seiner Gleichgültigkeit auffüllte. Und irgendwann versuchte ich dann dieses alltägliche Belanglose aus mir herauszupressen.

Aufzeichnungen über meine Gedanken oder Gewohnheiten, die ich vor ihm zu verheimlichen suchte, habe ich immer schon gemacht, aber außer diesem Brief damals hat er nie etwas davon zu Gesicht bekommen. Obwohl ..., manchmal sah er mich unvermutet so vorwurfsvoll an. Meist beobachtete er andere; vermutlich aber war auch ich nur ein Objekt für ihn, das er studierte.

Heute besteht mein Leben im Wesentlichen aus Wiederholungen. So wie früher. Es hat sich nichts geändert. Ich habe mich nicht geändert. Und ich habe nichts gewonnen. Die Einzelheiten meines Daseins sind mir allmählich abhanden gekommen.

Ich hätte mir heute noch Strümpfe kaufen sollen. Mit diesen zerschlissenen Dingern kann ich ja nirgends hingehen. Vielleicht bleibe ich heute zu Hause.

Anfangs glaubte ich, durch den Umzug in eine andere Wohnung im wirklichen Leben angekommen zu sein. In Wahrheit sitze ich nur in einem neuen Zimmer, das dem alten ähnlich ist. Und es wird mir bewusst, wie tief ich bereits in einer anderen Identität stecke. Ich habe nichts mehr zu tun mit jener Frau, die ich vor einiger Zeit noch war.

Mehr denn je fällt es mir schwer, jemanden auf der Straße anzusprechen, etwa, um ihn um eine Auskunft zu bitten. In solchen Momenten sehne ich mich besonders nach einer ‚guten Freundin', der ich nicht nur ALLES sagen könnte, sondern die auch für mein schüchternes Schweigen Verständnis hätte.

Vielleicht gehe ich heute doch noch aus; eigentlich habe ich keine Lust dazu. Meine Perlonsachen sollte ich auch noch waschen.

Das Reden hat er mir ja nie ausdrücklich verboten. Er hörte mir nur nie zu, wenn ich etwas zu ihm sagte. Und die Themen, über die wir in manchen kurzen Momenten sprachen ..., nun, es waren eben seine Themen. Eines Tages setzte er sich spontan mir gegenüber und sagte, dass für ihn die Tage wie Schnüre seien, in denen kleine Knoten die fühlbaren Sensationen des Lebens darstellen. Und als ich ihm antwortete, meine Tage bestehen lediglich aus Wiederholungen der vorangegangenen, verließ er das Zimmer. Aber das waren seine Tage ja auch, Wiederholungen; für ihn änderte sich nie etwas. Und er änderte nichts für mich. Später habe ich auf seine Fragen nur noch mit ja oder nein geantwortet.

Am besten ich mache mir nur eine leichte Gemüsesuppe; mein Magen ... Ich werde heute früh ..., eigentlich bin ich immer früh zu Bett gegangen.

Es gibt keine wirklichen Wiederholungen. Und wenn man alte Fotos betrachtet, sind das auch nur die Lügen eines festgehaltenen Moments, der so nie stattgefunden hat. Aus seinen Fotos habe ich mir nie etwas gemacht, die haben mich nicht interessiert. Ich neige ja nicht dazu, irgendwelche Sachen zu sammeln und aufzubewahren. Wohin sollte ich sie später einmal mitnehmen?

Eigentlich wollte ich immer nur hinaus aus dieser Wohnung, damals. Und die wenigen Viertelstunden draußen beim Spazierengehen oder im Kino habe ich verschämt genossen; so als ob ich sie gestohlen hätte. So blieb ich meist in der Wohnung. In jenen Räumen, in denen ich nicht wirklich zu Hause war. Trotzdem frage ich mich in letzter Zeit oft, ob dieser Tausch der Zimmer - es ist ja nur ein Austauschen gewesen - irgendetwas Wesentliches an meinem Leben verändert hat. Im Grunde hatte ich ja nie einen Platz nur für mich, einen Ort, von dem ich hätte sagen können, das ist mein Fleckchen. Und als wir dann gemeinsam in eine Wohnung zogen, hat sich dieses Empfinden bei mir noch verstärkt.

Mein Dasein ist das Gleiche wie vorher. Mein Dortsein hat mein jetziges Leben geprägt. Er hat mein Leben geprägt. Eigentlich war ich mein ganzes Leben lang traurig; ich weiß nicht weshalb. Und diese Aufzeichnungen nützen mir gar nicht, um irgendwelche Veränderungen herbeizuführen. Ich glaube, in diesem Zimmer sollten mehr Blumen sein.

Wie oft wollte ich einfach nur mit ihm reden. Selten nur, dass ich begierig danach war, eine Sache, die zwischen uns stand, auszudiskutieren. Doch er gab mir keine Möglichkeit dazu. In den wenigen Momenten, in denen er sein Schweigen mir gegenüber brach, konfrontierte er mich lediglich mit seinen skurrilen Philosophien. Und mit seiner angeblichen Sehnsucht nach fernöstlichen Regionen ..., offensichtlich nur Staffagen seiner Zurückgezogenheit.

Als Kind konnte ich Erwachsenen, selbst wenn sie freundlich auf mich einredeten, nicht in die Augen schauen. Mit manchen Menschen ergeht es mir heute noch so.

Vielleicht genügt es, wenn ich hier einige Grünpflanzen ... Und das Medikamentenkästchen sollte ich wieder einmal auffüllen. Da fehlt schon einiges. Früher, wenn ich versuchte einzuschlafen, hatte ich manchmal Wadenkrämpfe. Es war mir keine Ruhe gegönnt. Jetzt habe ich häufig Kopfweh. Eine seltsame Verlagerung meines inneren Schmerzes.

Aus einer lang anhaltenden Stille heraus fragte er mich einmal, ob mir kalt sei. In diesem Augenblick, da er diese Frage gestellt hatte, begann es mich zu frösteln. Was vermag ich denn noch auszuhalten? Nur hier zu sitzen und ..., und versuchen, ruhig zu werden. Trotzdem fühle ich mich auch hier herinnen irgendwie ungeschützt. Doch ich könnte nicht sagen, wovor ich mich schützen sollte.

Einmal, er stand mit dem Rücken zu mir, schrie er: „Nicht so!" Seine spärlich mitgeteilten Eingebungen wirkten auf mich wie alltägliche Abenteuer, so als ob Außergewöhnliches zur Gewohnheit würde. Wenn ich lange alleine im Zimmer saß, gab es Momente, da glaubte ich er zu sein. Und er war dann ich. Nur für mich. Allmählich bemerkte ich, wie ich begann, mich wie er zu verhalten. Nach solchen Vorstellungen, die sich meist abends einstellten, wachte ich am nächsten Tag meist schon im Morgengrauen auf.

Selten ging ich ins Café. Dort sah ich dann in den Illustrierten jene Bilder von leuchtenden Bergen, von denen er zuweilen sprach. Manchmal glaube ich ..., wenn ich nur seine Gedanken verstanden hätte! Irgendwie hatte er eine erhöhte Wahrnehmung. Für so viele Dinge. Für mich ..., ich weiß nicht.

Das Blättern in Journalen half mir auch nicht, aus meiner Freudlosigkeit herauszukommen. Heute noch, wenn ich in Illustrierten blättere, befällt mich manchmal dieses Gefühl von Schwermut. Vielleicht gelingt es mir, ruhig hier zu sitzen, die Augen zu schließen und trotzdem in Bewegung zu bleiben.

Hin und wieder lege ich mich während des Tages aufs Bett, schließe die Augen und hoffe, sofort träumen zu können. Meist stehe ich dann nach wenigen Minuten auf und fühle mich etwas schwindlig. Doch eigentlich ist das nur ein Zustand leichter Verwirrung; glaube ich. Wenn ich aber jetzt meine Augen öffne, sehe ich lediglich ein Bild mir gegenüber. Im Zwielicht des Nachmittags vermag ich nicht zu erkennen, was es darstellt; vielleicht ist es nur ein matter Spiegel.

Eines Morgens erwachte ich aus diesem Traum: Er stand vor mir, vor meinem Bett, seine Hände brannten, seine Augen schrieen, er jaulte mit dem ganzen Körper. Und ich war im Traum nicht in der Lage, irgendetwas von dem zu begreifen, was er von sich gab. Ich verstand nichts. In der Nacht nicht. Und bei Tage nicht. Irgendwie ist es auch hier zu dunkel. Wo aber bekomme ich mehr Licht her? Ich werde mich schlafen legen. Der Tag war lang. Mein Tag ..., nach so langer Zeit endlich: MEIN Tag.

Tag drei

Erfahrungslinie; kopflastig

Schweigend sitze ich an meinem Tisch in jenem Zimmer jenes Hauses und schreibe. Im Aufschauen erkenne ich alles wieder: Die Bücher, die Alben, die Zuckerdose – keine einzige Fliege darin, den trüben Spiegel an der Wand mir gegenüber. Ich blicke nicht auf. Schaue nicht in den Spiegel. Schaue nicht auf das Vexierbild meines Selbst.

Plötzlich: der Knall. In meinem Kopf. Sofort möchte ich wieder hinaus. Draußen sein. In den Straßen. Im Park. Sonst wo. Die alles verschlierenden Stürme aber, die immer noch über die Stadt fegen, verhindern die Erfüllung meiner Sehnsüchte. Den Anderen, die draußen geblieben sind, scheinen sie nichts anhaben zu können, sie bemerken sie nicht; selten, dass ein keckes Hütchen von einem Köpfchen fliegt. Mit den Stürmen aber hätte ich gerne um die Wette gepfiffen.

Ich bin still ..., ich bin ja schon still. Nur ein Wort noch. Nein. Vorsichtig ziehe ich ein Album über den Tisch zu mir heran. Vorsichtig. Langsam öffne ich es. Graue Schattierungen in kleine, rechteckige Felder gefasst, die sich als Figuren, Gesichter, Menschen von früher entpuppen. Deren Situation des Augenblicks aber Verpuppung impliziert. Lebendiges war einmal. Erstarrt blicken sie aus ihren kleinen Feldern in ein vergangenes Visavis: Alte, Junge, Kinder ...; der Schrei eines Kindes, das war der Knall in meinem Kopf. Noch ist er nicht verebbt. Es brennt mir in den Augen und sie beginnen zu tränen. Langsam beginnen sich, Seite um Seite, Bild um Bild, die Figuren zu bewegen: Ein seltsamer Tanz Vorausgegangener wird mir dargebracht. Unmöglich, das Album zu schließen. Ich blicke auf, schaue in den Spiegel, erkenne Umrisse meiner selbst: Starr und regungslos. Schaue auf die kleinen Felder im Album: Eine Abfolge sich bewegender Schlieren, an deren Umrissen das Menschliche, Figürliche erkennbar geblieben ist. Zuschlagen, wegschieben, zurücklegen, vergessen. Nichts von alldem: Seite um Seite ergebe ich mich dem Totentanz scheinbar Auferstandener. Die abgebildeten Landschaften übergehe ich. Und den sich Wiegenden schaue ich solange bei ihrem Treiben zu, bis sie – erlöst von mir – wieder bewegungslos ihren Tribut an jenes Visavis leisten, das ich nicht mehr zu sein vermag.

Der Schrei des Kindes hat sich nicht wiederholt; der Schmerz in meinem Kopf ist geblieben. Die Entscheidung, für immer hier zu bleiben, habe ich noch nicht getroffen. Erstmals warte ich nicht mehr auf ein Klopfen an der Türe. Vorsichtig ..., vorsichtig (!) stehe ich auf, entferne mich vom Tisch, gehe zum Fenster ..., öffne es. Kein Laut, kein Ton. Das Draußen ist wie das Drinnen: Die Stürme sind vorbeigezogen. Es ist still geworden. Und ich bin endlich ruhig. So zeigt sich nur noch mein Herzschlag als Problem; als Zeichen der Anwesenheit von Unruhe und Fassungslosigkeit. Ich kann ihn hören. Laut und regelmäßig: Ein Pulsar zwischen Büchern, Alben und vergessenem Hausrat. Obwohl: der Schlag meines Herzens – damals! – hatte Ähnlichkeit mit jenem Schlag an die Tür. Die waren eins. Die beiden Schläge: Mein Schlag des Herzens. Und der Schlag der ASIATIN - die eine Russin ist - gegen die Tür. Wenn man versucht, den Blick für die Dinge zu schärfen, verliert man sich in den Einzelheiten von Abläufen. Von der Zimmerdecke tropft Wasser. In einer Ecke raschelt ein kleines Tier. Draußen singt leise ein Kind. Die Stille nicht suchen. Die Stille finden. Und die kleinen Melodien des Alltags akzeptieren. Wäre da nicht der Knall gewesen. Und das Klopfen an der Tür. Das Klopfen in meinem Kopf. Der Knall an der Tür. Das schreiende Kind. Das singende Kind: ‚Komm herbei mein starker Wind und trage mich auf deinen starken Schultern hinweg. In das Land, das nur wir beide kennen'. Das Lied ..., das mir als Kind nie in den Sinn gekommen war. Als Kind. Da draußen. Irgendwo. Weit weg. Von hier.

Die dringlichste Frage ist, wie ich mich von meinem Narzissmus befreien kann? Ohne Spiegel. Ohne Alben. Ich sollte aufhören, die Fliegen in der Zuckerdose zu zählen. Die nicht vorhandenen Fliegen. Woher den Mut nehmen. Den Mut, hier zu bleiben. Den Mut, fort zu gehen. Noch habe ich meine Stimme nicht abgegeben. Noch bedeutet sie etwas. Hat Gewicht. Beinahe hätte ich es vergessen: Ich bin ja ein Kleinod. Ein Prinz auf der Suche nach dem aus einem Smaragd geschnittenen Palast. Narziss. Na gut. Kommen wir zum Wesentlichen: Meine Krampfadern schmerzen. Wieder.

Warum vermögen wir nicht zu lächeln, wenn wir jemanden hassen? Ich habe noch nie einen Engel gesehen. Noch nicht. Ich bereite mir starken Kaffee. Ohne Zucker. Ein kleiner schwarzer Käfer summt in einer Ecke. Vergebliche Versuche, nachhaltig zu fliegen. Früher wurde gewandert. Über weite Strecken. Über Länder. Durch Wüsten. Durch Wälder. Vorwärts. Meinen Namen kennt man nirgends. Ich vergesse ihn allmählich. Ich vermag die Menschen nicht zu lieben. Vielleicht in ein Buch schauen. Die Krücken warten im Keller. Ihre Zeit wird kommen. Sie wissen das. Den Atem anhalten und nur einmal lange Zeit in ein Gesicht schauen. Dürfen.

Der Kaffee hat nichts genützt ..., ich muss das abschütteln. Irgendwie bräuchte man für das Leben ein Polster. Ja ..., kommen sie herein. Es hat nicht geklopft. Noch nicht. Seelsorgende junge Männer streifen umher. Menschen verschwinden, ohne Tagebücher zu hinterlassen. Ich blicke hinüber zum Bücherregal: Alles Philosophen! Wie ist das möglich: Alle Menschen sind verwundet. Ich frage mich, was ich hier noch will. Als ich sah, wie der Baum im Park blüht, dachte ich mir nichts dabei. Unsere Vorstellungskraft reicht gerade, um Kaffee zu kochen. Die Engel aber ...

Ohne die Türe hinter mir zu verschließen, trete ich aus dem Haus. Würden wir alles wissen, die Zeit wäre dennoch noch nicht reif dafür. Vielleicht porträtiere ich die ASIATIN. Später. Wenn ich sie doch Tag für Tag zeichnen könnte! Irgendwann werden die Quellen versiegen. Irgendwann wachen wir auf. Und fürchten uns. Tief ziehe ich die Luft durch die Nase und ... Eine Katze läuft vor mir über den Weg. Ein Anfang. Woher nehme ich nur dieses Vertrauen? Die absolute Übereinstimmung mit der absolut schönen Welt in einer absolut herrlichen Stimmung erfolgt: JETZT. Vorsichtig mache ich einige Schritte auf dem Kiesweg, der mich vom Haus wegführt und die Stille dieses Hauses in seinem Anfang noch mit sich trägt. Auf dem Weg erkenne ich einen angefaulten Apfel; der wäre eine Freude für Friedrich Sch. Wahrscheinlich habe ich alles falsch gemacht. Und während ..., zertrete ich augenblicklich eine Blume. Glück im Übermaß ist nur eine besondere Form des Unglücks. Aber was kann man schon vor sich selbst verheimlichen? Mit der Abgeschiedenheit eines Leuchtturmwächters vermag ich nicht zu konkurrieren. Alle wahren Geschichten handeln von Krankheit. Oder vom Tod.

Ich habe mir bis jetzt ein falsches Bild von der ASIATIN gemacht: Vielleicht wäre es angebracht, neben einer Toten aufzuwachen. Bald. Demnächst; zumindest. Oder neben einem Toten. Mir selbst etwa. Eingelernte Worte. Erinnerte Worte. Die Hässlichkeit von Worten – und Gedanken! –

wird mich nicht daran hindern meinen Weg fortzusetzen. Den Kies habe ich verlassen, gehe auf Asphaltiertem, Wohlgeordnetem, Zweckdienlichem. Wenn da vorne etwas wäre … Die ASIATIN ... Lächelnd (!) steht die ASIATIN mit angewinkelten Armen, unrasiert im Schambereich, in der Mitte des Raumes und sagt: „Ich bin die Schamanin der Verwandlung deines Glücks."

Ich gehe zum Park. Jetzt. Wieder. Wider. Besseren Wissens. Die schmale Holzbrücke umgehe ich. Direkt zum Park! Freue mich auf meine Opfer des Schauens. (Weshalb hatte die ASIATIN die Hände erhoben?). Mit ihrer Nacktheit kam ich nie zurecht.

Mein Rückzug ist gesichert; denn was hätte ich davon, die Welt begreifen zu wollen? An den Orten, die ich längst verlassen habe, befänden sich Antworten. Vermutlich.

Aufzeichnung 3

Das, was war, wird es für mich nicht mehr geben. Ab jetzt beginne ich damit, mir neue Gewohnheiten anzueignen. Und meine Schritte anders zu setzen als vordem; vor allem werde ich nicht mehr behutsam auftreten. Was meine neuen Gewohnheiten betrifft: Ich gehe jetzt häufiger ins Café. Da war ich früher selten ... im Café. Meist sitze ich immer noch in meinem Zimmer.

Vielleicht sollte ich hier mehr Grünpflanzen ..., ja, mehr Grün, ich will keine alten, verstaubten Dinge mehr um mich haben. Immer, wenn ich an die Gegenstände in seinem Zimmer denke, an die Alben, die Bücher, die vergilbten Schriften, trifft es mich wie ein Knall im Kopf. Irgendwo stoße ich dann an. Manchmal aber habe ich Kopfschmerzen scheinbar ohne jede Ursache. Woher die wohl kommen? Vielleicht bin ich manchmal auch nur schwach. Nein, geschwächt ..., geschwächt von ..., ach, ich weiß nicht.

Einmal, als ich ihn in SEINEM Zimmer auf SEINEM Stuhl mit dem Rücken zu mir sitzen sah - die Tür stand, eine Seltenheit, offen - versuchte ich in diesem Augenblick meine Gedanken von meinen Gefühlen zu trennen. Wie ein Krampf kam das über mich. Und es waren sehr böse Gedanken, die ich ..., aber dann ging alles irgendwie ins Leere. In derselben Nacht hatte ich einen Traum, an den ich mich immer wieder erinnere: Mit einer Art Lendenschurz nur bekleidet und ausgestattet mit einer spitz zulaufenden Frisur saß ich auf einer seltsamen Maschine; über die Augen hatte ich eigenartige Sehschläuche gestülpt. Ich streckte meine Arme zur Seite, versuchte die unmittelbar neben mir installierten Schalthebel nicht zu berühren und dennoch ‚lenkte' ich diesen Apparat ...; ja, in gewisser Weise vermochte ich dieses ‚Ding' zu steuern. Als ich später wach war, konnte ich mich nicht mehr daran erinnern, wohin ich mit diesem Gerät hätte reisen wollen. Irgendwohin eben; vermutlich, bin ich zu einfältig für derartige Fragen. Immerhin erinnert mich der Traum irgendwie an jenen Tag, an dem er damit aufhörte, die große Wanduhr aufzuziehen.

Ach, ich sollte noch den Brief schreiben an diese Frau ..., und Besorgungen hätte ich auch noch zu machen. Aber da müsste ich mich zumindest ein wenig schminken ..., und dabei in den Spiegel schauen ..., ich weiß nicht.

Einmal stand ich in seinem Zimmer und sah in den Spiegel - in SEINEN Spiegel - von dem ich mich irgendwie ständig bedroht fühlte. Von einem Spiegel! Ha! Ich erkannte mich aber darin nicht wieder: Gleich einer Statue stand ich da, kalt, fremd, unnahbar; eine momentane, seltsame Verpuppung hatte stattgefunden. Ich ... ein Püppchen. Seltsam.

Den Brief an diese Frau, die ja keine Freundin von mir ist, werde ich wohl heute nicht mehr schreiben. Ich glaube, ich kann die Kraft dafür nicht mehr aufbringen. Stattdessen werde ich mir einen Tee zubereiten. Stattdessen? Lächerlich ..., manchmal bin ich wirklich lächerlich. Das Lachen habe ich allmählich verlernt. Die gelegentlichen Schmerzen aber sind mir geblieben. Die immer unerwarteten Schmerzen in meinem Kopf. Draußen tobt ein Unwetter. Und in meinem Kopf tobt es. Schon als Kind habe ich ..., aber ich bin ja kein Kind mehr. Und wenn ich in diesen Tagen immer wieder in meinen Verrichtungen innehalte, erkenne ich, dass es still geworden ist. Still um mich.

Irgendwie habe ich mir mein Leben nach meinem Weggehen von ihm anders vorgestellt. Doch in allem, was ich tue, vertraue ich mir immer noch. Und bin ruhig. Ja, jetzt bin ich ruhig geworden. Ich muss mich dabei nicht in den Spiegel schauen, obwohl ..., meinem Spiegelbild würde ich ja vertrauen müssen. Sicher und entschlossen würde ich mich selbst betrachten. Würde ..., ich mache es mir schon wieder leicht. Seine Augen aber schienen ständig zu mir zu sagen: „Nein, nicht so." Und wenn ich daraufhin versuchte, etwas zu erwidern, und verwirrt zu stottern begann ...; jedenfalls war er keiner, der imstande war, meine Sätze zu Ende zu führen. Eigenartige Augenblicke waren das. Meist fühlte ich mich danach unbeständig und irgendwie kränklich. Ach ja, zum Arzt sollte ich auch noch gehen.

In letzter Zeit glaube ich mich an eine Begebenheit zu erinnern, die so vermutlich nie stattgefunden hat, die jedoch die Empfindung eines ‚dürftigen Erlebnisses' in mir zurückgelassen hat: Ich schaue zum Fenster hinaus. Und er steht dicht hinter mir, berührt mit seinem Körper alle meine ‚Teile', umschlingt mit seinen Armen meine Brüste; ich halte die Augen geschlossen, sehe nichts, spüre nur ..., spüre nur ihn. Spürte ihn nur. Menschen verschwinden allmählich aus den Erinnerungen. Und wenn sie nichts zurücklassen ..., keine Tagebücher, keine Fotos, entschwinden sie in einen Teil unseres Gemüts, der uns nicht mehr zugänglich ist. Eigentlich ‚entschwinden' sie nicht ..., sie nisten sich ein. Sie nisten sich in uns ein. Wie aber ist es mit mir? Bin ich noch am Leben? ..., für andere ..., für mich? Oder bin ich am Leben schon vorbeigeschlittert?

Seit kurzem blühen die Bäume in den Parks. In nur einer Farbe. Ich gehe dort nicht hin. Und an die Möglichkeit umarmt zu werden, glaube ich lange schon nicht mehr. Ein Bild nur ist mir aus der Erinnerung geblieben: Im Regen an eine Hauswand gelehnt, ihn mir gegenüber wissen ...; im Grunde stehe ich immer noch mit dem Rücken zur Wand. Nur ..., er ist nicht mehr da. Und seine Schweigsamkeit ist verklungen. Auch ich sage nichts mehr. Mein Reden könnte Unfrieden stiften. Doch den brauche ich jetzt ..., meinen Frieden, meinen ‚stillen Frieden'. Um weiterziehen zu können, mit der ‚Karawane der Einsamkeit', der ich mich unlängst erst angeschlossen habe. Denn das habe ich ja endlich erkannt: Allein zu bleiben, um nicht mehr zu zweit einsam zu sein. Und nichts mehr sagen zu müssen. Und nichts mehr erwidern zu wollen. Ich glaube, auch mein Schweigen ist eine Form der Erwiderung. Doch gegen wen? Es ist ja niemand mehr in meiner Nähe. Das Wenige, das er hin und wieder zu mir sagte, empfand ich stets als hässlich. Doch die Erinnerung an die Hässlichkeit seiner vergangenen Worte wird mich nicht daran hindern, meinen Weg weiterzugehen, wäre da nicht eine andere Erinnerung, die Erinnerung an meine Worte, an meine Antworten, die ich ihm dann doch gab und die wie die seinen klangen. Diese Ähnlichkeit erschreckte mich. Ich war im Begriffe, ihm in Worten ähnlich zu werden, eine Variante seiner Identität anzunehmen. Worin aber besteht meine Identität? Damals als Braut habe ich mir sozusagen selbst das Jawort gegeben. Ich finde da nicht heraus. Dennoch bin ich hinausgelangt aus jener Wohnung. Manchmal sitze ich nur da und streichle mich. Dann fühle ich mich stark, stärker als vorher.

Vielleicht sollte ich jetzt endlich einige Lebensmittel besorgen. Brot zumindest. Und etwas Gemüse. Es ist spät geworden. Ich muss hinaus. Und bin doch so müde. Zu müde um ... Gelegentlich hätte ich gerne meine Arme um ihn gelegt. Wenn er auf seinem Stuhl beim Tisch saß. Es war nicht möglich. Es war mir nicht möglich. Und jetzt ..., immer noch sitze ich hier und ... Und warte auf Zärtlichkeiten. Mein Leben bewegt sich in den gleichen Bahnen wie vorher. Vor meinem Weggehen von ihm. Und wenn ich jetzt aus dem Haus ginge, so wie er - selten genug - aus dem Haus gegangen ist, oder wenn ich in meinem Zimmer bliebe, so wie er - meist - in seinem Zimmer geblieben ist? Vielleicht sollte ich damit beginnen, die Dinge aufzuschreiben, meine Vorsätze und Pläne, oder auch nur den täglichen Ablauf meines Lebens: Die Pläne des Fortgehens und die Tatsache des Hierbleibens.

Irgendwann begann er damit, skurrile Listen zu entwerfen, seltsam zusammengewürfelte Dinge aufzuschreiben. Listen, die er dann, waren sie in seinen Augen komplett, wortlos vor mich hinlegte. Seltsamerweise kam darin auch das Wort Nacktheit vor. Nacktheit ..., mit meiner Nacktheit bin ich nie zurechtgekommen. Im Badezimmer fühle ich mich immer irgendwie hilflos. Warum das so sein muss? Vielleicht fänden sich die Antworten auf meine nur still gestellten Fragen an jenem Ort, der mir nur noch in der Erinnerung präsent ist, in jenem Zimmer, das ich verlassen habe.

Tag vier Wo ist vorne?

Unerwartet steht eine Pagode des Glücks vor mir - in der mich nicht die ASIATIN erwartet. Sehen ist ein konstruktiver Prozess. Und eine vorwärts gerichtete Gebärde der Hoffnung; diese Art der Zwangsläufigkeit vermag ich gerade noch zu ertragen. Was aber habe ich von fremden Seelen zu halten? Und mit welcher Art von Liebe hätte ich anzutreten? Vorläufig sitze ich nur herum. Im Park. Auf einer Bank. Wie so oft schon. Die Seele geht ihren eigenen Weg. Von einer Pagode keine Spur. In der verfälschten Erinnerung hatte die junge Frau mit dem kecken Hütchen kein Kind bei sich.

Die Erinnerung ist nur der Anschein einer Betrachtung: Was ich erinnere, ist nur die Erzählung eines Nachsinnens, nicht die Erinnerung selbst, die unsere Seele vor uns verbirgt. Seltsame Speisen, die ich mir da serviere. Oh, was könnte nicht noch alles serviert werden bei derartigen besonderen Gelegenheiten zwangsläufiger Befindlichkeiten. Ein Gegensatz dazu, scheint mir aber der Vorgang des Erkennens meiner Welt zu sein: die Straßen, die Chinesischen Restaurants, die Parks, das Haus, das Zimmer. Ich scheine mir keine Versprechen mehr abzuverlangen. Alsbald beginnt - welch ein Glück! - mein halb geöffnetes Auge zu brennen und endlich vermag ich ALLES zu sehen. Und zu erkennen: Die Parks (alle Parks dieser Welt), die Straßen (jede Straße auf dieser Erde), Museen (einige Museen nur), jedoch keine asiatischen Frauen.

Ich meine es gut mit mir: Eingewickelt in meine Decken - in wessen Bett ich wohl liege? - bin ich der in starkem

Lederzeug gepanzerte Samurai. Bereit zum Kampf. Bereit zum Aufbruch. Bereit. Jedenfalls. Mein Tanto aber, jenes kurze Kampfschwert, das ich immer schon mit mir trug, würde sich die ASIATIN - wie beiläufig - an den Gürtel gesteckt haben. Und ich, vorwärts blickend, würde über umgestürzte Baumriesen gestiegen sein. Nur um SIE verteidigt zu haben. Nur, um ihr nahe gewesen zu sein. Einen Sieg hätte ich errungen, ohne gewusst zu haben, worin er bestand. Eigentlich wollte ich ja vorwärts stürmen. Zumindest vorwärts schauen. Wo aber ist vorne? Einem kleinen Mädchen direkt und ohne Unterbrechung in die Augen schauen. Süß!!! Sie tragen keine roten Schuhe mehr, mit denen sie die Hacken zusammenklappen und sagen ... Folglich: in allen Parks Flaktürme errichten! Und: dennoch die Parks nicht mehr (be-)schützen. Und: wegschauen. Oder: nicht mehr hingehen. In die Parks der Welt. Nur auf jener kleinen geschwungenen Brücke, die den Park mit einer Wiesenanlage verbindet, habe ich mich sicher gefühlt. Deshalb überquerte ich sie so rasch. Um sie nicht sehen zu müssen. Um nicht verweilen zu müssen am Ort ihrer hämischen Sicherheit.

Die Wiederholung kann eine Komponente der Sicherheit sein, wenn sie ... Die Wiederholung ist das ständige Abstempeln der Seele. Nichts da: Die Decke zurückgeschlagen!, aufgerichtet!, die Schuhe - aber rasch bitte! - angezogen, das Hemd übergestreift und, ohne jegliches Klopfen an der Tür abzuwarten, hinausgeeilt: (2. Versuch): Der Kies. Weg. Die kleinen, schwachen Blumen. Bellende Hunde. Das mehrmalige Aufschlagen eines Balls; in der Nähe der jungen Frau mit dem kecken Hütchen war auch kein roter Ball zu entdecken. Würde ich von der jungen Frau mit dem Hütchen gefragt worden sein, ob ..., hätte ich ihr geantwortet: Ich habe mich sozusagen selbst von Zuhause weggeschleift. Um ein Auge zu riskieren. Um einem kleinen Mädchen direkt und ohne Unterbrechung in die Augen zu schauen. Bitter! Auch denjenigen, die wegschauen, die meinem Blick nicht standzuhalten vermögen, möchte ich in die Augen schauen. Alsbald. Und denjenigen, deren Blick ich nicht standhalten kann, werde ich vielleicht nur ein paar Worte ..., aber das ist nicht dasselbe. Irgendwie sind wir wimmernde Bündel, die am Boden liegen.

Und die Jungfrau Maria ..., ach, die Jungfrau Maria. Immer noch liebe ich die zyanfarbenen Blüten an den Ästen jenes Baumes im Park; all die anderen Bäume ausgefranst, stille Ungeheuer nur. Und die Väter...? Schuldfragen können nie restlos geklärt werden. Selbst wenn ich sie nicht sähe – all die Väter – ich würde sie am Rufen erkennen. An ihrer Art, ihre Kinder zu sich zu rufen, würden sie sich mir offenbaren. Und ich wüsste – im Augenblick ihres Rufens – über ihren Zustand Bescheid. In den alten Männern aber, jenen, die geduldig auf der Bank saßen, habe ich meine Zukunft erkannt. Eine Art Auftrag, in Hinkunft alten Männern direkt und ohne Scheu in die Augen zu schauen. Und auf ihren Blick einzugehen. Demnach wieder nur: das Hinschauen. Als ob ich mir nicht vorstellen könnte, allmählich blind zu werden. Keiner hat mich das je gefragt. Blind zu sein ist nur eine Spielart, unsichtbar zu sein. Demnach strebe ich das Unsichtbarsein an; auch danach hat mich niemand gefragt: Ob ich glaube, allmählich unsichtbar zu werden. Und obwohl ich davon überzeugt bin, dass Derartiges nicht eintreten wird, stelle ich fest: Noch löse ich mich nicht auf. Noch nicht. Angebracht wäre hier die akribische Schilderung von sich bewegenden und sich ständig auflösenden und wieder zueinander findenden Wolkenformationen.

Noch stehe ich ... stehe mit den Beinen fest am Boden –

sitze ich nicht immer noch in jenem Zimmer an jenem Tisch, über meine Alben gebeugt? – und betrachte ruhig die Auflösung ringsum. Geplant habe ich allerdings ein sofortiges Aufbrechen, um in den nächstbesten Park zu gelangen. Ein kleines Gewitter würde jetzt hilfreich sein. Für eine erbärmliche Ausrede. Um hier bleiben zu können. Um von hier, vom offenen Fenster aus, die Wolken in Ruhe zu betrachten. Ein zufälliger Blitzschlag allerdings …

Zurück zu den Alben! Zurück zu den Büchern. Und zu den Fotos. Und dem schmutzigen Geschirr auf dem Tisch. Zurück. Und während ich wieder im Zimmer sitze (ich bin ja schon da, bin ja bereits zurückgekommen!), sehe ich – auf dem Foto, lediglich auf dem Foto – der Abbildung einer nackten Asiatin in die Augen. Na also. *The Mousetrap.* Perfekt. Wie gehabt. Wenn man solange geweint hat, dass es unmöglich geworden ist, auch nur einen Tränentropfen herauszupressen, beginnt man – der Körper zuckt noch ein wenig – langsam und sanft in sich zusammenzusinken. Auf den Boden. Wo man immer schon hingehörte. Ich wäre demnach am Ziel. Hatte ich je geweint?

Die Anhäufung und Zählung und Vermessung von weit entfernten Lichtpunkten blieb der Astronomie vorbehalten. Sie ist eine traurige Lehre. Ich aber sehe Gesichter auf den Fotos der alten Alben und vermag in die Augen längst Vergangener zu schauen, ohne die Erwiderung meiner Blicke abwarten zu müssen. Die Bedeutung, die man manchmal manchen Punkten in der Welt beimisst, ist insofern trügerisch, als man …, mit einem Ruck klappe ich die Alben zu. Jetzt bedürfte ich der Farbe. Nicht jenem erinnerten Schwarz-Weiß alter Fotos, sondern der von Ayers Rock. Die Astronomie hat mir das Auge des Jupiter beschert: Ein nahezu unendliches Betrachten. Vorerst aber habe ich den Spiegel vis-a-vis abgehängt. Die blass-graue

Fläche, die er zurückließ, ertrage ich. Jupiter dreht sich in meinem Kopf und vor meinem Auge und ... ich bin in Sicherheit. Wieder einmal glaube ich daran. Die für die Seele bestimmten Speisen müssen nicht jedem schmecken. Essen aber muss sie jeder. Und die Seele ist - Gott sei Dank - der innere Teil eines Fußballs.

Ich bin mir sicher, dass sich die ASIATIN längst angezogen hat. Um fort zu gehen. Um nicht gekommen zu sein. Um nicht anwesend zu sein. Um nicht nackt zu sein. Um nicht zu sein. Als Vergrößerungsglas für meine innere Unschärferelation hat Jupiters Auge ausgedient. Und über Ayers Rock ist rasch die Nacht hereingebrochen. Die Fotoalben liegen geschlossen vor mir. Auf dem Tisch. Neben der Zuckerschale - nach wie vor ohne jedes Insekt darin. Mit der Kuppe des Zeigefingers die Süße einiger Zuckerkristalle zur Zunge zu führen, wäre die Möglichkeit eines Auswegs. Für zwei Sekunden.

Also mache ich mich auf den Weg und gehe zu den Milchküchen dieser Stadt. Dort wird mich die Klarheit von Ordnung, das Weiß der Reinheit dieses Ortes, die Einfachheit notwendiger Tätigkeiten der Anwesenden und das klare Blau stiller Nachmittage erwarten. Nur die Zugeherinnen sind noch anzutreffen; ruhig auf harten Schemeln sitzend und ihre ihnen zugewiesene Arbeit verrichtend. In blaues und weißes Gewand gekleidet erwecken sie, gänzlich ohne Arg, den Eindruck noch nicht selig gesprochener Jungfrauen an einem Ort, der das Draußen nicht ahnen lässt. Die Milchküchen aber sind - wir wissen es - Teil des Spitals und somit auch Teil jener Chirurgischen Abteilungen, vor deren Türen wir meist den Atem anhalten, bevor wir sie aufstoßen.

Das Vertraute sieht man oft auf neue und fremde Weise. Das feurige Rot des Ayers Rock habe ich mir endgültig ausgetrieben. Die blauen Küchen aber beginne ich zu lieben; deren ruhige Dienerinnen begehre ich. Immer wieder. Nur die Vögel haben mit ihren Flügelschlägen die Geste der Wiederholung wirklich begriffen. Und mit ihren Gesängen. Die Musik ..., ersehnte Abenteuer des Sterbens nur.

Irgendwann werden wir vom Blitz getroffen: Eine kaustische Operation, bei der uns die letzten Teile unseres fühlenden (!) Hirns herausgeschnitten werden. Nichts also mit Musik. Und von den Texten in den Büchern haben wir uns längst verabschiedet. Ohne den Mut aufgebracht zu haben, uns vorher von ihnen distanziert zu haben. Was also tun? Das Geräusch des Grases aufnehmen, während ein sanfter Wind darüber streicht. Weniges, das uns bleibt. Damit es aufhört. Endlich aufgehört hat. Die ‚Hausordnung' gebietet, sich zur rechten Zeit zu empfehlen ... davon zu machen. Welchen Raum wir auch zu betreten vorhaben, meist sind wir angehalten, vorher die Schuhe auszuziehen und die Kopfbedeckung abzunehmen. So gehen wir, blanken Haupts, hinein in die Räume vermeintlicher neuer Erfahrungen. (Niemandem habe ich bis jetzt wirklich in die Augen geschaut). Wir reden über Musik. Und warten. Nahezu atemlos. Musik ..., vielleicht die ..., aber da waren wir ja schon. Keuchen ist ein Symptom von Atemnot. Vorsichtsmaßnahmen und besondere Warnhinweise (ich habe doch lediglich von Begehren gesprochen): Bevor sie mit der Behandlung beginnen ... (kranker Sinusknoten?). Vor einer notwendigen Narkose sollte die Narkoseärztin (unrasiert im Schambereich) über die Einnahme informiert werden. Und: Berücksichtigen sie, dass es zu einer Verringerung des Tränenflusses kommen kann. (Danke Dorothy, dass du den Löwen ...).

Da war Beethoven aus einem anderen Holz geschnitzt. Das meiste höre ich ja auch nicht mehr. Sonst ginge ich nicht in die Parks. Oder säße zu Hause - was mir mehr entspricht. Seit neuestem kann ich einen gewissen Hang zu blau-weißen städtischen Milchküchen nicht leugnen: Der Tisch in der Mitte; weiß, ungedeckt. Die Stühle, gleichfalls weiß, um den Tisch angeordnet. Die Wände: weiß, kahl. Die Bilder: keine Bilder. Die Arbeit: ungebügeltes Leinen (natur). Die Uhr (regelmäßig). Die Fenster (zwei). Die Aussicht (keine). Die Vorhänge (siehe: Die Arbeit). Zugeherinnen: drei (sitzend).

Inzwischen aber waren alle vorstellbaren Schwalben aus dieser Stadt fort geflogen, nicht ohne vorher beschlossen zu haben, nie mehr an diesen Ort zurückzukehren. Und während der Beobachter versucht, die Zeit in seine Einheiten zu teilen, stehen alle Zugeherinnen auf, verlassen still und ohne aufzuschauen die Milchküche und …; das Ticken der Wanduhr nimmt wieder ihren eigenen Takt auf. Ich könnte den Zugeherinnen nachgehen. Sanft schwingt die Türe auf, die zum chirurgischen OP führt. Können sie mir sagen …?

Irgendwo da vorne tropft ein Wasserhahn. Trippelnde Schritte. Unvermittelt setzt das Kreischen eines Bohrers ein. Schon liegt es hinter mir. Weiter, nach vorne. Es war nicht notwendig, Reisevorbereitungen zu treffen; längst habe ich meine Reise angetreten. Immer noch sehe ich mich nach einem geeigneten Reiseführer um. Meine Reisen – mindestens zwei – finden gleichzeitig aber unabhängig voneinander statt. Irgendetwas hat sich als Ich verkleidet. Atomblitz: Nichts mehr. Trotzdem krieche ich als kleines Staubkorn an die Oberfläche und … Vor drei Minuten habe ich eine der Zugeherinnen aus den Milchküchen adoptiert. Sie ist nun hier. Bei mir. Mit mir. Eigentlich nützt mir das nichts: Ich habe keine Erfahrung mit ihr. Geduldige Handlungen also: Hand in Hand gehen – sie rechts von mir, ich links von ihr, den allgemeinen Gepflogenheiten entsprechend – durch den Park. Durch den

Park! Hätte ich doch die Andere genommen. Oder irgendeine: Eine Magd trifft auf einen Prinzen. Und kein Lurch weit und breit.

So gehe ich, gehe weiter, sie fest an der Hand, gehe … voran. Und die Engel bewegen die Sterne. Immer noch. Und immer wieder. Ich lasse die Engel in den Devotionalien-Handlungen und bin nicht bereit, aus meinem System auszusteigen, um mich in ein anderes gleiten zu lassen. Atomblitz II: Wirkungslos. Hand in Hand, wie gehabt. Endlich bin ich der Zuckerguss-Prinz, der jeden Augenblick auseinander brechen kann. Zugleich aber bin ich auch ein Halt für dieses ‚arme Mädel'. Trotzdem ist sie mir abhanden gekommen. Und ich wusste nichts von ihr. Und nie – auch nicht in den kurzen Momenten, da wir nebeneinander gingen – habe ich versucht, ihr in die Augen zu schauen. Bedürfnisse? Sehnsucht nach irgendeinem Glück? Nur wenige Erfahrungen dieser Art durfte ich erleben. Also: Ich kann deine Erfahrung nicht erfahren. Deshalb bist du auch nicht mehr da. Deshalb auch …, habe ich dich weggestoßen. Wie …, also WIE vermag man die ‚Erfahrungen' anderer herausfinden? Erfahrung ist unsichtbar für den anderen. Punkt. Fullstop. Schmecks. Unser Verhalten ist eine Funktion der Erfahrung. Und eine Entfremdung. Und meine Entfremdung. Zurück zum Park? Zurück zum Park! Ohne Händchen-haltende Zugeherin. Wenn aber mein Verhalten nichts mit meiner Erfahrung zu tun hat? …; zurück zum Park!! Was könnte ich mir denn sonst noch wünschen? Die zarte, weiche Hand der Zugeherin war ja … DAS Glück …; ein Glück, immerhin.

Ich verbiete (mir) von nun an: Alte Männer (auf Parkbänken sitzend), junge Frauen (mit kecken Hütchen ausgestattet), Kinder (irgendwoher), Zugeherinnen (angedacht, herbeigewünscht; imaginär jedenfalls). Eventuell gestatte ich mir: Chinesische Restaurants, zugige Straßenecken, Museen (ausnahmsweise). Kleine Brücken (zu einem Haus führend). Das Haus selbst. Und das Zimmer. Und während man umherschaut, versäumt man irgendjemanden in die Augen zu schauen. Ist das tatsächlich ein Versäumnis? Es ist ein Versäumnis. Demnach war ich säumig. Und nicht zur rechten Zeit am rechten Ort. Längst ist das Haus abgebrannt. Dennoch sitze ich darin. In jenem Zimmer. Obwohl ich mir dieses Zimmer verboten habe.

Es bedarf großer Erfahrung und Sicherheit, ein Gefühl richtig zu bewerten und nicht in die selbst erschaffene Mulde des Abgelegten, Unwichtigen zu werfen. Und es zu vergessen. Also für nicht wichtig zu erachten. Hätte ich doch der Zugeherin in die Augen geschaut, kurz nur, aber … Sie war so gut und so schlecht, wie all die anderen Zugeherinnen in den Milchküchen der Stadt. Also konzentriere ich mich - ab jetzt - auf die Stadt; erwartungsvoll. Wenn wir träumen, zeigen sich die Dinge und Abläufe völlig verändert von der Wirklichkeit, obwohl sie doch eine seltsame Logik haben. Und meine Logik steckt ja …, kommt ja aus den Träumen …, die ich zu haben glaube. Obwohl ich das alles wirklich erlebe. Erleben möchte. Ich selbst vermag mir auf dem Weg zu jenen Träumen nicht zu helfen. Aber sie waren ja ALLE da, die mir zu helfen imstande waren. Nur: Ich habe mir den Kontakt zu ihnen verboten.

Folglich gehe ich einige Schritte zurück. Um mir die Sache genauer anzusehen. Um Abstand zu gewinnen. Um … längst scheine ich den Park vergessen zu haben. Und die ASIATIN. Irgendjemand wird mich schon hören: Schmale Spuren ziehen meine versäumten Möglichkeiten. Das scheint mein Weg zu sein. Ich habe also allmählich meinen Abstand zu den Dingen vergrößert. Die Gegebenheiten habe ich zu akzeptieren: Nichts habe ich gelernt von dem, was andere erlernt haben. Dennoch glaube ich mich nicht frei von Erlerntem; eine mentale Gefühlsduselei, die ich mir gestatte. Aber ich bin (auch!) über eine schmale Brücke gegangen (mehrmals) und habe schließlich jenen Inselplatz erreicht, von dem ich nur weiß, dass ich dort nicht bleiben kann. Eine andere ‚Insel' beginnt sich in meinem Inneren zu formen: Der Turm. Sein Turm. Dort will ich …, muss ich hin. Die Straßen - auch deren windzugige Ecken - sind nun keine Hindernisse mehr für mich; zu genau habe ich sie erkannt im Gehen und im Schauen.

Weit weg, beinahe an der Grenze der Stadt, erwartet mich jenes Gebäude, in dem ich von keinen Menschen weiß. Von Tischlerleuten wünsch ich mir, empfangen zu werden; von kreuzbraven, ehrsamen Leut'. Und wäre der Turm auch so gar nicht rund - das ‚Runde' im Lebensablauf ist mir längst abhanden gekommen - ich würd' ein achteckig` Zimmerlein genauso akzeptieren, um mich darin wohl zu fühlen. Eingeschlossen. Um irgendwelche Dinge zu tun. Demnach bin ich angekommen, bei dem gelben Haus mit spitzem Dach; so schnell kann's gehen, hat man nur die richtige Kraft; für sieben Jahre noch. Das Gelbe. Und das Rote. Das Rötliche: Ayers Rock … Na also: angekommen! Aber es ist nur das Trockene meiner Wüste, das die geheiligten Wasserlöcher in meinem Herzen ständig stillzulegen hat. Und nichts, was das Licht der Sonne (welcher Sonne?) zu reflektieren imstande wäre. Schwarz nur: die dunkle Welt meiner nie vollzogenen bewegten Anstrengungen.

Als Planet bin ich gescheitert. Und unerforscht geblieben. Und Ayers Rock hat einen Antipoden …, keiner, der ihn je fand. Gar nicht tröstlich. Trost: Die ASIATIN aber … Meine Sentimentalität wird mich nicht in mein Zimmer zurückkehren lassen. Oder zu den städtischen Milchküchen. Auch nicht zu den alten Männern im Park. Oder zu jener Bank, auf der sie angeblich saßen. Stünde ich aber auf jenem rötlichen Berg - die Dunkelhäutigen verzeihen mir, ich weiß das - sehnte ich mich auf der Stelle nach jenem (inneren) Zimmer zurück, in dem es alles gibt, was nötig wäre für mein Leben: Als Requisit hinzuzufügen wäre allenfalls eine alte Kodak-Kamera, mit Plastiklinse, durch die ich oftmals blickte, um jemandem - mit entsprechendem Abstand und der nötigen Zurückhaltung - scheinbar nahe zu kommen. Um alles festzuhalten ..., in Augenblicken. In den Augenblicken. In meinen Augen. Blicken. Ayers Rock war besser. Ich würde dort ja nicht hinaufsteigen. Nicht. Hinauf. Nur ..., nur ...? Ich weiß nicht. Vielleicht ist es auch nur Zeit, nach Hause zu gehen.

Aufzeichnung 4

In gewisser Weise habe ich mich mit mir selbst versöhnt. Ich habe mir einfach das Ja-Wort gegeben. Doch um das zu schaffen hätte ich nicht weg-zugehen brauchen; wegzugehen von ihm. Eigentlich habe ich mich nur vor mir selbst weggeschlichen. Und die kleine Brücke im Park, die ich damals wie in einer Zeremonie langsam überquerte, hat nun für mich keine symbolische Bedeutung mehr. Trotzdem gehe ich immer wieder dorthin, bleibe in der Mitte der Brücke stehen, um ..., ich weiß nicht ..., um etwas zu wiederholen, von dem ich mir nicht sicher sein kann, dass es wichtig ist und eine Bedeutung für mich hat. Eine Bedeutung? ..., na ja. Das meiste, das ich tue, erscheint mir ja bedeutungslos.

Ich muss jetzt fort. Endlich Besorgungen erledigen. Irgendetwas besorgen ..., immer glaube ich, irgendetwas besorgen zu müssen, irgendetwas nicht bei der Hand zu haben, irgendetwas nicht zu Hause zu haben.

Ich hätte nicht wegzugehen brauchen: Die Geschäfte hatten alle geschlossen. Zum Bahnhof zu gehen war mir zu weit. Manchmal bin ich wirklich ... unfähig. Zum Bahnhof! Als ob ich statt Einkäufe zu erledigen gleich abreisen könnte. Als ob. Das begleitete mich ja immer, dieses „Als ob".

Eines Tages fasste ich den Entschluss, nach China

oder Japan zu reisen; lediglich der Gebäude wegen. Doch der Anblick von goldglänzenden Pagoden hätte meine Sehnsucht damals nach dem Fremden nicht gestillt. Die war ja tief in mir, diese Sehnsucht nach fremden Menschen und deren Gebärden. So versuche ich, diese ‚Pagoden' nur in mir zu tragen, mit mir zu tragen, gleichsam als Mahnung an mich selbst, mein Inneres nicht mit dem Äußeren zu verwechseln. Denn der Anblick der ‚Pagoden des Glücks' in den von der Vergangenheit verzauberten Gärten wäre nicht imstande, Antworten auf meine hilflosen Fragen zu geben. So gehe ich manchmal statt in japanische Gärten in die Parks nebenan und beobachte die kleinen altklugen Mädchen, die auf den Wegen spielen und alles zu wissen scheinen. „Ich weiß etwas, das du nicht weißt" - diesen Satz habe ich nie zu ihm gesagt. Trotzdem schien er sich so zu fühlen, als hätte ich ihm diesen Satz - immer wieder - entgegen gerufen. Und dieser, nur gedachte, nicht ausgesprochene Satz, durchbohrte ihn jeden Tag, setzte sich in seinem Körper, seinem Kopf fest und ließ ihn unsicher und verzweifelt allein in seinem Zimmer zurück. Seine Art zu leben ..., und meine Art zu leben: wie eine Wiederholung. Ja ..., es war diese Zeit mit ihm nur eine fortwährende Wiederholung von nicht ausgesprochenen Gedanken; keine Sicherheiten in meinem Herzen. Und nie Freude. Und kein Vertrauen. Nie.

Keine Lebensmittel mehr im Haus. Ich werde eben heute nichts mehr essen. Immer dasselbe: essen, nicht essen; schlafen, nicht schlafen; fort gehen, da bleiben. Verzagt sein, sich sicher fühlen. Herinnen in Sicherheit sein. Und draußen?

Draußen ... Ich werde nicht mehr hinausgehen. Auch in meinem neuen Zimmer habe ich die Gewohnheit beibehalten, bei aufziehendem Gewitter minutenlang am Fenster zu stehen und hinauszuschauen. Damit vermeide ich auch, mich in meinem neuen Zimmer umsehen zu müssen, das mir in seiner Unbehaglichkeit und Kälte keine Hilfe für meine Sehnsucht nach einem Zuhause-Gefühl leistet. Manchmal möchte ich nur noch weinen. Vielleicht sollte ich versuchen, von gewissen Dingen Abstand zu gewinnen; um von IHM Abstand zu gewinnen. Von ihm ..., und von seinem Zimmer. In meinem Zimmer aber, in diesem für mich noch neuen Raum, dessen Ambiente ich versuche wie eine schützende Hülle um mich zu legen: keine Alben, keine Schriften; Bücher ..., nur wenige. Und keinen Spiegel. Doch, einen kleinen Spiegel habe ich mir gestattet; weit hinten in der düstersten Ecke dieses ‚Wohnraums' hängt er. Und obwohl die Dunkelheit dort verhindern sollte, mich meinem Spiegelbild zu stellen ..., diese Dummheit! Dennoch in den Spiegel zu schauen. Um mein schäbiges Aussehen vor mir selbst zu verleugnen versuchen.

Vielleicht sollte ich mir ein Kleid kaufen ... ein blaues, für den beginnenden Frühling. Ja, ein blaues! Womöglich werde ich noch unternehmenslustig und gehe aus; in einen Park oder eine blühende Gartenanlage. Und vielleicht kaufe ich mir dort in der Meierei einen Milch-Shake. Lange war ich in keiner Meierei mehr. Das weiße Ambiente dieser Art von Lokalen erinnert mich immer ein wenig an ein Krankenhaus. Oder zumindest an eine Krankenhausküche. Und ginge ich tatsächlich - in meinem neuen blauen Kleid - in einen herrlich blühenden Garten, wer weiß ..., vielleicht stieße mir auf dem Weg dorthin etwas zu und ich müsste ins Krankenhaus und würde sogleich operiert. Womöglich im Gesicht. Ach, ich sollte an solche Dinge gar nicht denken ...; obendrein habe ich im Toilettenschrank keine Gesichtscreme mehr. Irgendwie fürchtete ich mich immer vor Operationen, die vielleicht einmal an mir vorgenommen würden. Regelmäßig suche ich meinen Körper nach ‚kranken Stellen' ab. Jedes Muttermal, jede geringste Rötung der Haut versetzt mich dabei in Panik. Meist lege ich mich daraufhin ins Bett und habe beängstigende Träume von Kellergängen eines Krankenhauses, aus denen es für mich kein Entrinnen gibt.

Ich sollte ruhiger werden. Vielleicht sollte ich mir einen Tee zubereiten. Oder mich nur hinsetzen, um einen Brief zu schreiben. Doch an wen könnte ich schreiben? Nun, ich werde an A. schreiben. Lange habe ich sie nicht gesehen. Ich würde sie gerne treffen. Ja, ich werde mit ihr ein Treffen vereinbaren. Dazu müsste ich jedoch wieder das Zimmer verlassen. Mein Zimmer. Mein erobertes, neues Zimmer. Und ich müsste mir Schminksachen kaufen, so wie ich aussehe. Also kann ich letztlich entscheiden, wie ich aussehe, wie ich aussehen könnte. Das zumindest ist meine kleine Freiheit, die ich mir gestatte.

Hin und wieder versuche ich eben derartige kleine Schritte in meiner neu gewonnenen Freiheit zu genießen, wie etwa lange Zeit aus dem Fenster zu schauen und NUR die Vögel zu beobachten. Die Vögel, deren Flügelschläge sich immer wieder wiederholen. Das gibt frische Kraft. Und diese Kraft scheint eine neue Qualität zu haben. Ich werde all die Gedanken um das Schminkzeug beiseite lassen und mir nichts Neues besorgen. Denn ... irgendwie fühle ich mich kränklich. Sinnlos im Badezimmerschränkchen nach Medikamenten zu suchen. Für mich scheint es keine geeignete Arznei zu geben. Und dennoch würde ich gerne ... meinen Zustand ändern. Irgendwie bin ich dieselbe geblieben ..., dieselbe, wie damals, in der anderen Wohnung, in jenem anderen Zimmer, bei ihm ..., mit ihm; in seinem Zimmer.

Immer noch habe ich nicht gelernt, meine Bedürfnisse zu erkennen. Ungeschminkt und hungrig sitze ich da, in MEINEM Zimmer und weiß nicht was beginnen. In solchen Situationen lege ich mich manchmal ins Bett, schließe die Augen, bin wie narkotisiert ..., unfähig über mein Leben, und was daraus noch werden soll, nachzudenken. Ich würde gerne kräftig sein; kräftig mit meinem Körper, kräftiger in meiner Seele. Ja, nur noch ‚kräftige' Gedanken denken; das stelle ich mir wundervoll vor.

Vielleicht sollte ich eines der Bücher aufschlagen und meine zaghaften Gedanken mit den Schicksalen von Menschen vermengen, die nie gelebt haben. Ich glaube, ich habe noch eine Dose Bohnen irgendwo in der Küche. Und wenn ich die äße, könnte ich zumindest mit aufgeblähtem Leib in mein Zimmer zurückkehren, um ... Doch die Rückkehr in mein Zimmer wäre in jedem Fall ein Fiasko. Und aus jenem Buch, das auf dem Tisch läge, hätte ich auch nichts gelernt. Keine Verbindung wäre ich mit irgendjemand eingegangen. So kommt es mir vor, als wäre der Aufenthalt in meinem Zimmer - in dieser neuen Wohnung - etwas Verbotenes. Vielleicht sind es nur die Träume, die HIER so anderen Träume, die ich in letzter Zeit verbotenerweise genieße.

Stattdessen sollte ich das Fenster weit öffnen und ... Immer öfter ertappe ich mich dabei, jenen seltsamen Turm vom Fenster aus zu betrachten. Diesen Turm, den ich vom ‚andern' Zimmer aus nicht sehen konnte. Irgendwie scheint mir dieser Turm ein Abbild meiner Furcht zu sein. Meiner Furcht vor dem Draußen. Meiner Furcht vor den Menschen. Ich sollte - ja, mit leerem Magen - hinunter gehen auf die Straße, sollte meine Furcht ablegen, sollte - hungrig, wie ich bin - durch die Straßen laufen. Aber das passiert mir ja immer wieder, dass ich in letzter Zeit durch die Straßen eile, ohne zu wissen, wohin. Meist ist es dann auch schon Zeit, nach Hause zu gehen; in mein neues Zuhause.

Tag fünf Möndin, meine

Den Holzherd anzünden und die Innereien zum Kochen vorbereiten. Ungeduldig wedelt irgendwo im Haus ein Hund mit dem Schwanz. Nach der Mahlzeit spiele ich ‚Fröhlicher Junge'. Oder ‚Blüten bemalen', wer weiß? Und vom heiligen Berg der Aborigines möchte ich dann nichts mehr hören … irgendetwas ist gestorben.

Die Vögel sind verschwunden. Mit der Sonne. Meine Traumzeit hat begonnen. So kann ich mich endlich aufmachen und den Nächstbesten um ein Stück Baumrinde bitten. Im Zimmer aber erwartet mich jederzeit! – ich glaube das zu wissen – die ASIATIN: Die Langeweile. Der Turm aber …; schon scheint ein Paradigmenwechsel vollzogen. Scheint. In beiden Fällen; wär' ich dort würd' ich die alten Briefe immer wieder lesen. Und mit dem Mond ein Rendezvous absprechen. Zu passender Zeit. (Längst war die Sonne ja gestorben). Ich ließe mich durch Farbenspiele nicht beirren. Da hätt' ich mit dem alten, runden, bleichen Herrn (Möndin?) einen Pakt geschlossen, der uns beide zur Stille verpflichtete.

Das Schauen. Nur. Das Lesen. Das direkte Schauen in die Augen anderer. Frauen. (Indigniert wendet sich die Möndin ab). Längst haben der stille Mond – die Möndin(!) - und ich begonnen, unser Übereinkommen zu erfüllen. So ziehen wir dahin. So. Ich finde … eine Frau müsste wie ein Berg sein. Oder ein Berg müsste wie eine … Den Pakt scheine ich nur mit der Möndin geschlossen zu haben, die sich hartnäckig als ASIATIN … Kein Trost. Vermag man der Möndin in die Augen zu schauen? Beobachte und versuche. Für die Reinheit des Augenblicks aber gäbe ich … ALLES!

Ich stehe auf, ziehe mir den Rock an, der über der Stuhllehne wartet, setze mir die finsterste Haube auf, die ich zu ergreifen imstande bin, und gehe aus der Türe. Natürlich ist es Nacht geworden. Mittlerweile. Ich schlage den Rockkragen nicht auf, ziehe die Schultern nicht hoch, gehe …, gehe ruhig in den beginnenden Abend hinaus. Und obwohl ich mir sicher bin, dass in den Parks die Laternen leuchten, lenke ich meine Schritte …, lenke. Ich. Ich lenke. Meine. ASIATIN. Meine. Möndin. Die Luft dieses Abends macht es mir leicht, Atem zu holen und mit leichtem Schritt … leichtem … Ich werde mich irgendwo hinsetzen. Und abwarten. Und. Warten. Ich gehe also – leichten Schrittes – des Abends (abwartend), noch nicht sitzend: FORT. Hinaus jedenfalls. Die zugigen Straßenecken erkenne ich bereits. Die Chinesischen Restaurants - voll mit Asiaten – meide ich. Die Parks sind abends nicht wirklich … Die Museen sind längst geschlossen. Und käme ich in die Nähe eines zyanblau blühenden Baumes, ich wäre mir ein entschlossener ‚König Ortler'; auf Zeit nur. So aber, in all den Straßen (die ich zu kennen nie Erlaubnis hatte), bin ich wohl nur ein geduldeter Paladin meiner eigenen Sehnsüchte. Und Sigmund F. würde mich zu Recht von der Straße fegen, wenn ich das nicht schon längst selbst geplant hätte.

Ein Platz gesucht. Wohlan. Ein Platz! Und lasst den Vogt nur nicht sein' Hut abhanden kommen! (Den grüßt ja eh keiner). Mit kalten Händen, die ich immer wieder mit meinem feuchten Atem anzuwärmen versuche, finde ich mich …, diese Straßen eignen sich wirklich nicht für ‚große Unternehmungen'. Die Hände also ferngehalten von den Augen. Die Nase kalt wie Hunde es uns lehren. Die Ohren …, na ja , die Ohren, kalt, wie alles andre auch.

Die Augen, ein wenig - von der Kälte nur - tränend, und nichts, was ich wirklich unternehmen möchte. Ich hätte doch ins Chinesische Restaurant gehen sollen. Gesehen würde ich dort auch nichts haben. Haben. Sein. Und. Das. Und das WORT ist irgendwas geworden. So gehe ich guten Mutes auf meine ehemals zugige Straßenecke zu. Und ... Undnureinekommtvorbeidasgenügtaber. Folglich: Augen gerieben. Jackenkragen zivilisiert gerichtet. Haube - sofort! - abgenommen. Haare glatt gestrichen. Schuhe geputzt. Ohnehin. Direkter Blick. Straßenecke. Eben.

Das Äußere scheint das Innere mit eigenen Regeln kenntlich zu machen. Zu. Machen. „Würden sie vielleicht ...?" Vielleicht. Vermag ich alle weißen Schwäne unter den wenigen schwarzen zu erkennen? Ja. Ich will. Bis dass der Tod uns. Welcher Tod? Wir sind doch auf der Straße und ... Sie hat selbstverständlich! zyanblaue Augen. Na also. Das Wichtigste ist jetzt: Schon befinde ich mich auf der Spitze des Ayers Rock: Romeo und: Maria Magdalena - die mit den roten Haaren. Und selbstverständlich sind wir dort auf jenem Ölberg nicht eingeölt und auch nicht nackt.

Ich habe mir selbst nicht die Wahrheit gesagt, aberundwennschon ...; es gibt nichts Schöneres, als aufzubrechen. Meine Träume sagen mir aber, dass ich anderes erleben könnte. Und meine Erlebnisse zeigen mir, dass ich von nun an andere aus anderer Perspektive ansehen werde. Doch wie kann das funktionieren, wenn ich in meinem Keller hocke, eingesponnen in meine von mir erschaffenen Spinnweben, die ich in all der Zeit um mich gelegt habe, ohne jeden Ton, vor allem: ohne jeden Blick nach Draußen oder in die Augen von sonst wem ... Ende. Der Romantik: Turm, Keller, Ayers Rock ... werden mich nicht daran hindern, meinen Gang zum Park wieder aufzunehmen. Ja, dorthin geht es wieder. MUTABOR. Oder besser: Abrakadabra. Längst bedarf ich der Zauberworte. Um vom Fleck zu kommen. Um mich fortzubewegen. (Finnegans Walk?). Die Listen sind mir dabei zu nichts nutze. Ich werde keine weiteren aufstellen. Vielleicht.

Das Ziel: der Park. Nein. Das Ziel: ist endgültig. Während ich auf einer Bank (auf einer Parkbank!) sitze, beginne ich, langsam und ... vorsichtig! das rechte (linke?) Hosenbein hochzuziehen und ... (Beethoven, 3. Symphonie, III. Scherzo: Allegro vivace - beginnend) suche ich aus einer meiner Rocktaschen das Messer hervor, das ich langsam aufklappe und mir in diesem Augenblick mit Wucht - so gut ich eben kann - in den nun blanken Oberschenkel ramme. (4.Satz: Allegro molto). Die Reinigung hat eingesetzt: Ich habe für nichts mehr (außer mir selbst) einen Blick: Trippelnd geht eine junge Frau in rotem Kleid mit keckem Hütchen auf dem Kopf ... Und keine Kinderbälle. Rote. Womöglich.

Endlich sitze ich wirklich fest. Im Park zwar, aber: Das Kind trottet gemächlich neben seiner Mutter mit dem roten ... zwar. Aber: aufatmen - keine zyanblauen Augen ringsum. Mit leicht blutendem Oberschenkel stehe ich auf (Parkbank) und gehe direkt zum Museum: Charly Parker: *OUT OF NOWHERE*. Gehe. Dahin: Bild für Bild: Francis Bacon: *Figure in Movement., 1985*. Dahin. Und. Francis Bacon (again): *Blood on the Floor, 1986*. Und 1984? Hat stattgefunden. Und - nahezu nebenbei - ein gewaltiges Wölkchen: Bob Moses: *When Elephants Dream of Music*. Längst hat mein Bein aufgehört zu bluten, in den Bewegungen, in denen ich mich befinde: *„What is heavy is made light"*. Danke Bob. Beinahe hätte ich meine! Verpflichtung zu schauen vergessen. Blicke können ... alles. Aber auf keiner der dargebotenen Museumsruhebänke vermag ich still, gar länger zu sitzen. Und Blicke haben mich noch nie verpflichtet. Die Sehnsucht, einer in die Augen zu schauen, aber … So suche ich mir ein Opfer. (Keine Zugeherinnen in jenen Museen des blicklosen Schauens). Kecke Hütchen? Zyanblaue Augen? Gar Asiatinnen? In der Sekunde: vor mir: (wie gewünscht): Eine … Die … *(Sandro Botticelli) Die Geburt der Venus - jetzt* … (Female Perversions): Groß. Aufrecht. Schlank. Blass. Ruhig. Kontrolliert. Langsam. Behutsam. Begehrend. Aufmerksam. Aggressiv. Geil. Unansprechbar. Wie Tilda Swinton eben.

Schweiß auf der Stirn, setze ich mich auf eine der vom Museum bereitgestellten Bänke. ‚Tilda', mir den Rücken zugewandt, vor mir; den Rücken betrachte ich kaum. Ihr Hintern aber: Ruhig. Kontrolliert. Aufmerksam. Und ich versuche unter Mühen die letzten von mir geschaffenen Spinnweben abzustreifen, um … (was gäbe ich jetzt für die so willige Zugeherin). Was gäbe ich jetzt für die Sympathie dieser ‚Tilda'; längst habe ich das mich umschmeichelnde Zyan verdrängt. Von *Orlando* war währenddessen weit und breit nichts zu sehen. Sehen …, das wollte ich; denen in die Augen sehen. In Augen …, wie von Rindern …, von Schafen. Von Toten. Ich aber verwandle meinen Schlachthof in ein Planetarium von mit freiem Auge erkennbarer Sterne. Abrakadabra. Wieder einmal. Die ASIATIN – kaum die Zugeherin – habe ich nur als Attrappe benutzt. So lernte ich einer Figur zu folgen. Lernte mich loszuschicken. Lernte, mich zu begleiten, wie die Figur, der ich immer noch folge. Nichts, was ich aus meinen Vorstellungen zu befreien imstande wäre. Ich lasse mich nicht aus den Augen. Die Zugeherin darf ich nun nicht mehr bedrängen, durfte es nie. So erlerne ich es, jene Konzentration aufzubringen, die Monate, Jahre anzuhalten imstande ist. Meinen Augen traue ich nun. Den Stimmen aber …; den Bewegungen vielleicht. Und ich lasse es zu, meine Aufmerksamkeit ständig jener stillen sanften Despotin hinzuwenden, wie man eine Blume, aus einer Serviette dreht ..., wendet und wendet und im Grunde nur jemandem verehrt. Es hat den Anschein, als stünden mir unwahrscheinliche Begegnungen bevor.

In der Zwischenzeit darf ich mich nicht belügen; so lebt man sich die erdachte Seele aus dem Leib: Im Gehen die Menschen erkennen ... den Verlorenen sollte ich nachreisen. Den Antipoden der Schlachthöfe. Den Schneidern himmlischer Hosen. Dem kleinen Prinzen ständig und ohne darüber nachzudenken. Atem holen. Die Planung: Die Entführung aus dem ..., aus den Milchküchen (DAS wäre endlich etwas wirklich Banales). Schon habe ich mich auf den Weg dorthin gemacht. Wie lächerlich erscheinen mir die Orte meiner beinahe vergessenen Aufenthalte: vorbei Park, dahin Museum, hinweg gutes Zimmer mit all deinem gut gemeinten Ramsch. Verdrängt: die Schlachthöfe, verglüht: Ayers Rock, verachtet, nie besuchte Chinesische Restaurants. Voran, es geht zu den Milchküchen! - wo Menschen schweigend auf das Ende ihrer Blindheit warten.

Das Sehen ist eine Sprache; das Schauen eine andere. Und eines Nachts: zartes, scheues Vogelgezwitscher hören, aus jener Richtung, wo man in der Dunkelheit den Rand des Waldes vermutet. Dennoch erweist sich die Reise zu den Milchküchen dieser Stadt als denkwürdiger als jede Erinnerungsfälschung: Der klebrig kalte Schweiß im Rücken, die kribbelnden Füße, die Müdigkeit (1), die schmerzenden Augen - in der Dunkelheit des Abends nur komme ich voran -, die Gedanken an ... (und deinen Turm, verdammter Hölderlin, vor Augen); demnach: die Müdigkeit (2); die Stadt und ihre Straßen immer noch nicht kennen. Das Gebäude (zum ersten Mal bewusst wahrgenommen): Selbstverständlich gehe ich sofort und ohne Zögern hinein, durch irgendeinen Hintereingang - Vordereingang - Geheimeingang - Unbekanntenausgang - Aufjedenfalleingang: Und vermisse die beschauliche blaue, weiße, stille, kleine Ruhe jenes Raumes, wo einstmals tagsüber (!) die Zugeherinnen ihr ruhiges, kleines wichtiges Tagwerk begingen. Hier aber fährt mir DIE HALLE, weiß, unermesslich in ihren Ausmaßen, ruhig, aber doch in ihrem Inneren bewegt und voll der unermesslichsten Geräusche, ins Gesicht. Ins Innere. Hier sollte sie sich aufhalten (zu später Stunde noch?), die Zugeherin, die keusche, den Blick verweigernde Despotin.

Statt auf sie treffe ich auf Roben, fein gehängt und wohl sortiert in Reihen: Nichts Buntes. Nichts Grelles. Weißes nur in diesem kreidebleichen Pandämonium des Verwechselbaren. Nicht einen Schritt setzte ich in diesen Raum. Es ist nichts mehr zu hören. Längst schlafen sie - weit weg von hier - die blau-weiß gekleideten Dienerinnen aus dem Seelen tröstenden Hospiz. Und plötzlich hab ich weiße Schuhe an den schmerzenden Füßen, trage einen weißen Rock, befinde mich in weißen Hosen. „Längst wär' mein Haar ganz weiß geworden", hat mir einst eine zugetragen. Und die Gewänder, hier auf den dünnen Stangen wartend, sind alle weiß! Nun gut, F. H., du hattest deinen Turm … und lässt mich hier allein. Und da ich keinen Schritt dort hinein wage, setze ich mich auf den Boden, kreuze die Knie, beginne NICHT zu meditieren und sehe alle Gesichter vor mir, denen ich nie wagte in die Augen zu schauen. „Längst auch hätte ich meine Zuversicht verschüttet", sagte einmal eine zu mir. Es sind die immer gleichen Einflüsterungen, die ich mir ständig wünsche, die niemals stattgefunden haben. Manchmal, wenn ich glaubte ein Erkennen hätte stattgefunden, das Suchen in den Alben wäre erfolgreich gewesen, flüsterte ich mir selbst leise Worte zu, die ich kaum verstand, und die ich jetzt nicht zu wiederholen wüsste. Und nie vermochte ich zwischen Nebensächlichem und Unerledigtem zu unterscheiden.

Deshalb nur hocke ich noch hier. Und für meine Traumverdichtungen kann ich mir - natürlich! - eine ‚Sammelperson' vorstellen: Meine Milchschwester. Aber mein gefühlsmäßiges Leben wird deshalb nicht ziellos: Ich sitze ja in den Kulissen meiner verdichteten Träume ..., obwohl mich ein nackter Frauenarsch noch immer mehr ... Und die Gedanken an die Milchküchen haben mich auch nicht aus den Schmerzzonen meiner Erinnerungen befreit. Kategorie: Unerledigtes.

So. Sitze ich. Seit Stunden. Auf der Parkbank. So: Ein eifriger Simulant sentimentaler Gefühlskulissen. So. So ignoriere ich - erfolgreich(!) - die Gesten der Vorübergehenden, die meine Widersacher sein könnten: In ihren Abwendungen zeigen sie mir (!) nicht ihre Verachtung, dazu scheine ich zu gering, sondern eine objektive Haltung; eine Form der Nebensächlichkeit eben. (M)eine Abwendung vom Park wäre demnach das Eingeständnis, subjektiv erfolgreich in der Askese des Wegschauens zu sein. Die Zuversicht des Einzelnen aber ...

Zu Hause aber bin ich nicht zuversichtlich, demnach muss ich die Welt nicht von innen deuten. Interessant sind nur die Einsprengsel, die kecken Hütchen und die abgetragenen Schuhe alter Männer. Die Hunde und die - selbstverständlich - lärmenden Kinder. Und deren Spielbälle. Die MUTABORS und Abrakadabras. Und die blauen Bäume im Park. So fällt es mir leicht - auf dieser Bank - die eigenen, scheinbar erprobten Gesten zu unterlassen und alle Schlussfolgerungen, die sich daraus ergeben, beiseite zu lassen. Und mir einzureden, dies wäre der verlässlichste Ort ...; wofür? Es lohnt sich dennoch nicht, den Blick irgendwo anders hin zu richten. HIER bedeutet ja nur einen Abschnitt, also Stückwerk des Endlosen. Gesichter, in die zu schauen man sentimental genug zu sein glaubt, spielen dabei keine Rolle mehr.

Vom nächsten Baum hole ich mir das nächstgelegene, abgenutzte Abrakadabra und fühle mich (auf der Stelle!) in meinem Zimmer schon wieder wie zu Hause. Und eine lange Nase könnte ich mir jetzt höchstens selber drehen; der Spiegel, der matte vis-a-vis von mir verhindert das. Adrett angeordnet die Alben und Bücher; nach der Zuckerschale verwende ich keinen Blick. Das Wesentliche hat es mir nun angetan: Ein Raum ohne Gesichter, die ständig an mir vorbeiziehen; keine Bank, ein Sessel, auf dem ich sitze; ein Tisch, der mich zum Studium alter Bilder einlädt. Nur der Spiegel (der immer noch matte!) mir gegenüber, spielt nicht mit und hat sicher manchen Streich vorbereitet; lange schon wartet er darauf, ihn mir zu spielen. Man muss eben Geduld haben. Haben. Sein. Werden. Und wäre ich einer jener Aborigines geworden, die, endlos wartend, den Namen jenes Berges nur dächten, ich hätte dessen Namen längst vergessen, so wie meinen eigenen, den ich nirgends geschrieben fand, und auch nicht endlos danach suchte. Im Spiegel gegenüber sehe ich – nach kurzem Heben meines Kopfes – nur noch ein Fragment. Ein untrügliches Zeichen des Sieges über … Also triumphiere ich zu Recht. Zu Recht. Und dass mir deshalb alsbald der Prozess gemacht würde, daran mag ich nicht glauben. Es wäre das nur eine scheinbare Finsternis, in die ich mich zu begeben hätte.

Das nächstbeste Album arglos und mit Elan aufgeschlagen, die entsprechenden Fotos gesucht … und gefunden! Die Stärkung des Einzelnen findet hier herinnen statt. Die Bilder bleiben die gleichen. Nur: Fotos anzusehen ist zu wenig. Nur: Gesichter anschauen zu wollen ist feige. Nur Worte zu sprechen ist nichts. Miteinander: Fotos anschauen, reden, einander ins Gesicht sehen…; das Sprechen wäre dann … Nur eine gedachte Linie aller Möglichkeiten. Rasch ein Buch aus dem Regal geholt. Und noch eines. Ich schlage beide nicht auf; schiebe sie beiseite. Stehe auf. Gehe zur Türe (es hat geklopft). Es hat nicht geklopft.

Die Gleichzeitigkeit phantasierter Abläufe verhält sich zum Zeitpunkt ihres Eintritts, wie…; ich glaube ich habe das Verlangen, Menschen in die Augen zu schauen, nun endgültig überwunden. Wie die Unvereinbarkeit der Akzeptanz ihres Endpunktes Und die berechtigte (?) Sehnsucht nach einer eindeutigen Haltung bedeutet: Keine. Kompromisse. Mehr. Ich habe den (azur-?)blauen Himmel über dem Park nicht beachtet. Ich habe die morsche aber immerhin bemalte Plafondtäfelung des Zimmers nicht beachtet. Nicht betrachtet. Irgendwann werde ich zu anderen Ordnungen finden wollen, als zu den eigenen. Noch habe ich nicht DAS Gesicht gesehen. Nicht die Augen, in die ich schauen wollte. Nun bin ich nicht mehr bereit, allem, was mir begegnet, eine Bedeutung zu geben. Und Tübingen mit seinem Turm ist weit.

Aufzeichnung 5

Das, was ich für mein Leben hielt, schrammte lediglich an mir vorbei und fügte mir eben deshalb Wunden zu, die ich trotzdem nicht als meine ‚Lebenswunden' zu erkennen vermag. Folglich bin ich wie eine Verwundete, die sich vor lauter Schmerzen ihrer Wunden nicht mehr bewusst ist, sosehr hat sie sich an diese gewöhnt. So bin ich geworden ..., so alt ..., jedenfalls kein Mädchen mehr. Und die Erfahrungen des Lebens haben andere (für mich) gemacht. Er vor allem. Er schien alles über mich zu wissen. Auch das ließ mich verstummen in all den Jahren. Auch konnte ich nicht fort. Damals. Das entsprach einfach nicht meiner ‚inneren Kultur'.

Vielleicht hätte ich mich eines Tages entkleiden sollen, um so - in diesem ‚Zustand' - in der Mitte des Zimmers zu stehen. Was hätte er mir denn auf meine Nacktheit antworten können? Stattdessen verkroch ich mich. Immer nur verkroch ich mich vor ihm. Und vor mir selbst. Es war immer dasselbe wie vorher. Und vorher und vorher. Damals kannte ich nur ein Wort: IMMER.

Immer gleich. Immer dasselbe. Immer in diesem Zimmer sein. Weshalb habe ich ihn nie angeschrieen, um ihm sein Schweigen herauszuschreien? Jedenfalls habe ich in all den Jahren nie geweint.

Ich muss mich beruhigen. Er brauchte mich nicht

zu beruhigen. Ich war ja ruhig. Immer. Auf das war ja Verlass: auf dieses ‚Immer'. In dem seinen fühlte er sich zu Hause, in seinem ‚Immer fort und fort und fort'. Letztlich ging er irgendwie immer ‚in die Nacht hinaus'. Und saß doch nur in seinem Zimmer fest. Und betrachtete manchmal das Bild einer Blume mit blauen Blüten. Und ging auf keine Berge. Nur hin und wieder schrieb er an seinen seltsamen Listen. Auch ich hätte meine Liste - banal, unnötig:

Haarshampoo
Augen-Make-up-Entferner
Gesichtswasser
Antifaltencreme
Zahnpasta
Halscreme
Handcreme
Duschbad
Deodorant
Körpermilch
Fußbadesalz
Fußcreme

Nie schrieb ich diese Listen. Und niemandem schrieb ich. Ich war mir selbst genug. Schrieb - wie hier - nur über mich selbst. Und über ihn, das schon; über ihn schrieb ich oft. Vielleicht zu oft.

Mein Bauch tut mir weh. Ich hätte etwas essen sollen. Manchmal, wenn es ganz still im Raum ist, lege ich mich aufs Bett und schiebe meine Hände unter den Rock, lege sie auf meinen nackten Bauch und ... genieße lange dieses wohlige Wärmegefühl. Nur, ich darf mir das nicht zu oft gestatten. Sonst könnte vielleicht ... Manchmal war es völlig still in seinem Zimmer. Dann wieder - selten genug - war klassische Musik zu hören, ganz leise. Gelegentlich musste ich weinen, wenn ich sie hörte.

Einmal saß er verstört da, blickte auf sein blutendes Bein und betrachtete es eingehend. Und als er mich bemerkte, sah er auf und blickte mir lange eindringlich in die Augen, so als ob er mir eine Frage stellen wollte. Hin und wieder zog er sich irgendwelche weiße Kleider an; meist aber umhüllte er sich lediglich mit einem weißen Leintuch und verharrte so stundenlang in einer seltsamen Stellung. War diese ‚Zeremonie' vorbei, verlangte er meist nach einem Glas Milch. Ich versuche, mir keine Fragen mehr zu stellen, über stattgefundene ‚Ereignisse', die andere nicht erlebt haben.

Also ..., wieder nur am Fenster stehen und nicht vergessen können. Und warten ..., geht es schon los? Kann ich schon loslassen? Kann ich endlich hinaus? In mein altes Zimmer? In mein neues Zimmer? In sein Zimmer? In mein Zimmer? MEIN Zimmer! Nur meines. Jetzt und für immer. Für immer ...,als ob ich je etwas geplant hätte. Heute wie damals vergeht mir ein Tag wie der andere. Und es liegt nichts vor mir, nichts, wofür es sich lohnen würde, den nächsten Tag zu ERWARTEN. Also warte ich auf nichts mehr. Und habe endlich alles - auch ihn - hinter mir gelassen.

Vielleicht aber bringe ich nächstens doch die Kraft auf, auszugehen, und mich in ein Terrassen-Café zu setzen. Dort säße ich dann und rührte viel zu lange in meiner Kaffeetasse und wäre doch unruhig ..., unruhig und freudlos, weil ich mir an diesem öffentlichen Ort nicht gestatten könnte, meine Hände unter den Bund des Rockes zu schieben und sie flach auf meinen kalten Bauch zu legen. Ich wäre dann ja nicht in meinem Zimmer.

Auf die Anwesenheit in seinem Zimmer hatte ich nie ein Anrecht. Nur er hatte diesen Anspruch auf das Ritual, immer wieder seine Alben und Bücher akkurat zu kontrollieren und diese Ordnung aufrecht zu erhalten. Gelegentlich sah er dabei auf und horchte in Richtung Türe, als ob er jemanden erwartete. Von den Nachbarn ist kein Ton zu hören; vielleicht gibt es hier keine. Bei diesen Gedanken habe ich irgendwie ein schlechtes Gefühl. Nicht dass ich Hilfe nötig hätte, aber ..., hätte ich eine Freundin ..., JETZT eine Freundin, oder einen Freund, einen ANDEREN Mann! ..., ach, ich weiß nicht. Vielleicht würde ich ihn nur anstarren wie ich manchmal nachts den Mond anstarre.

Irgendwie fühle ich mich krank. Seine ständige Anwesenheit damals hat mich irgendwie krank gemacht. In den wenigen Stunden aber, während der er außer Haus war, vermochte ich mich nicht zu ‚regenerieren'; als ob ich das je gekonnt hätte, irgendwann wieder zu Kräften zu kommen. Um schließlich nur ‚kraftvoll' herumzusitzen.

Ich ersetze eine Traumwelt durch eine andere; eine endlose Abfolge von Traumwelten ist das, was ich Leben nenne.

Ich glaube ich habe nun meine Tage. Vielleicht sollte ich mich hinlegen. Oder ein bisschen spazieren gehen. Oder ich sollte ..., ja, ich sollte, ich sollte! Vielleicht sollte ich mir da draußen eine Wildnis suchen ..., meine Wildnis. Ganz allein. Ohne ihn. Einmal, abends, versuchte ich seine Hand zu nehmen, und ihn nicht mehr loszulassen. Berührungen vermied er lange schon. Auch in diesem Fall: rasch zog er seine Hand zurück, stand auf und ging unruhig im Zimmer auf und ab. In manchen Momenten kam er mir vor wie ein Wilder in seiner eigenen Wildnis, die er sich zurechtgelegt hatte. In Wahrheit saß er meist nur da, den Kopf vornübergebeugt, und betrachtete ruhig Foto um Foto in einem der Alben, das aufgeschlagen auf dem Tisch lag. Nie sah er dabei auf; in den Spiegel ihm gegenüber. So verbrachte er seine Tage: vornübergebeugt. Ja, so waren seine ‚Tage'.

Tag sechs Ungelesen

Fragment einer beiläufigen Aufzeichnung:

Auf dem Tisch
liegt
ein zerknitterter Brief.
Ungelesen.

Ich breche meine Zusagen. Langsam, hinterhältig, vorsichtig, drängt meine Hand dem Brief entgegen: Ungelesen. Zerknittert. Heilige Einfaltigkeit. Die Nachmittagssonne lässt das Zimmer zu einem düsteren Versteck mutieren; es wird schwierig werden, den Brief zu lesen:

„Während Du diese Zeilen liest (keine Anrede), bin ich längst aus Deinem Leben ...". Es wird schwierig werden, diesen Brief zu Ende zu lesen. „ ... und alle Vermutungen, die Du über mich, während unseres Zusammenseins, angestellt hast, haben mit der Wirklichkeit (meiner bedrängten Existenz) nichts zu tun. Zu sehr hast Du Dich von meiner äußeren Erscheinung ... Vor allem Deine Gewohnheit, mir ständig IN DIE AUGEN SCHAUEN zu wollen, hat mich deshalb so verschreckt, ja, nahezu abgestoßen, weil ich in jenen kurzen Augenblicken, in denen wir uns nahe waren, ALLES mit Dir austauschen wollte, also mit Dir REDEN wollte. Du aber ...".

Es wird nicht schwierig sein, den - kaum gelesenen - Brief (in diesem Augenblick!) zu zerknüllen. Die Blumen in den altmodischen, blassen Vasen am Fenster sind längst zur Gänze vertrocknet. Die Vorhänge davor, aber noch nicht zugezogen. Noch nicht. Ganz. (Das Ganze mag oft nur durch Zufall die Summe aus zwei Hälften ergeben). Welch' Erleichterung! Und selbstverständlich zeigt sich (umgehend!), neben dem Tisch stehend, eine nackte Frau; den Rücken mir zugewandt. Mir. Und das Zwielicht im Raum (mittlerweile habe ich - für wen wohl? - eine Kerze angezündet) ist mir beim Betrachten der Silhouette ihres Hinterteils behilflich. Als ob ich sie je - am ganzen Hintern - abtasten würde! Oder - eine ganze Nacht hindurch - meine Hand an ihrem Gesäß ruhen ließe. Träume demnach. Im Traum nur. Geschieht manches. Demnach. Ergo: Die Augen geschlossen, knalle ich mit dem Kopf auf die Tischplatte. (Das ist nicht mein Zimmer; wieder bin ich nur in meinem Turm ... in seinem Turm. Knalle. Mit dem Kopf: Und klebe fest. Und alle Bewegungsversuche, die ich von nun an anstelle, um loszukommen, zeigen mir nur jene klebrigen Fäden umso deutlicher, an denen ich mit allem hier herinnen verbunden bin. Ich bin dir demzufolge! verbunden: Zimmer, nackte Frau, Zuckerdose, Album, Buch, Spiegel, SPIEGEL(!), nackte (ach was ...) ASIATIN. Überall an meinem Körper haften die klebrigen Fäden der ekelhaften Verbundenheit mit diesem Zimmer, mit alldem, womit ich es angefüllt habe, mit den Ideen, Gedanken, mit Wünschen, Träumen, und ... dieser Frau. Und dem Verlangen - trotz allem - hinaus zu gelangen.

Ich versuche aufzustehen und klebe fest. An der Tischplatte. Scheinbar. Ich gehe einen ersten Schritt und klebe fest am Fußboden. Scheinbar. Ich versuche weitere Schritte im Zimmer zu gehen. Eine Phalanx an klebrigen Fäden meiner hier bereits gegangenen Schritte begleitet mich, hält mich fest. Alles an meinem Körper ist verklebt. Wurde festgeklebt. In diesem Zimmer. Von diesem Zimmer. Von all den Gedanken, die ich in diesem Zimmer dachte. Von all den Gefühlen, die ich in diesem Zimmer fühlte.

Weiter! Aber: Wo ist vorne? Und wo ist dieser verdammte Frauenhintern, der mir scheinbar während der Nacht Beruhigung spendete? Raus hier: Katapult. Kawummm. Nichts da: Festgeklebt wage ich kaum noch zu wimmern. Endlich hat mich mein Selbstmitleid vollständig umhüllt und klebt perfekt an mir. Und die klebrigen Fäden, die ich versuche abzustreifen und die ich dennoch durch den Raum ziehe, sind lediglich Auswüchse meiner Krokodilstränen. Ich beschließe, mir fortan bessere Manieren anzueignen. Um gerüstet zu sein. Um mir nicht andauernd selbst auf den Leim zu gehen. Um SIE (ASIATIN) wirklich anzuerkennen. Und mich. Auch. Wo. Hin? Kein Park wäre ausreichend. Kein Ort wäre passend. Der H.-Turm aber ... (Wieder nur in den Hölderlin-Turm?). Der (Anmerkung: H) konnte ja ständig reden. Mit sich selbst. Mit anderen. Mit Besuchern. Mit Förderern. Mit ... dem Universum. Der (Aus-)Tausch kann nicht gelingen.

Mit dem Kopf auf die Tischplatte fallen: Mit den Gedanken nicht weiterkommen. Mit den Gefühlen festgeklebt sein. An einem undenkbaren Ort (im eigenen Wohnzimmer!) sein. Ich habe diese (Spiel-)Regeln nicht aufgestellt. Nicht für mich. Denn der Aufenthalt im Turm ist keine Lösung. Und die ASIATIN ist keine Lösung. Und die Zugeherin ist keine Lösung. Und die blauen Milchküchen sind keine Lösung. Und der Park ist keine Lösung. Und alte Männer im Park sind keine Lösung. Und Hütchen (mit Dame) sind auch keine Lösung. Und die Straßenecke ist keine Lösung. Und das Museum ist keine Lösung. Und die Alben sind keine Lösung. Und die Bücher sind keinesfalls eine Lösung. Und der Spiegel ... Lewis Caroll hatte nicht Recht. (Ein konservativer Mathematiker nur). Und Ayers Rock ist auch keine Lösung. Und Beethoven war noch nie eine Lösung. Klebrig der Körper, den Kopf mit der Stirn fest mit der Tischplatte verwachsen, begebe ich mich in

Gedanken hinweg. Mit Leichtigkeit und ohne darüber nachgedacht zu haben.

Alle früheren Blicke aus dem einzigen Fenster können mir gestohlen bleiben: Längst vergessen, hab ich sie mir selbst rechtzeitig entwendet. Ruhig daliegend geht meine Stirn auf jene Reise des Schauens, die anzutreten ich irgendwann lediglich den Mut aufbrachte, für die ich sonst aber keine Voraussetzungen mitbringe: (... als ob ich sie je - am ganzen Hintern - abgetastet hätte). Und stelle mich dem Tier: Ab ins Löwen ... Maul. Zum Teufel noch ma(u)l! (als ob ich nicht bis sechshundertsechsundsechzig zählen könnte). Mund auf, Augen zu: Gähnende Leere. In der biblischen Dunkelheit. Nichts zu sehen. Gott sei Dank. Ich bin mutig genug, um meine Stirn vom Tisch zu lösen, mich aufzusetzen und auf ein Klopfen an der Tür zu warten. Auf. Gott (sei Dank). Schon bin ich nicht mehr allein - noch wurde nicht an der Tür geklopft - der Gottseibeiuns hat mich unbemerkt heimgesucht. Und gefunden. Heureka!: Einer auf einen Streich! Diesmal öffne ich die Türe, obwohl das mit dem Klopfen ... Das Klopfen warte ich nicht mehr ab, trete aus der Türe, gehe aus dem Haus, gehe durch die Straßen, gehe weit ..., sehr weit, nähere mich - mit festem Schritt - der Peripherie.

Was für eine Nacht! Tandaradei. Und wäre ich imstande, alle Kieselsteine der Welt aufzulesen, um sie in meinem Mund zu versammeln, ich vermöchte nie derart aufrichtig zu stammeln, so dass mir die ASIATIN "alles" glauben würde. So beschränke ich mich auf meine persönliche Variante einer Nacht-und-Nebel-Aktion und trete die Steinchen umso fester in ihren Untergrund, um nicht zuzulassen, dass sie mir gefährlich werden. Die niedrigen Häuser der Vorbezirke nehmen mich auf und sind sehr gut in der Lage, mich zu verstecken; sofort haben sie meine Absichten erkannt. Die Kiesel, womöglich, haben es ihnen mitgeteilt. Vermutlich habe ich auch nur den Tod in meiner Tasche. Damit vermag ich vielleicht dem Stumpfsinn zu trotzen. So könnte ich aufs Neue beginnen ... schon würde es zu Ende sein.

Der Tod interessiert mich schon lange nicht mehr. Denn fange ich an - schon ende ich. Ansonsten: nur umherschauen. Und aufschauen. Im Kirchenschiff. Zum Firmament. (Was haben die Frauen mit den Sternen gemeinsam?). Wie langweilig ein wolkenloser Himmel sein kann. Immer noch habe ich zu großen Respekt vor den klebrigen Fäden, die mich seit meinem Weggang umfangen. Ich sollte endlich auf Kollision gehen. Aber: Da ist nichts. Ich sollte fortgehen. Aber ich bin bereits weggegangen. Ich sollte den Himmel vergessen. Und den Tod. Und die Frauen. Aber: Da war (noch!) nichts. Ob ich je imstande sein werde, den Sand meiner Wüste hinter mich zu bringen? Der Himmel ist leer. Und viel zu zyanblau. Meine Zufluchtsstätte vor meinen Augen aufgelöst; einen letzten Blick darauf wollte ich noch wagen: Nichts da mit Machu Picchu: Der Schamane meines Fernwehs scheine nur ich selbst zu sein. Ich lasse meine Leben zurück. Doch nicht aus den Augen. Alles zu seiner Zeit. Zu meiner Zeit. Und das Japanische bräuchte ich noch lange nicht zu erlernen: Und führe mich in Versuchung. Und mein ist das Reich. Und die Kraft. Und deine Herrlichkeit - ASIATIN. In Ewigkeit: Schon hab' ich sie in der Tasche. Sie alle. Und den Tod dazu. Und den Sand. Und die Berge. Ein Klacks nur. Auf Erden. In meinem Zimmer. Nur. Von dort muss ich ausgehen. In allem. Und die Stadt ist in mir. Und ich bin die Stadt.

In einem der unzähligen Ämter der Stadt ruht in einem Archiv meine (!) Vaterschafts(an)klage: Diese Liste ist unendlich ... Mozart, als meinem Vater, hätte ich längst all die verlogenen Schleifchen und Glöckchen entrissen. Wie vermag man über Fötzchen und Ärschchen und Fürzchen zu reden und dann solche ... Ich werde weitergehen und meine eigene Nachtmusik machen. Machen! Machen! Bei Tag, versteht sich. Ich bin ja in Sicherheit. Bin im ‚Auge des Taifuns'. Ruhig demnach. Ja, ich bin ruhig geworden. Nur noch: ‚Die Nachtmusik'. Wie mutig und verlogen ich diesmal bin. Nichts davon ist zu hören. Bin ich bereits taub? Die Straßen sind während des Tages so still.

Immer noch befinde ich mich im stillen (!) Auge des Taifuns, und das nur, weil ich Ayers Rock gegen Machu Picchu eintauschen wollte. Unter diesem zyanblauen Himmel! In aller Ruhe. Nichts, was zu beenden ich imstande wäre. Die Frage ist, habe ich ein Recht darauf, hier zu sein, in diesem, in meinem Zimmer? Oder auf der – vermeintlichen – Straße? Oder auf diesem Berg? Oder jenem? Oder im Park? In all den Parks dieser Stadt; auch in all den Straßen dieser Stadt ... und an deren Ecken? Mit all den Melodien im Kopf. Mit all den Wünschen. Und Begierden. Ein Hintern ist nur ein Hintern. Bild: In der Mitte des Raumes steht ein großer quadratischer Tisch, auf dem Speisereste eine unregelmäßige Landkarte formen. Als Begrenzungspflöcke unsichtbarer Claims dienen eine Zuckerdose, zwei Kaffeetassen, ein halbvoller..., ein halbleerer Aschenbecher in Muschelform. Einige kleine Teller, scheinbar wahllos angeordnet, bilden weitere Markierungspunkte für Abgrenzungen unbekannter Besitzansprüche. Ein zerknüllter Zettel liegt als amorphes Gewölk zwischen alldem.

Mit dem Rücken zum Tisch steht eine nackte Frau so, dass sie beinahe mit ihren Oberschenkeln die Tischkante berührt. Den Kopf leicht nach vorne geneigt, blickt sie aus einem jener Fenster, die, dem Tisch gegenüber, den Blick auf eine von wildem Gesträuch verwachsene Gegend freigeben. Bewegungslos steht die Frau mitten im Raum. Lange zuvor schon wurde ein alter Spiegel von der Wand genommen. Ich bin aus jenem Zimmer nicht weggegangen, um etwas zu finden. Ich wollte - wegen IHR - nicht dort bleiben. Und ich wollte - wegen mir - nicht bleiben. Die Frage nach dem Ziel, das ich haben könnte, stellt sich mir nicht mehr. Ich habe nichts bewirkt. Mit glühenden Wangen nähere ich mich ... dem Park, der Straßenecke, dem fremden Berg, ... vorsätzlich, mutig und endgültig in meiner Entscheidung, dem MUSEUM. Und weiß SIE hier. Zwischen. All. Dem.

Es ist mir unmöglich, klar zu denken. Wegen all der anderen anwesenden Frauen. Trotzdem überlege ich, ihr einen Zettel zu hinterlassen. Zwischen alldem. Was. Aber. Wenn sie vor mir stünde? (Simsalabim). Ich würde sie nicht ignorieren. Nicht? Ignorieren. So aber eile ich, das treue, anhängliche Glühen im Gesicht, durch die hohen Gänge des Museums, die, flankiert von Bildern und Bildern und Bildern und Bildern und Bildern und Bildern und ..., die Wegweiser für das Abstecken meiner geplanten Claims sind. Und säße sie auf einer Bank einem Bild Bacons gegenüber, ich ginge zu ihr hin, stellte mich behutsam hinter sie, betrachtete ruhig ihren blanken Nacken, um sie daraufhin zu mir heranzuziehen und ... Sie aber würde nur leicht den Kopf heben und mich ANSCHAUEN. Mich anschauen. Und. Leere Bänke. Und. Kaum Besucher. Hinter dem zweiten Fenster hätte ich sie dann wieder erkannt. Vor meinen Augen hätte ich sie dann wieder erkannt. Vor. Mir.

Vor einem Bild Goyas sitzend erkenne ich lediglich das Weiße. Und das Schwarze. Das Bild Goyas überdeckt meine sanfte Leidenschaft. Und die Bilder. Und. Bacon. Und sie. Davor. Auf der Bank. Allein. Vor den Hinrichtungen Bacons: Nichts Schwarzes. Nichts Weißes. Nur. Blut. Und Qual. Und: Ein Nacken ist nur ein Nacken. Kneift man die Augen, während man vor einem Gemälde steht, etwas zusammen, sieht man Brigadoon. Oder nur das: Nackte und das Nackte und nur noch das Nackte, nichts sonst. Alle Vorbeikommenden habe ich befragt, ob sie denn nicht ..., auf einer Bank ..., hier ..., in diesem Museum eine nackte Frau ..., so nahe, dass sie mit ihren Schenkeln an die Kante ... Einige tänzelnde Schritte scheinen erlaubt.

So verlasse ich - zum zweiten Mal - das Museum. (Längst hängt im Zimmer der Spiegel wieder an der Wand). Und die Bücher sind an ihrem Platz. Und. Die Alben sind an ihrem Platz. Und der Tisch ... Die Zuckerschale. Keine Insekten darin. Nach wie vor. Man vermag sich nicht wirklich zu schützen. Nur ein Versuch noch, ohne jede Verzweiflung: MUTABOR! Auf ins schottische Hochland! Oder Sibirien. Möglicherweise. Oder ‚Hoffmanns Erzählungen'. Meine Olympia (sie heißt nicht Olympia!) aber steht nackt vor einem Tisch - in meinem Zimmer - und ist außerstande gegen den Spiegel zu singen. MUTA...boring: Endlich kann ich MEINE Tränen wieder in MEINEM Spiegel betrachten. Und die Dinge betrachten, wie sie mir erscheinen. Und die Dinge sind anders als alles, was ich je zu denken imstande war.

Aufzeichnung 6

Immer wieder habe ich irgendwie versucht, aus alldem herauszukommen, aus den ‚Disharmonien' meines Lebens. Und aus den Missverständnissen ..., meinem Missverstehen, und seinem. Aber ..., ich bin ja herausgekommen!

Ich sitze in meinem Zimmer, sitze in meiner Wohnung, über die nur ich verfüge. Endlich ‚verfüge' auch ich über etwas.

Hin und wieder habe ich kleine Versuche der Annäherung an ihn gemacht. Nicht, um ihm wirklich nahe zu sein - das war letztlich unmöglich -, sondern um wenigstens irgendetwas zu bewegen ..., zumindest um mich zu bewegen. Und so glaubte ich in manchen Momenten imstande zu sein, meine Einsamkeit mit der seinen zu teilen; wenigstens etwas mit ihm gemeinsam zu haben, etwas, das diese ‚gemeinsame Verzweiflung' lindern könnte.

Er ließ das nicht zu, ignorierte jedes Wort von mir, verweigerte jede Antwort, blieb hartnäckig in ‚seiner' Einsamkeit. Und schickte mir die meine zurück. Irgendwann später versuchte ich es mit einer anderen Methode, mit einem mir so adäquaten Vorgehen: Ich schrieb ihm einen Brief ..., kurze Botschaften nur, in Eile hingeschrieben. Die legte ich ihm hin, auf ‚seinen' Tisch. Als wären es Erklärungen meiner Verzweiflung:

„Während Du diese Zeilen liest, bin ich längst aus Deinem Leben ... und alle Vermutungen, die Du über mich während unseres Zusammenseins angestellt hast, haben mit der Wirklichkeit (meiner bedrängten Existenz) nichts zu tun. Zu sehr hast Du Dich von meiner äußeren Erscheinung ... Vor allem Deine Gewohnheit, mir ständig in die Augen schauen zu wollen, hat mich deshalb so verschreckt, ja, nahezu abgestoßen, weil ich in jenen kurzen Augenblicken, in denen wir uns nahe waren, alles mit Dir austauschen wollte, also mit Dir reden wollte. Du aber ...".

Manchmal sehne ich mich nach dem umhersausenden Wahnsinn einer Fliege. Und doch bleibe ich hocken ..., in meinem Zimmer, bin kraftlos und müde. Und Gedanken wie das ‚Verbotene' zu tun, muss ich nun nicht mehr unterdrücken. Aber was ist mir denn jetzt noch verboten? Hier in meiner Wohnung, in meinem Zimmer? Das Einzige, das ich mir leiste ist, dass ich ein wenig mein Äußeres vernachlässige. Ich sollte mir die Haare nachfärben. Und meine Beine rasieren, oder meine Achselhaare. Ja, ich werde mir die Achselhaare abrasieren. Jetzt, sofort. Um vor mir selbst bestehen zu können. Um vielleicht später ‚gepflegt' aus dem Haus zu gehen. Und um mich dann irgendwo hinzusetzen, mich den Blicken anderer auszusetzen. Und vor ihnen zu bestehen!

Nie hat er sich mir nackt gezeigt; auch nicht von hinten. Aber ... Gelegenheiten für derartige ‚Handlungen' gab es ohnedies nur selten.

Seit ich in dieser neuen Wohnung bin, ist alles irgendwie anders geworden. Ich tauschte das Anlegen von langen Einkaufslisten gegen ein rastloses Auf- und Abgehen im Zimmer; tauschte das Lesen in Büchern gegen einen gelegentlichen leisen Sing-Sang während ich am Fenster stehe. In solchen Augenblicken am Fenster denke ich an ihn und an meine hilflosen Versuche, ihm nahe zu kommen ... ***„alles mit Dir austauschen wollte, also mit Dir reden wollte...".*** In Wahrheit wollte ich meine Seele mit ihm tauschen, meine Gefühle und meine Verzweiflung. Ja, das wollte ich alles eintauschen, eintauschen gegen ..., gegen seine Verzweiflung; eigentlich gegen eine Art Zauberformel, durch die seine Verzweiflung gelindert würde. Und die meine ebenfalls. Später wollte ich nur noch ihn eintauschen. Gegen seine Spielregeln, für die ich nicht mehr die Kraft aufbrachte. Um die meinen endlich einzusetzen, um sie wirksam werden zu lassen, und um sie für uns beide ‚in Kraft zu setzen'.

Bisweilen überkommt mich in letzter Zeit ein Gefühl trügerischen Wohlbefindens. Ich gehe dann ins Bad, treffe ‚kleine Vorbereitungen' ..., ja, ich treffe Vorbereitungen! ..., und beginne mir die Zehennägel zu lackieren. Rot. Früher habe ich noch in den Momenten meiner ‚stillen Euphorie' nach anderen Möglichkeiten für mich gesucht. Und nach Lösungen. Das vor allem: Ich wollte endlich eine Lösung für mein Leben finden. Aber es stellte sich allmählich heraus, dass ich ohne andere Möglichkeiten mit meinem Leben zurechtzukommen hatte. Vielleicht aber hatte ich damals die Möglichkeiten, ein anderes Leben zu führen, einfach vergessen. Ach, ich vergesse so viel.

Ich sollte endlich duschen, sollte mir die Zähne putzen, den Tampon wechseln, die Fingernägel maniküren; ich sollte, ich sollte ..., ich weiß.

Hin und wieder gehe ich durch kleine Parks, nur um das Knirschen des weißen Kieses bei jedem meiner Schritte zu hören. Ich gehe und gehe und verliere mich in diesen gelegentlichen Spaziergängen, und ich begreife, dass mich nichts Wichtiges in meinem Zimmer erwartet. Vielleicht nur eine bedrückende Stille, die nicht die meine ist. Außerhalb des Parks aber ist es in den Straßen still. Irgendwann setze ich mich dann auf eine der Bänke. Und gelegentlich frage ich mich dann, ob man das bemerkt ..., ob man es mir ansieht, dass ich auf jemanden warte, während ich in einem Park auf einer Bank sitze, dass ich auf irgendjemanden warte, den es nicht gibt, und der deshalb nie kommen wird. Und wenn ich so nachdenke, wüsste ich nicht zu sagen, wer das sein könnte, wen ich mir da vorstellen könnte, gäbe es ihn doch. Einmal habe ich, während ich im Park über den Kies ging, einen dieser ‚Briefe an ihn', den ich rasch auf der Bank hingeschrieben hatte, und der nur ein schmaler Zettel war, um das Nötigste festzuhalten, zusammengeknüllt und weit von mir geschleudert.

Manchmal, wenn ich mein Schreiben unterbreche, und - wie jetzt - an mir herabschaue, erkenne ich, was ich eigentlich alles bräuchte: neue Schuhe, feine Strümpfe, einen neuen Rock; Kleidung einfach. In der Straße, in der ich nunmehr wohne, ist ein Modegeschäft mit dem ungewöhnlichen Namen ‚Zur Brieftaube'. Welche Art von Briefen von dort wohl versendet werden? Er schrieb ja immer nur an seinen Listen, die er mir manchmal - scheinbar unbeabsichtigt - hinlegte. Mit denen vermochte er mir aber nichts mitzuteilen, nichts, was ich - schlaflos wie meist - in der Nacht gelesen hätte.

Einmal stellte ich mich vor den Spiegel. Nackt. In der Nacht. Und betrachtete mich. Und während ich mit hoch gestreckten Armen meine Hände auf den kalten Spiegel stützte, bemerkte ich meine glatt rasierten Achselhöhlen. Sonst nahm ich nichts von mir wahr; spürte nur die Kühle des Raumes auf meinem Körper. Ich hätte mich ja damals auch vor ein Fenster stellen können, hätte mich, auf dem Fenstersims balancierend, die Hände auf die Scheibe gepresst, allen darbieten können. Die Nacht aber hätte keine Notiz davon genommen; demnach wäre es egal gewesen, ob ich mich dem Spiegel dargeboten hätte, oder dem, was hinter dem Fenster zu vermuten war - nur das Unbekannte der Finsternis.

Tag sieben Das Fremde (vertraut)

Angsterfüllt hetze ich hinaus: ANGSTERFÜLLT HETZTE ER HINAUS AUS DEM STILLEN HALLENGEBÄUDE: STILLE. In meinem Zimmer angekommen hätte ich nie erwartet, dass SIE zum Spiegel meiner Seelenlage werden könnte. NIE HÄTTE ER - NUN IN SEINEM ZIMMER ANGEKOMMEN - ERWARTET, DASS SIE ZU EINER ART SPIEGEL SEINES SEELENZUSTANDES HÄTTE WERDEN KÖNNEN. Was für ein anziehendes und doch so abweisendes Geschöpf sie doch in ihrer Nacktheit ist. EIN ANZIEHENDES UND ZUGLEICH ABWEISENDES GESCHÖPF IST DIE NACKTE FÜR IHN.

Das Zimmer unverändert, unberührt, die Zuckerschale, das Brieffragment, die Alben und auch die Bücher. Unauffindbar jenes weibliche Wesen, das nackt mit dem Rücken zum Tisch gekehrt, beinahe die Tischkante mit den Oberschenkeln berührte. ALLES IM ZIMMER WAR WIE VORHER: DIE ZUCKERSCHALE, DAS BRIEFFRAGMENT; DIE ALBEN UND BÜCHER AN IHREM PLATZ. NUR JENE SCHIMÄRE EINER NACKTEN, DIE, NAHEZU AN DIE TISCHKANTE GELEHNT, IHREN BLICK NICHT VOM WANDSPIEGEL WENDEN KONNTE (Hier endet der Bericht über die Chimäre einer ASIATIN).

Ich habe die gleichen Gedanken, wie am Vortag; natürlich könnte ich auf der Stelle aus der Haut fahren. BERICHT, NACHTRAG: ER BESCHÄFTIGTE SICH MIT DEM GEDANKEN, ALLES AN SEINEM LEBEN ZU ÄNDERN. Und ich werde keine Nachrichten mehr zulassen, die es schaffen, bis zu mir vorzudringen. Die Alben werde ich trotzdem nicht vernichten. Auch nicht die Bücher. (Ursprünglich wollte ich ja nur jemandem in die Augen schauen). Zugeherinnen scheinen dafür nicht geeignet zu sein: Sie sitzen - in demütiger Haltung! - mit nach vorne gesenktem Kopf über ihrer Arbeit beim Tisch, auf dem Unfertiges in wirren Haufen auf sie wartet. (Selbst, wenn ich einen Bruder hätte - für diesen Augenblick nur -, er würde niemals Briefe an Tote geschrieben haben).

Sollte ich jetzt und hier beginnen zu tanzen? Die Teufelstänze, die Rundtänze - die sanften Tänze ohnehin -, die Jungfrauentänze, die Maientänze ... Stillstand. Auf der Stelle. Jetzt. Und. Hier. Ich blicke aus dem Fenster. Ich sehe. ‚Etwas'. Ohne gesprochen zu haben. Wir haben Träume in uns und wissen meist nicht, wie sie herauslassen. NACHTRAG: ER STAND LANGSAM VOM TISCH AUF, GING ZUM FENSTER UND SCHAUTE HINAUS AUF ... (Bericht bricht zum zweiten Mal ab). Woher nehme ich die Unverfrorenheit ... Fehler beim Ausführen der Aufgabe: Die Verbindung wurde unterbrochen. Die Augen weit ‚aufgerissen', rufe ich mit belegter Stimme aus dem Fenster: „Können sie mir sagen, wo hier die Milchstraße ... ?" Disziplin! Übersicht. Bestimmtheit. Klarheit. Während ich glaube, auf dem richtigen Weg zu sein, erkenne ich alles wieder: Die ..., und die ..., und auch das ... Letztlich: Nichts von alldem.

WennichabernundasheißtjetztmitvollerKraftunddasheißtjamitmeinemWillenundohnelinksoderrechtszuschaueneinfachwiederfortgingeausdemHausgingedasnieeingetreteneKlopfenvergäßeundeinfachsoausderTürträteumendlichausdemHauszukommenausdenFängenderAlbenundderBücherundalldemandernZeugwiezumBeispieldemBriefunddemSpiegelderimmernochanderWandhängtsowürdeichdochnurwieder ... und. Der Milchstraße bin ich immerhin nahe gekommen. Die Alben werde ich trotzdem behalten. Und die Bücher. Vor allem die. Und den Spiegel – selbstverständlich! So plane ich eine Odyssee des Vergessens ... wieder habe ich jene Gedanken des Vortags: Park, Zimmer – in dem ich immer noch sitze, Museum, Straßenecken, Milchküchen; was vermag ich in dieser Stadt noch zu unternehmen? Vielleicht ... mit Bedacht. Und Absicht. Mich entfernen. Von allem. Und von IHR, dieser Schimäre.

In Wahrheit stand anderes in jenem Brief:

„Si wunderwol gemachet wîp,
daz mir noch werde ir habedanc!
[...]
Sie hât ein küssen, daz ist rôt.
gewünne ich daz für mînen munt,
Sô stüende ich ûf von dirre nôt
unt waere ouch iemer mê gesunt.
[...]
ich hete ungerne ,decke blôz!'
gerüefet, do ich si nacket sach,
[...]".

Beim Versuch, den innersten Punkt eines Ammonits zu erschauen, fasste sich einer an die Brust und verstarb in dem Augenblick, da er ihn gesehen hatte.

Gegen vier Uhr morgens, nach einem zweistündigen Telefongespräch mit ..., erhängte sich einer in der Toilette, nachdem er „Nichts mehr" gedacht hatte.

Einer, der ,ins Wasser' gegangen war, unterhielt sich noch minutenlang mit dem Fluss, obwohl er nie etwas von Wolfgang Borchert gehört hatte.

Das Bächlein mit dem japanischen Brückchen im Park hätte es mir schon angetan, wenn ich nicht durch seinen hinterhältigen Panpsychismus abgelenkt worden wäre.

Und wäre ich dennoch von der Brücke im Park in jenes Bächlein gesprungen, es hätte sich mir Uroboros, die Weltenschlange, entgegengestellt; ich aber wäre daraufhin durch alle Wasser und alle Himmel gefegt – den eigenen Schwanz hätte ich dabei nicht zu fressen gebraucht -, um schließlich an meinen Ursprung zu gelangen: Nämlich meine Schuld zu erkennen, sie umgehend zu leugnen, um, so geblendet, endlich ALLEN in die Augen sehen zu können. Um schließlich an mein Fensterbrett der Hoffnungen zurückzukehren und ... auf IHR Klopfen an der Türe zu warten.

Die bisherigen Bezeichnungen (ein schnell heruntergeleiertes Gebet):

ASIATIN

(Russin!)

Zugeherin

Vollkommenste Frau

Das Fremde ist mir nun vollkommen vertraut. Das Vertraute aber ist mir unheimlich geworden. Immer noch zuversichtlich verlasse ich das Zimmer, trete aus der Türe, schließe sie (ich schließe tatsächlich die Türe hinter mir!!!), lasse das Haus hinter mir, das Haus, dessen Fenster mich – selten genug – in Zustände ahnungsloser Erwartung versetzt haben. Und begebe mich, gebückt gehend, aber aufrecht in meinen Gedanken, zum nächstgelegenen Park.

Habe ich bis jetzt an meiner Lebensführung nicht viel auszusetzen gehabt, so ist mir durch meine angelernte Blendung die Bedeutung sinnverwandter Tätigkeiten und Ansichten verdeutlicht worden: Das Hier ist nie der tatsächliche Ort des Geschehens. Das Leben spielt sich immer anderswo ab. Und deshalb scheine ich die Anstrengung ständiger Ortswechsel in Kauf zu nehmen, um jedes Mal zu mir selbst sagen zu können: Ich bin schon da.

Schon. Da. Aber. Wo. Ist. Da? Im Hier und Jetzt sinnverwandter Tatsächlichkeiten, vermag ich das wirkliche Geschehen nicht zu erkennen.

Im Park wird es kühl sein. Und klar. Und wenige nur, die an mir vorbeigehen werden. Und ihre Stimmlagen werde ich zu unterscheiden wissen. Und die unterschiedlichen Arten, wie sie gehen. So werde ich still dasitzen. Auf meiner Bank. Im Park. Und darauf warten, irgendjemandem in die Augen schauen zu können. Denn das wäre ja die Erfüllung meiner höchsten Ansprüche an meine momentane Wirklichkeit: Irgendjemandem ansehen zu können. Und alle anderen nebelhaften Wirklichkeiten, die mich gleichzeitig umgäben, zu ignorieren. Und würde eine im Gehen innehalten, stünde ich auf von meiner Bank, ginge auf sie zu um sie - ohne Tränen in den Augen, ohne Tränen! - wortlos zu umarmen. Derartig ablaufende Gepflogenheiten aber habe ich noch nie begriffen. Nur das fortlaufend sich Bewegende, das Lineare, in nur eine Richtung Weisende, in der richtigen Zeit Ablaufende, in weit geschwungenen Bögen nur Verlaufende, vermag ich zu erkennen; als ob ich meine eigene Matrix über mir errichtet hätte.

Nichts aber, was noch mir gehörte; meiner Träume wurde ich lange schon enteignet. Und in dem Moment, da ich das Haus verlassen habe, sehnte ich mich nach einem Blick aus jenem einzigen Fenster, der mir ‚das verschwommene Glück' nahe brachte. Damals wusste ich noch nichts von den Menschen ..., die ich lediglich als schemenhafte Gestalten hinter den Glasfassaden eines Gebäudes zu Gesicht bekam. Vorerst konnte ich ja nur einen Blick auf die abgeblätterte Fassade eines durch Fernsehantennen aufgeschmückten Hausfassadenteils ergattern; lange betrachtete ich diese unwirtliche Landschaft verwitterter Farben und Schichten, sie waren mir willkommen, entsprachen sie doch meinem Zustand.

Dann aber, als sich alles scheinbar klärte, als mir die stumme Menschenmenge in ihrer Erscheinung als absurdes Gleichnis klar geworden war, verließ ich das Haus, um im nahen Park am Anblick ruhig Dastehender die Gewichtigkeit des Gesehenen, Erahnten, zu ermessen, nichts, was ich dabei gespürt hätte; das Betrachten dieser Szenerie war allein meine Domäne: Ohne die geringste Bewegung und ohne jeden Wort-Laut standen sie umher ..., gleichgültig wartend. Nicht weit entfernt davon wusste ich, an den mächtigen Stamm eines Baumes gelehnt: die ASIATIN ... ruhig, unbewegt, wartend. Ihr Blick aber ..., dieser Blick galt mir. Diesen Triumph auskostend begab ich mich (in meiner Vorstellung nur) nochmals hinter ‚mein' Fenster, um endlich das ‚Wahrhaftige' vor die Augen zu bekommen. Was aber sah ich stattdessen?: Einen Hügel, der über und über mit graugelbem Buschwerk bedeckt, kaum zu atmen imstande war, der, ausgetrocknet, wie ich, selbst nur noch wenig zu seinem Überleben beitragen konnte. Und obwohl er ruhig und in einer sehr ‚würdevollen' Art und Weise dalag, sich nahezu souverän präsentierte, kamen Regungen wie Mitleid, oder Verständnis für seine Situation bei mir nicht auf: Er war einfach schön – im ästhetischen Sinne: Ein zu allem bereites Konglomerat aus Büschen, niederen Latschen und einfachen Flechten. Auf keinen Fall ließ ich – mit den nächsten Augenschlägen – den Blick von diesem scheinbar natürlichen Abbild der Natur und ... erkannte im sich vor mir auflösenden Buschwerk allmählich die wahre Identität jenes ‚Bildes': Hölderlins Turm ..., auf den starrte ich die ganze Zeit, während ich hoffnungsvoll die wahren Zusammenhänge zu erkennen glaubte. Während SIE immer noch an den Baum gelehnt, nur ein Mal gegähnt hatte und sich – unbemerkt von anderen – verstohlen die Augen gerieben hatte.

Jetzt aber, da ich längst den Platz am Fenster verlassen habe, und mich auf den Weg in den PARK mache (nicht zu IHR!), treibt mich eine ganz andere Sehnsucht voran. Denn während ich auf den über und über mit Buschwerk verwachsenen Hügel starrte, waren - kurz nur - auffliegende Vögel als Silhouetten zu erkennen: Eine besondere Form der Verantwortung für meine Freiheit. Denn ginge ich nach und nach in ALLE Richtungen, entfernte ich mich von meinen mir gestellten Bedingungen umso mehr, als ich lediglich meinen Zustand als die treibende Kraft für meine Gänge hierhin und dorthin verantwortlich machte. So aber, da ich EINE ERKENNTNIS gewonnen zu haben scheine, bin ich mir sicher, nicht nur auf der Spur IHRES Blickes in meine Augen zu sein, sondern dass ich nur an der Darstellung ihres gespreizten Geschlechts interessiert bin (war, war!!!).

Die allmählich vertrocknenden Büsche auf dem Hügel vor dem Fenster kann ich dennoch nicht aus meiner Erinnerung löschen. Immer wieder sehe ich Vertrocknendes vor mir. Das Absterbende aber zieht mich an und begeistert mich. Der Gegensatz: Für immer wurde ich aus dem Park entfernt; habe ich mich ja selbst allmählich hinausgewünscht ..., ohne MUTABOR oder Abrakadabra: Wir driften am Leben entlang, ohne es zu berühren. Woher also nehmen wir noch den Mut, uns als Lebende zu bezeichnen? Was tun? Wir können uns nur noch auf eine Bank setzen, eine Zigarette anzünden, und warten. Und wir werden dabei nicht auf die Erfüllung unserer Wünsche warten. Das erledigen wir in unseren Träumen. Um standhaft daran zu glauben, in Sicherheit zu sein.

Aufzeichnung 7

Früher hatte ich in manchen Momenten das Gefühl, als zöge etwas nach und nach einen Teil meines Lebens aus mir heraus. Letztlich schien das aber nur eine grausame Form von Müdigkeit zu sein, die mich damals befiel.

Heute, da ich nicht mehr in seiner Nähe sein muss, weiß ich, es war kein Müdesein, es war etwas von ihm, das mir das Leben aus dem Leib zog.

Eines Tages fand ich auf dem Tisch ein Blatt Papier, das er mir hingelegt hatte: Ich wäre nur eine Art Schauspielerin, stand da, und er hätte die These entwickelt - eine These über mich! -, dass sich die Kräfteverhältnisse während eines Gespräches zweier Menschen körperlich manifestieren würden, wofür ich ein Beispiel sei. Ich würde demnach, während der kurzen Gespräche zwischen uns, die ‚Substanz' des anderen, also ihn, aufnehmen, sie mir einverleiben und so an ‚Masse' gewinnen. Ja, ich würde immer die Substanz des Verlierers - wofür er sich hielt - in dem Maße in mich aufnehmen, in dem der nach Einwänden Suchende - also er - abnähme.

In Wahrheit war stets ich die Verliererin in diesen Gesprächen; eigentlich in allen Gesprächen mit ihm. Ich zog mich dann meist in einen kleinen Raum zurück und ließ mich den ganzen Tag nicht mehr sehen. Alsbald aber begann ich in dieser selbst gewählten Einsamkeit selbstbewusste Monologe zu führen; in den Dialogen hatte ich ja bereits verloren. Mit wem sollte ich denn noch sprechen können? Wo ich doch nicht einmal dazu imstande bin, Selbstgespräche zu führen.

Scheinbar genügt es mir, nackt vor dem Spiegel zu stehen und die Arme und die Beine zu spreizen. Oder gelegentlich beim Tisch zu sitzen und mich mit Kleinkram zu beschäftigen. Und das entschuldige ich mir gegenüber als ‚Arbeit erledigen'. Aber wenn mich derartige Gedanken überkommen, stehe ich dann meist rasch auf und entferne mich vom Tisch. Und tänzle ein wenig im Zimmer umher. Und träume ein bisschen vor mich hin. Irgendwie unbedacht. Und fühle mich sicher in meiner Art von Wohlbefinden. Wie beschreibt man denn bedrohliche Gefühle? Nein, die schiebe ich weg! Und stelle mich - wie schon so oft - vor den Spiegel und warte das Hereinbrechen des Abends nicht ab. Das gönne ich mir. Immer wieder.
Denn bin ich nicht eine

wunderbar geschaffene Frau?
Und vermag ich nicht immer
noch an den unaussprechlichen
Stellen zu erröten?
Und hätte ich deshalb einen Anlass
mich zu bedecken?
- Nach einem Bad.

Ja, ich sollte ein Bad nehmen. Mein Körper ..., dieser Geruch ..., ein Gestank mittlerweile. Also: baden und mich pflegen, und versinken in ..., und ein bisschen träumen von, ... und alle Listen dieser Welt vergessen. Vor allem die meinen. Und die seinen. Seine Worte ...; die geschriebenen und die gesprochenen. Fromme Sprüche habe ich ja nie gemocht. Vor allem seine matschigen, schwammigen Metaphern waren mir ein Gräuel; nichts Festes, Greifbares, was er mir glaubte, sagen zu müssen. Und Derartiges schrieb er auch auf seine Zettelchen. Glaube ich.

Einmal sagte er, wie nebenbei, das Wort ‚Panpsychismus' zu mir. Sofort verließ ich das Zimmer. Und kam lange nicht nach Hause.

Hier redet keiner. Und niemand redet mir drein in meine Gedanken. Trotzdem hatte ich das Bedürfnis, dieses Zimmer für lange Zeit zu verlassen.

Doch jetzt, da mein Körper sauber und duftend bereit fürs Ausgehen ist, bleibe ich hocken. In meinem Zimmer. Und schaue mir dabei zu, wie ich - in Gedanken nur - aufstehe und zum Fenster gehe. Dort stehe ich dann, mit dem Rücken zu mir, eine einsame Gestalt, eine Frau, deren Silhouette Traurigkeit vermittelt. Genauso könnte er dastehen. Genauso ruhig ..., genauso traurig.

Was bin ich denn schon? Gibt es für eine Frau wie mich überhaupt eine Bezeichnung? Einwandfrei, fehlerlos, unangreifbar, makellos, perfekt, beispielhaft, ideal. Kurz: Vollkommen! Das alles aber bin ich nicht, werde es wohl nie sein.

Ach, ich sollte mein Haar ein zweites Mal waschen. Und ich sollte meinen Körper eincremen. Und ich sollte andere Gedanken haben. Und ich sollte endlich das Zimmer verlassen. Und ich sollte vorher meinen Tampon wechseln. Und ich sollte nicht ständig vor mich hinträumen. Und ..., ich sollte nicht ständig am Fenster stehen.

Mein neues Leben hier herinnen spielt sich in Wahrheit woanders ab. Und alles was ich vorfinde, gehört eigentlich nicht mir; gehört eigentlich nicht zu mir. Vielleicht stehe ich deshalb so oft am Fenster und starre hinaus. Irgendwie ist mir mein Leben abhanden gekommen. Da wie dort. Mein Leben mit ihm. Und ohne ihn. Ich würde ja gerne ..., vielleicht nur ein bisschen ..., ich weiß eigentlich nicht, was es ist. Jedenfalls nicht hier zu sein.

Vielleicht sollte ich jemanden kennen lernen, sollte es zumindest versuchen. Vielleicht eine Frau. In welche Richtung gehe ich denn da? Unvermutet. Eine andere Frau! Nein, nein ..., ich bleibe bei mir selbst: den Körper pflegen, das Nötigste - nur für mich! - besorgen, brav Gesundes essen, an Begegnungen glauben. Hoffen. Zu Hause sein.

Aber ich will nicht hier bleiben. Ich kann jedoch nicht gleichzeitig in *alle* Richtungen gehen. Manchmal habe ich den Wunsch, einen Zauberspruch hersagen zu können, um mich irgendwohin zu wünschen. Doch ich bin mir sicher, dass ich lange in diesem Zimmer bleiben werde. Sehr lange. Zu lange vielleicht.

Tag acht Wendung

Es gilt … Schmerz, Angst und Krankheit so weit wie möglich zu mindern. Ein Haus zu bauen. Soviel zu lachen wie möglich. Sterben zu lernen. *„Hier also, da ich die Feder niederlege und mich anschicke, mein Bekenntnis zu versiegeln, beschließe ich das Leben des unglücklichen Henry Jekyll.“* [1]

In einer schmalen Seitengasse, die durch fabrikähnliche Ziegelbauten begrenzt, ein letzter Ort der Abwesenheit von Bedürfnissen zu sein scheint, einen Mann vor seiner Türe kehren zu sehen – ganz und gar nicht wie im Sprichwort. Mit festem Griff initiiert er ohne Unterbrechung akribisch abgezirkelte Streichbewegungen seines Besens und bezeugt so seine Zugehörigkeit zu dieser Welt. Sein momentanes Verschwinden hinter der Tür eines Geräteschuppens verblüfft niemanden. Nur einer hatte ihn ins Auge gefasst. Welch Privileg, hoch über diesem Sackgegasse, diesem stinkenden Mülllager, in der sicheren Mitte eines Käfigs umgeben von verrosteten Stäben, den man irgendwann einmal Balkon nennen durfte, zu sitzen und irgendjemanden ‚ins Auge' zu fassen.

Seine Schuld absitzen. Lächeln lernen. Auf und davon gehen. Über die wackelige metallische Feuerleiter – Geniestreich eines wahnsinnigen Verwaltungsbeamten –, die mich hinunter in den Müll leitet. In die kurze Stummelgasse … Keine Perspektive haben. Die letzten Sprossen

[1] *Robert Louis Stevenson, Dr. Jekyll und Mr. Hyde © 1949 Reclam Universal-Bibliothek Nr. 6649 (2)*

der klappernden Leiter wie ‚im Fluge' nehmen. Von diesem Dunst (angekommen, angekommen!) aus muffigen Abfällen empfangen werden und sogleich … jetzt ein Vagant sein! Nein, nein, nicht unbescheiden werden: keine Reisen anbahnen. Wie sehr ich doch dem Mann mit dem Besen hinter seiner Türe nahe bin. Früher oder später wird ein jeder, den ich ins Auge fasse, hinter einer Türe verschwinden. Dennoch: ein Schritt. Und noch einer. Schmierig haftet ein Rest von Hundekot an meiner Schuhsohle. Während des Gehens sich nicht dafür entscheiden können, der Langeweile oder dem Hass den Vorzug zu geben; was dasselbe bedeutet. Von der tödlichen Langeweile sich aber – vorläufig noch – fernhalten. So bin ich nur ein ständiger Kopist meiner Befindlichkeiten geblieben. Im Weitergehen. Über all den stinkenden Müll gestiegen, bin ich heraus aus der Gasse gekommen. Die querende Straße aber ist leer. Und ohne jeden Geruch. Die Fenster der Häuser geschlossen. Die Türen verriegelt. Die Fassaden … Ein Kellergewölbe aber ist einsehbar … und während ich mich hinunterbeuge, zeigt sich mir ein Saal, voll gestellt mit Betten einfacher Machart, alle unbenützt, alle wartend auf Bettgeher; bis auf eines.

Einer sieht mich an, mit einem Ausdruck von Leid und gleichzeitiger Erwartung, als erhoffe er durch den Anblick eines Fremden seine eigene Art von Erlösung. Schwerfällig bewegen sich seine Lippen, kaum ein Ton ist zu vernehmen; die Sprache unverständlich, fremd. Ich strenge mich an, krieche förmlich hinein in dieses Gesicht, schlüpfe zwischen diese Lippen, um irgendetwas von dem zu verstehen, was gepresst und mühsam dort herauskommt. Nicht ein Wort, das ich zusammenzusetzen imstande wäre, nichts, was ich begriffe. So versuche ich in den Augen des Mannes zu lesen, die nur eines ausdrücken: Hilf mir.

Ich errege Aufmerksamkeit, wie ich, hinuntergebeugt zu der Fensterluke, eine Verständigung in Gang zu setzen versuche, die, das merke ich, nicht stattfinden wird. Hilf mir. Hinter mir Umstehende, Lachende, Spöttelnde, Bedrohliche. Ich richte mich auf – das Gesicht des Mannes ist in diesem Moment in mir verlöscht.

Wir haben das Verstehen eines Blickes verlernt. Wir begreifen die Notwendigkeit des Nachfühlens nicht mehr. Hilf mir. Hilf dir. Ich werde dir schon helfen! Eine Drohung. Was kann ich wissen? Rasch gehe ich weiter, mache mich ‚aus dem Staub', den es hier nicht gibt: alles ist rein, glatt, gesäubert. Ich sollte zu diesem Mann in das Kellergeschoß vordringen, ich sollte ... Ich werde endlich versuchen, in die Vorstadt zu kommen. Und während ich mich in Bewegung setze ... (das Haar jener Frau vor mir, nussbraun, fließend, wie eine sanfte Quelle, nach Sehnsucht duftend – wie duftet Sehnsucht? – dieses Haar ..., wie das von Anouk Aimée in jenem Film ...).

Was darf ich hoffen? In die Vorstadt gehen? Besser, mich in irgendeinem Krankenzimmer einschließen lassen und mich mit jenem Mann im Kellergewölbe verbunden fühlen. Was ist der Mensch? Bei Tag. Bei Nacht. In der Finsternis: WHEN ABOUT TO FALL A SLEEP, THREE OR FOUR TIMES A WEEK, I SEE BEAUTIFUL IMAGES WITH MY EYES CLOSED: ROADS, WOODS, LANDSCAPES. IF I OPEN MY EYES, THEY DISAPPEAR. I AM NOT SCARED BY THEM; I WATCH THEM LIKE I WATCH A MOVIE. (The chronic visual hallucinations of the patient have now a hypnagogic character).

Ich werde nicht in die Vorstadt hinausgehen. Ich werde zurückgehen. Jetzt. Zum Kellergewölbe. Zu dem Mann im Bett. Zu dem Mann mit der Erwartung in seinem Blick.

Angekommen bei dem Gebäude mit jenem geheimen Untergeschoss, passiere ich ein kleines Tor, setze behutsam Fuß vor Fuß, durchquere einen schmalen Gang – die Düsternis bedeckt mich mit Unsicherheit – und bin: UNTEN. Vor mir: Gänge, schmale Säle, in düsterem, grünlichem Licht; kein Laut, keine Bewegungen, nichts, was dieses undurchsichtige Labyrinth beeinträchtigt. Ich bleibe stehen, strenge mich an, alles deutlicher zu sehen ... Über die physikalische Definition eines Nordlichts lesen und dann – die Mäander des Nordlichts sehen; welch Unterschied in der ERFAHRUNG: Vorsätzlich bin ich in die Welt unterirdischer Nordlichter gelangt. Hier gibt es keine Betten. Hier liegen keine kranken Menschen. Weiter, entlang schmeißfliegenfarbener Wände; irgendwo vorne ein schwaches Leuchten, glänzende Spiegelungen einer matten Helligkeit, deren Ursprung ich nicht zu erreichen imstande bin. Wenige Schritte voraus – in dieser grünlichen Düsternis – geht einer, schiebt einer etwas vor sich her, schiebt einer ein Krankenbett durch den Gang; gleichmäßig, wie ein Eisläufer zieht er seine Bahn, dem Licht entgegen. Dort, wo er hingeht, muss der Krankensaal sein. Dort liegt in einem der Betten jener hilflose Mensch.

Plötzlich: grelles Licht hinter spiegelndem Glas; in diesem Augenblick erfahre ich nichts ... Aufrecht stehend, ruhig, ohne jede Bewegung, ist hinter dem Glas eine Personengruppe durch das von hinten einfallende Licht als Silhouette zu erkennen: Schwarz-Weiß-Bilder ... Scherenschnitte, die in die beginnende Nacht hineinragen. Figuren, deren absolute Unbewegtheit ein seltsames Perpetuum mobile bilden.

Nun endlich lebe ich meine Gegenwart, vergesse an die Zukunft zu denken, verleugne meine Vergangenheit. Mein geteiltes Selbst. Mit meiner Aus-Sage als (Offenbarungs-)Eid. Und würde ich, statt fragwürdige Eide abzulegen, zum Himmel gesehen haben, wüsste ich es … Und ich hätte - etwas Mut vorausgesetzt - mir bücherne Flügel angefertigt und wäre auf und davon geglitten. Und aus wäre es gewesen mit den Gedanken, an die ASIATIN, und meiner (Sehn-)Sucht, sie, mit nacktem Oberkörper am Fenstertische lesend, zu beobachten. Während SIE, die Augen dem Buch zugewandt, für kurze Zeit für alles in diesem Raum verloren gegangen ist, schaue ich über ihre nackte Schulter zum Fenster hinaus und hoffe - kurz nur - die ASCHENBLUME zu sehen; grau-grüne Schlieren abgeblätterter Fassadenteile, vom Schimmel angefressene Ziegelteile, die sich aus der verwitterten Landschaft einer Hinterhofwand hervorgearbeitet haben, das ist alles, was ich zu erkennen vermag.

Weshalb können wir die Krankheit nicht als Komplizin unseres verdrießlichen Heldentums akzeptieren? Die Projektionsflächen liegen vor uns, nur wir sind nicht imstande, sie mit den Bildern unserer Erwartungen zu bespielen. Und während ich auf diese verwesende Wand blicke, zeigen sich mir dahinter jene Menschen, die ich stumm, aber ständig in Bewegung in einem Gebäude aus Glas weiß. Und obwohl sie nicht auf mich warten - auch nicht auf meine sie entdeckende Blicke - behalten sie jene abwartende Haltung bei, in der ich sie zuletzt beobachtet habe. Manchmal scheint sich das Warten zu lohnen: An der Wand gegenüber, eingebettet in grindiges Mauerwerk, entdecke ich die ASCHENBLUME (längst habe ich sie vergessen, die vor mir sitzende nackte ASIATIN). Und vergessen ist der eilige Pfleger, der durch die Gänge eines Kellergewölbes einen Menschen auf einem Krankenbett eifrig vor sich herschiebt. Und vergessen … die Verdrossenheit meiner Kindheit: Wenn das kleine Kind hinfällt, steht es meist nicht von alleine auf, sondern wartet ab, ob ihm geholfen wird. Irgendwann ist man plötzlich auf die Beine gekommen und reißt sich von der beschützenden Hand los und die Hunde kläffen einen an. Wenn ich mich auf eine nur narrative Position zurückziehe, stört mich das fortwährende Bellen des Nachbarhundes nicht mehr; ich beschreibe es.

So finde ich meine Ruhe und ziehe weiter. Und gehe in die Häuser. Und bin zu Gast. Und kenne doch niemanden dort. Wenn wir aufhörten darüber nachzudenken, ob wir wieder unbeschadet herauskommen, könnten wir in allen Häusern Besucher sein, kurz nur, aber wir wären dann zumindest dort gewesen. Und das beharrliche Beobachten von Gebäuden aus Glas und den Menschen darin, wäre überflüssig geworden. Und ich würde nicht anstelle der ASIATIN mit nacktem Oberkörper am Fenstertische lesend von ihr beobachtet werden. Und verloren sein. Folglich lade ich mich selbst ein. In die Häuser. Zu den Lebe-Wesen. Als Parasit oder Symbiont, man wird sehen … Die Schmarotzer an meiner Befindlichkeit habe ich alle abgestreift, habe sie entfernt …, entfernen lassen – so bin ich selbst frei von jedem Parasitismus. Ich werde immer besser: Ich habe den Arzt gewechselt, habe einen neuen Chirurgen beauftragt, mir die Ekeligkeit herauszuschneiden, und die Melancholie als Draufgabe.

Forsch und mutig (immer noch: Hoffnung) demnach die Straße hinuntergehen, beim nächstbesten Haus Einlass begehren, die wenigen Stufen in die oberen Räume im Lauf nehmen, die schlichte Holztüre aufstoßen (ohne anzuklopfen, ohne anzuklopfen!), das Zimmer betreten: Hellbrauner, aus breiten Brettern gezimmerter Schiffboden, ein kleiner quadratischer Tisch an der Wand platziert, in der Mitte des Raumes ein Stuhl, auf dem ein Kleidungsstück liegt – zu weit vom Tisch entfernt, um zum Grübeln einzuladen – auf dem ein Kleidungsstück und ein

Hut liegen; wie festgefroren: zwei ruhig und aufrecht stehende Personen, die einander nicht ansehen, und: vor einem offenen Fenster eine auf einem Bett liegende NACKTE; neben dem Bett ein schwarzes Köfferchen. Drei weitere Personen vor dem Fenster, die stumm diese Szenerie beobachten. Ein Grammophon zeigt mit seinem Trichter in Richtung Fenster, in dessen Hintergrund sich grau-schwarze Berge aufbauen.

Ich hätte bei Bacon's Bildern bleiben sollen. Ich gehöre nicht hierher. Längst hat die nackte ASIATIN am Fensterbrett Platz genommen, die Lamellen der mittlerweile heruntergelassenen Jalousie durch eine Bewegung ihrer Finger gespreizt und diese Bilder auf der gegenüberliegenden Häuserwand imaginiert. Imaginiert! Wem als IHR habe ich zu danken, dass ich mir selbst wieder geschenkt bin! Und es sollte mir endlich klar geworden sein, dass es mir nicht zukommt, mir selbst Wirklichkeiten zu liefern. Oder in andere meine Realitäten zu evozieren. Dioptrienreduziert, ohne jedes Haus dastehend. Aber: Wenn meine Behauptungen sinnlos sind, können sie nicht wahr sein. In meiner denkbaren Welt jedoch ist alles wahr. Und alles sinnlos.

Wir vermögen nicht dauerhaft hinter unseren Überzeugungen zu stehen. Wie ein Mann. Wie allein: die ASIATIN. Wie lange werde ich mich auf diesem Tandem noch halten können. Im Stillstand. Man kann Bedeutungen nicht deuten. Es kann nur Andeutungen geben; besser: An-Spielungen; die leichte Form demnach. Auf der könnte man luftig-beschwingt dahingleiten. Bis zum geheimen Garten. Und jeden Nachmittag: ein (zyan-)blauer, gelassener Himmel. Wieviel Blau ich verschwende, um immer wieder nur den Himmel zu sehen. Ein Märchen ist ein Gleichnis. Irrtümer sind … das wiederholte Erwachen aus Märchen.

Die ASIATIN ist kein Gleichnis. Fort mit dieser Camouflage des Gefühls. Das bedeutet mich in Bewegung zu setzen. Wieder eine Bedeutung. Im Stillstand. Und er wird kommen, dieser Stillstand; er ist bereits eingetreten; ich werde ihn zulassen, ja, ich werde dieses Stocken annehmen: ... ist ins Stocken geraten. ... sitzt auf einer Bank im Park, auf einem Baumstumpf im Wald, auf einem Klappsitz im Kino, auf einer Liege im Krankenhaus; (...) sitzt auf einem Stuhl im Zimmer. Im Zimmer. In jenem Zimmer, das ja immer schon ein Krankenzimmer war; ein Zimmer ausschließlich für den Kranken folglich. Behutsam kleistere ich mir meine optische Camouflage, Hautstück um Hautstück, Körperteil um Körperteil an den Leib. Und beuge mich langsam, vorsichtig über das Bett, über den Kranken - ich weiß es, er schläft nicht, beuge mich vor ... und wende mich sofort ab. An der Wand gegenüber ein Hinweis: „Die Kranken nicht betrachten!" Es ist mir unmöglich, auch nur einen Blick auf ihn zu werfen: Der Kranke bin ich selbst. Ich bin der, der sich die Decke über den Kopf zieht, um unerkennbar zu bleiben. Und ich bin der, der für den Kranken hier liegt (am Flur weiß ich ein kleines Mädchen - eine Kranke? - in weißem Hemdchen mit trippelnden Schritten auf und ab gehen).

Weit entfernt: die ASIATIN. Oder: nur irgendeine Mandeläugige. (Jetzt ist das kleine, behemdete Mädchen stehen geblieben und blickt auf die Türe, hinter der ..., auf die Türe, hinter der nur Kranke, auf die Türe, hinter der ich und der Kranke, auf die Türe, hinter der nur ich ...). Mit sicherem Griff fasse ich nach meiner (bisher verborgenen) Waffe und setze sie dem Kranken (ihm, ihm!!) an die Schläfe - ich weiß, er schläft nicht -, wende mein Gesicht von ihm ab: "DIE KRANKEN NICHT BETRACHTEN!". Langsam tastet sich mein Zeigefinger vor zum ... Abzug. Ich bin festen Willens ..., fester umklammere ich die Pistole. Fester. Und noch fester. (Ich hatt' einen Kameraden ...). Noch fester. Das bin ich nicht. Nicht der, der da liegt. Nicht der, der mit einer Waffe in der Hand einen Kranken ... Meine Camouflage beginnt Wirkung zu zeigen: Ich vermag nichts mehr zu unterscheiden. Endlich. (Ich weiß, das kleine Mädchen am Flur hat NICHT an die Türe geklopft; auch nicht ganz sachte). Langsam beginne ich am Abzug zu ziehen. Schaue (gleichzeitig, gleichzeitig), während ich den Abzug der Waffe ... auf die Wand gegenüber: ich kann nichts erkennen, außer: "DIE KRANKEN NICHT ..." Ich werde es tun, ja, ich werde es tun; (JA! ICH WERDE ES TUN!). Und der Kranke sagt nichts. Obwohl er nicht schläft; ich weiß, dass er nicht schläft. „Sag mir wie spät es ist ..., bitte." Das kleine Mädchen in der Türe ... In diesem Augenblick sind wir beide gestorben: der Kranke und ich, das Kranke und ich; langsam rinnt die Farbe an mir herab; von Tränen in meinen Augen hat das kleine Mädchen - später ... nichts berichtet.

Und während ich (jetzt, jetzt!) mit einer gewissen Sehnsucht auf die abgebröckelte Fassade der Hausmauer gegenüber schaue, habe ich bereits vergessen, dass ... Man merkt es, wenn die Türe hinter einem zufällt; auch ohne sich umgedreht zu haben. Ich wollte immer zu Hause sein. Ich wollte nie zu Hause sein. Nirgends.

Aufzeichnung 8

Manchmal, wenn ich allein in meinem Zimmer sitze, denke ich mir, dass es nicht dasselbe Gefühl sein kann, in einem Zimmer alleine zu sitzen und zu wissen ..., ja, ganz sicher sein zu können, nebenan befindet sich jemand, oder sich dessen bewusst zu sein, nebenan ist niemand. Niemand sonst außer einem selbst ist hier. Immer aber sitzt man alleine da; entweder gestärkt durch die Nähe eines Menschen, oder schwach und leer. Eben völlig allein.

Doch was nützen mir diese Überlegungen? So viele Dinge habe ich versucht, aber ich komme nie an mich heran. Stattdessen habe ich in letzter Zeit manchmal ein Empfinden, als ob einer vor meiner Haustüre wäre; als ob er mit irgendwelchem Gerät - vielleicht einem Besen - herumhantierte. Meist renne ich dann zur Türe, reiße sie auf ..., aber niemand ist da: Niemand ist da! Und wenn ich dann so vor der Türe stehe und Richtung Treppenhaus schaue, überkommt mich der Drang, jetzt gleich die Treppe hinunterzulaufen, vor dem Haus auf der Straße nur kurz zu verweilen, um dann weiterzugehen, um nach diesem Mann - war es tatsächlich ein Mann, den ich an der Tür hörte? - Ausschau zu halten. Dann aber weiterzulaufen, durch die Straßen weiterzulaufen, irgendwohin, nur weiter, mit der Gewissheit, nie mehr in mein Zimmer zurückzukehren. Aber das wäre dann ja eine Andere, die da liefe, das wäre eine, die ihre Freiheit in

Anspruch genommen hätte, das wäre eine, die einfach nur fortgelaufen wäre.

Und ich ..., was gäbe es denn über mich zu sagen? Oder zu fragen? Wie war das? Wie lief denn das damals ab? Wie war sie denn, diese Frau, die früher dort - bei ihm - gelebt hat? Hat sie oft gelacht? Hat sie hin und wieder im Bad ein kleines Liedchen gesungen? Hat sie gerne Menschen um sich gehabt? War sie an dem, was ‚nebenan' passierte, interessiert? War sie an dem was ‚in der Welt' passierte, interessiert? Aber war sie eigentlich an sich selbst interessiert?

Noch traue ich mich hinaus. Noch wage ich mich zum Beispiel in den Keller des Hauses. Und ich werde auch nicht dorthin gehen. Es könnte ja dort ein ...; warum stelle ich mich derart dumm an? Was ist der Grund dafür? Und habe ich wirklich ein Verlangen nach Wahrheit? Oder nur nach meiner Wahrheit? Ich sollte nach einem Menschen suchen, mit dem ich gemeinsam Lieder singen kann.

Vor langer Zeit lag eine entfernte Verwandte von mir im Spital. Ich besuchte sie nie. Kein einziges Mal besuchte ich sie.

Nein, ich könnte keinem Kranken einen Besuch abstatten. Würde ich doch - in dem Augenblick, wo ich mich langsam zu seinem Gesicht hinunterbeuge - selbst krank werden. Einen seltsamen Aussatz der Seele würde ich plötzlich bekommen. Um sodann selbst als Kranke in der Nähe des Besuchten bleiben zu müssen. So aber sitze ich, eingebettet in meiner vorgetäuschten Gesundheit, nur in meinem Zimmer und fühle mich aussätzig. Doch zu wissen man kann alles tun ..., man kann überall hingehen. Und doch ...

Ach, so viele Dinge sollte ich noch besorgen:

Zucker
Eier
Seife
Nagellackentferner
Toilettenpapier
Wattestäbchen
Brot
Mineralwasser
Eine Flasche guten Rotweins (vielleicht)

Wieder eine Liste; eine Liste von Dingen, die ich angeblich brauche. In Wahrheit aber brauche ich:

Zuneigung
Verständnis
Sanftmut
Rücksichtnahme
Zärtlichkeit
Wollust (vielleicht)

Hin und wieder, wenn ich die Augen schließe und mich an eine Begebenheit erinnere, bin ich mir nicht sicher, ob mich diese Erinnerung täuscht ..., ob ich mich bequemerweise selbst belüge. Denn ich glaube dann eine ganz bestimmte Reise unternommen zu haben, erinnere ich mich an Details dieser Unternehmung, bin mir aber letztlich nicht sicher, ob ich je an diesen Orten war. Eigentlich ist es ja gleichgültig, ob ich mich tatsächlich an jenen Orten aufgehalten habe, oder ob ich mir lediglich vorstelle, dort gewesen zu sein. Die Erinnerung daran ist die gleiche.

Mit vielen Dingen in meinem Leben gehe ich ja genauso um: Hinterher weiß ich manchmal nicht, ob ich mein Leben tatsächlich so gelebt habe, oder ob ich mir nur einbilde, dass es so verlaufen ist. Die wenigen Tränen aber, die ich dann meist rasch mit dem Handrücken wegwische, sind echt.

Eigentlich bin ich ständig müde und habe irgendwie ein ‚Ich-kann-nicht-mehr-Gefühl'. Oder habe ich nur das Zuhören verlernt? Und das Antworten? Aber wie vermag ich denn zu sagen, was ich denke, ohne mich zu verlieren ..., ohne letztlich zu verlieren?

An manchen Nachmittagen, wenn das Licht bereits etwas an Intensität verloren hat und es ganz ruhig in meinem Zimmer geworden ist, fühle ich mich, als wäre ich bei mir selbst zu Gast. Und jeden, der daran teilnehmen möchte, ließe ich herein. Doch bereits ein zartes Klopfen an meiner Tür würde mir meine unüberwindliche Unfähigkeit, einen Gast zu empfangen, deutlich machen.

Tag neun Wiederkehr (Und von den Änderungen)

Wir sitzen nur da und streuen mit einer lässigen Handbewegung alle Erinnerungen vor uns aus und haben damit eine unübersehbare Menge an Eventualitäten vor uns, die wir nicht mehr zu zählen imstande sind. Aber wir machen es uns nicht leicht: Wir beginnen trotzdem: Eins, zwei..., zehntausendfünfhundertdreiundfünfzig, irgendetwas, jetzt, morgen, irgendwann; vielleicht. Ich atme nachdrücklich aus - wie effektvoll! Irgendwann. Ich werde einatmen. Früher oder später. Und nicht(s) zählen. Irgendwo wird sich schon ein geheimer Ort als Versteck für … finden, wo ich damit aufhören kann, meine Möglichkeiten zu zählen. Und wo ich mich in aller Ruhe in den weichen Busen der Kontemplation schmiegen kann … Steht von seinem Platz am Tisch – in der Mitte des Raumes – auf und spricht (spricht!!) … auf keinen Fall GEGEN den Spiegel … hier gibt es keinen Spiegel: (hören sie mir noch zu?), spricht…, (sagt) also: Wenn es nur um große Änderungen geht, die bei Menschen auszulösen sind, scheint ALLES einfach, geradezu VORGESCHRIEBEN: Liebe, Hass, Geburt, Tod, Männer, Frauen, Kinder, Alte, Junge, Enttäuschung, Verwirrung, Frustration, Elend, Hoffnung, usw., usf.

Wenn es sich um kleine, aber dennoch nicht geringfügige Modifikationen handelt, die bei manchen durchaus auszulösen wären, dann hat man wie ein Uhrmacher mit kleinstem, feinstem Gerät vorzugehen, um jene beinahe unmerkbaren und unbeachteten Veränderungen in Gefühlen und Gedanken hervorzurufen (herbeizurufen!), die jedem Feinmechaniker zur Ehre gereichten: Am Ende dieses „Gespräches" ist das Visavis ein anderes als vordem.

Unmerklich hat sich etwas in den Raum geschlichen. Auf zum Garten; in Parks war ich lange genug; Museen haben mich immer schon gelangweilt. Für mich kann es ja nirgends einen Garten geben. Trotzdem: fort mit mir. Trotzdem noch stehen geblieben, trotzdem angehalten, um - leger im Vorbeigehen - durch ein Fenster (ein anderes, ein anderes ..., keine Kellerfenster mehr) zu schauen: Am Podium eines mit Kacheln ausgelegten Lehrsaals steht auf einem Tisch – von einem Scheinwerfer grell bestrahlt – eine junge nackte Frau, blickt gerade vor sich hin (sie lebt, sie lebt ..., sie ist keine Statue!). Und sie sieht nicht in meine Richtung. (Der Garten, wo könnte dieser Garten sein?).

Wie anders das ‚Bild' der ASIATIN, wenn sie im Zimmer (in meinem Zimmer!) nackt auf einer Ottomane sitzt, den Rücken mir (mir, mir!) zukehrt und den Kopf leicht zurück in meine Richtung – wo sie mich vermutet –, dreht.

Der Garten also: Einmal noch schaue ich durch das Fenster – die junge, nackte Frau unbewegt wie vordem, den Blick nicht auf mich gerichtet.

Der Garten: ist geheim. Die ASIATIN ist geheim. Die Zugeherin ist geheim. Der Kranke ist geheim. Francis Bacon ist geheim. (Eher schaffe ich es nochmals bis ins Museum zu jenem Bild von Bacon, als bis zu jenem Garten ...). Ayers Rock ist geheim. (Eher schaffe ich es, ...). Der stille, ruhige Garten, der einsame Garten, der Garten, der an seinem Ort bleibt. Die junge Frau, immer noch unbewegt, wie ..., steht auf einem Tisch. Der Vorteil der Bewegungslosigkeit ist die allmähliche Ermüdung. Und die Verkrampfung der Muskeln. Vor allem die Verkrampfung der Gesäßmuskeln. Aufrecht steht die ASIATIN inmitten des

Zimmers und spannt auffordernd ihre Gesäßmuskeln an. Die ständige Grelle eines Scheinwerfers vermag die Vorteile der Bewegungslosigkeit nicht zu schmälern. Sie bringt sie zur ihr angemessenen Geltung.

Mit einem Ruck löse ich mich von diesem Blick auf die nackte, junge Frau (meine Augen tränen; ich weiß nicht weshalb). Mein Triumph: Ich habe diesen Raum, diesen Lehrsaal statischer Vollkommenheit, NICHT betreten. Also weiter. Weiter! Zum Garten. Zum ‚geheimen' (?) Garten. Ich kann nicht. Gehen. Ich vermag nicht richtig zu gehen. Ich habe ein künstliches Bein. Ich habe davon geträumt. Von diesem Kunststoffbein; das Geräusche macht. Beim Gehen. Was ist aus meinem Bein geworden? Vielleicht habe ich es selbst aufgefressen. Im Traum. Damit ich nicht zum Garten gehen kann. Im Traum. Damit ich mich nur noch geräuschvoll und zögerlich bewegen kann. Worauf habe ich nicht geachtet? Etwas Wichtiges muss mir entgangen sein.

Ohne Behinderung bewegen wir uns arglos durch die Welt. Geräuschlos und effizient. Kein Klacken oder Klappern. Nur Links-Rechts. Völlig geräuschlos. Wir setzen uns - ruhig - irgendwo hin. Und beachten unsere Beine nicht. Und beachten die Dinge, die ringsum geschehen, nicht. Und beachten nicht, was währenddessen in unserem Inneren geschieht. Und sind uns selbst ausgeliefert: Auch einen meiner Arme habe ich nicht gefressen. Im Traum. Auf der Bank. Bevor ich aufbrach. Zum Park. Zum Museum. Zu den Zugeherinnen. Zum Garten. Dort bin ich ja nicht angekommen. Bis jetzt. So ohne Bein und ohne Arm. Ein halber Abenteurer der Sehnsüchte bin ich geworden. Im Traum. In der Wirklichkeit. Mein Kopf sitzt fest an seinem Platz. Noch. Der Garten ist … in meinem Kopf. Der Traum ist in meinem Kopf.

Die Nackte auf dem Tisch in jenem Lehrsaal ist vergessen. Meine Gliedmaßen sind komplett. Ich gehe die Straße hinunter, sehe nicht zur Treppe hinauf, die ich vor kurzem hinab ging, um meinen Weg zu finden, und vermeide es, am Haus mit dem Keller, in dem sich möglicherweise ein Kranker seinem endgültigen Elend entgegenwimmert, vorbeizukommen. Ich strebe dem Garten zu. In meinem Traum. Und in der Realität.

Wir weisen einer Imagination eine größere Bedeutung zu als der Wirklichkeit. Wir sehen, was wir sehen wollen. Wir wollen sehen, was wir uns wünschen. Wir fälschen die Wirklichkeit, um zu sehen, was wir uns wünschen. Es ist zu spät. Wir haben begonnen, uns selbst aufzufressen. Wir wurden zu Kannibalen unserer Träume, die nicht mehr aus unserer Wirklichkeit stammen. Wir leiten alles von nie geträumten Träumen ab. Wir erklären uns selbst. Aus unserer Wirklichkeit. Unsere Träume sind unerklärbar geworden.

Vor mir: das alte, verrostete Tor zum GARTEN. Stillstand. Ruhe. Ich schließe die Augen. Nur für einen Augenblick. Vielleicht wird mir die Zugeherin öffnen. Die ASIATIN vermute ich hier nicht. Vermute. Nur Mut. MUTABOR. Das Tor öffnet sich. Ich habe das falsche Wort gewählt. Im Traum. In Wirklichkeit. Sesam öffne dich. Alles gerät durcheinander. Die Zugeherin lässt auf sich warten. Sie liegt – mit abgefressenen Armen und Beinen – irgendwo inmitten des Gartens. Lautlos verlässt die ASIATIN das Gelände.

Ich reibe so lange an diesen Bildern herum, bis sie zu Frottagen meiner Orientierungslosigkeit geworden sind, diese demzufolge recht gut wiedergeben. Mir geht es mit ihnen, wie mit einem ständig kläffenden Hund: Man kann sich von ihm das Nervenkleid zerstören lassen, oder sein Bellen als BESTANDTEIL akzeptieren. Es gehört dazu. So, wie ich zu … (ständig vergesse ich DEN GARTEN!).

An Stelle des Gartens (den ich mir vielleicht ‚versagen' werde) - Frottages: mit dem (weichen!) Bleistift - flach geführt - vom Untergrund hervor ein graues figürliches unscheinbares Feuerchen, dessen Kraft und Hinterhältigkeit noch nicht zu ahnen ist; es wird sich ausbreiten. Das Bild wird in den Köpfen sitzen. Das Feuer wird brennen. Grau. Vor sich hin brennen. Ohne jemals wieder zu verlöschen. (Die ASIATIN hat diese Zeichnung, kurz bevor sie das Zimmer verließ, rasch auf ein Blatt Papier hingeworfen). Oder war sie doch nicht anwesend in jenem Zimmer? Aber: ALLES ist erkennbar (auf dem Bild der ASIATIN); derart verschwommen sind die Konturen, dass man ... So spiel ich mir selbst kleine Streiche, bevor ich mich auf den Weg zum Garten mache. Und vorerst sitzen bleibe. Was könnten wir ALLES zuwege bringen, wären wir imstande, das Kläffen der Hunde zu ignorieren!

Der Garten (ein Entwurf): Unerwartet stoße ich während ich in Richtung des Gartens gehe (schleiche, schleiche!), auf dichtes Buschwerk, das - im rückwärtigen Teil durchbrochen - den Blick auf einen am Boden kauernden, mit einem Gegenstand spielenden Knaben freigibt. Ich vermag nicht zu erkennen, womit sich der Knabe (so still!) beschäftigt; vermutlich streichelt er ein totes Tier. Legte ich das Frottages-Bild (das die ASIATIN keinesfalls gezeichnet hat!), über diesen Anblick, den mir der vor mir hockende Knabe bietet, das Kind Knabe wäre klar als die graue, beginnende Flamme zu erkennen; alles hätte sich ihm unterzuordnen. Nichts demnach, was GEHEIM wäre, an diesem Teil des ...; noch immer aber habe ich den GARTEN nicht erreicht.

Abrupt erhebt sich der Knabe, streckt seine Arme zur Seite, ohne die Hände zu Fäusten zu ballen, gähnt, hebt eine Notensammlung vom Boden auf und läuft weg.

Wäre ich (jetzt!) der Knabe, ich liefe zum sonnigsten Strand, in den finstersten Wald, in die heißeste Wüste, auf den höchsten Berg, zur lieblichsten Wiese; in die dunkelste Nacht. Und dort bliebe ich - in der dunkelsten Nacht (des Waldes). Dort wäre ich dann gut aufgehoben und behütet - in der Finsternis des Gehölzes, die mich umschlösse. Und ich hätte keine Notenblätter aufzuheben. Und überhaupt würde ich dann alles Schriftliche auf der Stelle verwerfen. Und ich bräuchte es nicht im Boden des Waldes zu vergraben (wo es hingehört).

Ich sollte mich nicht irgendwo hingesetzt haben: Ich sollte mich (alsbald!) wieder irgendwo hinsetzen. Und nicht zum Garten gehen (wollen). Und vernünftigerweise Gärten meiden. Und Zimmer. Und Galerien. Und als Keller getarnte Krankenzimmer. Und letztlich sollte ich ALLES (ver-)meiden; vor allem Erschütterungen. Ich werde mich also nicht mehr erschüttern lassen! Und wäre dennoch allzu gerne erschüttert worden: (Hätte ich doch der Zugeherin in die Augen geschaut, kurz nur, aber ...).

Wir streben die Erinnerungen an, aber wir finden uns in ihnen nicht mehr zurecht, haben wir sie auch nur andeutungsweise erreicht. So glauben wir, uns an die Änderungen gewöhnt zu haben. (In Wahrheit stellt jenes Frottages-Bild einen brennenden Menschen auf einem Scheiterhaufen dar). Und die ASIATIN? ... ich beginne, manche Dinge zu vergessen. Und wäre ich in den dunkelsten Wald gegangen, hätte ich - den Kopf nach oben gewandt - nur die Silhouetten der Baumkämme erkennen können: eine gemeinsame, gezackte Linie als Grenze zum Himmel; die Wüste hätte ich ja nie erreicht.

„Der Geheime Garten" also ... 1, 2, 3: zeitlos, besonders, zauberhaft, hoffnungsvoll: ... und Kinder, in der Mode des 19. Jahrhunderts gekleidet, spielen darin; laufen umher, sorglos, unbekümmert - manche haben seltsame weite, weiße Hüte auf; der Garten: kaltes, gepflegtes Grün, Stauden (nichts Geheimnisvolles!), hohe Platanen, Nadelgehölz, hie und da ein Windhund; ein Bild nur. Dieses Spiel habe ich verloren. Vielleicht sollte ich stattdessen Zitronenplantagen aufsuchen: Oder Olivenhaine. Oder … Müllhalden. (Niemals hätte ich den Park verlassen dürfen!).

„Der Geheime Garten" also (2. Versuch) … 1, 2, 3: Auf einer übergroßen Fläche (weiß) finden sich - regelmäßig verteilt - unzählige vielfüßige schwarze Tierchen, bewegungslos verharren sie an ihrem Platz, als wären sie durch eine Lackschicht am Untergrund fixiert worden. Dennoch ist Bewegung in … Jene Tierchen setzen sich nur in Bewegung, wenn man sie betrachtet. Ich beobachte kleine, schwarze, vielbefußte Tierchen auf weißem Untergrund und denke dabei an springende Böckchen, lächerlich!

Auch dieses Spiel scheine ich verloren zu haben. In diesem Augenblick dreht die ASIATIN den Kopf zur Seite, blickt über ihre nackte Schulter und versucht einen lasziven Ausdruck in ihren Blick zu legen. Was hätte sie denn sonst vermocht? Zu welch lasziven Kapriolen ein Mensch imstande ist.

Aufzeichnung 9

Durch Zufall geriet ich einmal als Kind in einen wild wuchernden, abgelegenen Garten. Alleine streifte ich durch die labyrinthisch angelegten Büsche und das hohe Gras. Irgendwie ist dieser Garten für mich ein Traum geblieben, ein ständiger Traum von etwas, das sich nie erfüllen wird. Doch als Kind wissen wir noch nicht, dass wir in manchen Momenten unsere späteren Erinnerungen bewirken. Dieses Kind, das ich damals war, ist mir heute fremd und unbegreiflich.

Manchmal versuche ich mir vorzustellen, mein Zimmer wäre ein geheimer Ort, nur mir bekannt, und nur ich wäre berechtigt darin zu leben. Und jeder ginge an dem Haus mit jenem geheimen Zimmer achtlos vorbei. (Immer noch habe ich es nicht gewagt, in den Keller zu gehen).

Das, was ich ‚meinen Haushalt' nenne, ist in Wahrheit nur ein Entwurf. Das, was ich mein Leben nenne, ist in Wahrheit ...

Ich sollte mich nackt in eine Vitrine oder Auslage stellen, um von allen gesehen zu werden. Doch vermutlich käme niemand vorbei. Und es würde mich allmählich nur frösteln, so wie es mich jetzt fröstelt. Trotzdem werde ich das Fenster öffnen, damit ich die Stille hier herinnen nicht hören muss.

Die Frage ist: Was kann man ertragen? Ja, das ist ‚meine' Frage, die Frage, die mir ‚angemessen' wurde.

Vielleicht hat sich damals im Garten ein kleiner Junge zwischen den Büschen versteckt und mich beobachtet; ein Junge in meinem Alter. (Nie hatte ich einen Bruder, den ich zur Begrüßung umarmen und fest an mich hätte drücken können; mit dem ich heimlich vertraute Blicke ausgetauscht hätte).

Immer noch habe ich keine Vorstellung vom Glück. Irgendwie möchte ich mein Leben geheim halten. Sogar vor mir selbst. Und manchmal formen sich meine Gedanken - oder meine ich die Gefühle? - zu Bildern, wie sie beim Betrachten von zufälligen Formen, wie Wolken, entstehen. Alles das vermag ich zu ertragen. Manchmal. Und manchmal glaube ich, dass zwei Menschen, die sehr lange miteinander lebten, einander ähnlich werden. Im Aussehen. Und in ihren Ansichten und Handlungen.

Das erste Mal, als ich ihn traf, blühte im Park nur ein Baum. In Blau. Über solche Dinge sprach er aber nie.

Ich glaube, er fürchtete sich immer vor der Dunkelheit ..., vor einer Dunkelheit, die tief in ihm saß. Immer wieder ging er in die Parks. Aber ich vermute, eigentlich wollte er nur den immer gleichen Garten aufsuchen, den er nie fand und der vermutlich nur in seiner Vorstellung existierte.

In der Finsternis der Nächte fühle ich mich gut aufgehoben. Doch diese Art des Wohlfühlens ist nur eine mühsam zurechtgezimmerte Abwehr gegen meine Ängstlichkeit.

(Ich sollte etwas gegen das Ungeziefer in der Küche tun ...; überall sind kleine, schwarze Tiere).

Tag zehn Für H.

Ab nun werde ich meine standhafte Verwunderung verbergen. Vor mir selbst. Und den Tag wieder aufnehmen. Die Nacht ist noch weit. Jedenfalls: die Dinge annehmen; alle diese meine Angelegenheiten. Um in die kurze, nächste Lebenszeit zu schauen ...; den Kopf mit den Händen umfassen. Und die Linien ab nun schärfer ziehen. Absichtsvoll werden. Und Ahnungen beiseite lassen: Ab jetzt ist jeder Tag wie der andere: wie Chinesisches Papier. Ich werde ihn mir schon wieder austreiben, den Tag. Kopfglühend. Demnach kopfglühend mit offenen Augen dasitzen. Und warten. Und nicht in den Park gehen. Und nicht zu Gärten gehen (wollen): Und vernünftigerweise Gärten meiden. Und Zimmer. Und Galerien. Wie selbstverständlich: Das Vermeiden. In den Wald aber ginge ich gerne. In den tiefen, dunklen Wald. Und ginge und ginge. Und wäre endlich vorhanden. Und wäre endlich verfügbar. Der Wald würde mir mein Kopfglühen schon austreiben. Mit seiner Kühle. Und Lieblosigkeit. Da hätte ich die Gärten schnell vergessen. Und die Parks. Und mein Zimmer. Und die ASIATIN – die ja eine Russin ist – wäre nie an irgendeinem Bahnhof angekommen; außerdem ... bis zur Tür meines Zimmers hätte sie es niemals geschafft. Und keiner wäre da gewesen, der ihr den Eingang geöffnet hätte. Folglich: In den Wald!! Im Wald sein und ... vor lauter Bäumen ...; meine Augen sind dann nicht mehr, mein Sinn aber blieb mir.

So werde ich eintauchen in den Wald, wie in ein Gefäß, wie in einen Kelch. Und der allerletzte Baum, den ich zu

Gesicht bekommen werde, wird gleich einem aufflackernden Flammenversuch sofort - bei meinem Anblick - in sich zusammensinken, nachdem ich - ohne mein Augenlicht - in seinen brennenden, rauchenden Resten sein Gesicht erkannte, ja, seine ganze Erscheinung mir klar geworden war, bevor er zur verdienten Asche zerfallen war: Der Letzte, der von Ayers Rock herabgestiegen war um … (Mein Sinn blieb mir!). Und alles, was da darunter noch (auf mich wartend), sein könnte, wird ungesehen bleiben; unerkannt, unbesehen: Meine Augen sind nicht mehr. Erwartungen? Ja, Erwartungen!: […] und die ganze Welt um mich wie in einem dichten Nebel versank … und die Bäume (die Bäume!!!) und die Berge und die Vögel, alles drehte sich vor mir in einem tollen Wirbel und wie hinter einem Schleier, […] und ferne Stimmen rufen.

Das alles ist nicht wahr: Die Grenzen zum Wald sind ja immer schon offen gewesen. Und der Wald gehörte immer schon zum Weichbild der Stadt. Und dadurch zu MEINEM Zimmer. Folglich verläuft die Grenze zwischendurch - durch den Wald, durch mein Zimmer. Doch um mein Spielraum zu sein ist es genug. Genug, um irgendetwas, das mit mir (noch) zu tun hat, darzustellen.

Und so spiele ich: Und gehe den Weg in diesen Wald hinein, scharf an der Grenze entlang, werde (dadurch?) der Wald selbst (nicht der Weg!!), ohne je wieder herauszufinden. Ursprünglich drang der Wald ja in MICH ein (und in die ASIATIN, die nie ihren Platz neben mir verlassen hat), und nicht ich in ihn. Waldmeister!! Ein asiatisch getarntes russisches Mädchen = die behutsam gezogene Grenzlinie zur Vollkommenheit. Mittendrin. Sein. Im Vollendeten. Zeit, dass es dunkel wird. Und die Grenzen verschwimmen. Im Nebel. Und dass die Wälder zur Ruhe kommen. Und ich anderes finde. Andere Wege. Andere Maskierungen. Andere treue Begleiter.

Über das Feuer (im Allgemeinen) ist auch nicht viel zu sagen. Über das Wasser …, ja …, über das Wasser. Gehen. Ja! Über das Wasser gehen! Über alle Wasser. Auf der Stelle! Auf DER Stelle. Nichts da! Es hat wieder ALLES geradlinig zu verlaufen, keine Mäander mehr, keine Wunder, die doch nur billige Tricks der Darbietung sind: Das Geradlinige allein weist den Weg …, IST der Weg. Was aber bedeutet geradlinig? Eine Allee. Vielleicht. Die könnte man begehen. (Ich habe keine Lust, eine Allee entlang zu gehen). Ganz allein. An ihrem Ende ist … nichts. Da beginnt das Nichts. Das Nichts.

Aufzeichnung 10

Würde ich mich endlich dazu entschließen, mein Zimmer, das Haus sogleich zu verlassen, ich wüsste nicht wohin. (Nun, einiges wäre ja zu besorgen: Haushaltsartikel, Lebensmittel; ein paar Blumen vielleicht). Doch Absichten sind ohne Bedeutung. Es kommt nur darauf an, was man macht. So aber sitze ich da, den Kopf in meine Hände gelegt, und wundere mich über mein fortwährendes Vorhandensein. Nein, ich werde jetzt nicht seufzen! Und alles, was ich nicht mehr unternehmen werde, wird von mir unerkannt, unbesehen, ungefühlt, bleiben. Und gegen meinen Willen wird dann immer eine Grenze durch meine Zimmer verlaufen: zwischen SEINEM und meinem Vorhandensein.

Besser wäre es, ich deutete diese Grenze für mich anders: Ich widmete sie um, und erklärte sie als Grenze zwischen mir und ... einem Wald. Einem Wald mit nur einem Weg. Doch was könnte ich in einem Wald ausrichten? Eigentlich kann ich nicht sagen, was ich mir jenseits dieser gedachten Grenze vorstellen soll.

Anscheinend habe ich kein Vertrauen in meine Pläne. Doch welche ‚anderen' Wege könnte ich noch gehen? Ich sollte irgendwie ...; ja, ich sollte ..., ich sollte. Vielleicht sollte ich nur die Türe öffnen und aus dem Zimmer gehen, das Haus verlassen ..., hinausgehen und geradeaus gehen ..., einfach immer nur geradeaus.

Tag elf Nocturne (Ein kurzes Zwischenspiel)

Das Nichts ist nicht definiert. Ich stelle mir das Nichts meist schwarz vor, vollständig schwarz - das Nichts kann nicht dargestellt werden. Von niemanden. Also behelfe ich mir mit Schwarz: Schwarz ist all das, vor dem wir uns fürchten, oder was uns vordergründig das Gefühl der Angst, die ja eine ungerichtete Furcht ist, vermitteln soll. Die Nacht ist schwarz. Die Nacht aber vermag durch ihre Schwärze jenen schützenden Mantel über mich zu breiten, der mich vom Gefühl des Nichts befreit. Das Nichts scheint demnach ein Gefühl zu sein; das Schwarze, eines zu vermitteln.

Die Nacht aber ist mir willkommen. Mit geschlossenen Augen alles wieder erkennen: Scherenschnitte, die in die beginnende Nacht hineinragen. Ich werde von nun an meine Feigheit ablegen, während der Nacht die Augen zu schließen. Um in die Finsternis zu geraten. In der Schwärze der Nacht.

Ich habe noch nie einen Engel gesehen. Also renne ich durch die Nacht. Als hätte ich einen Mord begangen. Oder Schlimmeres. Sehr dunkle Taten jedenfalls. Ins Dunkle fällt man. Ich aber gehe daran entlang. Im Dunkeln sitzt man. Auch das tue ich: Ja, ich sitze im Dunkeln und gehe gleichzeitig daran entlang. Die Dunkelheit und die Nacht sind meist eins. Die Stille aber ... Auf meiner Unruhe bestehe ich. Und auf meiner Schlaflosigkeit, traumlos, wie ich bleiben muss. Träumen ist ein Verbrechen. Erinnern sollte verboten sein. In die Stille hinein singen jedoch muss für immer erlaubt bleiben. Und an das Laufen hab ich mich gewöhnt. An das Laufen während der Nacht; an das Laufen am Tage. Und an das Herumsitzen zu allen Tageszeiten. Um beim Fenster hinauszuschauen. Oder kurze Notizen auf zerknüllten Zetteln immer wieder zu lesen. Oder in den Alben nach alten Bildern zu suchen. Um die Erinnerungen zu pflegen. Das Nichts kann es nicht geben.

Es existiert nicht für mich. Es existiert überhaupt nicht. Deshalb ist ja … mein Persönliches nichts. Die Sonne …, ja, die wäre schon was für mich. Mit der könnte ich mich anfreunden. Mit ihrem Licht. Und ihrer Kraft. (Das Symbol des Matriarchats ist die Spirale). Die Spirale aber hat kein Ende. Nach außen nicht. Und nicht nach innen. Es ist mir verwehrt, sie sehen zu können. Erkennen würde ich sie jederzeit. In der Dunkelheit meines mir selbst angeordneten Nichts. Dennoch versuche ich, die Spirale zu vergessen. Sie aus meiner Erinnerung zu löschen. Ich schließe die Augen und versuche zu singen. In die dunkle Stille. Ohne die Geduld zu verlieren. Und ohne etwas sehen zu können. Außer der Spirale. Deren Bild hat sich mir eingeprägt. (Die ASIATIN jedoch vermag ich mir mit geschlossenen Augen nicht vorzustellen). Es wird Zeit. Es ist Zeit. Genug. Es ist genug: Die Augen öffnen – das habe ich mir geschworen – nur um die Nacht zu sehen. Zu erkennen. (Bin ich heute schon am Gräberfeld gewesen?). Die Finsternis jedoch bedeutet keinen Stillstand.

Ich werde von nun an stillsitzen, werde an meinem Platz verharren, ohne einen Ton von mir zu geben und ohne mich zu bewegen. Und ich werde nicht warten, werde auf nichts warten, werde auf das Nichts warten; weit weg die Zeit, als ich mich der Zugeherin zu nähern versuchte. Im Dunkeln lasse ich die Wolken vorbeiziehen. (Irgendwo zieht der Reiter an einem Grab vorbei).

Aufzeichnung 11

Irgendwie sehe ich schwarz für mich, wenn ich so weitermache. In der Nacht, da habe ich ja meine Träume, die ich mir erzähle, und die mich vor den innerlichen Unwettern des Tages schützen. Aber es sind ja nur Tagträume, die ich mir nachts erzähle, keine Begebenheiten meines Lebens. Träume, die im Licht des Tages meine Feigheit belegen.

Aber ..., irgendein Ereignis wird mir eines Tages die Augen öffnen. Und dann werde ich imstande sein, meine Feigheit abzulegen. Und mit ihr meine Zaghaftigkeit. Dieses neue Zimmer, das ja nie zu meinem Zuhause geworden ist, wird mir vielleicht zu eng werden, zu eng für meine neuen Bedürfnisse. Doch ich werde mein neues Zimmer nicht sofort verlassen. Es wurde ja bereits zu einem Teil meines Ichs. Also werde ich weiterhin beim Tisch sitzen, dort lesen, schreiben; vielleicht auch ein bisschen träumen. Und an meine neuen Bedürfnisse denken. Und irgendwann werden die Wolken wie immer am Fenster vorbeiziehen, als ob sich nichts geändert hätte.

Ich jedoch werde zu diesem Zeitpunkt längst selbst über mein Leben bestimmen.

Tag zwölf verhoffnungt; zeitweise

Zum Beispiel: teilnahmslos vor sich hinbrüten. (Nevermore). Oder: Ich mache mich auf den Weg und suche - über mich selbst hinauswachsend - die GEFÄHRTIN. (Ja, es gibt eine Gefährtin, die möglicherweise nicht die ASIATIN ist). Also: auf zum ETABLISSEMENT!

Ein gewinnendes Lächeln entwickelnd, sich sogleich das Äußere und das Auftreten von Rudolpho Valentino aneignen, die Stimme von Joseph Schmidt aufschmelzen lassen und das Vermögen des Karim Aga Khan auf der Stelle mein Eigen nennen: Los! (Oder: Einfach dort nur herumsitzen). Folglich: an einen Tisch setzen, auf den Kellner, besser die Kellnerin warten, sich umsehen: niemanden sehen - keine Musik, die zu hören wäre. Völlig ALLEINE in diesem Lokal herumsitzen. Und keine Anzeichen einer GEFÄHRTIN: Von einer Gefährtin ist nichts zu sehen, nichts zu hören, nichts zu spüren. Ein leichter Luftzug, die Eingangstüre wird geöffnet und in die Mitte des Etablissements trippelt: die ASIATIN! Umsonst: das Antlitz Rudolpho Valentinos aufgesetzt, umsonst seine Posen imitiert. Umsonst: die Versuche, die Stimme Joseph Schmidts nachzubilden. Umsonst: das Vermögen Karim Aga Khans vorgetäuscht. Also habe ich mir etwas vorgemacht. Freilich, mir etwas vorzumachen, vermag ich nur in meinen Gesten auszudrücken: Greife ich mir an die Stirn ... schon beginne ich zu denken - oder was ich dafür halte. Taste ich nach meinem Geschlecht ... schon bin ich bereit, den Geschlechtsverkehr auszuführen. Bedecke ich - nur mit den Handflächen - meine Augen ... schon bin ich blind, für immer. Dann aber beginne ich davon zu laufen ..., fasse mir – in der Gegend des Herzens – an die Brust … schon beginne ich unterzugehen in meiner larmoyanten Sentimentalität. Und erdenke ich mir gar eine GEFÄHRTIN … schon steht sie – mit ausgebreiteten Armen! – vor mir. In DIESEM Augenblick vergesse ich die ASIATIN.

„Bekomme ich sie je wieder zu Gesicht, so werde ich sie, und stünde sie unter Hunderten, augenblicklich wiedererkennen“ [1] Irrtümer sind. Irrtümer waren immer. Und so habe ich (endlich, endlich!) mein Gedächtnis verloren; dabei hätte ich die Öffentlichkeit – und durchaus nicht mich selbst – ausdauernd mit diesem Umstand beschäftigen können: Welch herrlich manieristische Nervenzusammenbrüche hätte ich zu arrangieren vermocht. Oder ich hätte – stundenlang – nur auf ihr Foto gestarrt: Die GEFÄHRTIN abgebildet vermutlich als einfaches, nacktes Mädchen, mit gesenktem Blick, versteht sich; mit der linken Hand ihren Bauch streichelnd, und …; aber was ist schon einfach?

Zu meinem Erstaunen würde ich, nachdem ich das Foto der GEFÄHRTIN stundenlang betrachtet hätte, ALLE Cello-Suiten von Bach gespielt haben (in meinem Zimmer gibt es NIRGENDS ein Cello) und anschließend vor Erschöpfung zusammengebrochen sein, ohne sofort in ein Krankenhaus eingeliefert worden zu sein. Das Foto der GEFÄHRTIN hätte sich mir aber dennoch nicht eingeprägt und ich wäre enttäuscht fort gegangen, um mit dem nächsten Schiff nach Australien zu reisen. Und Ayers Rock hätte ich niemals gefunden. Und die Enttäuschung wäre eine vollkommene gewesen, das Geschehnis ein fatales.

[1] *Søren Kierkegaard, Tagebuch des Verführers © 2004 Patmos Verlag GmbH & Co. KG Artemis & Winkler Verlag; Düsseldorf und Zürich*

Das Wesen der Enttäuschung (1):

Und hätte ich mit jener, allzu heftig verschwundenen Russin, die ja - ich weiß es - eine ASIATIN ist, ein Rendezvous und säße mit ihr in einem kleinen Café, ich würde nur den Vorbeigehenden Beachtung schenken und ihr nicht jene Aufmerksamkeit zukommen lassen, die mir meine träumerischen Vorstellungen in diesem Moment auferlegten. Wäre ich also in jenes Etablissement gegangen, und hätte dort tatsächlich die GEFÄHRTIN angetroffen, wir hätten uns sofort in einen ruhigen Nebenraum des Lokals begeben, der, nur mit wenigen Tischen ausgestattet, von niemandem sonst besetzt gewesen wäre. Und wie ein Schuldbewusster hätte ich mich mit IHR in dieses abgedunkelte Nebenzimmer begeben, wir wären einander starr vor Schüchternheit (und Furcht!) gegenübergesessen und keiner hätte den Blick dem andern zugewendet.

Der Vorteil der Bewegungslosigkeit ist die allmähliche Ermüdung. Und die Verkrampfung der Muskeln. Und während ein besonders diskret auftretender Kellner unsere Bestellung aufgenommen hätte, wären wir - uns immer noch nicht anblickend - dennoch ineinander versunken; jeder hätte ALLES vom andern gewusst. Dann aber wäre mir DER ENTSCHEIDENDE FEHLER unterlaufen: Ich wäre aufgestanden, hätte mich - wenige Schritte nur - vom Tisch, demnach von IHR wegbewegt, und so, ruhig und auf ALLES gefasst, meinem Gesicht ein für SIE unmerkliches Lächeln gestattet.

Und später, als wir wieder auf der Straße gestanden wären - während es mittlerweile zu regnen begonnen hätte - wären wir, an eine Hauswand gelehnt, nebeneinander gestanden, aufrecht und ohne dem Regen Beachtung zu schenken. Und während sie eine Zeit lang neben mir gestanden wäre, ohne mich dabei anzusehen, wäre mir endlich klar geworden, dass sie die ASIATIN ist, dass sie es immer schon gewesen war: eine GEFÄHRTIN. Und dann wäre sie gegangen. Für immer. So als ob sie mein Erkennen bemerkt hätte, wäre sie davongegangen, wäre durch den Regen gegangen, die Straße entlang, vielleicht dem Park entgegen; ich vermag das nicht zu sagen. Auf diese Weise hätte sie mich unerwartet mit der Demut bekannt gemacht. Und ich wäre - wie ein alternder Boxer - zu Boden gegangen, hätte mich im Regen gewälzt, hätte vielleicht sogar geweint; auch das weiß ich nicht zu sagen. So hätte mich in diesem Fall, wie in allen andern Fällen auch, die ich mir phantasierte, die Enttäuschung niedergeschlagen.

Das Wesen der Enttäuschung (2):

Erhofftes tritt nicht ein
Tränen
krank bleiben
Feigheit
Selbstmord
kein Applaus
Vereinbarung, Nichteinhalten einer
Freundschaft aufkündigen
schlechtes Essen
leere Dose(n)
wegnehmen (etwas)
verlieren (Spiel)
verlieren (Geld)
verlieren (Frau)
verlieren (alles)
Frau
Mann
(etwas) nicht finden

verlassen werden
Versagen (eigenes)
Versagen (fremdes)
die Anderen
Ich
Du
die Aufgabe (das Scheitern an ihr)
nichts bekommen
Vaterentbehrung
eine weggeworfene Kinderklapper am Boden
kein Fruchteis
kein Schokoladeeis
Rendezvous (versäumtes)
irgendeine GEFÄHRTIN
und: Die Zugeherin
alle, die fort gingen
alle, die nicht kamen
Fortgehen, jede Art von

Das Wesen der Enttäuschung (3):

Niemals habe ich mich in die Nähe jenes Etablissements - oder irgendeines anderen Lokals dieser Art - gewagt.

Stattdessen sitze ich nachts in einer schwarzen Limousine und fahre eine Allee entlang, die ich mir selbst nur vortäusche, die in Wahrheit aber eine schnurgerade Häuserzeile ist … (Die Allee ist an ihrem Ziel zu Ende). Und während ich mit zusammengekniffenen Augen, mit vorgebeugtem Körper die Gegend zu erkennen versuche, erreicht mich ein Telefonat im Wagen und eine weibliche Stimme bittet mich (!) dringend, dass ich ihr helfen solle.

Es ist dunkle Nacht, die Straße nur schlecht beleuchtet. Ich fahre dennoch schneller. Und schneller. Die Frau –

immer noch am Telefon – sagt mir, ich solle so schnell wie möglich in die R.-Gasse kommen. Hilfe. Ich weiß nicht, was dort passiert. Ich weiß nicht, weshalb ich versuche noch schneller zu fahren. Ich habe die R.-Gasse, die eine Quergasse zu der Allee-Straße, auf der ich fahre, ist, erreicht. Biege ein. Stelle den Wagen ab. Steige aus. Und gehe die in Reihe geparkten Autos ab, kontrolliere die Zwischenräume, die sie, Wagen an Wagen, bilden. Unrat, Hundekot, Weggeworfenes. Nichts sonst. Ich gehe weiter, langsamer. Noch langsamer. Noch ein Auto. Und noch eines. Und: Vor mir liegt – zwischen zwei Wagen – eine Frau. Doch sie ist keine Frau mehr: Vor mir liegt ein Torso, ein vom Rumpf abwärts abgetrennter Frauenkörper. Das Gesicht ist deutlich zu erkennen. Die Augen offen, schaut mich an wie eine Kopie Tilda Swintons: hellblondes Haar, weißes, schmales Gesicht, trauriger Blick einer Toten. Nur das ist übrig geblieben von ihr: dieser unglückliche Blick. Dieses zarte Gesicht. Und ein Rest ihres Rumpfes.

Wir haben begonnen, uns selbst aufzufressen. Wir wurden zu Kannibalen unserer Träume, die nicht mehr aus unserer Wirklichkeit stammen.

Das Wesen des Herumsitzens mit offenen Augen:

Du sitzt da. Auf diesem Platz. Und schaust dich um. Und siehst … Grässliches; und hörst dich selbst atmen – vom Laufen bist du noch etwas außer Atem. Und wenn du Glück hast, hörst du dein Herz schlagen. So sitzt du da, mit klopfendem Herzen und ein wenig außer Atem. Von irgendwoher hörst du Musik. ALLE Musiken vermagst du nun zu hören; ALLE Musik dieser Welt.

Das Wichtigste war demnach, sich hingesetzt zu haben, wenn man nicht darauf vorbereitet war. Und irgendwann glaubst du, nun ALLES gesehen zu haben, aus deiner sitzenden Position heraus. Falsch! Du bist noch nicht wirklich im Zustand des Herumsitzens. Allem, was du glaubst gesehen zu haben, versuchst du hartnäckig einen Sinn zu geben. Das mag richtig oder falsch sein. Entscheidend ist, dass du dabei sitzen bleibst (unabhängig von Mord und Totschlag). Sitzen bleiben auf diesem Platz. Auf DEINEM Platz.

Die Erprobung der Sehnsucht,
eine Gefährtin zu erlangen:

Sitzen bleiben! Die ASIATIN aus dem Gemüt verbannen. Die ZUGEHERIN aus allen Empfindungen verdrängen. An ein *wunderwol gemachet wip* nicht einen Augenblick lang denken. Tilda Swinton für immer vergessen. Und bei all den anderen es zumindest versuchen. So aber wird es lediglich beim Versuch bleiben. Beim Versuch, eine (nebulose?) Gefährtin zu erlangen. Denn im Sitzen vermag man sie nicht zu erreichen, die Frauen.

Man muss aufstehen, vorangehen und sie erobern. Im Lauf - nicht gerade im Sturm. Die Erprobung ist gescheitert. Der Versuch wird nicht fortgesetzt. Es geht demnach nicht weiter. (Sieh an, ich beginne unbehaust im Raum zu schweben, immerhin in meinem Raum).

Ein Entwurf zum stillen Dasitzen,
ohne eine Gefährtin zu finden:

Angeblich bin ich zu Hause geblieben. Und angeblich bin ich fort gegangen. Und angeblich habe ich die unglaublichsten Dinge gesehen. Und die ungewöhnlichsten Erlebnisse gehabt. Angeblich.

In Wahrheit bin ich in meinem Sessel gesessen und habe … nichts getan. Und nichts erlebt. Und alles getan. Und alles erlebt. Wie tief kommt man hinein in sein eigenes Inneres? Und wie weit vermag man sich zu entfernen von sich selbst? Um - weit draußen und weit entfernt von sich selbst - alles, auch das Unmöglichste zu sehen. Und zu erleben. Ich vermag für diese Fragen keine Lösung zu finden, vermag keine Regeln zu erkennen. Vielleicht doch eine. Eine nur: Einfachstilldasitzenundsichnichtbewegen undeventuelldieAugenschließenundaufjedenFalldenMund haltenundnachMöglichkeitversuchennichtszuhörenjeden denfallsnichtsaberauchgarnichtsansichvonaußenherein lassen. So einfach scheint es zu sein. So einfach ist es nicht. Denn: Wie von selbst steht plötzlich eine potentielle GEFÄHRTIN neben dir.

Folglich hast du das Ziel nicht erreicht. Das Konzept durchbrochen. Deine Planung nicht befolgt. Denn immer wieder - folgst du diesem Prinzip - wird die ASIATIN neben dir stehen. Und warten. Und bleiben. Für immer.

Aufzeichnung 12

Nur dazusitzen, auf meine Hände zu schauen und über mich nachzudenken scheint mir allmählich eine seltsame Methode zu sein, einen Überblick über mein Leben zu erlangen. Aber in irgendwelche Cafés zu gehen oder ständig Einkäufe zu machen - ach ja, ich benötige dringend eine Handcreme -,das ist auch keine Art zu leben. Und was mir bleibt ist nur dieses Stück Papier, das vor mir liegt. Aber wie könnte ich denn meine Art zu leben rechtfertigen?

Die eine Seite; und die andere..., wenn es denn eine andere Seite gibt. Bin ich imstande, eine gegen die andere aufzurechnen?

unbedarft
ängstlich
feige
schwach
liebesbedürftig
demütig

Was vermag ich dem schon entgegenzusetzen?

wegrennen
zurechtlegen
geben
ausruhen
weinen (manchmal)
beten (nie)

Es scheint, als würde ich letztlich für immer auf etwas warten.

Tag dreizehn Über das Makellose, die Zuversicht und ein Gelübde

Das Gelübde, das ich versuchen werde abzulegen, wird nicht makellos sein. Es wird vielleicht bürokratischen Kriterien genügen. Es wird mir nicht genügen. Es wird mit Schrift zu tun haben. Nicht mit Schreiben. Und nicht mit geschrieben haben. Ich schätze Makelloses nicht. Es ist zu weit entfernt. Von mir. Von den meisten Menschen, denke ich. Es ist nicht erreichbar.

Mein Gelübde wird demnach lauten: „Ich werde die Knoten zusammenhalten." (Im Sitzen, so gut ich eben kann). Die Knoten – in den unzähligen Schnüren – werden alles beinhalten, alles vereinen, alles zählen. Sie werden meine Schrift sein. Werden als meine Aufzeichnungen mit meinen Gedanken verwechselt werden. Irgendwann. Ich werde von den *Quipus'* [1] nichts gewusst haben. In einer Zeit, bevor ich meine Aufzeichnungen abgeschlossen haben werde. Und ich werde dabei meine eigenen hierarchischen Kriterien angewendet haben. Sie werden mit dem Gelübde nichts zu tun haben. Und sie werden nicht makellos sein. Aber sie werden nichts ‚Asiatisches' an sich haben. Hoffentlich.

Wie selbstverständlich sitzt die ASIATIN längst, akribisch Schnüre verknotend, auf einem schmalen Schemel in meinem Zimmer. Aber sie sitzt mir nicht gegenüber. Noch nicht. An den Zeitpunkt, ab dem sie still neben mir

[1] *Quipus sind Knoten in Schnüren, die den Inkas als Aufzeichnungen (Schrift?) dazu dienten, die Vorgänge in ihrem Reich bürokratisch zu erfassen.*

sozusagen ‚an meiner Seite' sein wird, möchte ich noch nicht denken, da ich ja an die ASIATIN, und alles was sie betrifft, nie konsequent zu denken imstande bin. Wenige Momente lang ist es mir auch möglich, sie zu sehen. Und diese Augenblicke beginne ich zu zählen. Und reihe sie auf, wie Knoten auf meiner imaginierten Daseinsschnur.

Weshalb habe ich mich dazu entschlossen, mein Schreiben – und Sprechen! – nunmehr in Schnüren zu verknoten? (gemeinsam mit der ASIATIN). Vielleicht weil mir die Schnursprache mehr entspricht. Und weil ich, nach alldem was geschehen ist, einen anderen Standpunkt eingenommen habe, als vordem. Als Schreiber der Schnur-Schrift gleiche ich einem Töpfer, der sein zu gestaltendes Objekt nicht auf eine Töpferscheibe stellt, diese in Drehungen versetzt, um den Ton zu formen, sondern einem ‚anderen Former', der seinen Ton auf eine fixe Unterlage stellt und um das Objekt, das er gestalten wird, herumgeht und es mit den Händen bearbeitet. Er ist demnach der Kreisel, der das – völlig stillstehende - Objekt durch seine kreisenden Bewegungen schließlich zur Vollendung bringt; wie ein Esel, der zum Wasserschöpfen immer und immer wieder im Kreis zu trotten hat. Diese scheinbare Unendlichkeit der Kreis-Bewegung drückt die Schnur-Schrift besser aus als alle andern Schriftformen, die mir bekannt sind. Es wird Zeit, mich aus dem Kreis zu lösen. Auch wenn der Ton noch nass und das Werk noch nicht vollendet ist. Die Reihung der Knoten meiner Schnüre, die ich nicht aus der Hand geben werde, habe ich vergessen.

Mit kreisenden, tänzelnden Schritten verlasse ich heimlich und leise das Zimmer. Die ASIATIN lasse ich zurück. Und bin infolgedessen bereit, jedes Risiko einzugehen. Von der Sicherheit des Zimmers umgeben, lässt es sich leicht Risiken herbeiwünschen. Immer dann, wenn der

Mensch einen Monolog führt, steht das Schicksal vor der Tür und verheißt nichts Gutes, lehrt mich die Griechische Tragödie. Demnach ist ein Monolog die Ankündigung eines Unheils. In solchen Augenblicken klammert man sich an das Kleinste, das man noch festzuhalten imstande ist: Es wird nicht die ASIATIN sein, die mir die ‚Dinge der Welt' zeigen wird, sondern ich werde es sein, der sie an der Hand fortführen wird, an der Hand mit sich führen wird, um mich - mit ihr - allen erdenklichen Begebnissen auszusetzen, und das, was ich davon aufgenommen habe, ihr überzustülpen, oder vielleicht auch nur sanft ihr Gemüt damit zu streicheln, so dass sie die Erlebnisse kaum erfahren, sie aber alsbald erinnern wird, um mir sodann immer wieder darüber zu berichten imstande zu sein. (Lange schon hat es nicht mehr an der Tür geklopft).

So werde ich alle Begebnisse, die mir geschehen werden, mit der ASIATIN, forttragen, und wir werden fortan gemeinsame Erinnerungen in uns tragen, die tauglich sein werden, um uns zu verbinden. Ginge ich aber alleine, ohne die ASIATIN, aus dem Haus und in die Welt, bliebe in mir eine ganz seltsame Hoffnung zurück. So aber glaube ich dann nur, sie an der Hand mit mir fortzuführen.

Gleich Gebetsutensilien halte ich die verknoteten Schnüre zwischen den Fingern, lasse Knoten für Knoten die Zwischenräume passieren und beginne eine Botschaft darin zu erkennen. Es ist die Einfachheit des Lesens der Schnurschrift, die mir die Einfachheit der Linien von Nasca in Erinnerung bringt. Kein ‚MUTABOR', kein ‚Abrakadabra' ist vonnöten. Ich bin augenblicklich ‚dort', sehe die einfachen Furchen und Liniengeflechte vor mir, sehe auch die aus Linien gezogenen Figuren: sehe den Kolibri, den Affen, die Spinne. Und obwohl ich ja am Boden geblieben bin, vermag ich die Figuren zu erkennen, die alle in einer einzigen Linie in den Boden gefurcht wurden: Scharrbilder als Sprachersatz. Ich aber bleibe der Schnur-Schrift verpflichtet, vermag ich ja all die Linien nicht abzugehen, vermag diese Sprache nicht abzuarbeiten. Denn ginge ich diese Linien ab, ich würde sie verstärken, würde, an den Stellen wo sie blass und undeutlich geworden sind, ihre Bedeutung ändern, würde diese Sprache abändern. Ich würde dadurch das Kultische an ihnen zerstören. Dazu habe ich ja meine Schnur-Schrift-Sprache: In den Schädel ein Loch schlagen und die verknotete Schnur hindurch ziehen. Eine klare Botschaft: Der Kopf ist die Trophäe, er hängt zuverlässig und sicher an der Schrift-Schnur; längst hat es ihm die Sprache verschlagen. Ja, in die Schädel wurden Löcher gehauen …, eine Schnur-Schrift führt durch sie hindurch …, eine Schrift bis in alle Zeit. Also nützt mir das Scharren und Kratzen im sandigen Boden nichts; die alten Krallen sind stumpf geworden; sie taugen nichts mehr.

Die gewohnten Gedanken haben ausgedient. Es wird demnach Zeit, an das Eigentliche zu gehen: die ‚anderen' Sätze anzugehen; weitab von der Schnur-Sprache: Wie steht es um mich? Und wie steht es um mein Verhältnis zur ASIATIN? Wie steht es um uns beide? Besteht eine Gemeinsamkeit zwischen uns? Und existiert sie überhaupt? Ich mache es mir leicht, denn ich habe lediglich diese Fragen zu beantworten; nur für mich.

Aufzeichnung 13

Manchmal wünsche ich mir eine schöne Beschäftigung. Wofür aber würde ich mich denn schon eignen? Zu Hause in meinem Zimmer zu sitzen und vielleicht Spitzendecken zu klöppeln? Ich würde ja die Fäden ..., die Schnüre, oder wie das heißt, durcheinander bringen, so wie ich es immer wieder schaffe, mein Leben durcheinander zu bringen. Irgendwie glaube ich, dass diese Unordnung in mir von meinen Gefühlen ausgelöst wird, denn was ich auch vorhabe, nie gelingt es mir, mit irgendetwas sofort zu beginnen. Meine Zweifel lassen es dann nicht zu, auch nur einen klaren Gedanken zu fassen.

Alle meine Vorhaben und Wünsche vermischen sich zu einem undefinierbaren Brei, aus dem sich nichts mehr ableiten lässt. In solchen Momenten fühle ich mich wie gelähmt und beginne meine Gedanken als Hirngespinste abzutun. Vor Wut und Traurigkeit über diese Gedanken scharre ich daraufhin meist mit den Füßen am Boden; am von mir mühsam blank geputzten Parkett. Ordnung vermag ich ja nur in der Wohnung, in diesem Zimmer zu schaffen.

Tag vierzehn Die Vorbereitung

Später trat eine Ermüdung ein. Und wiederholte sich. So trat eine Ermüdung ein. Mein Plan aber war, den Stillstand zu erreichen. Irgendeinen Stillstand; wenn er nur den Gesetzen der Dynamik zuwiderlief. Also nahm ich alle Gelegenheiten wahr. Und begann - in aller Ruhe - zu rasen. Das war bequem. Ich machte es mir in meiner Raserei bequem. Ohne auf Grenzen zu achten. Und ohne zwischen vorher und nachher zu unterscheiden. Angstfrei ging ich daraufhin los. Also vorwärts. Jedenfalls in eine Richtung, die ich noch nicht kannte. Und landete ... im Käfig der Wiederholung. Doch ich verlor dabei nicht den Boden unter den Füßen. Ich strebte ja keine Ordnung an. Alles geschah ohne Absicht. Und ohne Planung: Ich saß lediglich im Käfig. Ohne zu wissen, was er für mich bedeutete. Ohne jede Vernunft. Saß ich da. Und versuchte dennoch hin und wieder Schritte zu tun. Zumindest den ersten Schritt zu setzen. Ich war ja bereits wunschlos geworden. Und hatte die Wiederholung akzeptiert. Ohne vorher meine Situation zu überdenken. Ich hatte nie einen Plan. Zu Hause nicht und nicht in diesem Käfig. Irgendwie kam es mir vor, als stünde ich ständig im Regen. Trotzdem glaubte ich mich in Sicherheit. Zu Hause glaubte ich mich in Sicherheit. Im Zimmer glaubte ich mich in Sicherheit. Im Käfig glaubte ich mich in Sicherheit. Aber nicht mein Zimmer war der Käfig, der Käfig war DIE WIEDERHOLUNG: ständig im Zimmer zu sein und gleichzeitig ständig dorthin zurückzukehren. Ohne es je verlassen zu haben. Glaubte ich. So setzte sich bei mir allmählich der Gedanke fest, dass ich nur in aller Ruhe im Zimmer zu sitzen hätte, um irgendwo hinzukommen. Oder auch nur durch die Straßen zu rennen. Deshalb erdachte ich für mich die Situation der Zimmerflucht. Um meiner Eingebung Nahrung zu geben, um sie zu entwickeln. Doch vermutlich wollte ich nur noch laufen, nur durch die Straßen laufen. Aber ich fand die ‚richtigen' Straßen nicht. Am Abend nicht. Und nicht am Morgen.

Ja, ich lief oft. Zu jeder Tageszeit. Damals. Ich stand morgens auf, setzte die Füße auf den Boden …, schon lief ich. Ohne jedes Ziel. Irgendwohin. Das schien mir Sicherheit zu geben. Trotzdem landete ich im Käfig. Eigentlich hatte ich ihn nie verlassen. Vielmehr erdachte ich mir mein tägliches Laufen nur. Aber es waren keine strategischen Überlegungen, an das Laufen zu denken. In Wahrheit war ich längst vorwärts gegangen. Und ließ es regnen. Im trüben Licht der Straßen. Und ging weiter. Auf der Straße. Und lief weiter. Und lief Schleifen durch die Stadt. Und wollte alles sehen. Und alles wissen. Und wollte nichts sehen. Und nichts mehr wissen. Vom Laufen und von den Wiederholungen. Und auch nichts von meinem Zimmer, in dem ich immer noch saß.

So verlor ich mich allmählich in der Zeit. Und in meinen Vorstellungen. Meine Zeit war abgelaufen. Ich glaubte in Sicherheit zu sein. In meinem Zimmer, in das ich immer wieder zurückkehrte; das ich in Wahrheit nie verlassen hatte. Es kam einer Läuterung gleich. Dieser Zustand war für mich wie eine Reinigung. Vom Staub der Straßen, in denen ich nie war. Doch ich setzte mich durch. Und lief ständig. Und nahm den Käfig nicht mehr wahr. Letztlich ließ ich allen Wahrnehmungen ihre Wiederholung. So wiederholte ich mich. Ständig.

Aufzeichnung 14

Manchmal bereite ich mich auf etwas vor - nur so in Gedanken und ... bleibe dann doch sitzen; vielleicht nur aus Müdigkeit. Meistens bleibe ich in der Nähe des Fensters und betrachte die immer gleiche Platane, die einen großen Schatten in mein Zimmer wirft. Besonders gerne schaue ich zu dem Baum hin, wenn es regnet; er wirkt danach irgendwie ‚belebt'.

Halte ich mich aber in der Mitte des Zimmers auf, muss ich immer wieder zum Fenster zurückkehren, um diesen Baum zu sehen. Oft regnet es in diesem Moment nicht. Der Regen wiederholt sich nicht so häufig wie ich es mir wünsche; so wird mir der Anblick dieser eigenartigen Lebendigkeit des Baumes meist verweigert.

Saß er gemeinsam mit mir beim Tisch - was selten vorkam - sprachen wir meist nur über das Wetter.

Tag fünfzehn Repetition

Ich wiederhole mich. Ständig. Abläufe, denen ich ausgesetzt bin, die ich wahrnehme, wiederholen sich. Wiederholen meine Wahrnehmungen. Es geht weiter. Ich gehe weiter. Und wiederhole ... Das Erlebnis als Wunsch: Könnte ich den Regen hervorbringen, ich würde ihn zu Hilfe rufen; an manchen Abenden nur für mich und ihn geduldig erwarten. Und wenn er dann vom Himmel fiele, wenn seine Wasser herabflößen, ginge ich hinaus in das getrübte Licht dieses Abends. Ja, das würde ich tun. Ja DAS würde ich tun. Erinnerungsfälschung: Ich bin draußen. Gehe Schleifen durch die Stadt. Bin bei mir. Es fiel mir nie leicht, immer wieder dort anzukommen.

Diese Sicherheit zu haben. Bei mir anzukommen. Ich habe diese Sicherheit nicht. Das Konzept meiner Entropie heißt Untauglichkeit. Für mich. Ich habe ja keine Absichten. Ich gehe an die Dinge nicht absichtlich heran. Ich gehe an die Dinge gar nicht heran. Die Dinge kommen auf mich zu. Scheinbar. Ich vermag nichts zu erkennen. Mein Plan wurde vom Regen bis zur Unkenntlichkeit verwaschen. Ich hatte nie einen Plan.

Was, wenn ich einfach weiterliefe, ohne zu wissen, was sein wird. In zwei Stunden. In fünf Stunden. In drei Tagen. Und dennoch zu wissen, es wird sich wiederholen. Das was sein wird: Ich werde mich wiederholen. Ich werde mich in einen Unterschlupf kauern, werde nur noch zu Hause sein in den Resten meiner Auflösung. Fortgehen, ohne die Sicherheit zu haben, umkehren zu können. In der Nacht. Am Morgen. Um alles zu überdenken. Und den

Ablauf akzeptieren. Die Wiederholung akzeptieren. Die Auflösung akzeptieren.

Ich sitze inmitten meines erdachten Käfigs, dessen Begrenzungen aus dünnen Verstrebungen der Unvernunft bestehen. Jeder Moment ist mir wichtig, weil er unwichtig geworden ist. Ich werde sitzen bleiben, um die Momente meiner Wiederholungen abzuwarten. Plante ich Handlungen, sie würden sich wiederholen. Ginge ich fort … Ich gehe fort. Kaum setze ich den Fuß auf den Boden, wird mir klar, den nächsten Schritt tun zu müssen. Den übernächsten schon getan haben zu müssen. Schon habe ich mich an meinen Tritt gewöhnt. Bin sicher geworden. Beim Gehen auf Hartem. Auf Weichem. Ich vermag bereits zu unterscheiden. Mit dieser Sicherheit gehe ich weiter. Ging ich weiter. Früher. Ich sitze in meinem Käfig, begrenzt durch die dünnen Streben der Vernunft. Mit dieser Wiederholung gestalte ich meine Zeit. Mit mir. Immer wieder begebe ich mich in den Käfig und verlasse ihn von neuem. Zu unterschiedlichen Zeiten. Ohne Planung – meine Wiederholungen haben keine Gleichmäßigkeit. Keine Ordnung. Keine Absicht. Ungleichmäßig und ohne Absicht wiederhole ich mich. Ohne Wiederholung ist nichts denkbar. Es gibt kein gleichmäßiges Denken. Im Käfig. Die Wiederholung ist die grundlegende Form der Erkenntnis. Den Käfig erkennen. Den Boden, auf dem man geht, erkennen. So geht es voran … so gehe ich vorwärts.

Alles, was ich sehe, habe ich bereits gesehen. Und alles, was ich erlebe, habe ich schon erlebt. Nicht mehr suchen (müssen). Keine Angst mehr haben. Ich gleite in den Spalt der Grenze zwischen vorher und nachher. Jetzt. Ich habe es mir – ganz ohne jede Furcht – in mir selbst bequem gemacht. Es genügt. Mir. Ich selbst bin nun alle Ereignisse. Mein eigenes Missing Link: Ein Rasender inmitten meiner selbst definierten Ruhe. Inmitten der Dynamik meiner absehbaren Wiederholungen.

Ich bin mir genug. Bei jeder Gelegenheit. In allen Situationen. Nur: Es gibt für mich keine Gelegenheiten mehr. Ich selbst bin nun das Gelegentliche. Das Äußere ist das Innere. Das Gleiche ist immer gleich. Ruhig, die Gesetze der Dynamik, die ich neuerdings auf mich anwende.

Oder den Käfig verlassen. Den Fuß – wie so oft schon – auf den Boden setzen. Eine Erfahrung des Willens: sicher sein. Die Zeit ist das Reinste. In ihr läuft mein definiertes Ritual ab: Der Wiederholung nicht aus dem Weg zu gehen. Vergebens warte ich auf die Langeweile, vergeblich auf die Veränderung; ebenso vergeblich auf den Stillstand – der wäre mein Plan gewesen. Ich sollte etwas Neues unternehmen, um Neues zu erleben. Leben. Und mache doch nichts. Ich bleibe. Bei mir. Und wiederhole mich. Ich bin die Rückkehr zum Anfang. Und zum Ende. Mein Daseinszweck hat sich erfüllt: Mein Leben: Ermüdung; zufällig. Und dann? Und später?

Aufzeichnung 15

Eigentlich sollte ich noch Besorgungen machen; ich bräuchte dringend ..., ach, ich sage immer dasselbe, denke immer dasselbe. Stattdessen sollte ich hier herinnen geduldig auf den Regen warten und dann ..., hinausgehen ...; nur für mich in den regnerischen Abend hinausgehen, als wäre das eine Belohnung für mich. Ja, das sollte ich tun. Aber zu keiner Zeit lassen meine Handlungen irgendeine Absicht erkennen. Alles in meinem Leben läuft nur so nebenbei. Wahrscheinlich bleibe ich auch deshalb hier herinnen. In meinem Zimmer. Diese Wohnung, dieses Zimmer ist ja kein Unterschlupf für mich. Eher ein Käfig. Ein wieder neuer Käfig, an den ich mich allzu rasch gewöhnt habe.

Eigentlich sollte ich noch Besorgungen ...; irgendwie fühle ich mich ... Mein Leben besteht anscheinend nur noch aus unaufhörlichen Ermüdungen.

Tag sechzehn Viel später

Abschiednehmen ist eine Kränkung, so wie es eine Kränkung ist, seine Irrtümer zugeben zu müssen. Immerhin war man in der Lage, einen Menschen loszulassen. Für einen Moment ist alles möglich: Es räkeln sich zwei nur mit schwarzem Hemdchen und Strapsen bekleidete Frauen mir gegenüber auf dem Sofa, ohne mich anzusehen; sie sind sich selbst genug in ihrer Laszivität. Und auf der anderen Seite des Zimmers …, und direkt neben der Türe .., und …, und … So geht es weiter; ich vermag diese Bilder nicht anzuhalten und bin außerstande, sie aus meinem Kopf zu entfernen. Hin, her, ich will da hin oder dort hin, will da hinaus oder dort hinüber, fühle mich eingeschlossen wie in einem Kokon, bin beengt durch meine eigenen Bilder, die ich mir vormache, bin vermutlich doch kein Tier, das alsbald zu einem Schmetterling wird (die zyanfarbenen Blüten bleiben mir somit versagt). Eher gleiche ich einer Schlange, die sich hin und her windend aus ihrer alten Haut herausdrängt, um sie abzuwerfen.

Vermutlich aber bin ich nur eine Art *Elephant Man*, dem man ein Tuch über den Kopf geworfen hat, um sich nicht vor seinem Anblick zu ekeln. Das Schütteln meines Kopfes, meines ganzen Körpers nützt mir nichts; ich sitze nach wie vor in einem Stuhl, obwohl ich längst auf der Bahre liegen sollte. Also kehre ich zu den abgegriffenen Alben zurück, in denen sich die alten Bilder finden, nehme sie an mich, schlage sie auf und betrachte die alltäglichen Fotos, die mir immer schon Vergangenheit und Zukunft zugleich vor Augen führten. Hoffnungsvoll beuge ich mich über diese aufgeschlagenen ‚Gedenkbücher', betrachte die Fotos darin mit Akribie und höchster Konzentration. Es zeigen sich mir aber ANDERE Bilder als jene, die ich erwartete. Zu lange habe ich die Alben vernachlässigt, zu lange schon bin ich nur meinen Einbildungen verpflichtet gewesen.

Die Abbilder in den Alben (1)

... sind Trugbilder, denn in Wahrheit ... läuft die ASIATIN, nur noch von hinten zu erkennen, die steinernen Stufen zum GARTEN hinauf; durch einen Luftzug hebt sich ihr Rock, so dass ihre schwarzen Strumpfhalter und der Poansatz zu sehen sind. Ich mache keinen Versuch, ihr nachzulaufen, sie gar zu erreichen, zu weit weg ist sie bereits. Am Ende der Treppe angekommen, läuft sie immer noch, um ein letztes Mal - ohne sich dessen bewusst zu sein - einen Teil ihrer nackten Oberschenkel freizugeben; nervös flattert ihr Rock im Wind noch und noch. Es ist doch die ASIATIN?

Die Abbilder in den Alben (2):

Im Bewusstsein, in diesem Augenblick ein alter Mann geworden zu sein, blicke ich aus dem Fenster ... sehe nicht eine mit rotem Licht überzogene Aulandschaft (welche Streiche die Sonne immer wieder spielt), sondern ..., weiß hinter mir im Zimmer SIE auf der Ottomane sitzend ..., jedenfalls, den Blick gesenkt, mich nicht beachtend.

Ich weiß von ihrem rosa Satinunterkleid, das sie nur wie beiläufig übergestreift hat und das, verrutscht und zerknittert, das Straffe, Glänzende des Stoffes nicht würdigt.

Den Arm gehoben, als ob ich jemandem etwas zeigen wollte, stehe ich am Fenster und sehe ... und weiß, dass sie aufgestanden ist und sich auf das Bett vor dem Fenster gesetzt hat. Die bloßen Beine angewinkelt – das Satinhemdchen ist hoch gerutscht – schaut sie hinaus zum offenen Fenster, so wie ich zum Fenster hinausschaue; dunkel ihre Augen; ein Blick dem ich, stünde sie vor mir, nicht zu folgen in der Lage wäre. Aber während ich, den Ablauf der Zeit außer Acht lassend, aus dem Fenster schaue, sehe ich … weiß ich sie nun aufrecht im Raum stehend. Karminrot fällt das Licht der untergehenden Sonne auf ihren nackten Körper. Ruhig steht sie da, bleibt still und … könnte, später dann, auf das geöffnete Fenster zugehen, sich ein wenig hinauslehnen, die schnurgeraden Alleen mit ihrem Blick nachzeichnen und … entschlossen in ihrer Nacktheit auf das Fenstersims steigen. Diesen Wunsch wird sie mir nicht erfüllen, male ich doch schon zu lange an dem Bild, das ich mir von ihr MACHE und das immer noch nicht vollständig vor mir ersteht: … sich nur wie beiläufig am Fenstersims abstützen und mit gesenktem Blick in dieser Pose verharrend, diesen Moment für immer erhalten. Doch bin ich es, der am Fenster steht und alle Worte, die ich hinaus rufe, kehren in der gleichen Tonfolge und Lautstärke zu mir zurück.

Jetzt denke ich mir das Zimmer hinter mir ganz anders, denke mir, wie ich – in die Alben vertieft – vornübergebeugt an einem runden Tisch sitze, in den Bilder-Büchern blättere, suche, etwas zu finden hoffe, etwas, das ein Hinweis darauf sein könnte, weshalb ich diese Alben betrachte, in deren Bilderwelten ich doch früher nie einzutauchen versuchte. Und ohne aufzuschauen spüre ich, dass SIE da ist, mir gegenüber sitzt und nicht in den Alben blättert. Den Blick gesenkt, fährt sie spielerisch mit den Fingern über den einen oder anderen Einband, als würde sie auf einem Instrument spielen. Kaum, dass ihr Blick dabei über den Tisch gleitet. Obwohl wir einander nicht ansehen, spüre ich mit jedem Augenblick, den wir gemeinsam in diesem Zimmer verbringen, dass SIE anwesend ist; vielleicht nur für mich.

Doch da gleicht dieser Raum plötzlich weniger einem

Wohnzimmer als einem Vorstadtbüro, in dem in aller Ruhe, den Kopf in die Ellbogen-gestützte Hand gelegt, gegen die Vergesslichkeit gearbeitet wird. Also mache ich es IHR gleich, bewege mich nicht und erfahre eine Erinnerung.

Die wirklichen Fotos in den Alben:

Ein Wohnzimmer, eingerichtet im Stil der 1950er-Jahre: Glasschrank. Mein Schrank. Blumentisch mit Topfpflanze in der Ecke. Mein Blumentisch. Hass auf Topfpflanzen. Ein Nierentisch. (Ein Nierentisch!!!). In der Mitte des Raumes auf einem wiegenartigen Sessel, sitzend, die Beine übereinander geschlagen, eine Frau, frisiert im Stil der 1950er-Jahre (toupiert).

Aufnahme eines griechischen Tempels, der eine Hauptstraße säumt und sich als ‚Etablissement' entpuppt.

Drei Personen auf einer Wiese, die sich, mit dem Rücken zum Betrachter (bin ich noch ein Betrachter?) …, also mit dem Rücken zum Betrachter, scheinbar von ihm entfernen und sich einem Lokal nähern.

Zwei Kinder in kurzen Hosen, die sich um einen Opel Rekord, Baujahr 1958, kümmern, in dem sie ihn mit Seifenschaum übergießen. Das Kennzeichen des Autos ist nicht erkennbar. Aber alles 1950er-Jahre, alles 1950er-Jahre!

Drei Fotos von Teilen einer Sporthalle, aufgenommen um 4.00 Uhr früh. Keine Personen. Leichter Regen. Oder auch nur: Unschärfe des Fotos.

Und: Ein Foto, das eine Teilansicht des – nunmehr – gewaschenen, sauber glänzenden Opel Rekords zeigt.

Alles in Schwarz-Weiß. Alles in den 1950ern. Alles meines. Alles gewesen. Alles nicht mehr erinnert. Das Zimmer …, doch, an das Zimmer vermag ich mich zu erinnern. Und an diese Frau.

Aufzeichnung 16

Irgendwie habe ich mir mit der Zeit eine harmlose Beschaulichkeit zugelegt. So als ob ich ständig ein Gazetuch über dem Kopf trüge, um die Dinge ringsum nicht mehr deutlich wahrnehmen zu müssen. Doch um das zu erreichen, müsste ich mich in andere Gewänder hüllen: In Frivoles etwa, so dass ich souverän jeden beobachten kann, der mich anstarrt.

In Wahrheit kleide ich mich sehr einfach; ja nahezu schlicht. Und ich toupiere mir immer noch das Haar. Sogar zu Hause, wenn ich allein bin. Außerdem bewahre ich in einem kleinen Schränkchen eine Unmenge an Schminkutensilien auf. Aber ich verwende sie nicht; ich bewahre sie nur auf. Vermutlich sehe ich aus wie eine Gestalt auf einem alten Schwarzweißfoto.

Irgendwann habe ich mir eines seiner Alben angesehen und einige Bemerkungen hineingeschrieben. Aber eigentlich wollte ich damals nur mit jemandem reden.

Tag siebzehn Flüchtige Erinnerung (entlehnt)

Wo wollte ich denn hin? Und wo bin ich letztlich angekommen? Manchmal gibt man sich für jemanden aus, der man nicht ist; nie sein kann. Und diese sonderliche Art der Lüge nimmt allmählich von einem selbst Besitz, verbreitet sich im ganzen Körper: Man ist zum lebendigen Vorwand geworden. Ich bin zum leibhaftigen Selbstbetrug geworden!

Was habe ich tatsächlich getan, was unterlassen? Und, was könnte ich weiterhin unternehmen? Das eine liegt hinter mir. Anderes noch vor mir. Dieser Augenblick, in dem ich verharre, ist qualvoll. Und der nächste gleichfalls; und der nächste wieder und der darauf folgende ebenfalls und immer so fort. Ich vermag nicht zu sagen, wofür ich mich letztlich entscheiden werde. Und ob ich meine Selbsttäuschungen ablegen werde. Ich kann lediglich meine spärlichen Erinnerungen hervorholen, um sie nach falschen, lügenhaften Handlungen und Haltungen von mir abzusuchen. Wie kleine, schwarze, giftige Früchte auf dem verästelten Strauch meiner Taten sitzen diese Erinnerungen und warten darauf, von mir gepflückt, womöglich auch gegessen zu werden, um endlich in Vergessenheit zu geraten. Und die Erkenntnis, dass das Gefühl der Sicherheit und die Lüge seltsame Geschwister sind, hat mich nicht davor bewahrt, ein verträumtes Erlebnis zu haben, das sich letztlich als Strafe für meine tollpatschigen Rettungsversuche herausstellte.

Mein Vorstellungsvermögen war – unerwartet für mich

– mit meinen Empfindungen verbunden. Was habe ich nicht alles unternommen, um diese Empfindungsgifte aus meinem Körper, aus meinem Gemüt zu eliminieren! Durch Straßen bin ich gelaufen, bin an windigen Ecken gestanden, habe rätselhafte Häuser betreten, dunkle Keller ergangen, war in Museen, in Milchküchen gar und landete doch wieder auf der Straße, die mir Sicherheit gab. Und blieb stehen. Damals. Als ich an jenem Haus vorbeikam. Und stehen blieb.

Vor dem Haus bleibe ich stehen. Sehe hinauf zu einer Erkerwohnung. Sehe fahl beleuchtet ein Zimmer mit einfachem, unkapriziösem Mobiliar. Sehe eine Frau. Sehe SIE. Sehe sie. Nicht. Sehe nur Teile von ihr, als wäre sie ein sich bewegender Torso, von dem man in Sequenzen einmal Arme, dann die Schulter, alsbald ihre Hüften erkennen kann. Ihre nackten Hüften. Diese Frau geht nackt in ihrer Wohnung. Auf und ab. Ich bin mir sicher. Über ihre Nacktheit. Die für sie selbstverständlich zu sein scheint. Der Wind in der Straße lässt mich seine Kälte kennen lernen. Ich sollte weitergehen. Es sind nicht meine Erinnerungen, mit denen ich mich am Leben versuche; mit denen ich mich zu retten versuche.

Aufzeichnung 17

Ich glaube, ich hatte andere Beweggründe und Ansichten als heute, als ich ihn damals verließ ..., die Wohnung verließ, und durch die Straßen lief. Und nach einem Zimmer suchte ..., nach einem Zimmer nur für mich.

Ja, ich hatte noch andere Gewohnheiten, als ich eines Abends - während er durch die Parks streifte - nackt im Zimmer ruhelos hin und her tänzelte, so als inszenierte ich diese Nacktheit nur für mich. Und keiner war da, der mich in diesen Posen durch die vom Wind bewegten Vorhänge hätte sehen können. Keiner, der sich mit angehaltenem Atem in eine Ecke drückte, um nicht gesehen zu werden. Es war mein Abend: Wie eine abgetakelte Nackttänzerin in einem billigen Bumslokal führte ich mich auf. Damals. Es war ja nur ein Spiel; ein Spiel für mich ..., ein Abendspiel.

Tag achtzehn Einsamkeit fabulieren

Wenn man nicht weiterkommt, erfindet man keine neue Sprache, erfindet man für sich kein anderes Sprechen. Man erfindet sich selbst als eine dieser neuen Auffassungen. Und um dabei nicht verrückt zu werden, belässt man es bei einem Versuch: Aufrecht dastehen, mit dem Rücken zu mir, das Haar, dunkel: Meine Kehrseite, eine Art Ende; davor: ich als Anfang, als Beginn dieser Schimäre. Niemand außer mir befindet sich in diesem Raum.

Wäre noch einer hier, es änderte nichts: Ich würde mein Zimmer nicht verlassen, würde auch nicht in einen Nebenraum flüchten, würde – keinesfalls! – die Wohnung verlassen. Folglich: nur dastehen. Ruhig. Und gefasst. Oder ängstlich. Allen Mut, über den ich in meinem Wahn noch verfüge, raffe ich zusammen, und erfinde mich neu. Und sehe mich. Vor mir. Im Spiegel: Ich betrachte mich. Von hinten. Und sehe: mein hinteres Haupthaar. Und sehe: meinen Nacken. Und sehe: die Ränder meiner Ohren. Und betrachte lange den Ansatz des weißen Hemdkragens.

Es ist nun kein Spiegel mehr vonnöten. Ich vermag mich auch ohne einen solchen zu erkennen. Von hinten. Und sehe – als verstohlenen Rest meiner Wahrnehmung – mich selbst im schwarzen Anzug: perfekt für meine Trauertätigkeit. Und sehe: nichts mehr (mit geröteten Augen vermag man den blauen Vogel nicht zu sehen). Dennoch wüsste ich dann, dass ich ihn wahrgenommen habe. Und die Hinteransicht meines zweiten Selbst würde vielleicht zynisch bemerken, er hätte ihn ja gesehen, wenn auch zum ersten Mal. Zum letzten Mal. Aber es war ja ich, der diese Möglichkeit geschaffen hat. Es war ... die Erschaffung meiner selbst. Die Möglichkeit, dabei Tränen vergießen zu müssen, habe ich wohl nicht bedacht.

Ich könnte jedoch als Alternative zum Bisherigen die Anzahl der Parkettbretter am Boden zählen. Oder hinaus gehen. Oder herinnen bleiben. Oder sprechen. Oder schweigen. Um nicht verrückt zu werden, nicht verletzt zu werden, mich nicht selbst zu verwunden, mich nicht endgültig auszulöschen, drehe ich mich um, drehe mich weg von mir selbst, schaue zum Fenster, dessen heruntergelassene Jalousien, den Nachmittag trüb werden lassen. Und ich sehe: eine in Weiß gekleidete Frauengestalt, die DAS LICHT verkörpert. Sie sieht mich nicht an, blickt unentwegt auf das Fenster, so als ob sie durch die geschlossenen Jalousien hindurch den BLAUEN VOGEL vorbeifliegen sehen könnte. Den Vogel, der, ohne mit den Flügeln zu schwingen, ruhig in der Luft verharrt. Ja, ich sehe ihn. (Jetzt erst sehe ich ihn!). Und sehe: EINE BLAUE LANDSCHAFT; darin: ein heller Himmelskörper am Horizont, der wohl kein Mond und keine Sonne sein kann. Weit hinten in dieser Landschaft: ein HAUS, blau, wie alles dort; sehe MEIN Haus.

Nun kann ich getrost hinausgehen. In meine blaue Landschaft. Und hineingehen. In mein blaues Zimmer. Keine weiße Frau mehr. Und den BLAUEN VOGEL habe ich mir wohl umsonst erschaffen. Und gehe hinaus ..., stehe in der Wüste, in irgendeiner Wüste ..., stehe zum ersten Mal allein da, versuche zum ersten Mal zu weit zu gehen. Ich habe meinen Vorgänger unterschätzt. Habe mir zuviel zugetraut. Ich werde nicht antworten. Dieser Vorgänger ist zum Widergänger geworden; immer noch versuche ich die Farbe dieser Wüste zu definieren; kein

Haus ist an ihrem Horizont zu erblicken. Was habe ich denn erwartet? Und was hätte ich – nach dem entscheidenden Schritt aus dem Zimmer – zu erwarten? Am Tage. An den Abenden. Die Nächte, ja, die hätten es mir schon angetan, in denen hätte ich mich schon wohl gefühlt. Ohne Alben. Und ohne Bilder. Und ich hätte keine Gedanken an Wüstenlandschaften aufgewendet. Ich wäre dann ja schon ein Wüstensohn gewesen.

In Wahrheit aber bin ich immer nur so etwas wie ein Besucher gewesen. Ein unbeteiligter Gast. Einer der wieder geht. Der hinauszugehen hat. Und still zu sein hat. Kein Rufer also; die Wüste ist mir ja abhanden gekommen, die habe ich mir nur jämmerlich zurechtgelegt. Seither misstraue ich den Dingen, die ich vor mir habe. Und frage mich, ob das der Ort der Wahrheit ist. Längst ist mein ‚Widergänger' verstummt.

Ich habe das Sprechen wieder selbst übernommen. Ohne es deshalb als Berufung anzusehen. Ich werde mich nun nicht mehr auf meine Vorstellungen berufen können, sondern ich habe meine Darstellungen fortzuführen, wie Scheherezade, die durch das Erzählen ihr Todesurteil fernhielt („Schenke mir zum Lohn mein Leben"). Werde ich leblos sein, wenn ich aufgehört haben werde zu erzählen? Und: Hat der Hahn schon gekräht? Ist es schon an der Zeit? (Stumme vermögen nicht das zu sagen, was Blinde zu sehen imstande sind). Hinsetzen!! Aber ich sitze ja. Und hinsehen! Aber ich schaue ja. Und hinhören! Ich höre nichts mehr. Und hinausgehen. Schon bin ich in der Falle gefangen, die ich für mich nur errichtet habe.

Gut, sprechen wir über DAS ANDERE (immer wieder setze ich meine Zustimmungshaltung voraus): Ich nehme den Einflüsterer (Widergänger, Widersacher) an der Hand – mit festem Griff – öffne die Tür, überlasse mir selbst den Vortritt und lasse… die ASIATIN hinter mir.

Ab nun ist mir JEDES Bild recht. Vielleicht werde ich – Scheherezade sei Dank – dadurch errettet; kein Krähen eines Hahnes ist zu hören. (Zur Erinnerung – ich höre nichts mehr). Ich muss mich daher nicht mehr zusammennehmen; ich werde auseinander genommen. Von den Schilderungen meiner Befindlichkeit. Ich könnte vielleicht eine ‚schwache Verständigung' mittels Briefen aufrechterhalten. Und schreiben. An die ASIATIN. Ertappt! Beim Delikt Sentimentalität. Also keine Briefe. In dieser lautlosen Zeit. Nur noch sitzen bleiben und irgendwo hinsehen: Der Eingang des Hauses hätte sich gut geeignet für meine Pläne. Das Haus selbst wäre ideal gewesen für die Umsetzung meiner Hoffnungen. Und erst das Zimmer: ein perfektes Gehege meiner vorgefassten Träume. Ja, es wäre alles wie zu Hause gewesen. Selbst die Gedanken an die Wüste hätten nicht gefehlt. Wie Scheherezade hätte ich mich – Nacht für Nacht – eingerichtet in dieser inszenierten Situation. Ohne MUTABOR. (Mit welcher Stimme könnte ich noch sprechen, als mit meiner eigenen?). Sollte ich das alles widerrufen? (Schelmisch lächelt die ASIATIN hinter dem Vorhang eines Fensters hervor).

Wo könnte ich mich denn hinsetzen? Und es der ASIATIN gleichtun und lächelnd alles überblicken. Denn wäre es mir möglich, einen Überblick über das, was hinter mir liegt, zu erlangen; ich würde nicht lächeln. Das Lächeln ist demnach zu vermeiden. Die Ernsthaftigkeit aber ist trostlos. Meine Melancholie sollte mir genügen. Eine seltsame Genügsamkeit, die ich zu pflegen beginne: Die Melancholie zu genießen scheint mir ein gefährliches Unterfangen zu sein. (Längst hat die ASIATIN aufgehört zu lächeln und sich hinter dem Vorhang zurückgezogen; so meint sie sich vor meinen Blicken schützen zu können). Denn jetzt, da ich wieder ernsthaft dreinschaue, da ich mir meine kleine Traurigkeit gestatte, entschließe ich mich dazu, das

Haus zu verlassen … vor allem mein Zimmer zu verlassen, doch ist mir währenddessen die Richtung meines Weges verloren gegangen: An den Rändern meines bewussten Sehens die Dinge verschwommen wahrnehmen, sie folglich als störend, ja aufdringlich empfinden. Dies aber nicht weiter zu beachten, sondern es vielmehr in die Tiefen meines Leids zu drängen, bin ich nun endlich bereit für das Draußen, bin bereit, einen ersten Schritt hinaus zu wagen.

In Wahrheit aber überlege ich mir, wie es wäre, herinnen sitzen zu bleiben, beim Fenster hinauszuschauen und Aufzählreime aufzusagen (… und draußt bist du!). Irgendwann würde mir vermutlich die ASIATIN zu Verstehen geben, eine Entscheidung für beide Optionen gleichzeitig zu treffen: So wäre ich herinnen und in Sicherheit und gleichzeitig (gleichzeitig!) in alle mir vorstellbaren Abenteuer verstrickt, die mich draußen erwarteten. Und hätte ich mich für eines jener Abenteuer außerhalb dieses Zimmers entschieden, könnte ich zur selben Zeit im Zimmer sitzend darüber nachdenken, wie die ASIATIN auszusehen hat. Wie sie sich gibt, wie sie auftritt, denn Auftritte waren es ja immer, die sie inszenierte, war sie meiner Nähe gewiss.

Jedenfalls werde ich jede Vorstellung, die man von dieser Frau haben könnte, in keinem Fall antasten. So wie es mir auch in Gegenwart der ASIATIN nicht angebracht scheint, mich ohne weiteres irgendwo im Zimmer hinzusetzen, sondern ich habe aufrecht vor ihr zu stehen, somit Haltung und Achtung ihr gegenüber zu zeigen. Und längst hätte ich mich in dieser Situation vom Fenster abgewandt. Vom Fenster, durch das ich meine Sehnsüchte versende: Seit langem schon gehört mein Leben der ASIATIN. Das widerspricht aber meinen Mutmaßungen über Befindlichkeiten von mir, die ich verzweifelt versuche, mir selbst begreiflich zu machen: Bin ich einsam? Dass ich allein bin, darüber besteht - mit wem auch immer - übereinstimmende Klarheit.

Aber vermag ich noch einsamer zu sein als ich es bin? Das heißt, ist es mir möglich, mich noch einsamer zu fühlen als es bereits der Fall ist? Denn wäre ich ‚gänzlich allein', gäbe es keine Möglichkeit der Steigerung meiner Befindlichkeit in eine von mir verherrlichte Richtung: Alleiner kann man nicht sein; sich aber durchaus einsamer fühlen als andere (als andere!). So ist die Einsamkeit nur ein Gefühl. Und da ich nichts mehr fühle und mit keiner Steigerung meiner Stimmung mehr rechne, werde ich wohl nicht einsam, sondern nur alleine sein.

Mit der ASIATIN kann ich ja nicht rechnen - manchmal suche ich an den falschen Stellen nach Bestätigung meiner Vorstellungen. Allmählich habe ich, ohne es zu merken, von Zyan - vergessen sind all die blühenden Bäume im Park - auf Indigo gewechselt: Indigo, die Farbe der Mutter aller Mütter, die Farbe von Mariens Mantel. Doch mit blau blühenden Bäumen hat das nichts zu tun. Oder mit MARIA. Oder gar mit der ASIATIN. Da könnte ich mir genauso gut eine DULCINEA imaginieren. Das wäre ein Motiv, das Zimmer zu verlassen, um ... wie Pessoa, *„... das gesamte Schauspiel der Welt auf einem Stuhl genießen, um wahre Weisheit zu besitzen."*

Es ist, als ob man ständig auf Regen wartet; als ob irgendwann eine Änderung eintritt, von der man glaubt, sie hätte sich nur durch die Tatsache, dass man an ihre Möglichkeit denkt, angekündigt; mit Reinigung hat das nichts zu tun: Die Rechtfertigung einer Handlung - keiner Tat! -, die man noch nicht begangen hat, ist unangebracht. Im Nachhinein hat man sich immer einiges vorgenommen. Schon der Versuch ist grotesk: Über den Wahnsinn kann man nicht nachdenken, ohne sich ihm hingegeben zu haben. Zumindest sollte man an seinen Rändern eingetaucht sein und mit der Zehenspitze zaghaft seine Beschaffenheit geprüft haben, so wie man die Temperatur eines Badesees prüft. Das Scheitern beginnt meist damit, dass man etwas ‚auf der Stelle' in Angriff nimmt. Und zu wissen glaubt, was man denken wird, wenn man es begonnen hat. Und trotzdem nicht weiß, was folgen wird. So bin ich – immer noch im Zimmer sitzend - wieder bei der Hoffnung angelangt. Ich werde ab jetzt alles unangetastet belassen. Und mich nicht mehr rechtfertigen. Und wieder zu Zyan zurückkehren. Es ist dem Gift näher als mütterlicher Großmut. Und es scheint beständiger gegen Reinigungsrituale zu sein. Der Regen muss warten; an eine Reinigung ist noch nicht zu denken. Wovon hätte ich mich schon rein zu waschen? Vorbewusstes haftet nicht an mir und an Farben bin ich ja nicht reich; mein Zyan reicht mir. Und die Kulissenbilder, die ich außerhalb dieses Raumes entwerfe, kommen mir nie wirklich gefährlich nahe. Folglich fühle ich mich zweifach in Sicherheit: Ich vermag Berührungen zu vermeiden, lasse niemand an mich heran, und denke mir die Welt hinter jenem Fenster als eine Welt unter Bedingungen, die ich selbst entwickle: Absolute Schmerzfreiheit drinnen wie draußen.

Aufzeichnung 18

Immer wieder kochen, waschen, aufräumen, wegräumen ... Möglichst immer ALLES wegräumen; ich mache ja ALLES, um ein ordentliches, geregeltes, sauberes Leben zu führen. In den Nächten aber ..., in den Nächten fühle ich mich wohl. Da liege ich nur ruhig da. Und erzähle mir selbst Geschichten. Wie einst Scheherezade. Die hat wohl nie putzen und waschen müssen. In den Nächten höre ich mir selbst aufmerksam zu, ohne aufzuhören, als ginge es um mein Leben. Da wird mein kleines, dunkles Zimmer zum Revier meiner Tagträume. Ohne den ganzen Staub und Dreck des Tages.

Ja, ich habe mich bequem eingerichtet in meinen Nächten. Und die Einsamkeit ..., die Einsamkeit ist nur ein Gefühl.

Tag neunzehn Umsichtig, bedächtig; deswegen

Manchmal kommt die Absicht, eine Unternehmung auszuführen, dem Vorhaben selbst gleich. Die Absicht ist demnach die vorbewusste Form des Scheiterns. Langsam, umsichtig, bewege ich mich auf das Fenster zu, schließe die Augen, versuche, nicht an die Tür zu denken, versuche, nicht an das Zimmer zu denken, versuche, jeden Gedanken über das Herinnen zu vermeiden ..., stehe vor einer Mauer, die, gleich einem Tortenstück, in einem spitzen Winkel in eine für mich unabsehbare Unendlichkeit verläuft. Auf der anderen, der für mich nicht einsehbaren Seite weiß ich meinen ‚Widergänger' in diese, sich von mir entfernende Unendlichkeit laufen.

Regungslos stehe ich da, schaue an der Mauer entlang, sehe Licht, sehe Schatten, die ihre eigene Architektur in die Mauer zeichnen; sehe in der Ferne Menschen, die, miteinander redend, auf mich zukommen (eine Täuschung!); sehe – immer noch läuft der ‚Widergänger' auf der anderen Seite der Mauer – eine schnurgerade, gepflasterte Straße, die das Herannahen von Pferdekarren erwarten ließe; sehe, mir gegenüber, den Riegel an einer Türe aus Holz (überwinde den Drang, ihn beiseite zu schieben und die Türe zu öffnen); sehe, einige Schritte weiter, moosüberwucherte Stufen, die zu einer Türe führen, vor der eine rote Kanne steht (keinen einzigen Schritt habe ich bisher getan). Und ich sehe die Fenster, links und rechts jener Türe mit der roten Kanne davor, alle vergittert,

Finsternis im Hintergrund; das Licht vermag nicht durch sie zu dringen.

Einige Meter weiter sehe ich - immer noch bin ich gewillt zu schauen - eine ockerfarben verputzte Wand, in deren oberem Bereich einige Ziegel hervorlugen. Verborgene Steine, die ihrer Neugierde Platz geschaffen haben. Hell und freundlich erscheint der Verputz; in einem Winkel, knapp neben einer grün gestrichenen Türe hat einer das Wort EINSAMKEIT mit schwarzer Farbe auf die Wand geschrieben. Nun beginne ich zu gehen; gehe diese Straße entlang - weit und breit kein Pferdekarren - gehe über das unebene Pflaster - nirgends Menschen, die Gespräche führen - gehe die Mauer entlang, die mir in ihrer grauen Öde keine optischen Anreize bietet, und denke an Pessoas Worte: *„Sehen können, ohne zu leben, das wäre das Glück!"* Ich habe mich auf eine noch nie unternommene Reise begeben, und es ist mir nicht klar, ob ich, wie ‚Der Widergänger' auf der anderen Seite der Mauer, in eine Unendlichkeit gelange, die nicht die meine ist. Das Weitergehen ist jetzt das Wichtige. Ohne links und rechts zu schauen. Das Sehen aber habe ich mir noch nicht versagt. Wie ich es überhaupt vermeide, Verbote auszusprechen oder sie mir eigens - für mich, nur für mich! - auszudenken. Denn nicht jede Tür ist auch eine Pforte, durch die man, rasch und unbemerkt, eintreten könnte. Folglich gehe ich weiter.

So denke ich mir liebliche Dämchen, die auf mich zukommen, mit Strohhüten auf dem Kopf und papierenen blauen (blauen!) Blumensträußchen im Arm. Und denke mir lustige Schusterbuben, die pfeifend durch die Straße treiben. Und denke mir ... nichts mehr. Und sehe ... nichts mehr.

Das ist nicht richtig: Ich bin nur nicht mehr bereit, irgendetwas zu sehen. Und sehe trotzdem eine Form der Erinnerung: den Riegel an einer Tür aus Holz. Sehe aber keine Mauer, keinen ,Widergänger', keine grün gestrichene Tür, keine Fenster, keine Ziegel, keine rote Kanne, keine ,Dämchen', keine Schusterbuben, keine ockerfarbene Wand, keine schwarze Aufschrift.

Ich werde zurückgehen, werde auf jene hölzerne Türe zugehen und den Riegel beiseite schieben ..., langsam, umsichtig. Und da meine Devise ,draußenbleiben' ist, habe ich durch diese Türe zu gehen, also hineinzugehen, um ,draußen' zu bleiben. An mein Zimmer darf ich dabei nicht denken.

Das Drinnen ist wie das Draußen, aber das hilft mir in dieser Situation nichts. Ich bin ja schon drinnen, habe demnach das Draußen hinter mir gelassen, schaue mich um und sehe: *(„Wie in einem Spiegel“)* einen Mann in dunklem Anzug, von dessen Hemd nur der weiße Kragen zu sehen ist und der sich über eine weiße Fläche beugt, dessen rechteckige Form nur erahnt werden kann. Mit interessierter Anspannung betrachtet er, eine Zigarette in der rechten Hand haltend, die weiße Fläche vor sich. Und ist sich gewiss: Es existiert mindestens eine Möglichkeit, sich über den Wahnsinn Gedanken zu machen.

Rasch wende ich mich ab von ihm. Und gehe durch einen Korridor in ein Zimmer. Und von dort ins nächste Zimmer. Und von dort in ein Bad. Und von dort in eine Küche. Und von dort in ein anderes Zimmer. Und von dort in ein wieder anderes Zimmer. Und gehe weiter in ein weiteres Zimmer. Und in noch ein Zimmer und noch ein Zimmer. Und öffne dabei jedes Mal eine Tür. Eine Zimmertür. Eine Badezimmertür. Eine Küchentür. Und gehe weiter. Ins nächste Zimmer ... hell und freundlich in Pastelltönen eingerichtet. Von dort gehe ich in ein anderes Zimmer, gleichfalls hell und freundlich in Pastelltönen eingerichtet. Und weiter, ins nächste Zimmer – niemand, der mich verfolgt. Weiter also, ins nächste Zimmer. Und in wieder das nächste. Und ins übernächste. Und in noch ein Zimmer. Schon betrete ich das angrenzende Zimmer. Und das folgende. Mein Tempo hat sich währenddessen nicht beschleunigt; noch nicht.

Wäre ich aber, bevor ich all diese Zimmer betreten hätte, durch jene durch eine von einer Mauer begrenzten Straße gegangen, ich hätte diese Zimmerfluchten nie betreten. So hätte mich eine in diffuses Morgenlicht getauchte Straße, deren Fenster von den Hauswänden herab das langsam einsetzende Sonnenlicht reflektieren, vielleicht in eines dieser Häuser und folglich in eines dieser Zimmer geführt. Und es wäre mir, würde ich dieser Straße gefolgt sein, der ständige Aufenthalt in meinem existenten Zimmer mit den vielen Alben, der Zuckerdose, dem ungelesenen Brief und jenem Fenster, das nie das Sonnenlicht reflektiert, erspart geblieben.

Auch diese Straße, die des Nachts von nur einer Laterne ihr Licht bezieht, wäre nicht der Ausgangspunkt für meine Reise in all diese Räume gewesen. Jener Straße aber, die durch eine unerwartete Überflutung derart tief im Wasser versank, dass Kinder in ihr, wie in einem ruhigen Bach, ihre Spiele betreiben, wäre ich schon von weitem ausgewichen. Umgehungen bin ich ja gewohnt, an denen habe ich mich geschult. Denn hätte ich diese Straße betreten, und hätte ich mich auf ihre Nässe eingelassen und hätte sie - bedächtig watend - durchschritten, ich wäre auf einen ausgelaugten Tierkadaver gestoßen, den sie irgendwann aufgenommen hatte, um ihn nicht mehr loszulassen. Selbst das tiefe Wasser, das ihr ja ein fremdes Element ist, hätte das nicht zu bewirken vermocht; spielende Kinder aber …

Welche Offenbarung war da hingegen jener vom Rumpf abwärts abgetrennte Frauenkörper damals, der in der ANDEREN Straße lag. Alle diese Straßen habe ich gemieden, allen diesen Straßen habe ich ihr Fremdsein gelassen. So konnte ich mich auf die Reise durch die pastellfarbenen

Zimmer begeben. Ohne dabei über den Wahnsinn nachzudenken.

Weiter. In andere Räume. In keine Räume. Mehr. Hinaus also. Und hinauf. Am Ende eines engen Ganges lehnt eine Leiter, die - ist zu hoffen - nach draußen führt, die hinaus führt, die aber … hinauf führt. Ein Schritt …, noch einer. Und noch einer …, eine Luke aufgeklappt: Kühle Luft, Sonnenlicht, der Horizont; endlich vermag ich den Horizont wieder zu sehen. Aber ich hocke auf einem Dachfirst. Es gibt kein Weiter. Ich bin angekommen. Oben. Und bleibe sitzen. Hier, wo ich angekommen bin. Hier oben. Und schließe die Augen. Und spüre eine beruhigende Brise auf meinem Gesicht. Es ist Zeit geworden. Für mich. Es ist meine Zeit geworden. Und es ist wie an einem Morgen kurz vor dem Aufwachen: Die Augen noch fest geschlossen, die Reste der letzten Traumsequenzen gehen langsam verloren, und man sieht! … alles klar vor sich. Ein Zimmer, einen Tisch: auf dem Tisch … ein leerer Teller, eine Kaffeeschale, Kuchenreste. Krüge stehen am Fensterbrett. Halbvoll. Halbleer. Getrocknete Strohblumen in einer Vase nahe dem Fenster. Auf dem Tisch liegt ein zerknitterter Brief. Ungelesen. Woran orientiert sich das Gedächtnis, wenn die Erinnerung fehlt?

Man schlägt die Augen auf und erkennt - man hat sich von einem Traum, der einem Traum folgte, einfangen lassen. Man war überzeugt, wach zu sein. Und alles ringsum wirklich zu sehen. Und zu erkennen. Das ist meine Situation: Ich wage nicht zu hinterfragen, ob meine Augen offen oder geschlossen sind. Ob ich wache oder träume. Jedenfalls sitze ich an einem Tisch: auf dem Tisch … ein leerer Teller, eine Kaffeeschale, Kuchenreste. Auf dem Tisch liegt ein zerknitterter Brief. Ungelesen.

Wir können nicht erwarten, in fremden Räumen etwas zu finden, das anders ist als das, vor dem wir davonlaufen. Und wir dürfen nicht erwarten, dass wir jedes Mal durch eine Luke ins Freie gelangen. Andererseits wollen wir wieder zurück. In jene in blassen Farben eingerichteten Zimmer. So beginnen wir mehrere Leben zu führen. Und mehrere Träume zu träumen. Gleichzeitig. Und versuchen uns als Detektiv der eigenen Empfindungen. Unsere Leichenstarre geben wir nicht zu. Wir verheimlichen sie sogar vor uns selbst. Und versuchen trotzdem immer wieder eine Luke zu finden, die uns hinausführt. Aus jenen Zimmern, an denen wir unsere Sehnsucht messen. Doch am Grad der Einsamkeit vermögen Wünsche nicht berechnet zu werden. Wie also hinausgelangen? In keiner Weise! Dem Zustand des Bleibens die eigene Befindlichkeit hinzufügen und … ausharren. Ohne Belohnungsanspruch.

Das Ziel wäre dann neu zu definieren. Vielleicht endgültig zu verstummen. Man erreicht es wie von selbst: Man erreicht es selbst. Allein. Und ungehindert. Nie können wir frei sein. Von Zwängen. Wir sagen uns, dass wir es sind. Unser Blick sagt etwas anderes. So sagt man … nichts mehr.

Folglich habe ich alles in ein sicheres System gepackt. In eine Chronik der ‚sicheren Möglichkeiten':

Dienstag,	20:13:	Leeren Teller am Tisch betrachtet.
Freitag,	10:48:	Kaffeeschale vom Tisch genommen.
Sonntag,	23:21:	Kuchenreste vom Tisch entfernt.
Mittwoch,	11:18:	Krüge auf dem Fensterbrett zurechtgerückt.
Samstag,	14:22:	Strohblumen aus einer Vase nahe dem Fenster entfernt.
Sonntag,	12:00:	Zerknitterten Brief vom Tisch genommen. Ungelesen.

Es funktioniert. Nicht. Daher ersetze ich dieses System durch das ‚System der gewissen Erwartung':

Leeren Teller am Tisch betrachtet	(132 Mal)
Kaffeeschale vom Tisch genommen	(92 Mal)
Kuchenreste vom Tisch entfernt	(112 Mal)
Krüge am Fensterbrett zurechtgerückt	(98 Mal)
Strohblumen aus einer Vase nahe dem Fenster entfernt	(3 Mal)
Zerknitterten Brief vom Tisch genommen	(1 Mal)
Den Brief gelesen	(1 Mal)

Woran orientiert sich die Zuversicht, wenn man versucht, die Erinnerungen zu dokumentieren? (Beim Gehen durch jene Zimmer habe ich bemerkt, dass mich die Abwesenheit der ASIATIN nicht mehr beunruhigt). Andererseits: Welchen Nutzen hätte ich daraus ziehen können, IRGENDJEMANDEM in einem dieser Räume zu begegnen. Ich hätte diese Person ja nicht angesprochen. Auch hatte ich beim Durchschreiten der Zimmer kein Bedürfnis stehen zu bleiben, oder mich hinzusetzen. Ich wäre dann ja – hätte ich mich in einen der Fauteuils gesetzt – nur ein Detektiv auf der Lauer nach meinen eigenen, grotesken Empfindungen gewesen. Ich hätte nicht mehr fortgehen wollen. Und hätte nicht mehr hinaus gefunden. Aus den Zimmern. Und aus meinen seltsamen Empfindungen, auf die ich schließlich gestoßen wäre. Das Verneinen meiner Gedanken wäre die Variante einer Obszönität gewesen, der zu huldigen ich nicht angetreten wäre. So verharre ich konsequent in meiner grotesken, starrsinnigen Haltung und genieße mein allmähliches Erkennen meiner Ambivalenz. Andere, die mir entgegengekommen wären, hätte ich längst vergessen. Aber die Möglichkeitsform scheint nicht angebracht zu sein für das, was ich empfinde: Im Weitergehen den Anderen erkennen, bedeutet, sich selbst zu erkennen. Und nach den eigenen Intentionen zu handeln. Das jedoch schließt einen Wunsch mit ein, den ich nicht beanspruche: Die Absicht fortzugehen. Sich dem eigenen Handeln widersetzen bedeutet aber, das Wesentliche zu übergehen. Es übersehen zu haben. Demnach muss ich beginnen, die richtigen Schritte zu setzen. In die richtige Richtung. Denn wäre keiner da, dem ich begegnete, würde ich keinen erkennen; und letztlich auch micht nicht erkennen. Meine Intentionen wären dann nur Geträumtes.

Ich kann daher getrost meine Augen schließen. Oder offen halten. Es kommt auf dasselbe heraus. Und es hat den Anschein, als stünden mir noch unwahrscheinliche Begegnungen bevor; eine Begegnung mit der ASIATIN wäre da noch die gewöhnlichste.

Es muss anders funktionieren. Also werde ich meine Perspektive ändern: Blick auf den Tisch - Lidschlag - weiters Blick auf die Zuckerschale - Lidschlag - auf den Deckel der Zuckerschale - Lidschlag - einatmen - ausatmen - mit der linken - Lidschlag - Hand den Deckel der - einatmen - ausatmen - Zuckerschale abheben - Lidschlag - einatmen - ausatmen - mit dem nächsten - Lidschlag - Blick - Fliegen im - Lidschlag - Zucker - einatmen - ausatmen - entdecken; ihnen keine weitere - Lidschlag - Bedeutung beimessen - einatmen - ausatmen; jedenfalls - Lidschlag - über die Fliegen - Lidschlag - im Zucker nicht - Lidschlag - beunruhigt - einatmen - ausatmen - sein. Eine leichte Drehung des - Lidschlag - Oberkörpers - ausführen - einatmen - ausatmen. Und den Brief, - Lidschlag - den offen am Tisch - Lidschlag - liegenden Brief - mit der - einatmen - ausatmen - linken Hand an - Lidschlag - mich nehmen, und - Lidschlag - ihn mir sodann - einatmen - ausatmen - vor Augen - Lidschlag - Lidschlag - führen und ihn - Lidschlag - einatmen - ausatmen - mir selbst, auf einem - einatmen - ausatmen - Sessel sitzend - Lidschlag - laut - Lidschlag - Lidschlag - vorlesen:

Während Du diese Zeilen liest, bin ich längst aus Deinem Leben ..., und alle Vermutungen, die Du über mich während unseres kurzen Zusammenseins angestellt hast, haben mit der Wirklichkeit - meiner bedrängten Existenz - nichts zu tun. Zu sehr hast Du Dich von meiner äußeren Erscheinung ... Vor allem Deine Gewohnheit, mir ständig IN DIE AUGEN SCHAUEN zu wollen, hat mich deshalb so verschreckt, ja, nahezu abgestoßen, weil ich in jenen kurzen Augenblicken, da wir uns nahe waren, ALLES mit Dir austauschen wollte, also auch mit Dir REDEN wollte. Du aber ...

In der Alltäglichkeit geschieht ständig etwas ...; Handlungen werden oft nur aus einer Not heraus, nicht aus Notwendigkeit unternommen. Dem Sinn dieser Alltäglichkeit muss man schon aus Selbstschutz nachjagen. Der Inhalt dieses Briefes hat zu meinem Leben keinen Bezug. Und wäre nur die Zeit eines Lidschlags zwischen dem Lesen des Briefes und meinem früheren Leben vergangen, ich könnte die Worte nicht deuten. Mit meinen Bedürfnissen bliebe ich allein. Diese Unentbehrlichkeiten darf ich nicht nach außen tragen.

Eine mir nicht bewusste Emsigkeit ist die Grundlage meiner Existenz. Und klopfte jemand unerwartet an meiner Tür, ich wüsste nicht, wer das ist; ich öffnete nicht. Wäre ich jedoch - kurze Zeit danach - in der Lage, vor meinem Haus stehend, zu jenem Fenster hinaufzusehen, hinter dem ich meine Stunden verbringe, alsbald würde ich die Silhouette einer weiblichen Gestalt hinter dem Vorhang erkennen, die regungslos aus dem Fenster starrt, vielleicht mich erblickt und so tut, als bemerke sie mich nicht. Je länger ich jedoch diese weibliche Figur betrachtete - daran, dass es eine Frauengestalt ist, würde ich nie gezweifelt haben - desto deutlicher hätte ich den Eindruck, dass es sich bei dieser Frau nicht um ein Gebilde meiner Phantasie, sondern um eine lebensgroße Puppe handelt. Wer sie an dieser Stelle hinter dem Vorhang platziert hat - ich selbst war das mit Sicherheit nicht - wäre mir rätselhaft; jedenfalls könnte ich meine ursprünglichen unruhigen Gedanken aufgeben, dass es sich bei jener Erscheinung am Fenster um die ASIATIN handelt. Andererseits würde das Kleid, das man dieser Puppe übergezogen hat, deutliche japanische Einflüsse zeigen; ich würde das von der Straße aus erkennen können. Sodann würde ich vor der Tür hin und her laufen, immer auf und ab, immer wieder zum Fenster hinaufschauend. Zu diesem Zeitpunkt hätte ich bereits beschlossen, ins Haus zurückzukehren; zurück ins Haus, zurück in mein Zimmer.

Denn hinter einer Ecke - hinter dem Haus - lauert der ‚Widergänger'. Auf mich. Jeder hat einen Zweiten in sich, der neben ihm geht und ihm über die Schulter schaut. Und träfe ich auf diesen ‚Schatten meiner selbst', ich wüsste nicht, was ich ihm sagen sollte. Also, zurück ins Haus, ins Zimmer, die Motivation, dort bleiben zu wollen, ist mir immer noch nicht einsichtig.

Wir treiben uns selbst an, treiben uns aus dem Haus, treiben uns aus unserem Zimmer. Wir wissen nicht warum. Wir wissen nur, im Zimmer zu bleiben sind wir nicht mehr imstande. Um irgendwann zurückzukehren, um für immer dort zu bleiben. Im Zimmer sitzen zu bleiben. Keiner der irgendwann an die Tür klopfte und uns fortjagte. So sitzen wir beim Fenster und beginnen allmählich zu dösen. So entstehen ASIATINNEN. Und haben wir erst eine derartige Gestalt erblickt - oder auch nur erahnt - sind wir nicht mehr bereit, das Zimmer zu verlassen. Gut. Ich bleibe. Und warte. Auf die ASIATIN. Sie wird nicht an die Tür klopfen. Nicht an meine Türe. Trotzdem ist sie keine Puppe, die hinter dem Fenstervorhang hervorlugt. Vielleicht ist sie irgendwo da draußen. Und vielleicht bin ich wirklich hier herinnen.

Man ist draußen. Oder drinnen. Es ist dasselbe. Man kann das Leben nicht erfassen. Man sitzt da, orientierungslos, sich selbst beobachtend. Manchmal steigt man aufs Dach. Oder verbirgt sich im Keller. Ich bleibe im Zimmer. Und bin so mein eigener Widergänger. (Zeit zu gehen!).

Also gehe ich. Fort. Irgendwohin. Oder nach Tripsdrill. Ja, nach Tripsdrill: Statt den Ort, an dem sich die ASIATIN aufhalten könnte, ausfindig zu machen, gehe ich auf die *Altweibermühle* – vielleicht auf nur irgendeine *Gaststätte* – zu, erreiche den *Mühlenturm* (und dein Turm, verdammter H., ist weit weg), erwarte im nächsten Moment den *Blitzschlag,* der ihn zerstört. Stattdessen kommen mir *300 Tiere* entgegen, und ich fühle mich in ein *Trillarium* versetzt, das keinem *Wildparadies* gleicht. Dann aber: *der Park* (von Parks habe ich genug, genug!). Ich gehe zurück und nähere mich – umsichtig, behutsam – dem *Freifallturm,* der sich harmonisch in den *Burgkomplex* einfügt. Jetzt muss ich nur noch über den *Donnerbalken* balancieren, komme sodann auf die *Dorfstraße* und zu den *drei Häusern,* von denen mir eines bekannt scheint. Der Weg zurück zum *Freifallturm* ist mir versperrt. So gehe ich auf das eine Haus zu, auf jenes mir bekannte Haus, in dessen Zimmer ich …; und bin am Ende.

Als erster Mensch überhaupt. Oder am Anfang. Denn oft hat ein Widergänger noch etwas zu seinen Lebzeiten zu erledigen.

Aufzeichnung 19

Mein Leben ist gut.
Mein Leben ist gut.
Mein Leben ist gut.
Mein Leben ist gut.
Mein Leben ist gut.
Mein Leben ist gut.
Mein Leben ist gut.
Mein Leben ist gut.
Mein Leben ist gut.
Mein Leben ist gut.
Mein Leben ist gut.
Mein Leben ist gut.
Mein Leben ist gut.
Mein Leben ist gut.
Mein Leben ist gut.
Mein Leben ist gut.
Mein Leben ist gut.
Mein Leben ist gut.
Mein Leben ist gut.
Mein Leben ist gut.
Mein Leben ist gut.
Mein Leben ist gut.
Mein Leben ist gut.
Mein Leben ist gut.
Mein Leben ist gut.
Mein Leben ist gut.
Mein Leben ist gut.
Mein Leben ist gut.

Tag zwanzig Eine neue Alltäglichkeit

Neue Geheimnisse entdecken: Handschuhe abstreifen, dann Aufbruch; die alte Dringlichkeit ist zurück. Ich habe etwas gewonnen: Die Momente der Trennung - von wem? - zu vergessen suchen. Bin ich noch irgendwelchen physikalischen Gesetzen unterworfen? Meine Unrast aber lässt mich ein blinder Passagier sein; niemand weiß von meiner Anwesenheit. Selbst ich bin noch nicht dahinter gekommen.

Ja, ich werde mich auf eindringliche Fahrten einlassen. Und mich selbst tragen. Während der Fahrt. Nicht hinauslehnen. Und mich halten. Und herzen. Und kosen. Und trotzdem mich mir selbst nicht aufdrängen. Und mich im Hintergrund halten. Meine Vorstellung von meiner Umgebung ist eine ausufernde: Hier kann man leicht mehrere Male derselben Person begegnen. Eine Begegnung ist noch keine Handlung. Ein Anfang vielleicht. Vielmehr erreiche ich mit jeder anfänglichen Handlung nur das Auslösen einer neuen, einer weiteren Schleife, die sich an die bereits vorhandene angleicht und sie so von allen anderen nicht mehr unterscheidbar macht. Einen Anfang gab es. Aber das führte mich nur zu weiteren Endlosschleifen.

Wohin noch also ? Später habe ich diese ‚Verknüpfungen' aufgelöst, indem ich sie vergaß. Vorsätzlich. Und als mir dann doch noch einige Erinnerungen an von mir ausgelöste Begegnungs-Schleifen kamen, versetzte ich mich in die Lage von einem, der in einem Buch liest und gleichzeitig dem Gespräch zweier Menschen zuhört. Instinktiv entscheidet er sich, seine Aufmerksamkeit dem interessanteren Teil zu widmen: Er liest von diesem Augenblick an konzentriert in seinem Buch, in dem der Dialog jener beiden Personen abgedruckt ist, den er sich anzuhören weigerte.

Alles zerfällt und ich vermag es nicht mehr zusammenzusetzen; so oft ich auch beginne. Folglich gehe ich ans Ende: die ASIATIN. Aus. Es funktioniert nicht. Auch wenn ich versuche, mich selbst zu überlisten ... Nochmals: die ASIATIN. Aus. Oder: ZIMMER. Ende. Auf dem Dach umherzukriechen wäre einfacher. Oder im Keller versteckt leise geheimnisvolle Wörter denken. Oder im Zimmer am Tisch zu sitzen und ... Das Zimmer ist kein Hindernis mehr. Es kommt meinen Intentionen sehr entgegen. Zu sehr. Das Fenster aber ... eignet sich lediglich zum Hinausschauen. Und ich sehe: Tripsdrill.

Was ist und was sein wird, ist oft nicht auseinander zu halten. Was sein könnte, treibt uns voran. Vielleicht. Ich werde mein Feuerchen schon auf kleiner Flamme halten. Ständig. Das erfordert herinnen zu bleiben. Oder hinaus zu gehen. Wenn ich aber aufhörte, all das aufzuschreiben, müsste ich zu mir selbst zurückkehren. Da wäre ich dann ganz bei mir. Demnach bei Trost. Und vermutlich auch getröstet. Und kein Gedanke an eine Schleife, die ich ersonnen hätte, könnte mich von mir wieder abbringen. Auch keine Instruktion, die ich auswendig zu lernen hätte.

Aufenthaltsgenehmigung für:

12:53 - 13:34:	Zimmer
13:34 - 14:55:	Gänge (endlose?)
14:55 - 15:18:	Leiter (vermutlich)
15:18 - 15:48:	Leiter (2)
15:48 - 16:04:	Dach
16:04 - 16:27:	Keller
16:27 - 16:48:	beim Feuer(chen)
16:48 - 17:02:	Zimmer (immer noch)
17:02 - 18:16:	Umgebung
18:16 - 18:37:	beim Tisch (sitzend)
18:37 - 18:38:	beim Fenster (Ausnahme)
20:13:	Tripsdrill (ungültig)

Aufenthaltsgenehmigung (ungültig) für:

Altweibermühle (zwei Mal)
Gaststätte (drei Mal)
Mühlenturm (fünf Mal)
Trillarium (ein Mal)
Wildparadies - inklusive 300 Tiere (zwei Mal)
Park (neun Mal)
Freifallturm - in der Nähe von F. H. (drei Mal)
Burgkomplex (ein Mal)
Donnerbalken - mit Blitzschlag (ein Mal)
Dorfstraße (zwei Mal)
Drei Häuser (ein Mal)
Freifallturm 2 (ein Mal)

Wenn ich aber aus der Erinnerung Dinge beschreibe, wie beispielsweise mein Zimmer, dann vermag ich hinterher die Bedeutung des von mir Beschriebenen nicht mehr zu erfassen. Aus einer von mir selbst gefälschten Erinnerung beschreibe ich dann alles, was sich außerhalb meines Zimmers befindet; diese Beschreibungen aber prägen sich mir fest ein und ich bin danach imstande, deren Sinn zu begreifen. Eine Darstellung des Zimmers versuche ich deshalb zu vermeiden, dazu bin ich nicht in der Lage. Es mag deshalb gleichgültig sein, welche meiner Erinnerungen für mich ‚von Wert' sind; die ständige Gegenwart des Zimmers rückt ihre Bedeutung zurecht, obwohl ich jedes Mal, wenn ich darüber nachdenke, den Schwerpunkt der Bedeutsamkeit in die eine oder in die andere Richtung verlege.

Derart unentschlossen bleibe ich auf dem Sessel beim Tisch sitzen, versuche mich möglichst wenig zu bewegen und meide dadurch die Nähe des Fensters; ein Hinausschauen gar verwehre ich mir schon seit längerem. Wie grundsätzlich jeder (Sicht-)Kontakt nach draußen einen heftigen Ekel in mir hervorruft. Demgemäß versuche ich mich dadurch zu schützen, in dem ich nicht agiere. Das Vorhandensein eines zweiten Tisches im Raum, jenes Tisches, auf dem alle Alben und manche Bücher liegen, ist mir zwar bewusst, doch gehört dieses Möbelstück nicht zu jenen, mit denen ich mich verbunden fühle. So wäre es an der Zeit, mir die Form und das Aussehen aller Möbel in diesem Zimmer einzuprägen. Eine mentale Annäherung an den ‚zweiten Tisch' erwarte ich mir davon nicht. Nur, was er darbietet - die Alben und Bücher - sind sein Einsatz für diesen emotionalen Handel; die Gefühle dabei überlässt er mir allein. Vielleicht aber wäre es besser, er bliebe was er ist: ein Tisch.

Bei all dem habe ich beinahe vergessen, auf das Zimmer in seiner Gesamtheit zu achten: Seine Wände ragen hoch auf, so hoch wie die eines Kirchengebäudes. Kaum, dass ich es wage, an ihnen emporzuschauen; was ‚da oben' sein könnte, erfüllt mich mit Angst. So sitze ich, den Oberkörper leicht in Richtung Fenster gedreht - ohne aus diesem hinauszuschauen! - vor dem Tisch und wage es nicht, hinaufzublicken; hinauf zur Decke. Denn schaute ich hinauf, könnte ich dann vielleicht eine aufgemalte, in einen blauen Mantel gehüllte weibliche Gestalt sehen, die manchen Figuren in Kirchen ähnlich wäre: Das Abbild eines blau gewandeten weiblichen Wesens. Und nicht Zyan wäre die Farbe ihres Mantels gewesen, sondern Kobaltblau. Und diese Darstellung wäre keine Allegorie des ‚Blauen Vogels', sondern die Darstellung einzig dieser Frau.

Bei näherer Betrachtung aber könnte sich diese Darstellung als Fälschung erweisen und ich betrachte in meiner Einfältigkeit lediglich ein Reh, dessen Augen vom Maler perfekt gestaltet wurden. Besser ich bleibe mit meinen Blicken hier ..., in der Umgebung, die mir vertraut ist, obwohl ..., schaue ich zur Türe - zur einzigen Türe dieses Raumes - dann setzt sich ein Vorgang in Bewegung: Die Türe öffnet sich, dahinter die Andeutung eines weiteren Zimmers, dann eine Türe, die sich ebenfalls sofort öffnet, dahinter ein Raum, einem Zimmer ähnlich, dann eine Türe, die sich augenblicklich öffnet, dahinter … eine Türe, die sich öffnet, dahinter eine Türe, die … Schon schließe ich die Augen. Die Türen öffnen sich dennoch. Noch und noch und noch.

Und während ich die Augen geschlossen halte und ich, mit leichtem Schwindel bereits, in meinem Stuhl sitze, weiß ich drei Gestalten vor dem Hause auf und ab gehen. Gestalten in schwarzen Musselin gekleidet, mit gesenktem Blick. Ihre Aufmerksamkeit gilt nur der Straße, nicht meinem Haus, nicht meinem Zimmer, nicht mir. Über die Figur über mir an der Decke scheinen sie jedoch Bescheid zu wissen.

Alle meine Dringlichkeiten habe ich nun zurückgestellt. Was will ich denn noch. Ich habe zumindest ständig an sie gedacht. An die ASIATIN. Oder an die Russin (in ihr). Oder an die Zugeherin. Oder an jenes *wunderwol gemachet wip.* Oder gar an eine ‚Gefährtin'.

Ich habe mein Ziel erreicht und bin angekommen. Weil ich nie fort ging. Ich hatte nur vergessen, wo ich war. In welcher Stadt, an welchen Orten, in welchen Straßen, in welchen Gebäuden. Es ist bedeutungslos geworden. Ich bin jetzt in meinem Zimmer. Immer noch. Die Spinne wartet immer genau in der Mitte des Netzes. Ich habe noch nicht verloren. Und noch nicht gewonnen. Ich werde das Zimmer verlassen. Wenn ich dazu in der Lage sein werde. Irgendwann. Vielleicht.

Aufzeichnung 20

Irgendwie geht es mir jetzt besser; ich weiß nicht ...

Apologie I

(…); ich treffe schon noch einmal im Leben mit ihr zusammen, ich werde sie schon wieder erkennen und sie vielleicht auch mich, (…).

Søren Kierkegaard, Tagebuch des Verführers,
© 2004 Patmos Verlag, GmbH & Co. KG

Apologie II

Alles Unheil kommt von einer einzigen Ursache, dass die Menschen nicht in Ruhe in ihrer Kammer sitzen können.

Blaise Pascal, Pensées II, 139

Ich habe mich zu bedanken bei

Walther von der Vogelweide
Francis Bacon, Maler
Friedrich Hölderlin
Immanuel Kant
Salvador Dali
Einem anonymen Klinischen Prüfarzt
Max Ernst
Anselm Kiefer
René François Ghislain Magritte
Henri Michaux
Frances Hodgson Burnett
Caspar David Friedrich
Robert Louis Stevenson
William Butler Yeats
Helmut Stummer
Wong Kar-Wai
Søren Kierkegaard
Blaise Pascal
Edward Hopper
Einem anonymen Amateurfotografen
Fernando Pessoa
Ingmar Bergman
Jan Saudek

bleibt frei

behutsam; beide

Um uns zusammenzuhalten.
Um zu behalten, uns, uns!
Mich, mich allein zu behalten,
das gilt nicht, jedenfalls
nicht hier für unser Buch!

Peter Handke, Der Bildverlust

1

er

Folge mir, drängte das Kind; und er folgte dem Kind, wohin es ging, vertrauensvoll, mit leichter Anspannung und Neugier; direkt zum Museum ging er. Beinahe hätte er dabei seine Verantwortung, auf Eigentümliches zu achten, vergessen.

Ich gehe direkt zum Museum. Vergessen, meine mir selbst auferlegte Verpflichtung, auf alles in meinem Gesichtskreis zu achten; eventuell Eigentümliches festzustellen. Vertrauensvoll, doch mit Neugier und Anspannung, folge ich dem Kind. Folge mir, hatte das Kind gesagt: Schon eile ich an einen Ort, der nächstens ein regelmäßiger Gastgeber meiner Leidenschaft und Sehnsucht werden wird. Das Kind war ich selbst gewesen. Ich führe mich gleichsam selbst an der Hand, eine Geste, die ich einem andern in keinem Fall zubilligen würde.

Jene Kunsthalle lag abseits einer Avenue und war nur über eine Brücke erreichbar. Ringsum Vorstadthalden, eine geordnete Einöde. Jenseits davon die Stadt: eine steinerne Wüste.

Früher war er an manchen Abenden nicht zum Museum gegangen (das er damals noch nicht kannte), sondern er begab sich an den Rand der Stadt, betrachtete den beginnenden Sonnenuntergang, und manchmal gelang es ihm, sich diesem schwermütigen Ambiente auszusetzen, um sich die Angst vor der beginnenden Nacht auszutreiben.

Was mich in dieser Galerie erwartet, weiß ich nicht; doch ich will zumindest deren Türe öffnen und dem Drang nachgeben, irgendetwas in Ruhe anzusehen. Und ich will diesen Zustand so lange wie möglich aufrechterhalten. Bilder scheinen dafür am besten für mich geeignet zu sein.

In dem Augenblick, da er das Museum betreten hatte, war er endlich bei jenem Zustand angelangt, die Freiheit zu besitzen, sich an nichts mehr erinnern zu müssen. Auch war die Last von ihm abgefallen - als eine solche hatte er es immer empfunden - dazu verpflichtet zu sein, sich irgendetwas zu merken. Der Vorgang des Memorierens erinnerter Begebenheiten war endlich abgebrochen worden zugunsten einer Empfindung vollkommenen Freiseins. Derart befreit trat er vor das Bild, das sofort ‚sein Bild' geworden war: Edward Hopper, ‚High Noon', 1949. Und er sah ...

Und ich sehe: „Steil von oben prallt das Licht der Sonne direkt auf ein Haus; blendend weiß steht es da, doch nicht ohne Schuld. Die Frau - aufrecht in der Tür - berichtet nichts, über nichts, was drinnen besprochen wurde, über nichts, was drinnen gedacht wurde. Die Sonne ist da, so wie das Haus da ist, und wie die Frau davor; ohne innere Stimme, ohne inneres Leben, ohne Erregung: eine Frau, die in der offenen Türe des Hauses steht und deren blauer Morgenmantel vorne einen Spalt breit offen steht. In der Mittagshitze. Ja, es ist Mittag." [1]Auf dem Bild. Ich begreife meinen Gemütszustand: Nun nichts mehr erinnern wollen. Nichts mehr merken müssen. Außer sich sein. Außer mir sein. Außer meiner Selbst sein. Vielleicht aber suche ich lediglich nach einem Ort, an dem ich mich vor mir selbst verstecken kann; *als hätte ich mich selbst zum Tode verurteilt.*

Vor dem Museum gab es einen Tumult: Ein Gorilla war ausgebrochen. Drinnen im Museum konnte man das paarweise Auftreten von Besuchern beobachten, die bemüht waren, vom jeweils anderen Abstand zu halten. An diesem Tag aber befanden sich in manchen Räumen keine Besucher. Die Aufseher waren dort für sich allein. Traten aber dann doch Paare ein, so waren es meist die Frauen, die den Männern ein-, zwei Schritte vorangingen. Zu Verschiedenartiges zeigten die aus-

[1] *Peter Miniböck, wortkarg, Literaturedtion NÖ, 2008*

gestellten Exponate, als dass sie beider Aufmerksamkeit gleichzeitig gewonnen hätten. Bei Hoppers Bild ‚High Noon' war – bis auf ihn – niemand stehen geblieben.

Bliebe ich für immer hier an diesem Ort, hier, vor diesem Bild, ich würde nicht mehr erfassen, als wenn ich ein Bäumchen betrachtete, das Jahr um Jahr um nur eine Fingerlänge wächst.

Ich bin mir sicher: Die Augen der Frau auf dem Bild leuchten auf, wenn ich sie betrachte; es ist ihre ganze Gestalt, die weiß glüht, wenn ich sie ansehe.

Später stellte er sich in eine Ecke des Saales, abgewandt von den wenigen Besuchern, und begann, kleine Zeichen auf Zettel zu schreiben: Kurze Notizen, Anweisungen eher, um für irgendwann später Erinnerungen festzuhalten, die ihm nach Stunden schon als Anweisungen dienlich wären, da er alsbald ein anderer zu sein fürchtete. Früher hatte er – in einem Moment innerer Aufmerksamkeit – festgestellt, dass er lediglich auf einer Seite seines Körpers sein Ich-Gefühl verloren hatte.

Um an mein Ziel zu gelangen, von dem ich in diesem Augenblick noch nicht weiß was es ist, muss ich mir Kenntnis von allen Vorstufen der Vertrautheit verschaffen. (Nein, es waren keineswegs die Augen jener Frau auf dem Bild, die scheinbar aufleuchteten, wenn ich sie ansah). Zumindest nehme ich mir vor, keine Ruhe zu geben, bevor ich nicht auch einen letzten Blick auf den Ausdruck eines Menschen geworfen habe, sei es auch nur sein geringster, unbedeutendster. Durch das Betrachten von Bildern versuche ich dieses Verhalten so lange unter Kontrolle zu bringen, bis ich merke, dass ich es trainiere und eine seltsame Meisterhaftigkeit darin entwickle.

Vor dem Museum hatten sich die Menschen beruhigt. Der Gorilla war eingefangen worden. Er war vor Sehnsucht wahnsinnig geworden.

2
sie

Erinnerte Träume sind lediglich falsche Erinnerung an Erträumtes. Beides birgt ein Lebensgeheimnis: der Traum und die gefälschte Erinnerung an ihn. Sie sah in einem bestimmten Traum die Erfüllung eines Wunsches. Sie war Freud auf den Leim gegangen. Denn sie ahnte nicht, dass das Erscheinen eines Mannes in einem Traum nur eine Variante der Erfüllung eines ihrer Sehnsüchte war. Von nun an besaß sie ein besonderes Traumgedächtnis; an jeden ihrer Träume vermochte sie sich jederzeit zu erinnern.

Ich erinnere mich an einen Traum: Ich sehe einen Mann, der mit schnellen Schritten auf ein Museumsgebäude zueilt und darin verschwindet. Vor dem Eingang der Kunsthalle bleibe ich stehen, um auf diesen Mann zu warten. Weshalb ich mich so verhalte, kann ich im Träumen nicht feststellen. Nach dem Erwachen denke ich noch lange darüber nach. Doch ich bin wie kopfgelähmt. Ich begreife es nicht.

Später dann fasste sie den Entschluss davonzugehen. Ihre äußeren Sinneseindrücke gingen mit den inneren Nervenreizen eine Verbindung ein, die sie so und nicht anders handeln ließen. Ihre Art zu denken hatte damit nichts zu tun. Ihre Empfindungen waren in eine Bahn geraten, von der sie vorher nichts geahnt hatte.

Nachdem ich aufgewacht bin, gehe ich sofort direkt zur Kunstsammlung aus meinem Traum. Ich weiß, wo es sich befindet: außerhalb der Stadt, neben Schutt, Ruinen und ausgedörrten Grasfluren. Ich *muss* zu diesem Museum!

Als sie das Museumsgebäude betreten hatte, erklang aus Lautsprechern die Stimme Billie Holidays:

„In my solitude
You haunt me
With dreadful ease
Of days gone by…"

Nach kurzem Innehalten ging sie entschlossen mit raschen, kurzen Schritten auf ein Bild zu: Edward Hopper, High Noon, 1949: vor einem weißen Haus eine blonde, schlanke Frau mit halbgeöffnetem Morgenmantel, die in die gleißende Sonne schaut.

… gehe ich mit raschen, sicheren Schritten auf ein Bild zu, betrachte es kurz, sehe die Frau mit halboffenem Morgenmantel, und … gehe mit entschlossenen Schritten auf ein Bild Edward Hoppers zu, betrachte es kurz, bemerke die Frau mit halboffenem Morgenmantel auf dem Bild und … gehe mit festen Schritten auf das Bild ‚High Noon' zu, betrachte es nur kurz, bemerke dennoch die Frau mit halbgeöffnetem Morgenmantel vor dem Haus und … gehe…; vielleicht existiere ich in Wahrheit nicht, und bin - so wie die Frau auf diesem Bild - nur ein Wesen, das sich irgendeiner erträumt hat.

Sie war eine aparte Erscheinung in jedem Moment ihres Tages, dessen ungeachtet hatte sie nur eine Ahnung von ihrer eigentlichen Sehnsucht.

Auf dem Bild Hoppers hatte sie sich nicht wieder erkannt; dennoch begriff sie, wegen dieses Bildes immer wieder dieses Museum aufsuchen zu müssen. In dem Augenblick, da sie das erkannte, war sie irgendwie aus der Zeit geglitten.

3
er & sie

Der Saal war zum Schachbrett geworden, mit einigen, wenigen Bauern, einem König und … zwei Damen. Nur, dass eine der ‚Damen' lediglich ein Abbild einer wieder anderen auf Edward Hoppers Bild ‚High Noon' war. Die zweite (oder erste) Dame war … in Weiß gekleidet. Der König aber hatte nichts von einem König; eher glich er einem kümmerlichen Knopf auf einem japanischen Brettspiel, den man jederzeit in eine beliebige Richtung verschieben konnte. Mit der in Weiß gekleideten Frau aber hatte er etwas gemeinsam: Ständig begleitete die beiden ihre Sprachlosigkeit. Und allmählich hatten sie ihre Träume vergessen. Irgendwann würde ihr Erträumtes wieder an die Oberfläche ihres Bewusstseins kommen. Das war ein Teil ihrer gemeinsamen Zuversicht. Demnach hatten sie etwas gemeinsam: Im Wachen erkannten sie einige Erinnerungsbilder, Bilder demnach nur, Bilder, wie in diesen Räumen auch. Allein in Hoppers Bild schienen ihrer beiden Erinnerungen an Erlebnisse festgehalten zu sein; Ereignisse, die sie nie miteinander erlebt hatten.

Irgendwann später entdeckte er sie hinter einem Pfeiler. Sag mir, was du siehst, dachte er.

Sag mir, was du siehst, denke ich bei mir, als ich sie bemerke. Sie aber bemerkt mich nicht, bleibt stumm. Bleibt hinter dem Pfeiler. Ehe ich sie wahrnahm sah ich: Hohe, zu hohe Räume, Wände aus Glas, Wände aus Beton, Wände aus Holz gemacht. Und Böden, glatt wie Asphalt. Und Böden aus Holz.

Und Bilder an den hölzernen Wänden. Und Bilder an den grauen Wänden. Und Bilder an den weißen Wänden; dann sah ich das andere Weiß. Sehe nur noch dieses Weiß ihrer Kleidung, das sie bezeichnet. Mit dem Hellen, dem Weißen nur umgibt sie sich. Woher sie auch kommen mag, dieser Ort muss rein und strahlend sein. Und abgeschieden. Von den Menschen. Ich vermag mir nicht vorzustellen, wie diese Frau ihre Zeit verbringt, wenn sie alleine ist.

Sie trug keinen Schmuck zu ihrem weißen Kostüm. Irgendetwas fehlt immer.

Das Licht im Hintergrund glimmte noch, als er viel später aus dem Museum trat; und wieder später, ein anderes Mal: Immer war dann schon die Sonne untergegangen; nur ein restliches Glühen irgendwo hinten. Dieser glimmende Rest an Licht musste ihm genügen. Nicht einsehbar: die flachen Dächer hoch oben. Nur er wusste in diesem Moment, dass deren Farbe Rot ist. Er aber sehnte sich nach der Farbe Weiß, ohne zu wissen, ob das seine unmittelbare Farbe war. Trotzdem erkannte er, dass das Wesen der Sehnsucht nach Zuneigung die Ungewissheit ist. Und dass Verlangen nicht das Gegenteil von Sehnsucht bedeutet.

Begehren bedeutet fordern.

Ich bin keine üppige Frau; dennoch: Zu schmal ist mir die Säule, um mich dahinter zu verbergen. Zu hoch sind mir die Räume, zu glatt die Wände aus Glas, zu banal die Wände aus Holz, zu grau die Wände aus Beton; das Weiß mancher Wände bemerke ich nicht mehr. Das Helle war immer meine Domäne. Eine öde Destination ohne Menschen. Doch jetzt hat sich etwas geändert: Ein König hat den Saal betreten, ein stummer, scheuer König. Und ich weiß, er hat mich erkannt. In meiner Einsamkeit. Mit meinen Erinnerungen an ihn, den ich nicht kenne.

In manchen Träumen wird die Erfüllung von Wünschen sorgsam verborgen.

Folge mir, hatte das Kind gesagt. Meine Ansichtigkeit aus der Ferne habe ich aufgegeben. Und meine Perspektive gewechselt. Und mein Ziel neu definiert. Das Makellose dieser Gestalt ist es, was mich anzieht. Ich weiß nicht, was mich an dieser Frau derart bezaubert. Ich versuche, in ihre Nähe zu gelangen. Schon stehe ich hinter ihr. Unmittelbar. Kein Ziel, das mir jetzt wichtiger wäre als sie. Ich berühre sie. Sanft. Behutsam. Kurz nur. In diesem Moment weiß ich nicht, ob diese Berührung nicht auch eine Wiederbegegnung ist; vielleicht auch eine Wiederbelebung. Ruhig bleibe ich hinter ihr stehen. Mit angehaltenem Atem. Vielleicht bin ich in diesem Augenblick wahnsinnig geworden.

Das Entstehen von Nähe ist nicht in jedem Fall die Erfüllung von Wünschen.

Meine Erinnerungen scheinen einem unbegreiflichen Wahnsinn zu entstammen. Ich halte den Atem an. Er hat mich berührt. Einen Augenblick lang. Es wirkt auf mich wie eine Wiederbelebung. Nie vorher bin ich ihm begegnet. In diesem Moment habe ich die Enge meiner Unnahbarkeit verlassen. Ich bin mehr in seiner Nähe als er glaubt in meiner Nähe zu sein. In meinen Gedanken höre ich ihn sagen: Folge mir. Und ich denke mir, vielleicht sind seine Eigenschaften: Willenskraft, Fleiß und Gemütstiefe und die geringste Andeutung von Ablehnung vermag ihn aus der Bahn zu werfen. Ich verhalte mich, als ob ich nirgendwo dazugehören würde, mit dem festen Willen, diesen Zustand für immer aufrecht zu erhalten. Unser beider Wortlosigkeit bedeutet die Erfüllung meiner Sehnsucht nach tiefen Gefühlen.

Helle Träume erinnert man seltener als dunkle.

4
sie & er

Es gibt kein Beginnen, weil es kein Beenden gegeben hat. „In my solitude…"; er hat die Galerie verlassen. Und er hat mich nicht wortlos umarmt. Ich gehe zu ‚meiner' Säule zurück. Selbst von diesem von mir unwillkürlich gewählten Versteck kann ich das Bild Hoppers sehen. Dann schaue ich hinaus, blicke durch die Glasscheiben des Museums: Immer noch glimmt ein Licht irgendwo im Hintergrund.

Noch bevor er gegangen war, hätten sie miteinander reden können; ein Wort nur zueinander sagen. Vielleicht hätten beide ein Instrument erlernen sollen, um zum Sprechen gekommen zu sein. Wenn sie Musik in sich zugelassen hätten, wären sie ganz bei sich selbst gewesen. Und beim andern. Noch war das Schachspiel nicht begonnen worden. Noch hatte es keine Eröffnung gegeben, obwohl, … als er ruhig hinter ihr stand, hatte sie ihm einen Faden aus seinem Sakko gezogen, den sie sofort in den Falten ihres Kleides verbarg. Eine bescheidene Trophäe, derer sie habhaft geworden war. Vielleicht sah sie in dieser Handlung eine Möglichkeit zu beginnen - ihre Variante der ‚Eröffnung'.

Unerwartet ist sie mir sehr nahe gekommen, ohne etwas gesagt zu haben. Ihre Stille ist stark, zu stark vielleicht für mich. Ständig sind mir meine Berührungsängste im Weg.

Die Kraft ihres Schweigens hatte ihn hinausgetrieben; nicht seine kurz nur anhaltende Sinnestäuschung, sie hätte zu ihm gesprochen: ‚Wir sollten sofort gehen!', hatte sie zu ihm gesagt, glaubte er sich zu erinnern. In Wahrheit hatte er zu sich selbst gesprochen, hatte sich selbst zum Fortgehen angetrieben.

In seiner Nähe zu bleiben, darin besteht ab jetzt meine Aufgabe. Seine verzweifelte Seelen-Prüderie werde ich ihm schon noch abgewöhnen. Und es wird eine sinnliche Entwöhnung sein.

Ich trete vor die Kunsthalle. Wie von selbst schließt sich deren Türe hinter mir. Ich blicke nicht zurück, um zu schauen, ob sie mir mit ihren Blicken folgt. Ich beobachte lediglich die dem Museum gegenüberliegenden Hügel: Grasgrün, übersät mit Buschwerk bieten sie sich dar. Genau in meinem Blickfeld: Zwei grün umwachsene Säulen - Pfeiler eines Tores, eines nicht mehr vorhandenen Gebäudes. Dorthin aber gehe ich nicht; noch nicht.

Während alldem hatten beide Hoppers Bild nicht vergessen: Eine Frau mit halbgeöffnetem Morgenmantel vor dem Haus. Kein Museumswächter war im Saal währenddessen zu bemerken gewesen. In einem Nebenraum hatte ein Wächter indessen Position bezogen. Ja, ein Bewacher war da; einer wachte.

Meiner Gefühle in diesem Moment sicher, lasse ich ihn gehen. Immer wird er ja ab jetzt bei mir sein, in meiner Nähe zumindest; begleitet von mir, behütet von mir.

Von irgendwoher hat einer „Selene!" gerufen. Ich aber stehe vor dem Museum und blicke zu den grünen Hügeln jenseits der Stadt; von dort her hatte der gerufen. Ehe ich das Museum verließ, sah ich, wie sie Hoppers Bild betrachtete. Für einen Augenblick dachte ich, sie stünde dicht neben mir; ich *muss* dieses Bild nochmals sehen!

5
rückkehr

Mit einem zaghaften Schritt war sie hinter der Säule hervorgekommen. Und ging direkt auf Hoppers Bild zu. Es war immer schon ihre Träumerei gewesen, auf diese Art zu leben, in einem Ambiente der Kühle, des Einfachen, der hellen Farben. Kein Winkel, in dem man sich verbergen hätte können. Der Ort - das Museum - war vollkommen für ihren Seelenzustand. In einem kahlen Raum gewinnt die Anwesenheit eines Menschen an Bedeutung.

Während ich durch den Saal gehe, denke ich mir Formen meines Glücks aus: Jenes Bild mit der in Weiß gekleideten Frau vor dem Haus, die mir ähnlich zu sein scheint, die klare Einfachheit und Kühle der Räume hier. Ist das bereits eine Variante meiner Fortune, zumindest ein Moment von Beglücktheit, oder bin ich mir nur selbst eine Komödiantin des Glücks?

Zu diesem Zeitpunkt schien das Museum menschenleer zu sein; irgendwo hatte sich ein Wächter verborgen.

Wieder bin ich herinnen in diesen Räumen mit den glatten Wänden und den Bildern daran. Was hätte ich denn draußen ausgerichtet, wissend, dass sie sich immer noch hier aufhält? Wie sie so vor mir steht, denke ich mir: Vielleicht hat sie ein ruhiges Wesen und verfügt über Ordnungsliebe und Fleiß; nur deshalb erscheint sie mir begehrenswert. Doch je mehr ich mich ihr nähere, desto intensiver wird der Geruch nach frisch gemähtem Gras; ein Eau de Cologne, das ich noch bei keiner Frau vordem bemerkt habe. Diesmal werde ich sie nicht berühren. Diesmal werde ich nur – sofern ich das Glück habe, ihr Augenspiel zu erheischen – ihren Blick erwidern.

Das Museum war für beide ein Ort der Vertiefung. Sie wussten nicht, wie viele Räume es beherbergte.

Er wird stumm bleiben. Und ich werde es nicht wagen, ihn anzusprechen, selbst wenn ich mit ihm überallhin ginge. Wohin aber könnte ich mit diesem Mann gehen? Es gäbe ja nichts, das wir als unser Gemeinsames nennen könnten. Auch wüsste ich nichts, was ich ihm vormachen könnte; nichts, was er imstande wäre, mir nachzumachen. Gestammel nur, das ich bei ihm auslösen würde. Verloren jedes Wort in diesen Räumen.

Von der Gegenwart des in den Tiefen des Museums verborgenen Wächters wussten beide nichts.

6
illusion

Nichts geht verloren, wenn es nicht schon verloren war.

Vielleicht ist sie mir in diesen Momenten nur ein Symbol für meine unbestimmte Sehnsucht.

Die Möglichkeit einer Verbindung bedarf keiner Begründung. Ihre Dauer bleibt unbestimmt. Annäherung bedeutet Berührung. Nicht Worte.

In dieser Sekunde weiß ich ihn hinter mir. Eine Gleichstimmung hat sich ergeben; ich bin wie kopfgelähmt. Ich begreife es nicht. Doch ich habe Haltung bewahrt, und ich werde meine Haltung nicht aufgeben ..., wegen eines Blickes. Aufrecht stehe ich da: Eine Frau mit halbgeöffnetem Morgenmantel vor dem Haus. Niemals werde ich meine Suche nach Melancholie zu erkennen geben.

Beide einte eine gemeinsame Idee: Im Museum zu bleiben, um die Möglichkeit einer glückhaften Nähe auszukosten, gleichzeitig aber hinauszueilen, zu den Hügeln, oder sonst irgendwohin, wo sie ihrer beiden Leben am deutlichsten spüren würden. Dieser Anspruch auf Gleichzeitigkeit der Gefühle kennzeichnete die Ambivalenz, der sie sich beide ausgeliefert hatten.

Folge mir, hatte das Kind gesagt. Sie war das Kind gewesen, nicht ich. So folgte ich ihr - durch die Stadt, zum Museum, zu diesem Bild, bei dem ich angekommen bin: Vor einem weißen Haus eine blonde, schlanke Frau mit halbgeöffnetem Morgenmantel, die in die gleißende Sonne schaut. Wäre ich sie, ich würde mir nirgendwohin folgen. Ich würde mich selbst verstört zurücklassen, weit entfernt von ihr auf den grünen Hügeln außerhalb der Stadt. Könnte ich ihr doch nahe sein; so aber bin ich nur in ihrer Nähe.

Es war der Ausdruck einer besonderen Sehnsucht in ihren Augen, die er mit niemanden zu teilen brauchte.

Du kannst nichts erwarten, werde ich leise zu ihm zu sagen.

Sie sieht mir direkt in die Augen; alles fällt auseinander.

In diesem Augenblick hätten sie sich, ohne ein Wort zueinander gesagt zu haben, trennen können. In verschiedene Richtungen wären sie davongegangen und alsbald hätten sie vergessen, dass sie einmal auf eine ganz bestimmte Weise miteinander verbunden waren. Ihr bereits bestehender, diskreter Einklang aber brachte sie für diesen Moment einander noch näher.

Ich bleibe bei mir. Gleichzeitig gehe ich auf ihn zu, ergreife seine Hand und nehme ihn mit mir. Wir haben ja diesen ersten Blick ausgetauscht; das war es nur, was geschehen ist. Er aber befindet sich vermutlich eben jetzt … vor einem weißen Haus. So muss ich ihn zurücklassen, in dieser Galerie, ohne zu ahnen, wo sich seine Seele in diesem Augenblick wirklich aufhält; den Faden, aus seinem Anzug, den ich ihm entwendete, halte ich immer noch verborgen; der bleibt mir.

… lasse ich es zu, dass ihr Blick auf mir ruht; also lasse ich ihre Nähe zu, lasse zu, dass sie mich erkennt, und dass ich bereit bin mit ihr …

Ein erstes Treffen kann Gleichstimmung bedeuten. Ein zweites bereits die Entfernung voneinander. Wo sich die Melancholie währenddessen aufhält bleibt ungewiss; die Sehnsucht jedenfalls ist ständig anwesend.

7
hier & anderswo

Ich vermochte ihn nicht zu halten. Wir könnten dennoch das Gemeinsame finden: einen Ort, der nächstens ein regelmäßiger Gastgeber meiner Sehnsucht werden wird: außerhalb der Stadt, neben Schutt, Ruinen und ausgedörrten Grasfluren. Bis jetzt hatte ich nur meine eigene Geschichte. Also folge ich diesem Mann; bis außerhalb der Stadt, neben Schutt, Ruinen und ausgedörrten Grasfluren. Und ich dann: wortlos, atemlos.

In ihren Gedankenfluchten kamen sie jedes Mal in ein Land, das ihnen beiden gehörte, und das sie beide gleichzeitig betreten durften. Das Entfernen voneinander fiel ihnen dennoch wieder und wieder leicht und geschah wie selbstverständlich.

Hilflos stehe ich da, habe mich selbst vor dem Museumsgebäude wie eine Schachfigur platziert, und halte die Hände vor meine Augen, gleich einem Kind, das glaubt, durch diese Gebärde von niemand gesehen zu werden. Erinnerungen kommen und mit ihnen die Wunschbilder: außerhalb der Stadt zu sein, neben Schutt, Ruinen und ausgedörrten Grasfluren. Ich bin angekommen, irgendwo, aber: alleine, alleine! Nur: Mit verdeckten Augen werde ich diese Frau aus dem Museum nicht schon von weitem erkennen können.

Er kannte ihren Namen nicht; vielleicht würde er sie ‚Wesen' nennen; nur für sich. Insgeheim machte er ihr ungesagte, nicht enden wollende Vorschläge, wo sie überall gemeinsam hingehen könnten. In diesem Moment rief wieder jemand „Selene!" von draußen.

Als kleines Mädchen verrichtete ich manchmal ein von mir erdachtes Ritual: Ich hielt die Hände vor meine Augen und schon befand ich mich im Feenreich, im Schlaraffenland, in Oz, in Brigadoon, im Wolkenkuckucksheim. In welchem Reich sich wohl die Frau in Hoppers Bild befindet? Vielleicht bin ich diese Frau in einer meiner Traumwelten und Hopper hat mich einen Augenblick lang festgehalten.

Gelegentlich sind Bilder Abbildungen nächtlich geträumter Erinnerungen. Und manchmal sind in Träumen Eindrücke aus der Kindheit wieder zu finden, aber auch die sind nur Wünsche der Nacht. Ihrer beiden unerfüllten Wünsche jedoch waren Sehnsüchte eines kurzen Zeitabschnittes; Tagesreste nur.

Ich glaube nicht, dass ich mir Sisyphos als einen glücklichen Menschen vorstellen kann. Ich sehe, nehme ich die Hände von den Augen, wie ich auf einem Berg stehe, der frei ist von Geröll. Dann blicke ich zu den grünen Hügeln jenseits der Stadt; kein Dornenbusch weit und breit, der mir diesen Anblick verstellt; auch dies ein Knabentraum, vielleicht. Wahrhaftig lebt nur der Einzelne; meist zusammenhanglos. Mein kalter Norden liegt hinter mir - ich gehe nach vorne; gleichzeitig aber zurück an den Ort der Bilder.

Fortgehen und dennoch bei sich bleiben ist ein Ankommen in einem Zustand innerer Zufriedenheit: Sehnsucht bedeutet Ahnung zulassen.

Der Ort meiner weiblichen Sehnsucht nach Vertrautheit ist ein flüchtiger. Mein idealer Lebensort aber wäre eine Stelle, an der ich - von allen Seiten gleichzeitig - einen

Berg erschauen darf, einen Berg, der frei ist von jeglichem Geröll. Und wäre dann jener Mann in der Kunsthalle mein Berg, ich wäre im Freien angekommen, ohne zu wissen, ob ich nicht mittendrin im Garten des Bösen stehe. Letztlich sehne ich mich nach etwas, was mir schwer fällt zu begreifen. Meine Wirklichkeit jedoch kennt keine Illusionen. Obgleich ich vermute, dass ich versuche, mit meiner Sehnsucht nach ihm lediglich einen früheren Zustand wiederherzustellen, den es nie gab. Trotzdem gehe ich zurück, zurück zum Museum. In der Hoffnung, ihn dort anzutreffen, ihn dort zu sehen, nur zu sehen.

Als hätten sie ihren Herzschlag aufeinander abgestimmt, kehrten beide im selben Augenblick ins Museum zurück.

8

zweite rückkehr

Da sie es beide von nun an vermieden zu versuchen, ihre Gefühle vorherzusagen, umgingen sie Übertretungen, Übertretungen, die ihren Ursprung in ihrer Unsicherheit hatten.

Unschlüssig stehe ich inmitten des Raumes; ringsum nur Bildkünste, Fälschungen der Wirklichkeit. Schweigend nähere ich mich dem Bild Edward Hoppers; eine Säule verstellt mir den Weg dorthin. Neben der Säule: SIE. Dass ich sie nun wieder vor mir sehe, ist bereits eine Variante meiner Beglücktheit: Sag mir, was du siehst, möchte ich ihr sagen, doch sie würde mich daraufhin nicht wortlos umarmen. Ich schaue sie an und weiß nicht zu sagen, ob ich sie als apart oder anmutig bezeichnen soll. In ihrer Haltung, wie sie neben der Säule steht, macht sie sich auf eine seltsame Art unangreifbar. Welche Atmosphäre umgibt diese Frau; welche Ausstrahlung kommt mir von ihr entgegen? Es gibt nicht viele Optionen für mich. Jedenfalls: ein Risiko eingehen, weitergehen …; man geht auf etwas zu und verliert sich darin.

Ab jetzt befanden sie sich in einem Stadium, in dem sie bereits über gemeinsame Wahrheiten verfügten: In ihrer vorläufigen Wortlosigkeit sprachen sie die gleiche Sprache.

Es wird Zeit, mich von ‚meiner' Säule zu lösen. Ich schließe die Augen und kann seinen Geruch aufnehmen: Er riecht nach …, ich vermag es nicht zu beschreiben …, er ist mit nichts vergleichbar; er ist unbeschreibbar für mich. Und nichts ist an ihm, was ich mir einprägen könnte. Wie beiläufig kommt er mir entgegen und ich erliege diesmal der

Verlockung zu schweigen. Deshalb vermutlich, bin ich für mich geblieben, um nicht sprechen zu müssen. ‚Sag mir, was du siehst' findet nur in meinem Kopf statt. Schweigend steht er vor mir. Komm …, komm näher. Du Stiller: *„In my solitude you haunt me"* …, ich erinnere mich nicht mehr; vielleicht wird es erst geschehen.

Ruhig standen ‚Dame' und ‚König' einander gegenüber. Die Grenze zwischen innen und außen war verschwunden. Schach spielt man nur zu zweit. Der entscheidende Schritt aber wurde von beiden nicht getan. An der Wand neben ihnen: das Bild Hoppers. Nicht dieses Bild war interessant, sondern die Gesichter der Menschen, die es betrachteten.

Meine Identität ist nun nicht mehr als Entwicklung zu bezeichnen, sie ist zu einem Zwischenreich geworden; denn diese Frau ist jetzt das mir Geläufige. Ich bin das Fremde. Und sie: der vertraute bleiche Mond auf einer Kinderzeichnung; die Farbe ihrer Augen vermag ich nicht zu benennen.

Noch hatten sie nicht den Mut und auch nicht die Kraft, die Entscheidung darüber zu treffen, eine gemeinsame Seelen-Jurte zu bewohnen: Auch wollten beide nicht länger Nomaden sein.

Gefasst schaue ich ihm in die Augen …, schon spüre ich ihn: Wie flüssige Seide fließt er allmählich über mich.

Bis jetzt war ich wie in einem Kokon und trotzdem frei. Nun bin ich bereit, diese so genannte Freiheit gegen eine Symbiose mit ihr einzutauschen. Voller Ungeduld erwarte ich meine Amnesie. *Dieses Kreuz nehme ich auf mich.*

Zu zweit waren sie augenblicklich in einem Kokon versiegelt; ab jetzt gehörten sie zu jenen, die einander genug waren. In dieser Enge begannen sie einen endlosen, verhaltenen Tanz.

9

träume; annähernd

Lediglich durch ihre Blicke miteinander verbunden, standen sie erwartungsvoll einander gegenüber. Höre mir zu, sagte sie …

„Komm, höre …, höre mir zu", sage ich dir: „Ich erzähle dir von einem Traum, den ich erfuhr: Ich befinde mich in einem Haus, in meinem Haus. Es ist um die Mittagsstunde. Ich mache mich bereit, vors Haus zu gehen; bleibe im Türrahmen stehen. Das Licht der Sonne …, ich schaue hinauf, der Sonne entgegen. Ich lasse es zu, dass mein Morgenrock sich vorne leicht öffnet. So stehe ich da: mit leicht geöffnetem Morgenmantel, im gleißenden Licht. Vor einem weißen Haus. Stille ringsum. Stille auch hinter mir im Haus. Ich habe eine mir gemäße Ruhe gefunden. In meinem Traum. In unserem Traum…, hörst du?"

… erklang aus Lautsprechern die Stimme Billie Holidays.

„Höre mich an; auch ich habe von einer Illusion zu berichten: Ich stehe vor einem Haus. Einem weißen Haus. Seine Fenster sind verhangen. Niemand, der dahinter zu erkennen wäre. Die Eingangstüre - halb geöffnet - gibt den Blick frei auf eine Frau. Ruhig steht sie da, als wäre sie auf alles gefasst. Ihren Kopf hält sie schräg gegen die Sonne, so als ob sie ihr etwas sagen möchte. Leicht geöffnet, wirkt ihr Morgenmantel wie eine Einladung näher zu kommen. Doch ich stehe zu weit entfernt von diesem Haus, bin zu weit entfernt von dieser Frau, um ihre vage Einladung deuten zu können. Dennoch schien alles untrüglich zu sein in meiner Vorstellung, so wie jetzt und hier mit uns alles untrüglich zu sein scheint."

Trotz allem glaubte er nun in Sicherheit zu sein; in der seinen und in der ihren. Doch ohne es zu ahnen, hatten die beiden einen Vertrag miteinander geschlossen, einen Vertrag, der das Verlangen nach Nähe voraussetzte: Der Gorilla war eingefangen worden; er war vor Sehnsucht wahnsinnig geworden.

Welche Erscheinungsform stellen wir füreinander dar? Wir leben ja nur augenscheinlich. Und wir sind dieser Illusion dankbar, doch was nützt uns unsere Selbstbeherrschung? Immer wirst du in mir nur jene Frau mit dem leicht geöffneten Morgenmantel sehen. Für mich aber bleibst du immer der Mann von draußen, der Mann von den Hügeln.

Irgendwann bleibt man stehen, beginnt zu sehen und erkennt das Außergewöhnliche des Daseins: Er glaubte angekommen zu sein. *In Wahrheit war er zu Boden gestürzt.*

„Jetzt erst erkenne ich, dass ich der Mond bin und nicht du, und dass ich es bin, der versucht, dein Licht zu reflektieren. Früher, als ich in Gedanken noch auf den Hügeln war, hätte ich dich gefragt, weshalb ich dir trauen soll. Jetzt, da ich dir gegenüberstehe, ignoriere ich meine Träume und suche nur noch deine Sonnennähe: Liebe mich nur!"

„Es ist uns verwehrt, dieses Wort der absoluten Zuneigung zu sagen; du weißt es, mein Kostbarer."

Sie kamen an das wirkliche Leben nicht heran.

10
auf und auf und davon

Auf und davon waren sie gegangen, von einer Sekunde auf die andere, ohne ein weiteres Wort gesagt zu haben. Es hatte zu regnen begonnen. Beide gingen sie direkt hinauf zu den Hügeln. In eine gemeinsame Richtung trieben sie davon, in einer Art und Weise, als wäre dies ein Part ihres gemeinsamen Tanzes. Beinahe hätten sie dabei ihre Verantwortung, auf Eigentümliches zu achten, vergessen.

Der irgendwo im Museum verborgene Wächter war in Wahrheit ein Besucher. Auch er hatte das Gebäude verlassen.

Vor mir: jener unlängst von mir betrachtete Hügel. Grasgrün, übersät mit Buschwerk. Kein Baum, kein Strauch, keine Hecke, vor allem. Und nicht eine Blume, nicht eine. Eine niedrige Mauer, sonnenseitig. Weiter oben ein zerfallenes Gebäude; ehemalig ein Oratorium, vielleicht.

Ist es mir in meinem Leben erlaubt, mit diesem Mann - nie sah ich ihn vordem - einen einsamen Hügel hinaufzugehen?

Jetzt vor uns zwei grün umwachsene Säulen - Pfeiler eines Tores, eines nicht mehr vorhandenen Gebäudes. Dorthin gehen wir. Jetzt. Sie und ich. Ja, mit ihr gehe ich, mit ihr! Jetzt.

Und ich nicht mehr wortlos, nur noch atemlos.

Ereignisse, die der Erfüllung von Sehnsüchten auch nur ähneln, sind nicht vorstellbar.

Sie liefen einen Weg entlang, der für sie so mühelos schien, dann strebten sie einem Gipfel zu, der für beide eine Art momentane Erfüllung sein sollte. Was sie dort erwartete, wussten sie nicht; doch es gab bereits ein Vorzeichen für ein übles Ankommen: ihre Unsicherheit. Bestimmt von ihrer rasenden, unstillbaren Sehnsucht glaubten sie schuldbeladen zu sein: Eine Wunscherfüllung vermag ja nur ein Traum zu sein, dachten beide. Vielleicht aber war es nur ein erlebter Traum im Traum.

Zu ungestüm bin ich, zu schnell eile ich mit ihr den Hang hinauf. Der Gipfel liegt noch vor mir, dicht neben mir aber: sie - das Ziel.

In manchen Fällen kann es zu Traumverschiebungen kommen, Einschlüsse unterschiedlicher Scheinrealitäten überlagern, überlappen sich und werden so zu einer nur phantasierten Realität.

„Welches Gefühl vermittle ich dir? Vielleicht ein Gefühl des Triumphes?" Er vermag mir nicht zu antworten. Möglicherweise ist sein Lebensgefühl zum Stillstand gekommen. Und ich: atemlos, immer noch.

Früher manchmal, wenn ich eine Frau berührte, spürte ich nichts.

Langsam begannen beide sich zu öffnen. Ein gegenseitiges Erkennen schien zu entstehen; bestimmte Fragen stellt man keinem Fremden. Was einen vom anderen trennt, ist man selbst. Die Geste der Berührung vermag einen ersten aufrichtigen Kontakt herzustellen: Seit einiger Zeit schon gingen sie Hand in Hand.

Genau in meinem Blickfeld: Zwei wild umwachsene Säulen - Pfeiler eines Tores eines nicht mehr vorhandenen Gebäudes. Dorthin aber gehe ich nicht mit ihm; noch nicht.

Sie werden nicht gemeinsam durch die Trümmer des Tores gehen; jenes Tores, das etwas anderes bedeutet als es zeigt.

11
ankommen; zweisam

„Sag mein Weggefährte: Sind wir nun angekommen?"

„Ja, wir sind oben, wir sind angelangt."

Sisyphos war mit seinem Felsblock an der Spitze des Berges angekommen. Er hatte scheinbar seinen Endzweck erreicht; alsbald wird er in die Ebene hinuntergehen; wieder und wieder. Einander Zugewandte kehren oft an den Ort früherer gemeinsamer Ereignisse zurück.

„Du hast nicht gelacht bis jetzt, du Weggenosse du!"

Ich werde ihr nicht antworten, denn vielleicht war das Zusammentreffen mit ihr in Wahrheit ein nur lächerliches Wiedersehen.

In gewisser Weise lebten sie in Momenten der Unwissenheit. Es wäre zu einfach gewesen für beide, einander arglos zu lieben. Dieses Wort – Liebe – aber vermieden sie: Es war zu einem selbstverständlichen Tabu geworden.

Wer von beiden würde späterhin die Kraft aufbringen, den Teufel wieder auszutreiben. Der Gorilla war nicht wirklich eingefangen worden; er hatte nur seine Seele verkauft.

Ihr weißes Kostüm hatte bis dahin keinen einzigen Schmutzfleck abbekommen; äußerlich war sie makellos. Ruhig stand sie neben ihm; noch war es kein dunkles Verlangen.

„Bist du morgens, nach dem Aufwachen, ein Glücklicher?“

„Früher, als ich noch ein Sänger war, benützte ich das Singen als Vorwand für meine Melancholie; das war dann mein Glück. Irgendwann bin ich heiser geworden.“

„Ein noch so leises oder gar fernes Singen von dir hätte ich zusammengerafft, um es mir deutlich zu machen und an mich heran zu lassen.“

Er vermochte nicht zu sagen, ob sie ein Seeleninstrument benötigte. Vermutlich gab es keines für sie. Jedenfalls blieb er gleichmütig: Er drängte sie nicht, endlich mit ihm zu den grün überwucherten Torpfeilern zu gehen.

12
plötzliche kälte

„Ich spüre dich nicht mehr."

„Ich bin hier, meine unbeirrte Begleiterin."

Vielleicht eilte er nur über die Hügel - mit ihr zwar -, aber das ist nebensächlich, um sein ganz persönliches Herbarium anzulegen, das aus seinen Träumen bestand, um dessen Pflanzen und Blumen daraus, in diesem seltsamen Album zu fixieren. Ja, sie war eine Art Blume für ihn; trotzdem schien er sich in den Ruinen verbergen zu wollen. Er vermochte die Kälte nicht abzuschütteln.

13
wegelagerer

Ein Buschklepper hatte sich herangemacht, ein Dieb der Liebe und der Sehnsucht nach ihr. Unverhofft stand er vor ihnen: Es war jener Museumsbesucher, der sich - als scheinbarer Wächter - irgendwo im Museum verborgen gehalten hatte.

„Sag nichts!“

„Nein, Lieber, ich werde nichts sagen.“

In diesem Moment fuhr irgendwo unten im Tal ein Auto gegen eine große Glastüre. Das Klirren war bis zur Kuppe des Hügels zu vernehmen.

Beide wurden sie von einer Erstarrung erfasst, die sie sofort bezwang; gleichzeitig hatte er ihre Hand losgelassen.

Empfindungen werden selektiert; nicht alle werden zugelassen. In manchen Situationen sind die Folgen nicht absehbar: Das Gefühl, verlassen worden zu sein, bewirkt eine Variante der Lähmung, die in keinem Lehrbuch definiert ist.

Irgendwann später wird sie bei der Auswahl des Mannes, von dem sie sich führen lassen wird, umsichtiger vorgehen.

Mit der Ankunft des Besuchers hatte sich die Landschaft verändert, sie war nunmehr dessen Terrain.

Alles am Berg sah aus, wie auch der Mann aussah, der vor ihnen stand: verwüstet. Der Hügel bot ein Bild des Abgestorbenen: Sandige Dünen, verdorrte Bäume, stachelige, braune

Halme, Distelzeug überall, Strünke dazwischen, verdorrte Sträucher, Verwüstung, Einöde.

… dann hatte er ihre Hand losgelassen.

„Lass uns gehen!"

„Lass mich bleiben, Liebe."

Ich erinnere mich an einen Traum…, ich begreife es nicht.

Sie schaut mir nicht mehr in die Augen; alles fällt auseinander.

„Für mich bleibst du immer der Mann von draußen, der Mann von den Hügeln."

Ich werde ihr nicht antworten; vielleicht war das Zusammentreffen mit ihr in Wahrheit nur ein lächerliches Wiedersehen, *so als wäre ich meiner Mutter begegnet.*

„Ich sehe dich nicht mehr."

„Sprich nicht, jetzt!"

Sie waren in diesem Moment gleichzeitig oben und unten angekommen, ohne je auch nur einen Stein in Händen gehalten zu haben.

… dass er lediglich auf einer Seite seines Körpers sein Ich-Gefühl verloren hatte.

14
nichts erwarten

Der bedrohliche Besucher hatte während alldem kein einziges Wort von sich gegeben. Später war er verschwunden.

Die Frau aber …

Und er … fand sich liegend auf sandigem Boden. Später stand er mühsam auf und klopfte sich den Sand aus der Kleidung. Niemand mehr war da; er war allein. Auf der Anhöhe.

In Gedanken versunken ging er den Hügel hinab. Einmal noch drehte er sich um: Der ganze Hügel brannte wie eine einzige Kerze. Folge mir! hatte das Kind in ihm gesagt. Es war sein eigener Sing-Sang gewesen, den er sich vorgesungen hatte. Damals.

Von weiter unten irgendwo drang Musik zu ihm herauf: Es hörte sich an wie ein Trauermarsch ihm zu Ehren.

Weiter ging er, ging in die Ebene hinunter, ging zurück …, bis zum Museum. Im ersten Moment fand er die Eingangstüre nicht: Der Platz davor war über und über mit Glasscherben bedeckt. Vorsichtig stieg er über die Splitter hinweg und betrat die Kunsthalle.

Und begab sich direkt zu Hoppers Bild von 1949: ‚High Noon'.

Lange Zeit betrachtete er es; sorgfältig nahm er für sich eine Art Abgleichung vor: Ja, das war sie, die Frau.

Jetzt kenne ich den Tod. Der Tod ist eine Frau.

Du kannst nichts erwarten, hatte sie damals leise zu ihm gesagt.

Draußen bewegte sich langsam ein Leichenzug vorbei. Vom Gipfel des Hügels aus hätte man sehen können, wie Paare sich finden …, sich verlieren.

An eine Paarbeziehung würde er sich nie gewöhnen können; paarweise das Leben zu bestehen, schien ihm undurchführbar.

Es ist töricht, als nahezu Lebloser, die Liebe einer Frau erproben zu wollen. Später weigert man sich verzweifelt ins Schattenreich der Einsamkeit zurückzukehren.

„In my solitude …“

15

wieder atemlos

An diesem Nachmittag - ja, es war Nachmittag, plötzlich wusste er es wieder - ging er zum ersten Mal ‚hinüber' …, ins ‚Galeriecafe'. Einige hatten dasselbe getan: In den Ecken saßen sie, auf schmalen Hockern, an zu kleinen Tischen; Langeweile in ihren Gesichtern. Wie zufällig setzte er sich zwischen sie an ‚seinen' Tisch.

Er war nun auf dem Platz der unerwiderten Innigkeit angekommen. Und während er so dasaß, begann er sich mehr und mehr in sich selbst zurückzuziehen; schließlich hatte er sich unkenntlich gemacht. Wie zufällig.

Augenblicke waren das Einzige, worüber er noch verfügte. Er musste nur vermeiden, sie aneinanderreihen zu wollen.

Ihr weißes Kostüm zeigte Spuren von vertrocknetem Gras; so stand sie vor ihm.

„Hier hast du dich verkrochen!"

„Ich *musste* dieses Bild nochmals sehen. Ich bin erschöpft, verzeih."

„Und ich - immer noch atemlos."

„Trotzdem vermittelst du mir Ruhe."

„Nein, nein, kaum, dass ich sprechen kann."

„Ich höre dir zu."

„Ich weiß nicht, wie ich mit dir reden soll."

„Sprich nur, es wird das Richtige sein."

„Ich werde dir immer alles sagen."

„Und ich werde dir immer zuhören."

„Ich bin in meiner Empfindung immer in deiner Nähe gewesen."

„Und doch bist du immer noch weit von mir entfernt; hier auf Sichtweite umso mehr."

König und Königin befanden sich nunmehr auf einander gegenüberliegenden Feldern.

Sie hatten beide das Gefühl, dass alles wieder anfängt, dass ab jetzt alles möglich ist.

„... *You haunt me.*"

16

leidenschaft; verhalten

Sie hatten einander noch nicht wieder berührt. Es war eine momentane, verschwiegene Freude, die sie zusammenhielt: Sie hatten sich gegenseitig einen stummen Eid geschworen; demnach waren sie ab jetzt Verschworene.

„Welche Geheimnisse verbirgst du vor mir?"

„Keine, mein Lieber. Und welches ist dein Geheimnis?"

„Du! Du bist mein Geheimnis, das ich vor mir selbst zu verbergen suche. Du bist für mich das Helle!; mit deinem weißen Kostüm hat das nichts zu tun."

„Du sollst aber wissen, dass ich die wilde Leidenschaft nicht besonders schätze."

„Dann mache deine Absichten wahr und schenke mir den fortwährenden Schlaf."

„Nein, mein Lieber, ich werde einen Löwen aus dir machen und dann hole ich mir deine wilde Sanftheit."

„Ich hatte mich eigentlich auf einen Zustand des früheren Lebens vorbereitet."

Was er letztlich wollte, war, an jedem Ort etwas zurückzulassen, um später nicht mehr zu wissen, was es gewesen sei; vielleicht ein Stück seiner eigenen Sehnsucht. Sich selbst aber wollte er überallhin mitnehmen, nur um jenes Teil Sehnsucht zurückzulassen.

„Ich empfinde es hier wohltuend mit dir."

Sie war dort angekommen, wo sich das Erstaunen über das Außergewöhnliche mit dem Augenblick innerer Zufriedenheit vereint.

„Hier können wir nicht bleiben."

„Bleib ruhig, Lieber."

„Ich *muss* zum Wald; ohne dich kann ich ihn nicht erreichen."

„Mein weißes Kostüm wird wieder Schaden nehmen."

„Ich weiß jedenfalls, dass ab jetzt alles möglich ist."

Gleichzeitig erhoben sich die beiden von ihren Hockern, verließen zur gleichen Zeit das Galerie-Café und wieder zur gleichen Zeit gingen sie aus dem Museum hinaus, ohne jene Frau in Hoppers Bild betrachtet zu haben.

Alle Glasscherben vor dem Museumseingang waren mittlerweile entfernt worden. Die Menschen ringsum hatten alle Achtsamkeit eingestellt:

Eine weiß gekleidete Frau ritt auf einem Löwen durch die Menge, dem Wald entgegen.

Ihr Versuch mir meine Last zu verringern; ihre Hand auf meiner Schulter. Das ist meine derzeitige Wahrheit.

Und ich? Ich habe eine mir gemäße Ruhe gefunden.

Noch hatten sie nicht alle ihre Möglichkeiten ausgeschöpft: Sie gingen in den Wald, ‚gleich nebenan', kamen alsbald heraus, gingen wieder hinein, berührten einander währenddessen jedoch kaum.

Das weiße Kostüm litt nicht. Es blieb makellos; sauber und weiß. Der *sehnsüchtige Löwe* glaubte sich am Ziel.

17
aufleuchten, blendendes

Er hatte sie nicht verführt; bei keiner der gemeinsamen Fluchten in den Wald; er hatte sie ja kaum berührt. Und sie nicht ihn ..., hastig hatte sie alsbald ihre Hand von seiner Schulter genommen. Dieses Hinein und Hinaus - hinein in den Wald, heraus aus dem Wald - hatte demnach nur ihre gemeinsame, auf den Wald fokussierte Zwangsvorstellung betroffen. Ihre Körper blieben unberührt: Er hatte nicht versucht ..., sie hatte nicht versucht ...; dabei war es geblieben.

Bei beiden war nunmehr eine seltsame Veränderung eingetreten:

Ich bin mir sicher, die Augen dieser Frau leuchten auf, wenn ich sie betrachte.

Ich bin mir sicher, hätte er nur seine menschliche Gestalt gehabt, es wäre ein herrliches Leben gewesen.

Könnte ich ihr doch nahe sein; so aber bin ich nur in ihrer Nähe.

Möglicherweise ist sein Lebensgefühl zum Stillstand gekommen.

Meine Lebenslähmung nimmt mit ihrer Nähe zu mir immer mehr zu.

Es ist nun kein Spiel mehr für mich.

Ach, wäre sie doch eine Göttin, ich könnte sie anbeten; völlig unverbindlich.

Er begreift noch nicht, was ich für ihn bin.

Niemand hatte im Wald „Selene" gerufen.

Später sind sie ein letztes Mal aus dem Wald hinausgegangen. Vor ihnen lag eine schlichte Landschaft: blassgelbe Kornfelder fort und fort.

Es war nicht vernünftig zu bleiben.

Dann hatten sie das Haus gesehen. In der Hitze der Sonne. Bewegungslos in der Tür: eine Frau. In blauem Morgenmantel. Endlich hatten sie das Bildhafte ihres Traumes sichtbar gemacht. Über alldem: eine grelle Sonne, die ihre Träume allmählich verflüssigte.

„Ist es *das* Haus?"

„Nein, es ist nicht *unser* Haus, und es ist auch nicht die Frau, für die ich glühe, in einer Art und Weise wie auch du glühst, manchmal."

In diesen Momenten hatten sie das Schauen über das Berühren gestellt; das behutsame, abwartende Zögern über ihre Sehnsuchtserfüllung.

„… *With dreadful ease*".

18
auf dem felde

Was beiden zu diesem Zeitpunkt fehlte, war jedwede Musik ringsum, die sie jedoch nicht vermissten. Irgendwann hatten sie dann doch das Haus betreten; von der Frau im Morgenrock war nichts zu sehen. Gleich im ersten Raum hing das Bild. *Ihr* Bild. Ja, es ist Mittag. Auf dem Bild.

... versuche in ihre Nähe zu gelangen. Ich will diesen Zustand so lange wie möglich aufrechterhalten. Kunstgegenstände, Bilder scheinen dafür am besten für mich geeignet zu sein ...

„... sag mir was du siehst."

„Ich erinnere mich an einen Traum ...; vielleicht existiere ich in Wahrheit nicht, und bin - so wie die Frau auf diesem Bild - nur ein Wesen, das sich irgendeiner erträumt hat."

Ihr Gesicht und das der Frau auf dem Bild Hoppers waren eines. Den Blick von der Frau auf dem Bild abgewendet und auf die Frau neben ihm gerichtet, hatte er lediglich eine Phantasie gegen eine andere eingetauscht. Sie sahen einander an und vermochten nicht mehr zu sagen, wer von beiden wer war.

Anzunehmen, sie wäre ein Engel, ist für mich sinnlos geworden.

Anzunehmen, er wäre der liebestolle Pan, ist absurd; aber ich weiß, er hat mich erkannt.

Sie befanden sich *nicht* im Museum. Sie befanden sich auch

nicht im Haus jener Frau auf Hoppers Bild. Sie waren in ein morphogenetisches Feld geraten. Auf der Landkarte der Gefühle waren beide nicht mehr auffindbar; immer schon waren sie Verschollene gewesen.

„Bist du wach …, am Leben?“

„Ich weiß es nicht, meine Liebe.“

„Ich bin da, jedenfalls!“

„Ich weiß nicht, wo ich bin.“

„Gehen wir!”

„Wohin?”

„Gehen wir, komm!”

„Ich weiß nicht …“

„Sag, wartest du auf das Großartige?“

„Was ist das Großartige?“

„Hier, nimm.“

Mit einer sanftmütigen Geste hatte sie ihm ein Tuch gereicht, damit er sich den Schweiß vom Gesicht wischen konnte.

Weiße Dünen lagen heiß vor ihnen, als sie das Haus verlassen hatten, keine blassgelben Kornfelder…, fort und fort. Es war nicht vernünftig zu bleiben; leichtfüßig waren sie über sandigen Boden gegangen. In der Ferne brannte ein Hügel wie eine einzige Kerze. Er würde sie nichts mehr fragen wollen. Sie hatte ihm etwas geschenkt ohne ihm zu sagen was es war.

„Ich danke dir.“

„Es kam vom Gemüt, das ist mein Wesen, Lieber.“

Tief in ihrem Inneren lag etwas verborgen, das er freilegen wollte, das er unbedingt kennen lernen *musste* – wie vordem Hoppers Bild; es war etwas, von dem sie selbst keine Kenntnis hatte. Vielleicht auch war es eine lange zurückliegende Enttäuschung, die ihr widerfahren war, und die jenes melancholische Lächeln bei ihr bewirkte.

„Außer dir bin ich ja bereits von allen verlassen worden. Du aber bist da, du Treuer, du bist neben mir.“

„Ich bin neben dir, nur noch neben dir.“

In diesem Moment dachte sie dennoch nicht an ihn.

Und er wieder: „Könnte ich ihr doch nahe sein; so aber bin ich nur in ihrer Nähe.“

Er hatte sich nie grandiose Gedanken zugemutet. So vermochte er mit der Zeit eine gewisse passabel funktionierende Ordnung in seinem Lebensgefühl schaffen: Er vermied es, an andere zu denken, oder zu versuchen, mit ihnen zu empfinden. Nun war er ganz bei sich; man fragt nicht mehr nach dem Wohin, wenn man glaubt angekommen zu sein. Er wartete. In aller Ruhe. Und er vergaß darüber, dass diese Frau längst ständig an seiner Seite war.

Immer noch standen beide auf sandigem Boden; was vor ihnen lag, interessierte sie zu diesem Zeitpunkt nicht.

19
klanggebiet[e]

Ein Schwall kam über sie; plötzlich und unerwartet brach er aus einer Wolke: eine Flut von Tönen. Gleichwohl waren sie darüber nicht erstaunt. Seltsam vertraute Klänge rauschten auf sie herab, umfingen sie und perlten sodann wie Tau an ihnen ab: Musik war über sie gekommen. Ohne jede Bewegung stand die Wolke über den beiden und daneben, gleichgroß, etwas wie ein Fels, das sich ebenfalls nicht bewegte. Dazwischen erkennbar: die zarte Sichel des Tagesmondes; bedachtsam, zurückhaltend. Nichts sonst zeigte sich am Himmel, außer diesen drei Phänomenen. Dessen ungeachtet blieben sie ruhig, blieben nebeneinander stehen auf sandigem Flur, hörten die Musik, und jeder der beiden spürte die Nähe des anderen; jetzt erst gehörten sie zusammen.

... da begannen beide zu singen:

„In my solitude ...“

20
kränkung; bruch

„Lass uns gehen, Lieber."

„Lass mich bleiben!"

Kränkung! Der Feind war von innen gekommen. Es war ihr Daimon gewesen: ein argloses Wort von ihm und … Bruch. Lass mich bleiben … wo bleiben?, hier bleiben?, ohne sie hier bleiben? Der Daimon hatte sich in ihrer Gestalt wieder gefunden, war herausgetreten und hatte sofort mit seinem giftigen Geschäft begonnen: der Installierung einer Besessenheit, der Besessenheit von sich selbst, von den eigenen Meinungen. Sie trennten sich auf der Stelle. Wortlos.

Er glaubte angekommen zu sein. *In Wahrheit war er zu Boden gestürzt; zum zweiten Mal.*

21

zustand: erhebung

Er war aufgestanden und hatte sich aufgerichtet; auf sandigem Flur befand er sich immer noch. Er sehnte sich nach der Nacht, dennoch schloss er seine Augen nicht. Noch wollte er seine Welt nicht in Finsternis tauchen.

Bliebe ich für immer an diesem Ort der Verwüstung, ich würde alle meine Hoffnungen hier abladen.

Er wusste nicht wohin.

An jedem nur erträumten Ort könnte ich mich jetzt hinwünschen; meine Entscheidung muss eine unbeirrte sein. Dennoch stehe ich wankend immer noch hier.

Er fühlte sich schwach, ohne es zu sein.

Meine Augen aber werde ich offen halten. Als Blinder kann man nicht laufen.

Er war sich darüber klar geworden, dass seine Art und Weise die Dinge zu sehen, ihn nicht in einen zukünftigen Zustand versetzen würde.

Ich werde von hier fortgehen.

Er unterdrückte sein Verlangen, sofort ins Museum zurückzugehen. Nein, ich werde noch hier bleiben, um Nachschau in meinem Inneren zu halten.

Er versuchte seine Gefühle als Quelle für Hinweise zu nutzen, die er jedoch nicht anzuwenden gedachte.

Ich kenne nur die Sehnsucht.

Er wollte unbedingt die Frau auf Hoppers Bild betrachten.

Die ‚Natur der Liebe' habe ich nie verstanden.

Er lebte zu diesem Zeitpunkt bereits in einer ihm gemäßen Möglichkeitsform.

Jetzt werde ich aufbrechen.

Er wusste plötzlich was zu tun sei; er wusste nicht, was er später tun würde.

Zuerst werde ich über die Flure gehen, werde all den Sand hinter mir lassen, dann werde ich …

Er hatte begonnen, eine Reise in seine inneren Gefilde anzutreten, dorthin, wo sein Daimon saß: die Sehnsucht.

… werde ich die Dinge nicht mehr an mich herankommen lassen; ich werde ihnen entgegengehen.

Er ging direkt zum Museum. Sofort suchte er den ihm so vertrauten Saal auf. Dann stand er vor einer weißen leeren Wand: Hoppers Bild war verschwunden.

22

weinen; zaghaft

Hilflos stand er inmitten der Galerie. Und während er zaghaft weiterging, *begegneten ihm einige Frauen; jede von ihnen weinte.* In seiner Welt fand nur noch das Lächerliche statt. So beschloss er, seine Sehnsucht niemandem mehr gegenüber durchblicken zu lassen. Am liebsten wäre er vor sich selbst desertiert. Es schien ihm unmöglich, an diesem Ort in einer Weise zu bleiben, als würde er sich selbst hier zurücklassen.

Er wusste nicht wohin.

Er war aber geblieben, war durch alle Räume des Museums gegangen und hatte schließlich die ANDEREN Bilder gesehen:

Er betrachtete zunächst DAS BILD MIT DEM ZERFALLENEN GEBÄUDE.

Und später DAS BILD MIT DEM MANN AUF DEM HÜGEL; er sah aus, wie alles auf dem Hügel.

Dann sah er DAS BILD VOM ABGESTORBENEN: kahle Felsen, vertrocknetes Gras.

Und er sah DAS BILD DER SANDIGEN DÜNEN: ockerfarben, ein heller Sandteppich auf und auf.

Und dann sah er DAS BILD DER VERDORRTEN BÄUME.

Dann DAS BILD MIT DEN STRÜNKEN.

Daraufhin sah er DAS BILD MIT DEN STACHELIGEN BRAUNEN HALMEN: stachelige, braune Halme, DISTELZEUG, nichts sonst.

Auch sah er DAS BILD DER VERDORRTEN STRÄUCHER: Es glich dem Bild der verdorrten Bäume.

Er sah jenes Bild, das nur ABGESTORBENES darstellte.

Schließlich aber sah er DAS BILD DER VERWÜSTUNG: Es stellte seine eigene Ein-Öde dar.

Dann stürzte er zum dritten Mal.

Und rannte aus dem Museum. Und schaute in den bereits abendlichen Himmel, um die Eindrücke jener Bilder zu vergessen.

Irgendwann später entdeckte er sie in einem der Säle hinter einem Pfeiler; mit einem zaghaften Schritt war sie hinter der Säule hervorgekommen.

23
besagen

„Wo kommst Du her?“

Und sie: „Direkt vom Hügel.“

„*Ich* bin der brennende Hügel!“

Wieder sie: „Und ich stehe hier vor dir wie ein Kind, das etwas Schlimmes getan hat.“

„Folge mir! hatte das Kind gesagt: Ich führe mich gleichsam selbst an der Hand, eine Geste, die ich einer anderen in keinem Fall zubilligen würde; ich bin auch das Kind.“

Sie: „Darf ich dich berühren?“

„Ich werde deiner Ungewissheit nichts entgegnen.“

Und sie: „Wir sollten eine Entscheidung treffen.“

„Ich habe das Geduldigsein verlernt; vor kurzem erst.“

Wieder sie: „Wir könnten einander Briefe schreiben. Oder ich könnte dir liebevolle Briefe schreiben, oder solche nur erfinden: Niemals würdest du auch nur einen davon zu Gesicht bekommen.“

„Das wäre dann wie eine Flaschenpost im Mare Imbrium; und der Inhalt: wie Tränen im Meer.“

Sie: „Ich beginne eine Manneswürde an dir zu entdecken, die ich nicht vermutet hätte.“

„Ich weiß nicht zärtlich zu sein.“

Und sie: „Du hast dir ja ein Bild von mir gemacht: Ohne innere Stimme, ohne inneres Leben, ohne Erregung: eine Frau."

„Ich habe andere Bilder in meinem Innern."

Sie: „Lass mich dein Bild sein."

„Du bist ja nicht in mir. Noch nicht."

Aber sie: „Ich vermutete, bereits mit dir verbunden zu sein."

„Was soll nun geschehen?"

Wieder sie: „Wir könnten vielleicht singen; nochmals. Und dann könnten wir gemeinsam …"

„Noch sind wir kein aufrechtes Bündnis eingegangen."

Und sie: „Was meinst du damit?"

„Ich kann deine Zuneigung nicht annehmen, die Empfindung meiner Sehnsucht wäre sogleich in Gefahr."

Sie aber: „Wovor fürchtest du dich?"

„Vor der Verkörperung deines hellen Strahlens."

Und sie: „Ich bin nicht das Licht; vielleicht nur eine Fackel …, deine Fackel."

„Du könntest mich in Brand stecken."

Sie: „Das befürchtest du? Schau mich doch an!"

„Was ich sehe ist ein leuchtendes Wesen."

Und sie: „Ja, komm näher zu mir!"

„Das Zaudern ist mir gegeben, es macht mich irgendwie stark."

Sie: „Immer weiter entfernst du dich von mir und verlierst dich …, in dem Museum …, in diesem Gemälde."

„Noch stehe ich hier …, noch bin ich in deiner Nähe."

Wieder sie: „Du siehst mich nicht an; du stehst vor dieser weißen Wand und suchst immer noch nach diesem Bild, suchst sie in dem Bild."

„Weißt du, man vermisst einen Menschen nur dann, wenn man ihn fortgeschickt hat."

Und sie: „Ich glaube, ich habe immer nur dich gesucht."

„Und ich habe immer nur nach der Frau auf dem Bild gesucht."

Sie: „Ich *muss* in das Bild hinein; ich *muss* diese Frau werden!"

„Du bist mehr ein Teil von mir, als einer jenes Bildes."

Und sie … stand vor einer weißen leeren Wand: Hoppers Bild war verschwunden.

24
die veranstaltung

Als hätten sie ihr Ansinnen nach einer momentanen Beherztheit aufeinander abgestimmt, hatten beide im selben Augenblick das Museum verlassen; durch einen Hinterausgang diesmal. Nebenan, im Freien, zwischen hohen Bäumen und vorsorglich aufgestellten Tischchen, fand DIE VERANSTALTUNG statt. Schulter an Schulter, ohne einander zu berühren, standen sie vor einer Menschenansammlung, waren aber nicht imstande, sich der Gruppe zu nähern. Sie vermochten die Kraft dazu nicht aufzubringen; auch waren sie in diesen Momenten einander genug. Beide wussten, dass sie noch nicht am Ort ihrer lauteren Gemeinsamkeit angekommen waren. Und während sie die Menschen vor sich beobachteten, hatten sie erkannt, dass ihnen DIE ABSURDITÄT auf die Schulter gesprungen war. Es war die Pose des gleichzeitigen Fortkommens UND des Stillstands gewesen, der sie sich hingegeben hatten.

Später dann waren sie weitergegangen, waren fort gegangen, fort von jenen Menschen zwischen den Bäumen, fort von der VERANSTALTUNG, fort auch, von der Nähe des Museums; sie dachten auch nicht mehr daran, ins Museum zurückzugehen. Seit dem Verlassen des Museums hatten sie kein Wort miteinander gewechselt. Auch hatten sie nicht vor, den Hügel nochmals zu besteigen; er war ja bereits abgebrannt. Eine unerwartete Symbiose waren sie eingegangen: Sie hatten das Bild Hoppers vergessen. Behutsam hatte er sie dann an der Hand genommen. Ihre neue Unschuld war erschreckend. Unerwartet war eine Horde Pöbelhafter vor ihnen gestanden. Die hatten mit spöttischen Worten einander Mut zugerufen, hatten allein ihn überwältigt; und dann *hatten sie ihn seiner Kleider beraubt.* Währenddessen hatte sie sich abgewandt, war abseits gestanden, und hatte einen nur leisen Schrei ausgestoßen. Als sie ihn aber in seiner Nacktheit dastehen gesehen hatte, hatte auch sie - aus einem verstörten Gefühl plötzlicher Loyalität heraus - ihre Kleider abgestreift. Beide waren sie nun nackt; vor ihnen die abendliche Stadt. Und nichts war in dieser Stadt, außer Fäkalien, Erbrochenem, und blutigem Auswurf. In diesem für sie neuen Gefühl einer loyalen Gemeinsamkeit überkam beide das Verlangen, die vor ihnen liegende Stadt niederzubrennen.

Nachdem sie ihr Werk vollendet hatten, hatten sie das von ihnen verursachte Inferno hinter sich gelassen, und im gemeinsamen Fortgehen hatten sie erkannt, was sie im Grunde zusammengeführt hatte: Es war ihrer beider Sehnsucht nach Nähe gewesen; und der gleichzeitigen Angst davor.

25
forensischer psychiater, der

Auf der Stelle wurden beide festgenommen. Der Grund ihrer Ergreifung lag nicht in ihrer öffentlichen Nacktheit, auch nicht im Niederbrennen der Stadt, sondern es lag an der gemeinsamen Schuld ihrer ständigen Fehlkommunikation, einer falschen Verständigung demnach. Das war ihre immer noch andauernde TAT. Dieses Delikt erforderte einen FORENSISCHEN PSYCHIATER; einem solchen wurden sie vorgeführt.

Ich glaubte, diesen entblößten Mann neben mir zu kennen und doch ist er mir unbekannt. Ich werde mich ruhig verhalten, so wie er sich ruhig verhält. Seine Nacktheit habe ich mir ganz anders phantasiert.

Beide wussten sie nicht, wo sie sich befanden. Der FORENSISCHE PSYCHIATER betrat den Raum und begnügte sich anfangs damit, die beiden lange anzusehen, ohne ihnen dabei in die Augen zu schauen; ab und an wendete er ihnen den Rücken zu. Er sagte kein Wort, vorerst.

In ihrem Nacktsein habe ich sie mir unversehrter vorgestellt; wie weiß ihre Haut ist. Ich werde nicht zu ihr sprechen, vielleicht später erst, dann, wenn sie etwas gesagt haben wird.

Beiden wurden keine Kleider oder Decken oder sonst etwas, womit sie sich hätten bedecken können, gereicht. Ihre Nacktheit irritierte den FORENSISCHEN PSYCHIATER nicht im Geringsten. Er wandte sich den beiden zu und sprach davon, „…dass die Bewertung einer Äußerung nicht auf deren Wahrheitswerte wahr und falsch beschränkt sei, und dass die Explikation des Begriffs der Bedeutung einer Äußerung nicht ausschließlich unter Rekurs auf Wahrheitsbedingungen geschehen könne. Die Äußerung wird bewertet unter Berücksichtigung solcher Aspekte wie des Erfolgs oder verschiedener Arten von Missglücken dieser Handlung." Es ginge demnach um die Beurteilung ihrer Schuldfähigkeit auch im Hinblick auf die Unterbringung in eine geschlossene Anstalt.

Er hält seine Augen geschlossen, weshalb hält er seine Augen geschlossen? Er schämt sich seines Nacktseins, oder …, vielleicht kennt er den Grund unserer Festnahme.

Unvermutet richtete sich der FORENSISCHE PSYCHIATER auf und sagte zu ihr, „Sie wollten etwas mit ihm teilen, aber offenbar nicht das Leben."

Wenn ich sie von der Seite betrachte, erkenne ich ihre Traurigkeit, die sie auch vor mir zu verbergen sucht.

„Sie beide leiden unter einer heteronomen Störung."

Immer wollte ich mich irgendwo zwischen dem Allgemeinen und dem Besonderen festlegen. Er war mir ja dabei eine Hilfe, glaube ich. Ich muss mit ihm unbedingt über unseren künftigen Perspektivenwechsel sprechen, später vielleicht, wenn ich mich dazu in der Lage fühle; seine ständig präsente Nacktheit beginnt mich allmählich zu verwildern.

Die Sehnsucht ist meine Wirklichkeit, nicht die Lüge. Mein Narrentum ist demnach abgesichert. In all der Zeit mit ihr habe ich ihren Körper nicht berührt. Jetzt, da sie nackt neben mir steht, werde ich keinesfalls Hand an sie legen. Mein Narrentum …

„Es versteht sich von selbst, dass ein rein empirisch-induktives versus einem normativ-deduktivem Vorgehen in ihrem Fall nicht die Mitte zwischen den Bereichen eines determinierten bzw. autonomen Verhaltens treffen wird", sagte der FORENSISCHE PSYCHIATER; daraufhin verließ er den Raum.

Während des gesamten Ablaufs der Untersuchung, die in Wahrheit eine Stellungnahme des FORENSISCHEN PSYCHIATERS war, waren beide vor einer weißen Wand gestanden.

Man gab ihnen Kleider; später hat man sie freigelassen.

26

aura: vertrauensvoll

Hält man etwas fest, will man mehr, schließlich alles davon; sie waren einander nicht mehr genug.

Als die Stadt noch nicht niedergebrannt war, erwähnte keiner mein Stummsein als Kind; sein Schweigen hingegen irritiert mich. Ab jetzt werde ich ihn gänzlich für mich einfordern: „Wirst du immer nur schweigen?"

Wie wehrlos ich gegen ihr Gerede geworden bin: „Zuhören kann man nur, wenn man still bleibt."

Er hat nichts aus unserem Beisammensein gelernt: „Als Stiller sollst du nicht zu mir gehören; reden wir doch!"

Und wie ungeduldig sie geworden ist: „Wir reden ja! Was also wird uns erwarten?"

Die Art von Antworten, die er sich erhofft, kenne ich noch nicht: „Wir sind nicht imstande dahinter zu kommen."

In meinem Mannsein möchte ich im dunklen Abseits bleiben. Meine Konturen verschwimmen; noch bin ich nicht dafür gerüstet, Pläne zu machen: „Ich bin wie ein Kissen, auf dem niemand ruhen will."

Wieder und wieder zieht er sich aus meiner Aura zurück: „Du bist mir nie fremd geworden."

Nach einiger Zeit kamen sie an eine Mauer; in einer Nische - ein Tor. Behutsam legte er seine Hand auf ihre Schulter: „Hier bin ich zu Hause."

Seine Hand auf meiner Schulter: Das ist meine derzeitige Wahrheit.

27
im käfig: beide

Über eine schmale Treppe folgte sie ihm in seine Wohnung und wartete darauf, überrascht zu werden: Endlich war sie angekommen ..., in seinem Käfig.

Er betrat vor ihr das Zimmer, warf sich sofort auf das einzige Bett mitten im Zimmer und dachte an: sandige Dünen, verdorrte Bäume, stachelige, braune Halme, Distelzeug überall, Strünke dazwischen, verdorrte Sträucher, Verwüstung, Einöde.

Immer noch standen beide auf sandigem Boden; was vor ihnen lag, interessierte sie zu diesem Zeitpunkt nicht.

„Bist du wach ..., am Leben?"

„Ich weiß es nicht, meine Liebe."

Sie stand vor einem der Fenster und sah draußen *eine weiß gekleidete Frau, die auf einem Löwen dem Wald entgegen ritt.*

„Ich werde einen Löwen aus dir machen, mein Vögelchen!"

In seinem Zuhause angekommen, wähnte er sich sicher vor seiner Sehnsucht; er ging auf ihre Worte nicht ein.

Am Fenster lehnend, sah sie draußen nur noch verdorrte Felder (längst waren der Löwe und die Frau davon), sah: Hecken, Disteln, Vertrocknetes. Im Zimmer aber war der Fußboden übersäht mit Unrat, Weggeworfenem, Gebrauchtem, Plastiktaschen, Flaschen; ein Durcheinander einmal verwendeter Dinge. An den Wänden jedoch ...

Die ABSURDITÄT hatte sich von den beiden gelöst und im ganzen Raum verteilt, war nun überall präsent.

Sie drehte sich um, ging den Wohnraum mit langsamen Schritten ab und ließ die Dinge an sich vorbeidefilieren. In den Gegenständen erkannte sie eine skurrile Gleichheit. An den Wänden: gleiche Uhren, an den Festern: gleiche Bordüren, auf dem Bett und in den Sesseln: gleiche Zierpolster, auf der Anrichte: gleiche Nippesfiguren. Auch: gleiche Zierkerzen auf dem Tisch. Selbst das Licht herinnen war das gleiche wie draußen. Die groteske Ordnung der Gegenstände ringsum an den Wänden entsprach nicht dem Durcheinander auf dem Fußboden.

In dieser Jacke aus rosa Seide gehe ich hin und her; das Abendlicht: grandios.

Beide hatten sie nun ‚fremde' Kleider an; ihre vormalige Entblößung war vergessen.

„Ich erinnere mich an einen Traum …"

Er hörte sie nicht; er war nicht mehr bereit, sie anzuhören. Er wusste nicht mehr, ob es müde Gedanken waren, die ihn beschäftigten, oder ob es Träume waren, die ihm etwas vorgaukelten; war sie wirklich hier bei ihm?

In manchen Träumen wird die Erfüllung von Wünschen sorgsam verborgen.

Hin und her ging sie, auf und ab; blieb stehen, bemerkte den GEGENSTAND an der Wand: ein Kreuz aus mattem Metall. Sie nahm es von der Wand, hielt es in der Hand und sah: *den ans Kreuz geschlagenen Jesus.*

In der nächsten Sekunde versuchte sie den Impuls zu unterdrücken, sofort aus dem Zimmer zu gehen, aus dem Haus zu laufen und ihn für allezeit zu verlassen. Er hätte ihr seine Löwenhaftigkeit zeigen sollen!

„Sprich mit mir!“

„Nur eine sehr zarte Berührung vermag endlos zu sein. Das wäre dann ja unsere ideale Verbindung: eine derart zarte Berührung.“

„Ich weiß nicht, ob ich bei dir zu Hause sein könnte.“

Nunmehr hatte sie begriffen, was der Löwe mit dem Triel nur gemeinsam hat: die gelben Augen. Zu diesem Zeitpunkt machte sie sich bereits keine Gedanken mehr über:
sein Mannsein,
sein Narrentum,
seine in Vergessenheit geratene Sehnsucht.

Er aber vermochte nicht mehr zu spielen. Es war nie sein Spiel gewesen. Und sie spielte nicht; sie war wie sie war: nicht spielerisch.

Wer einen Menschen auch nur kurz berührt, der verliert ihn niemals mehr. Während ihrer gemeinsamen Zeit in seinem Zimmer hatten sie einander nie berührt.

28

run on down

Jedenfalls war sie dann aus dem Haus gerannt; er war ja nicht imstande gewesen, die Stille, die sie in sich trug, wahrzunehmen: Er war an ihr Geheimnis nicht herangekommen.

Daraufhin versuchte er ihre Beweggründe mit seinen Gefühlen in Einklang zu bringen.

Er fühlte anders. Er verstand sie in Gedanken. Vielleicht aber war sie eine Täuschung, entstanden aus seinen Enttäuschungen …, mit seinen Gefühlen konnte er sie nicht erfassen.

Nackt verließ er das Bett, ging im Zimmer auf und ab und begann ein neues Lied zu summen:

"Hey, hey-hey Joe, uhh,
run on down!" [1]

Er war nicht mehr imstande, Gedanken, die ihm durch den Kopf gingen, in der nächsten Sekunde nochmals zu erkennen.

Nie hatte er erfahren, was Alleinsein für ihn bedeuten kann.

Immer noch befand er sich in seinem Zimmer …, in seinem Bett; gleichwohl war er in einer ihm unbekannten Öde angekommen.

[1] *Jimi Hendrix, Jimi Plays Monterey, Hey Joe (Billy Roberts) Third Story Music. Co. BMI, © 1986 Polydor International GmbH, Hamburg*

Er wollte nicht bleiben, wusste allerdings nicht wohin.

Später dann ging er zum Fenster, öffnete es, schaute hinaus, blickte zum Himmel; in diesem Moment riss das Blau auseinander.

Ab jetzt war er mit seiner ABSURDITÄT allein: Manchmal glaubte er die Frau auf seinem Bett sitzen zu sehen; lächelnd. Da wünschte er sich nur noch draußen zu sein und durch die Straßen zu laufen.

Er blieb in seinem Zimmer.

29

die straßen hindurch

Unmöglich, in dieser Jacke aus rosa Seide durch die Straßen zu laufen; wie sehr ich mein weißes Kostüm vermisse!

Werde ich in den nächsten Minuten nach ihm Ausschau halten?

Vielleicht ist es Zeit, nach Hause zu gehen …, heimzufinden …, zu ihm.

Eine Rückkehr in sein Zimmer wäre ein Fiasko.

In seinem Zimmer fühlte ich mich nur krank.

Er konnte sich mein ‚Geheimnis' nicht erklären.

Mein Geheimnis? … ich wüsste davon.

Wäre er dennoch dazu imstande gewesen, ich hätte mir daraufhin selbst irgendein Ja-Wort gegeben.

Aber dann wäre ich ja eine andere, die fortgelaufen ist.

Das aber ist nicht mein Spiel; dieses Spiel mit ihm oder ohne ihn.

Und es ist gleichgültig, ob ich tatsächlich an diesem Ort war, bei ihm war, oder ob ich mir nur vorstelle, dort gewesen zu sein.

Noch stelle ich mir das Erinnern als etwas Leichtes, sofort Erscheinendes, vor. Einzig zu meinen Erinnerungen habe ich noch ein Nahe-Verhältnis.

Nie bei ihm gewesen zu sein, ihm nie wirklich nahe gekommen zu sein, nur das werde ich mir zu fühlen erlauben.

Die Erinnerung ist die gleiche.

Jedenfalls werde ich keinen Hügel mehr mit ihm besteigen.

Kein Hinauf und Hinunter mehr. Kein Auf und Ab; das keinesfalls!

Habe ich in diesem Zimmer …, habe ich in seiner Gegenwart das Fragen verlernt?

Die Antworten habe ich doch immer parat gehabt.

Wie kann ich das, was ich denke, wieder verlieren?

Ich muss für diesen Mann andere Worte finden, statt nach seinen Beweggründen zu suchen.

Vielleicht vermag er im Hinblick auf mich seine Präsenz nicht sichtbar machen.

Ich werde ihn auf andere Weise finden; auf seinen Umwegen vielleicht.

Doch ich darf ihm nicht zu nahe kommen. Noch nicht.

In seiner Gegenwart möchte ich für mich alleine bleiben. Und nichts erwarten müssen. Von ihm nicht. Und von mir selbst nicht.

Wie aber könnte ich meinen Zustand ändern?

Vielleicht sollte ich mir ein weißes Kleid kaufen, irgendwo; oder zumindest weiße Handschuhe.

Ach wäre ich doch so eine ‚Loft-Prinzessin' in einer dieser weißen Wohnungsfabriken!

30
rückkehr III: verfärbt

OCKER

In seinem Zuhause wähnte er sich sicher vor seiner Sehnsucht; immer noch. Hin und her ging er, auf und ab; blieb stehen, blickte aus dem Fenster und sah draußen nur noch verdorrte Felder; längst waren der Löwe und die Frau davon.

Dann traf er DIE ENTSCHEIDUNG: Er *musste* dieses Bild …, er musste SIE zu sich zurückholen. Seine Sehnsucht wäre dann - so glaubte er - für immer eingefroren.

GRAU

Er kleidete sich an, verließ das Zimmer, verließ die Wohnung, stolperte die schmale Treppe hinunter, stand vor der Tür, stand vor der Mauer.

Er wusste: Irgendwo in den Straßen da vorne würde er auf sie treffen. Aber wo war für ihn vorne in diesem Moment …, unter diesen Umständen.

WEISS I

Dann überkam ihn die Erinnerung an das Museum und an ein weißes Bild, das in einem der Räume hing; niemand war damals davor gestanden, um es zu betrachten, auch sie nicht. Nun begriff er: Nur sie verkörpert dieses Weiß. Und als er sie damals das erste Mal zu Gesicht bekam, war er sofort getaucht in dieses Weiß, war hineingesprungen in ihr weißes Dasein, so wie ein Löwe im Zirkus durch einen Feuerreifen springt.

WEISS II

Da war sie! Vor ihm! Nun wusste er: SIE war sein Vorne. Und obwohl sie nicht mehr in Weiß gekleidet war, erkannte er sofort das Weiß ihres kalten Feuers.

Jetzt war er bereit wieder hineinzuspringen, sich hineinfallen zu lassen in diese Nicht-Farbe.

Noch bevor er sie an der Schulter leicht berühren würde, wollte er sie ansprechen; doch er konnte ihren Namen nicht sagen.

Sie wusste ihn hinter sich, drehte sich jedoch nicht nach ihm um, streckte ihm hinterrücks eine Hand entgegen und wartete. Ohne ein Wort zu wechseln, griffen beide einander an der Hand und gingen GEMEINSAM zurück in seine Wohnung. Sie glaubten, dass nun die Zeit, in der sie beide nur im Dunkeln umhergegangen waren und die Aura des anderen mit sich herumgetragen hatten, vorbei sei.

ROT

Wie ein zurück gespulter Film kam ihnen das Folgende vor: Die Straße, die Mauer, die Türe, dann die enge Treppe, seine Wohnung, schließlich sein Zimmer; sie waren GEMEINSAM zu Hause angekommen!

Indessen: Ein Buschklepper hatte sich herangemacht; ein Dieb der Liebe. Unverhofft stand er vor ihnen; ein Wächter, der sich verborgen gehalten hatte. Mit der Ankunft dieses Besuchers hatte sich beider Seelenlandschaft verändert: Alles hatte sich in Rot verwandelt.

SCHWARZ

Beide wollten sie in den hellen Tag eines Zuhauses gelangen und waren stattdessen in einer Nacht angekommen, die sie nicht begriffen.

Der bedrohliche Besucher hatte kein einziges Wort von sich gegeben.

Sprachlos auch sie.

Selbst wenn dieses Zimmer von Menschen erfüllt gewesen wäre, es wäre still geblieben, kein Wort wäre gesagt worden.

Auch der ‚Löwe' blieb stumm; er schaute nur aus dem Fenster. Draußen brach jener Sturm los, auf den er schon so lange gewartet hatte. Den Besucher nahm er nicht zur Kenntnis; dieser Geselle war ihm vertraut.

WEISS III

Sie, die einstmals Weiße, war sich nun sicher: Der Museumsbesucher war kein Löwe, würde nie einer sein. Von welcher Wesensart aber jener Besucher war, der sich – als scheinbarer Wächter – verborgen gehalten hatte, wussten beide nicht.

GRAU

Auf den Gesichtern der Anwesenden zeigte sich eine Fahlheit, als hätten sie GEMEINSAM die Nacht durchwacht.

31
metamorphose: schwarz

Stumm stand sie mitten im Raum, ging zu einem der Fenster, öffnete es, hielt nun nicht mehr Ausschau nach dem ‚Löwen' da draußen.

Der Wind stieß ins Zimmer, bewegte einiges, ließ manches hin und her wogen wie Algen am Meeresgrund.

Dann fragte sie ihn, den ‚Nicht-Löwen': „Was machen wir mit ihm? Was werden wir mit ihm anstellen?"

„Ich weiß es nicht; die Frage ist: Was wird er mit UNS anstellen."

„Aber er ist doch hier in DEINEM Zimmer, in DEINEM Zuhause!"

„Wer?"

„Dieser ‚Geselle' da hinten."

„Er stört mich nicht."

„Mich lenkt er aber ab ..., von DIR lenkt er mich ab!"

Angetrieben von leichten Windstößen vom Fenster her bewegte sich ein schwarzer, dünner Plastiksack hin und her, Leben mimend.

Der ‚Geselle' war nur ein leerer schwarzer Plastiksack gewesen, der sich durch die Luftstöße vom Fenster her bewegt hatte: eine Vorstellung nur; ein schwarzer Sack, ihrer beider schwarzer Sack, ihrer beider ‚Geselle'.

Und sie: Immer noch stand sie vor dem geöffneten Fenster.

Von draußen: „*Good morning heartache.*"

Und er: „Schließe das Fenster nicht! Nie mehr!"

Das Wort NIE kann man nur sagen, wenn man sehr stark ist. Jeden Satz aber, den er vorhatte, zu ihr zu sagen, sagte er sich zuerst still vor, entwarf ihn, verwarf ihn wieder, formulierte ihn aufs Neue, änderte ihn, stellte alle Worte, ja, alle Sätze um, damit er schließlich etwas anderes zu ihr sagen konnte als er ursprünglich wollte.

Er war hilflos.

Zwischen ihm und ihr hatte sich eine weiße Barriere geschoben: Das Weiße trennte ihn nun von ihr, jenes Weiß, nach dem er immer noch Sehnsucht verspürte.

Währenddessen betrachtete er sie: Irgendwo hatte sie heimlich die Kleider gewechselt; ihr Kostüm war nun ein schwarzes.

„Jetzt kenne ich den Tod. Der Tod ist eine Frau."

„Ich bin nicht die ‚Weiße Frau', war es nie. Und du ..., was glaubst du zu sein?!"

Wieder ... ging sie im Zimmer auf und ab.

Wieder ... betrachtete sie die Gegenstände an den Wänden.

Wieder ... blieb sie stehen und bemerkte das OBJEKT an der Wand.

Wieder ... nahm sie das Kruzifix in die Hand.

Und wieder sah sie: *Jesus stirbt am Kreuz.*

Irgendwann später dachte er an die Legende von einem,

der schließlich nur noch er selbst war. Daraufhin hatte er sie eingehend betrachtet.

In diesem Augenblick *starb Jesus* in ihrer Hand *am Kreuz.*

Draußen hatte sich etwas Schwarzes, Bedrohliches vor den Mond geschoben. Das Licht war nichts mehr als diffuse Bläschen, eine Gischt aus Partikeln; absinkender Staub.

Von nun an gab es keine Farben mehr.

Der Raum begann diffus zu werden.

Er mittendrin.

Eilends hatte sie das Zimmer verlassen.

Ihr Kostüm war dabei von jenem herausragenden Nagel aufgerissen worden, an dem das Kruzifix gehangen war.

32
er II

Er schloss das Fenster nie mehr.

Er blickte hinaus: Niemand hatte im Wald „Selene"! gerufen.

Er blieb in seinem Zimmer:

Sein Leben hatte nur durch ihre Anwesenheit funktioniert.

Sein Lebensgefühl war zum Stillstand gekommen.

Und sie?

Er wusste es nicht.

Seine wirkliche Braut aber wartete an einem andern Ort: In seinem Zimmer, vor seinem Fenster stand sie; eine Kerze streute verhalten ihr Licht aus und ließ die dunkle Seite der Frau erkennen.

Es war nicht sein Zimmer. Es war nicht sein Fenster. Es war nicht seine Braut.

Es war sein anderer Tod.

Es war jener Zustand, dem er immer schon auszuweichen versuchte: DIE VOLLKOMMENE RUHE.

Nun war sie eingetreten.

In sein Haus. In sein Zimmer.

Und eine zweite Stimme?

Es gab keine zweite Stimme.

So wartete er auf einen Retter.

Oder auf einen, der nur vorgab, ihn erretten zu können.

Er hatte die Präsenz der NACHT außer Acht gelassen.

Stille.

Weit und breit kein Mensch.

Er war angekommen.

Und: Er war ein anderer geworden.

Sein Narrentum war nun sein Mannsein.

33

ödland; seines

34
sie II

Auf der Straße angekommen, wäre sie am liebsten sofort auf einem Wagen mit feurigen Rossen dahingebraust.

Jedes Mittel wäre ihr recht gewesen, um sich so weit wie möglich von ihm zu entfernen.

Seine Stimme nur vermisste sie.

Er hätte für sie zumindest ein Lied singen sollen.

Oder sie nicht aus dem Museum locken sollen.

Ihr Ort: das Weiße.

Das Zimmer: seine Höhle.

Seine Welt war für sie ein seltsamer Ort.

Ihre Welt würde ihm immer verborgen bleiben.

Er fürchtete sich mehr vor dem Schlaf als vor dem Tod; das erkannte sie jetzt.

Als Zeitgemäße gab sie sich in diesen Momenten; ihren Platz in der Welt hatte sie dennoch noch nicht gefunden.

An einen Platz in seiner Welt wollte sie nicht denken.

In ihrer Wirklichkeit hatte sie das Naturell des Weißen nie abgelegt, lediglich ihre Kleider hatte sie gewechselt.

Nur ihr Gewand hatte sie für ihn gewechselt, ihre Empfindungen blieben unverändert.

Nichts als eine Maklerin seiner Sehnsucht war sie ihm gewesen: Ein weißer Clown in der Manege seines Daseins.

Noch war die Vorstellung nicht vorbei.

Noch vermochte sie sich Gemeinsamkeiten mit ihm vorzustellen.

Sie würde zu ihm zurückkehren – jede Nacht – würde ihn küssen, während er schläft ..., wenn er seinen Schlaf schläft, vor dem er sich mehr fürchtete als vor seiner Sehnsucht nach ihr.

So wird sie dereinst zumindest seine nächtliche Besucherin gewesen sein.

35

das weiße; ihres

36
destinationen

Abermals kleidete er sich an, verließ das Zimmer, verließ die Wohnung, stolperte die schmale Treppe hinunter, stand vor der Tür, stand vor der Mauer.

Dieses Mal aber hatte er alle Gegenstände im Zimmer eingehend betrachtet, hatte dann das Kruzifix von der Wand genommen und lange in der Hand behalten. Daraufhin hatte er den leeren schwarzen Plastiksack vom Sessel genommen und ihn in seiner Hosentasche bewahrt.

Später dann hatte er seine Hände freigemacht und alles im Zimmer zerschlagen.

Es war keine Flucht gewesen.

Wohin aber?

Welchen Weg gehen?

Sollte er nachts zum Meere gehen, um dem auf den Wellen schimmernden Mond zu folgen?

„Der Ort meiner Sehnsucht nach Vertrautheit ist ein flüchtiger."

So ging er auf einen Ort zu, den er nicht kannte: Dort aber war kein Licht, nur diffuses Halbdunkel. Das Licht mied er neuerdings; es würde ihn vernichtet haben. Traumverloren nahm er sich Zeit und war schließlich angekommen.

Vor seinen Augen: ein weißes Haus.

In seinem Kopf: „Ist es *das* Haus?" „Nein, es ist nicht *unser* Haus."

In seiner Erinnerung zeigten die Anwesenden eine Fahlheit, als hätten sie gemeinsam eine Nacht durchwacht.

Die Fenster waren verhangen; niemand, der dahinter zu erkennen war. Die Eingangstüre ..., viele Türen standen offen. Er wusste nicht, wie es drinnen in den Räumen aussah. So blieb er im Halbdunkel und glaubte dennoch alles zu sehen. Und während er in diesem Vor-Zimmer stand, begriff er, dass er sie hier nicht finden würde.

Er hatte nun keine Bodenhaftung mehr. Er ging zum Wolkenkuckucksheim.

Sie indessen spielte das Hase-Igel-Spiel.

Sie war bereits angekommen:

Dann sagte ich damals zu ihm - nicht zu laut, sodass nur wir beide es hören konnten -, dass wir nun in den Wolken seien, sozusagen über den Dingen stünden, und dass das völlig selbstverständlich sei und er sich darüber keine Gedanken machen solle. Auch sagte ich damals zu ihm, dass außer uns beiden ja keiner hier sei, niemand, der so wie wir den Boden unter den Füßen verloren hätte, und dass es völlig in Ordnung sei, derart in den Wolken zu schweben. All das sagte ich, obwohl ich wusste, dass wir nicht wirklich in den Wolken schwebten. Wir schweben doch nicht, sagte er damals daraufhin zu mir. Und weil ich seine Ansicht teilte, sagte ich längere Zeit nichts zu ihm. Später erst reagierte er erbost und meinte, er sei ja einverstanden damit, hier mit mir, Seite an Seite, die Zeit in den Wolken zu verbringen. Er habe aber keine Lust, irgendwohin, auch nicht nach unten zu schauen. Und ich solle endlich still sein, meinte er dann noch, damals.

War ich je imstande, mich anhaltend anderen Dingen zuzuwenden als den eigenen? Meine Erinnerung erwies sich als Fälschung: Niemals hielt ich mich gemeinsam mit ihm in den Wolken auf. Diese Traumzeit hatte nie stattgefunden. Und niemals war ich mit ihm in diesem Zimmer. Immer war da nur ein Fenster gewesen. Und draußen war kein Löwe vorbeigelaufen. Manchmal habe ich ein Fenster aufgestoßen. Und niemals stand er dabei neben mir; nie, wenn das Fenster aufgestoßen wurde. Und nie, wenn es dann offen stand. Manchmal war schon irgendeiner in der Nähe, der aussah wie einer, mit dem ich einige Zeit in den Wolken hätte verbringen mögen. Doch war es nie er. Seither habe ich meine Aufenthalte in den Wolken sehr eingeschränkt.

Sie wollte etwas mit ihm teilen, aber offenbar nicht das Leben.

Aufzeichnung: die tatsächlichen Destinationen der beiden:

Zimmer	Loft (hell)
Höhle	Nacht (mondhell)
Gänge	Wolken
Dunkelheit	Haus (weiß)
Museum	Museum

Während des gesamten Ablaufs waren beide gleichsam vor einer weißen Wand gestanden. Und nicht das MUSEUM war ihr gemeinsamer Ort gewesen, sondern der weiße Fleck auf ihrer Seelenlandschaft.

37

standortbestimmung

Immer noch glaubte er an sie, seine Mondgöttin, und war nicht bereit, diese Chimäre seiner Sehnsucht aufzugeben.

Immer noch glaubte sie an ihn, ihren Löwen, und war nicht bereit, diese Chimäre ihrer Hoffnung aufzugeben.

Beide waren sie in der Situation, das Zimmer verlassen zu haben. Und beide waren sie auf der Straße gelandet; weit voneinander entfernt. Ihre Situation vermochten sie nicht zu deuten. Sie fanden keinen gemeinsamen Ort, so wie das Museum einer gewesen war. Da begannen sie ein transzendentes Zwiegespräch.

38
wolkenkuckucksheim[1]

„Wo sind wir?"

„Ich weiß es nicht, Liebes."

„Lass uns gehen."

„Wohin?"

„Ich kann es dir nicht sagen, mein Löwe."

„Ich habe keine Bodenhaftung mehr."

„Komm, wir brechen auf; zu einer Stadt in den Wolken sogar, wenn du dich danach sehnst."

„Sind wir da nicht längst?"

„Du meintest einmal, du wärst einverstanden, mit mir, Seite an Seite, die Zeit in den Wolken zu verbringen. Und ich solle endlich still sein, meintest du dann noch, damals."

„Anfangs habe ich gehofft, mit dir in den Wolken zu sterben."

„Seither habe ich meine Aufenthalte in den Wolken sehr eingeschränkt."

[1] Das Wort Wolkenkuckucksheim ist eine Neuschöpfung des deutschen Übersetzers Ludwig Seeger. Es stellt eine Lehnübersetzung des altgriechischen Nephelokokkygia dar, das aus Aristophanes' Komödie Die Vögel stammt. Es bezeichnet eine Stadt in den Wolken, die sich die Vögel als Zwischenreich gebaut haben. Mittlerweile wird der Begriff ähnlich wie der des Luftschlosses verwendet: als eine Utopie ohne Bodenhaftung, also ohne Realitätssinn. Aus: Wikipedia, Die freie Enzyklopädie.

„Als Kind hat mir einer erzählt, dass Schwalben keine Füße hätten, deshalb säßen sie immer nur auf Telegraphendrähten. Ich habe das geglaubt, damals. Jetzt bin ich selbst wie eine Schwalbe ohne Füße."

„Nein, du bist immer noch ein Löwe für mich, siehst aber nicht so aus, wie ich einstmals glaubte, dass du aussehen würdest; jedenfalls nicht wie ein Löwe."

„Noch bevor ich dich gesehen hatte, wusste ich, wie du aussehen würdest."

„Als Kind wollte ich immer nur ‚Die Prinzessin' sein. Nun bin ich deine ‚Göttin' ".

„Ich möchte langsam in dir versinken, so wie Wasser im Sand versickert."

„Die Wasser werden uns vereinen."

„Wirst du mich jemals berühren?"

„Ja, ich werde dich berühren."

„Auf welche Weise?"

„Ich werde dich jede Nacht aufsuchen, um dich auf die Wange zu küssen."

„Wie weit entfernt du bist von mir."

„Ich bin neben dir, nur noch neben dir."

„Ich erinnere mich an einen Traum ..., ich begreife es nicht."

„Lass uns gehen, Lieber."

„Lass mich bleiben."

„Was hindert dich? Komm!"

„Du musst wissen, ich bin eine freudlose, schwache Figur."

„Ich bin stark genug für uns beide."

„Ich vermisse das weiße Kleid an dir."

„Weißes ist gewesen; anderes hat nun dessen Platz eingenommen."

„Und unser Wolkenkuckucksheim …?"

„Manches hat sich geändert, mein Lieber."

„Sag, sind wir nun angekommen?"

„Der Ort meiner weiblichen Sehnsucht nach Vertrautheit ist ein flüchtiger."

„Ich ahne es, es wird kein Wolkenheim sein, in dem wir gemeinsam meine Sehnsucht abwenden könnten, sondern nur eine Höhle. Und ich werde der Mann sein müssen, der sich dorthin begibt."

„Vielleicht."

„Ich bin wie ein Kissen, auf dem niemand ruhen will; zum Träumen bin ich nicht geboren."

„Du wirst schlafen; nur für mich. Von jetzt an werde ich jede Nacht bei dir sein."

39

terra nullius[1]

Beide waren sie nicht aus allen Wolken gefallen. Dort hatten sie sich nie aufgehalten. Sie waren lediglich weitergegangen. Aber wie weiterleben können in den Straßen der Möndin? Unsicher setzten sie Schritt vor Schritt. Die groteske Beschaffenheit des Geländes verstärkte ihre nervöse Unentschlossenheit.

Dann war sie unerwartet stehen geblieben und hatte sich an eine Mauer gelehnt. Bei dem Versuch ihr in die Augen zu schauen, entdeckte er einige in den Putz gekratzte Zeichnungen, die vermutlich Figuren darstellten: Höhlenzeichnungen ihrer beider Seelenlandschaft. Wieder war da ein Bild, eine Zeichnung, auf das sie gestoßen waren, ein Bild, das ihnen beiden ‚gehörte'.

Auf den Schildern des Weg-Weisers befanden sich keine Ortsnamen; sie waren leer. Ihre Orientierung hatten sie bereits vorher eingebüßt. Verwirrt waren sie in der Einsamkeit umhergeirrt und plötzlich war alles richtig. Sie waren wieder „side-by-side". Und es war Nacht. Beharrlich war diese Nacht.

Von irgendwoher war ein Singen zu hören, dem sie folgten. Was sie nicht wussten: Dieser Sing-Sang hatte sie wieder zusammengeführt, durch ihn nur hatten sie wieder zusammengefunden. Noch aber hatten sie nicht zueinander gesprochen.

Mit einem behutsamen Griff in die Hosentasche hatte er

[1] *terra nullius = Niemandsland: Ein Gebiet, das niemandem gehört…, im übertragenen Sinne (auch) ein besonders unwirtliches Gebiet. Aus: Wikipedia, Die freie Enzyklopädie*

sich vergewissert, dass jener schwarze Plastiksack, den er aus seinem Zimmer mitgenommen hatte, immer noch bei ihm war.

Sie hatte davon nichts bemerkt, keinen seiner Schritte, keine seiner Bewegungen interessierte sie. Dass er neben ihr ging, genügte ihr.

Hätte sie jetzt das weiße Kleid getragen, er hätte sie in dieser außerordentlichen Nacht nicht erkannt. Er hatte die Präsenz der NACHT außer Acht gelassen.

Längst hatten sie die Stadt hinter sich gelassen. Beide wussten sie, ohne ein Wort darüber verloren zu haben, es war ihrer beider Terrain, auf dem sie sich befanden; endlich hatten sie - außer Hoppers Bild - noch etwas Gemeinsames, auf das niemand sonst Anspruch erheben würde.

In der Ferne war ein aus dem Boden ragender Baumstamm zu erkennen; ringsum von Sand umgeben. Dann sahen sie den Mann auf dem Baum. Der Baum aber war nur ein Mast, an dem sich der Mann festklammerte; gleich einem Tier umwand er ihn mit seinem Körper - jeden Moment konnte er abgleiten. Als sie nächstens wieder zu der Stelle sahen, lag der Mann, wie steif gefroren, bewegungslos und stumm im Sand. Schweigend waren sie weiter gegangen, nebeneinander, ohne dabei nach vorne zu schauen. Er allein war sich darin sicher, eine Luft-Spiegelung gesehen zu haben.

Später dann waren sie an eine steinerne Brücke gekommen: Er lehnte sich an die Brüstung, sah hinunter, sah - in Wahrheit - nur in die Ferne, erfasste nichts von dem, was dort vielleicht auf ihn wartete. Sie indessen setzte sich (erschöpft?) auf das Pflaster der Brücke und schloss die Augen.

In diesem Augenblick war sie zur LÖWIN geworden, mit schläfrigem Blick aber gleichwohl verhaltener Kraft und entschlossener Unerschrockenheit. Er aber war im gleichen Moment zu einem SCHWARZEN ENGEL mutiert, der - wie träumend - an der steinernen Balustrade lehnte; so, als ob er etwas erwarten würde. Lange verharrten beide in diesem ungewöhnlichen Zustand.

Daraufhin änderte sich ihre Konstellation: Beide saßen sie nun - Seite an Seite - inmitten der Brücke, das harte Steinpflaster ignorierend. Ihre Gesichter, voneinander abgewandt, waren von einem weißen Gazeschleier bedeckt.

Ab jetzt gehörten sie endgültig nur noch einander, waren verbunden durch ein BILD Hoppers, durch die Chimäre eines NIEMANDSLANDES und durch einen WEISSEN SCHLEIER, dessen Bedeutung sie beide nicht erkannten.

Irgendwann später waren sie aus dieser Illusion erwacht, waren aufgestanden und weiter gegangen.

Schweigend waren sie weiter gegangen, einer neben dem anderen. Mit ihr jetzt sprechen zu müssen, war eine Qual für ihn, dennoch versuchte er in Gedanken Worte zu formulieren, Worte nur für sie bestimmt. Die aber vermochte er nicht zu finden.

Kurz nur hatte sie ihn von der Seite her angesehen und seine Verkrampfung und seine Not bemerkt. Daraufhin hatte sie begonnen, darüber nachzudenken, mit welchen Worten sie ihn aus seiner verzweifelten Lage herauslösen könnte.

In dem Moment, als sie das Wort an ihn richten wollte, entdeckten beide ein Gebäude; einen skurrilen Bau, einer Molluske ähnlicher als einer Behausung: den TANZPALAST!

40

das tor

Bevor sie gemeinsam durch das Tor in den TANZPALAST eintreten wollten, waren beide stumm geblieben.

Er fand keine für sie passende Ausdrucksweise mehr um sich ihr mitzuteilen.

Daraufhin war sie alleine durch das Tor in den TANZPALAST gegangen.

Sie war für ihn nicht mehr erreichbar. In Wahrheit aber war ab jetzt einer für den anderen nicht mehr auffindbar, und es gab keine Gemeinsamkeit mehr zwischen ihnen.

Sie waren füreinander ‚verschwunden', etwa wie ‚verwunschen'.

Das TOR alleine zu überwinden war er nicht imstande. Jedenfalls stand hier kein Wächter, der ihm den Einritt verwehrt hätte.

Ich habe nicht falsch gehandelt …, ich habe nicht gehandelt. Im Museum nicht, auf dem Hügel nicht, in meinem Zimmer nicht - an keinem Ort, an dem ich mich gemeinsam mit ihr aufhielt. Mein Ohne-sie-Sein ist lediglich das Ergebnis meines Nicht-Handelns. Ich sollte längst drinnen im TANZPALAST sein, an einem zierlichen Tischchen neben ihr sitzen und mit den Schuhspitzen wippen. Denn vielleicht sitzt sie in diesem Augenblick an einem derartigen Tischchen und lässt sich kokett von irgendeinem Tänzer auffordern, um mit ihm übers Parkett zu wirbeln.

Bereits im Museum hatte er sein Sprechen in ihrer Gegenwart verlangsamt. Er war mit seinem Sprechen langsamer und langsamer geworden, um schließlich zu verstummen.

Er wollte mit dem Sprechen zu ihr wieder beginnen; mit einem Sprechen in normalem Tempo, mit mutigem Sprechen demnach.

Es war ihm bewusst geworden, mit niemandem, außer mit ihr, in den letzten Stunden gesprochen zu haben.

Plötzlich hatte er das Verlangen, so wie früher, nur noch mit ihr zu reden. Ja, er würde ab jetzt wieder Worte austauschen mit ihr.

Rasch ging er durch das Tor, hinein in den TANZPALAST.

41
das rot

Als er den Saal betrat, hörte er noch, dass draußen ein Unwetter niederging. Die feuchte Schwüle herinnen war die gleiche wie draußen.

Sogleich bemerkte er sie an einem der vielen kleinen Stahlrohrtischchen: Sie hatte nun ein *rotes* Kleid an. Und obwohl sie mit einem Fremden, der gleichfalls am Tisch saß, in ein Gespräch vertieft war, schien es ihm, als würde sie ihn erwarten.

Langsam ging er auf den Tisch zu, stand dann vor den beiden; aufrecht.

„Ein Unwetter zieht auf, draußen."

„Es geht mir gut, nach langer Zeit wieder."

Irgendwo vorne auf einer Tribüne fand eine Art Tombola statt. Er hörte nicht hin, was diese Leute sagten.

„Ich bin froh, dich hier zu sehen."

Noch während er diese Worte sagte, stand sie gemeinsam mit dem Unbekannten vom Tisch auf und glitt …, ja, sie glitt nahezu zur Tanzfläche. Später presste sie ihren Körper an den des Fremden. In dieser Enge begannen sie einen endlosen, verhaltenen Tanz.

Sie kam alleine an den Tisch zurück, wo er immer noch saß; ruhig, ohne aufzublicken.

„Ich könnte nicht so leben wie du lebst."

„Hin und wieder verderbe ich die Stimmung."

„Ich kannte einmal eine Frau …"

„Du musst mir immer sagen, was du erwartest …, vom Leben …, von mir."

„Ich werde bei dir bleiben, wenn …, nein, ohne *Wenn*."

„Einen wie dich habe ich noch nie getroffen."

„Ich weiß. Es ist dir unangenehm, hier mit mir zu sitzen. Schämst du dich für mich?"

„Ich versuche weiblich zu bleiben."

„Wahrscheinlich bin ich ein Stein …, oder nur wie ein Stein."

„Ich sollte dir etwas erzählen, später."

„Vielleicht gibt es ‚später' nicht."

„Hast du mein neues Kleid bemerkt?"

„Es verändert dich."

„Ja, aber du bist immer der Gleiche."

„So lange ich lebe, werde ich dein weißes Kleid nicht vergessen."

„Hältst du mich für eine Göttin?"

„Du bist eine Fee, vermutlich."

„Vielleicht bin ich jene Angebetete für dich, nach der du dich immer gesehnt hast."

„Nachts weine ich manchmal dem Mond entgegen."

„Ja, es wird Nacht, sie kommt über uns."

„Hier können wir nicht bleiben."

„Bleib ruhig, Lieber."

„Ich weiß jedenfalls, dass ab jetzt alles möglich ist."

„Ich bin bei dir."

„Manchmal zeigt der Mond eine rote Färbung."

Irgendwann an diesem Abend hatte er begriffen, dass sie beide erst aus seinem Haus fortgehen hatten müssen, um an einem Ort, wo *andere* Bedingungen herrschen, redlich miteinander zu sprechen. Auch dass sie in Hinkunft nur noch an *fremden* Orten einander näher kommen würden.

In Wahrheit war sie den entscheidenden Herzschlag lang nicht ganz bei ihm gewesen. Das Entstehen von Nähe bedeutet nicht in jedem Fall die Erfüllung von Wünschen.

42
vulcanus[1]

Sie hatten den TANZPALAST, diesen ihnen so fremden Ort verlassen, und waren ins Freie gegangen. Gemächlich, als ob sie es miteinander vorher abgesprochen hätten, spazierten sie durch die angrenzenden Parkanlagen. Von der Hektik und Umtriebigkeit der Menschen im TANZPALAST hatten sie sich nicht irritieren lassen. Voll Zuversicht gingen sie eine Zeit lang nebeneinander ihren Weg gemeinsam.

Zu diesem Zeitpunkt schien der TANZPALAST bereits menschenleer zu sein; irgendwo hatte sich ein Wächter verborgen.

Während sie durch den Park gingen, hatten sie es nicht nur vermieden, Hand in Hand zu gehen, sondern mit scheuen Blicken darauf geachtet, einander keinesfalls zu berühren. Und doch hatten sie in diesen Momenten das Gefühl vereint zu sein; leicht ihre Laune, arglos ihre Empfindungen.

Ein Buschklepper hatte sich herangemacht, ein Dieb der Liebe und der Sehnsucht nach ihr. Unverhofft stand er vor ihnen.

Spontan hatte er sie an der Hand genommen. Und es war nicht seine Furcht, die ihn so handeln ließ, sondern sein Instinkt, sie durch diese Geste der Nähe zu schützen.

Gleichzeitig hatten beide den Mann erkannt: Es war der

[1] *„Vulcanus ist der […] Gott des Feuers […] und aller, die auf die Kraft des Feuers angewiesen sind. Ihm heilig waren […], der Löwe, dem heißer Atem unterstellt wurde.“. Aus Wikipedia, Die freie Enzyklopädie*

‚Wächter aus dem Museum' …, jener ‚Mann vom Hügel' …, der ‚Geselle aus seinem Zimmer'. Und er war derart hässlich, dass sie, als sie an ihm rasch vorbeigingen, einander ansahen und lachten. Es war Vulcanus gewesen. Wieder hatten sie den Grund seiner Anwesenheit nicht begriffen.

Sie aber hatte noch immer keinen Löwen aus ihm gemacht, hatte sich seine wilde Sanftheit noch nicht geholt und seinen heißen Atem noch nicht gespürt. Nun nahm sie ihn fester an der Hand, drehte sich dem ‚Mann' zu, zog ihn in die Richtung, in der auch der ‚Geselle' ging. Beide folgten sie diesem Wächter, folgten ihm durch den Park, folgten ihm bis zu jenem Berg, den sie schon vom TANZPALAST aus sehen konnten.

Alles am Berg sah aus wie auch der Mann aussah, der vor ihnen stand: verwüstet. Der Hügel bot ein Bild des Abgestorbenen: Sandige Dünen, verdorrte Bäume, stachelige, braune Halme, Distelzeug überall, Strünke dazwischen, verdorrte Sträucher, Verwüstung, Einöde.

… dann hatte er ihre Hand losgelassen.

Unbemerkt hatte Vulcanus beide verlassen.

Geradewegs waren beide in die Nähe des noch nicht Feuer speienden Berges geraten; Vulcanus selbst hatte sie dorthin geführt. So gingen sie weiter, hinauf, später hinab in den Schlund; bis zu dessen Grund wollten sie aber keinesfalls vordringen … wollte auch er keinesfalls vordringen; dass ihn an diesem Ort jene Höhle, die für ihn bestimmt war, erwarten würde, daran dachte er nicht.

Sie jedoch – Möndin, die sie war – wusste, dass er alsbald von SEINER Höhle aufgenommen werden würde. Das zu erreichen, hatte sie alle ihre Bemühungen darangesetzt. Nun gehörte er ihr. Und war ihr ‚Besitz' geworden.

Ihr einziger. Für alle Nächte. Für alle Zeiten. Ohne es zu ahnen.

Nichts geht verloren, wenn es nicht schon verloren war.

Mit tänzelnden Schritten eilte sie mit ihm den Kraterkessel hinunter; rot ihr Kleid, gleich dem Schlund des Trichters. Immer weiter zog sie ihn mit sich fort, und er folgte ihr ..., folgte ihr mit gleichfalls tänzelnden Schritten, so als ob er nachzuholen hätte, was er im TANZSAAL verabsäumt hatte. Nun tanzte er doch noch seinen Tanz, setzte instinktiv jene Schritte, die ihn tiefer und tiefer in den Abgrund führten.

Schon waren sie an ihrem Ziel, von dem nur sie wusste, angekommen. Schon hatten sie sich dem schwitzenden, blutenden, gebärenden Vulkan unterworfen. Und mit immer noch tänzelnden Schritten näherten sie sich seiner gewaltigen Öffnung, trippelten hinunter: Eine ‚überstürzte' Flucht aus einem ‚falschen' Leben, der er sich - mit IHR an der Hand - wie berauscht hingab.

Möglicherweise war sein Lebensgefühl zum Stillstand gekommen.

Ihre Welt war für ihn ein seltsamer Ort.

Nun war er in der Höhle seines endgültigen Geschicks angekommen: Ein heißer Schlund, der ihm aber nichts anhaben konnte. SIE war in seiner Nähe, sie war bei ihm. Von diesem Moment an, hatte er keine Furcht mehr vor seinem Leben.

Beide hatten sie ihre Angst abgelegt.

43
bilder erinnert, vorgeführt

Wie ein zurück gespulter Film kam ihnen das Folgende vor:

… entstanden Bilder an den Krater-Wänden, bewegten sich; Bilder, die aus seiner Erinnerung stammten. Sie aber saß mit geschlossenen Augen neben ihm.

Ja, sie war eine Art Blume für ihn …

Wer von beiden würde späterhin die Kraft aufbringen, den Teufel wieder auszutreiben ...

Derart befreit trat er vor das Bild, das sofort „sein Bild" geworden war. Gelegentlich sind Bilder Abbildungen nächtlich geträumter Erinnerungen:

Eine Frau mit halbgeöffnetem Morgenmantel vor dem Haus.

Sie war eine aparte Erscheinung in jedem Moment ihres Tages, dessen ungeachtet hatte sie nur eine Ahnung von ihrer eigentlichen Sehnsucht.

Sie trug keinen Schmuck zu ihrem weißen Kostüm. Irgendetwas fehlt immer.

Es war der Ausdruck einer besonderen Sehnsucht in ihren Augen, die er mit niemanden zu teilen brauchte.

Die Eingangstüre - halb geöffnet - gibt den Blick frei auf eine Frau. Ihr Gesicht und das der Frau auf dem Bild Hoppers waren eines.

Nicht dieses Bild war interessant, sondern die Gesichter der Menschen, die es betrachteten.

Draußen bewegte sich langsam ein Leichenzug vorbei. Vom Gipfel des Hügels aus hätte man sehen können, wie Paare sich finden …, sich verlieren.

Der Hügel bot ein Bild des Abgestorbenen: sandige Dünen, verdorrte Bäume, stachelige, braune Halme, Distelzeug überall, Strünke dazwischen, verdorrte Sträucher, Verwüstung, Einöde.

Ihr weißes Kostüm zeigte Spuren von vertrocknetem Gras; so stand sie vor ihm.

Eine weiß gekleidete Frau ritt auf einem Löwen durch die Menge, dem Wald entgegen.

Vor ihnen lag eine schlichte Landschaft: blassgelbe Kornfelder fort und fort.

Er betrachtete zunächst DAS BILD MIT DEM ZERFALLENEN GEBÄUDE.

Und später DAS BILD MIT DEM MANN AUF DEM HÜGEL; er sah aus, wie alles auf dem Hügel.

Dann sah er DAS BILD VOM ABGESTORBENEN: kahle Felsen, vertrocknetes Gras.

Und er sah DAS BILD DER SANDIGEN DÜNEN: ockerfarben, ein heller Sandteppich auf und auf.

Und dann sah er DAS BILD DER VERDORRTEN BÄUME.

Dann DAS BILD MIT DEN STRÜNKEN.

Daraufhin sah er DAS BILD MIT DEN STACHELIGEN BRAUNEN HALMEN: stachelige, braune Halme, DISTELZEUG, nichts sonst.

Auch sah er DAS BILD DER VERDORRTEN STRÄUCHER: Es glich dem Bild der verdorrten Bäume.

Er sah jenes Bild, das nur ABGESTORBENES darstellte.

Schließlich aber sah er DAS BILD DER VERWÜSTUNG: Es stellte seine eigene EIN-ÖDE dar.

Weiße Dünen lagen heiß vor ihnen, als sie das Haus verlassen hatten, keine blassgelben Kornfelder ..., fort und fort.

Sie stand vor einem der Fenster und sah draußen eine weiß gekleidete Frau, die auf einem Löwen dem Wald entgegen ritt. Später ging er zum Fenster, öffnete es, schaute hinaus, blickte zum Himmel; in diesem Moment riss das Blau auseinander.

Die groteske Ordnung der Gegenstände ringsum an den Wänden entsprach nicht dem Durcheinander auf dem Fußboden.

Angetrieben von leichten Windstößen vom Fenster her, bewegte sich ein schwarzer, dünner Plastiksack hin und her, Leben mimend.

Und sie: Immer noch stand sie vor dem geöffneten Fenster.

Es war nicht sein Zimmer.

Während des gesamten Ablaufs waren beide gleichsam vor einer weißen Wand gestanden.

Seine Welt war für sie ein seltsamer Ort.

Die groteske Beschaffenheit des Geländes verstärkte ihre nervöse Unentschlossenheit.

Er allein war sich darin sicher, eine Luft-Spiegelung gesehen zu haben.

Die feuchte Schwüle herinnen war die gleiche wie draußen.

Möglicherweise war sein Lebensgefühl zum Stillstand gekommen.

44
pieta

Immer noch hält sie die Augen geschlossen. Verschließt sich, als wäre ich nicht vorhanden. Es könnte sein, dass sie nicht meine Möndin ist, die mich bewacht und behütet, sondern *Nemesis* [1], die mich für Dinge straft, die in der Vergangenheit geschehen sind. Oder, für jene Taten, die ich unterlassen habe, die demnach NICHT geschehen sind. Vielleicht, dass ich Ereignisse aus meiner Vergangenheit ins Jetzt übertrage, sie in meine Gegenwärtigkeit herübergerettet habe. Bin ich deshalb schon ‚gerettet' oder doch - für immer - verloren. Auch vermag ich nicht zu sagen, ob ich mich an SIE oder an mich selbst verloren habe. Ich bin nur noch müde.

Befreit von jenem Kreuz, das sie von der Wand genommen hatte, und danach immer bei sich trug, *ward er in ihren Schoß gelegt.*

Von nun an werde ich für immer bei ihm bleiben; in seiner Höhle. In dieser Hitze ..., in seiner Kälte. Besser, ich bleibe nicht ständig bei ihm: Ich werde ihn aufsuchen, immer wieder. Ist er mir doch wie ein Bruder, ja, für alle Zeiten nur mein Bruder. Er sollte ENDLICH zur Ruhe kommen. Und nur noch schlafen. Die Bilder, die er an den Wänden zu sehen glaubte, sind nur verblasste Abbilder seiner Erinnerungen; wie auf einem Sarkophag ..., wie auf SEINEM Sarkophag. Nun schläft er. Endlich ist er in seinen Schlaf gesunken. Es wird Zeit für mich. „Von jetzt an werde ich jede Nacht bei dir sein."

[1] *Nemesis ist in der griechischen Mythologie die Göttin des „gerechten Zorn" sowie diejenige, die „herzlos Liebende" bestraft. Aus Wikipedia, Die freie Enzyklopädie*

45

die erste nacht

Sie kommt in die Höhle und küsst ihn.

46

die zweite nacht

Er schläft. Sie kommt in die Höhle und küsst ihn.

47
die dritte nacht

Sie kommt in die Höhle und küsst ihn. Das Entstehen von Nähe bedeutet nicht in jedem Fall die Erfüllung von Wünschen.

48

die vierte nacht

Und es wird eine sinnliche Entwöhnung sein. Sie kommt in die Höhle und küsst ihn.

49

die fünfte nacht

Sie kommt in die Höhle und küsst ihn. Nichts geht verloren, wenn es nicht schon verloren war.

50

die letzte nacht

Sie kommt in die Höhle und küsst ihn. *Sodann legt sie seinen Leichnam ins Grab.*

epilog

„Selene (bei den Römern Luna), die Göttin des Mondes, nach Hesiod Tochter des Hyperion und der Theia, Schwester des Helios und der Eos, auch Phoibe genannt, wird später mit der alten Mondgöttin Artemis (Diana) oder auch mit Persephone identifiziert.

Selene gebar mit Zeus die Pandia und Herse (‚Tau').

Mit Endymion, dem König von Elis, hat sie 50 Töchter. Sie versetzte ihn in eine Höhle auf dem Berg Latmos. Dort ließ Selene ihn in einen ewigen Schlaf verfallen, um ihn vor dem Tod zu bewahren und dadurch ewige Jugend zu schenken. Jede Nacht kommt sie in die Höhle und küsst Endymon.

Eine Erzählung berichtet, dass dieser immer noch schläft, weil Selene zarte Küsse mehr geschätzt haben soll als eine fruchtbare Leidenschaft.

Eine andere Erzählung berichtet, dass der liebestolle Pan sie, in ein schönes weißes Vlies gehüllt, im Wald verführte.

Auf Wunsch der Hera soll sie den nemeischen Löwen geschaffen haben, dem Herakles in seiner ersten Arbeit das Fell abziehen sollte.

Wenn Selene auf einem Wagen fährt, so ziehen diesen entweder Stiere oder Rosse.

Es wird gesagt, die Lichtstrahlen der Selene berühren die Wangen Sterblicher wie die Küsse einer Geliebten.

Selene ist die Favoritin vieler Dichter."

Quelle: Wikipedia, Die freie Enzyklopädie

Einfach nur das: Sein

Krysztof Kieslowsky, Drei Farben: Rot

Mutwillige Sommervögel

Hinweis

‚Mutwillige Sommervögel' ist
der Versuch einer Paraphrase
des Urfaust-Themas;
eher im musikalischen
als im sprachlichen Sinn.

Peter Miniböck

Das Ich ist kein Gegenstand.
Ludwig Wittgenstein

Sein Geist ist klar,
aber seine Seele ist verwirrt.
Dennis Hopper / Francis Ford Coppola

Dass ich erkenne, was die Welt im Innersten zusammenhält [Prämisse]

Folgendes meinen wir zu wissen: Da war ein studierter Mann, Heinrich, der sich die Welt erdacht hatte. Und sie nicht begriff. Und sich selbst nicht begriff. So ging er eine Vereinbarung mit dem Teufel, Mephistopheles, ein. Es herrschte demnach ein Einverständnis zwischen den beiden. Und Heinrich glaubte, da er ab diesem Zeitpunkt wie Mephistopheles handelte, auch ein Teufel zu sein. Oder zumindest etwas Teuflisches in seiner Seele zu haben. Nur, die gehörte ihm nicht mehr. Mephistopheles jedoch nahm zu keiner Zeit an, Heinrich zu sein. Er wusste, dass er selbst der Teufel ist. Und dass Heinrich ein Verlorener war, der gewissermaßen mit seinem späteren Ich einen Pakt geschlossen hatte. Nur Margarete durchschaute - viel zu spät - diese Tragödie und erkannte, dass Heinrich sich ein falsches Bild von seinem Selbst und der Welt gemacht hatte. So ging alles zum Teufel. Wo es von Anfang an war.

Bin ich ein Gott? mir wird so licht! [Bericht einer Erfahrung]

Irgendwie war ich damals aus der Zeit geraten. Aus meiner Zeit. Aus jenem Teil der Zeit, die für mich vorgesehen war. Dennoch war ich nicht aus der Welt. Und als ich das erkannte, war das ein wichtiger Moment für mich. Gleichzeitig erfasste mich Panik ... eine innere Unruhe, die mich dazu trieb, einen Spiegel zu suchen ... mich vor einen Spiegel zu stellen, um mich selbst darin wieder zu finden. In diesem Augen-Blick stieg ein unbestimmtes Unbehagen in mir auf. Ich wurde ungeduldig. Und sehnsüchtig. Aber ich war nicht imstande herauszufinden, woher die Ungeduld und diese Sehnsucht kamen. Jedenfalls war ich mir fremd geworden. Und obwohl alles auf seltsame Art zerfiel, hatte ich mich unter Kontrolle. Alsbald fühlte ich mich wie ein Kind ... wollte nur noch schreien wie ein Kind. Dennoch hatte ich etwas geschafft. Ich war zum Beobachter meiner selbst geworden. Dessen war ich mir absolut bewusst.

Und früher? Was hatte ich nicht alles gelesen! Und vermochte es doch nicht aufzunehmen, wusste es nicht einzuordnen in mein Bild von der Welt: Jeder Satz sprang zum nächsten, jede Bedeutung, die er zu haben schien, wurde durch den folgenden infrage gestellt. So folgte ich einer Assoziation nach der anderen, bis mir nur noch obskure, unauflösliche Gedankenverknüpfungen in meinem Schädel blieben. Von da an verdrängte ich jedes geschriebene Wort.

Zurück blieb mein entleertes Ich.

Irgendwann später erhielt ich einen Brief, in dem nur stand: „Hier scheint die Sonne. Es ist ein schöner Tag". Da wusste ich, dass dieses Schreiben aus einer Welt kam, in der ich niemals würde leben können. Ich war irgendwie fort getragen worden, fort getragen in einen Bereich, aus dem ich nie mehr herausfinden würde.

Dann traf ich dieses Wesen ... diesen Mann, der fluchte und mir schmeichelte, geiferte und mir huldigte zugleich. In dessen Ambivalenz fand ich mich wieder. Er schien mein Spiegelbild zu sein. Und auf irgendeine Weise hatte ich allmählich seine rätselhaften Kräfte angezapft, die alsbald meine eigenen zu sein schienen. Plötzlich hatte ich verstanden, was GUT und BÖSE bedeutet. Und welche Probleme sich daraus für mich ergeben würden. Der Mann aber sagte zu mir: „DAS wird morgen in Ordnung sein, wenn ...".

Immer noch stand ich vor dem Spiegel. Allein mit mir. Und hatte dabei das Gefühl, vor einer großen Reise zu sein. Auch er war anwesend. ICH und ER ... gleichzeitig. Da erkannte ich, dass ich die SCHRECKLICHSTE Reise anzutreten hatte und begann mich zu fürchten. Ich wollte nicht mehr nur noch in meiner Nacht leben. Gleichzeitig fühlte ich eine Art Erwachen in mir. Ja, irgendwie war ich wach geworden. Trotzdem war dieses Gefühl eine Art Rückbewegung. Aber rückwärts und vorwärts gleichzeitig. Was daneben ablief, merkte ich nicht. Gott war verrückt geworden. Das stand für mich fest. Es war nur ein Stadium, das ich durchlief. Im Nachhinein wusste ich, dass ich durch etwas FURCHTBARES hindurchgegangen war, durch etwas, das nur mich betroffen hatte. Ich war - ich weiß nicht wie lange - irgendwie in diesem Spiegelbild eingeschlossen gewesen. Das heißt, ich war in mir selbst gefangen gewesen.

Jedenfalls war ich mir selbst auf eine beklemmende Art fremd geworden.

Dann entschloss ich mich zur ‚Rückkehr'. Ich wollte nicht mehr eingeschlossen sein in Spiegelbildern, doppelten Identitäten und Vorwärts- Rückwärts-Bewegungen. Ich wollte endlich mein eigentliches Selbst wieder finden. Dann sagte ich meinen Namen. Laut.

Später schaute ich wieder in den Spiegel. Und sah mich. Ja, das war ICH. Ich war wieder da. War wieder bei mir. Ich war angekommen. Das Zimmer war jetzt hell. Das Licht der Sonne war herinnen …, war in mir. Und ich erkannte: Die Freiheit des Menschen beginnt bei ihm selbst.

Willkommen
süßer Dämmerschein

Ein Sturm hatte den Tag hinweggefegt. Die beginnende Nacht musste auf den Mond verzichten. Heinrich begann sich von seinen Illusionen zu entfernen. In der Schwärze des Abends verschwammen die Grenzen seines Lebensgefühls zu einem finsteren Wall. Die dunklen Wolken der Nacht aber zogen in die entgegengesetzte Richtung. Noch war Heinrich nicht bereit, sich aufgezwungenen Ohnmachten hinzugeben.

Ja was man so erkennen heißt

Ich bin nicht wichtig. Das heißt, ich halte mich nicht für wichtig. Ich bin männlichen Geschlechts. Das Geschlecht … es ist nicht wichtig. Aber … wie weit ist ein Mann von einer Frau entfernt? Alles was ich habe bin ich nur selbst. Ich finde Dinge, nach denen ich nicht gesucht habe. Ich suche Dinge, die ich nicht finde. Sie ist kein Ding. Sie ist nicht hier. Sie ist irgendwo. Jedenfalls weit entfernt von mir.

Die Angst, die langsam in mir hochkommt, entsteht aus meinem Unvermögen, den Unterschied zwischen ihrem so regsamen Leben und meiner Art zu existieren zu begreifen. Ich suche, um etwas von ihr zu finden, das sie vor mir verborgen hält. Und fühle mich wie der Überlebende einer mystischen Expedition: Niemals noch habe ich derartige Lava gesehen und GESPÜRT; ein düsteres Gemisch, das selbst im Dunkeln nicht glüht. In ihrer Sanftheit konnte sie dennoch nie stillhalten. Still. Halten. Ich weiß nicht mehr, wann sie gegangen ist und ob sie tatsächlich da war. Trotz allem hat mich die Kraft nicht verlassen. Glaube ich. Sie ist fort … ich sagte es. Ach, ich bin müde und erregt zugleich.

Ich erinnere mich, im Winter einem alten Mann im Wald begegnet zu sein. Er trug eine über die Stirn gezogene Wollmütze; sein Bart, wie polierte Metallspäne, stach mir entgegen. Kurz bevor wir aneinander vorbeigingen, hob er den Blick, sah mich an aus grauen, wässrigen Augen – ein scheinbar Blinder – und sagte: „Schöner Tag". Nichts sonst.

Das war sein Motto - weniger ein Gruß: Schöner Tag. Diese Klarheit und Ernsthaftigkeit! Ich befürchte, meine Ernsthaftigkeit verloren zu haben. Zu lange lebte ich in meiner Zeit der Flut. Jetzt ist die Zeit der Ebbe gekommen. Alles, was vorher war, alles, was ich vordem versucht habe zu erreichen, ist überflutet worden. Und nun, da die Wasser zurückgegangen sind, ist nichts mehr von dem vorhanden, dessen ich bedarf.

Ich stehe auf, trete ans Fenster und schaue hinaus. Gerne würde ich träumen können. Ich habe nur noch wenige Wünsche. Und warte auf die nächste Flut. Und ich versuche mir vorzumachen, nicht mehr zu warten. Auf sie. Jedes Ding da draußen ist wie ein offenes Tor, durch das ich die Finsternis aufnehme. Die Welt ist nichts Erträumtes. Ich halte die Augen offen. Und versuche Entscheidungen zu treffen. Man sieht nur das, was man sehen will. Ich aber habe mich dem Unfassbaren ausgeliefert.

Gegen die Entropie meines Daseins kämpfe ich nun nicht mehr an. So sitze ich hier … sitze mit mir selbst zu Tische. Ich glaube, dass man sich den Frauen mit Gefühl nähern muss. Nicht mit dem Geschlecht. Es gibt so etwas wie eine männliche Offenheit. Weil es auch eine männliche Innerlichkeit gibt. Das Äußere. Das Innere. Ich bin zu müde, um mir frischen Tee zuzubereiten. Ja, ich bin müde geworden.

Zwar Kind ist Kind und Spiel ist Spiel

Heinrich war in Schwierigkeiten geraten. Im Grunde hatte sie ihn nie begriffen. Das Einzige, wozu sie imstande war, bestand darin, ihn auf ihr Niveau herabzuziehen. Auf diese Weise würde sie ihn niemals erreichen.

Bin doch
ein töricht furchtsam Weib

Ich will … keine Angst mehr haben müssen.
Ich will … mich nicht mehr als Gefangene fühlen.
Ich will … gänzlich frei sein.
Ich will … mutig sein können.
Ich will … unabhängig sein.
Ich will … meine Gedanken begreifen.
Ich will … meine Gefühle begreifen.
Ich will … keine Zweifel mehr haben.
Ich will … wissen wofür ich auf der Welt bin.
Ich will … nicht mehr müde sein.
Ich will … innere Ruhe.
Ich will … nicht mehr weinen müssen.
Ich will … die Einsamkeit nicht an mich heranlassen.
Ich will … akzeptiert werden.
Ich will … Geborgenheit.
Ich will … das kleine Glück.
Ich will … das ganz große Glück.
Ich will … Wärme.
Ich will … die Liebe spüren.
Ich will …, dass man mir zuhört.
Ich will … redliche Antworten auf meine Fragen.
Ich will …, dass meine Worte in die Welt kommen.
Ich will …, dass MEINE Stimme gehört wird.

Sprache vermag das GROSSE SCHWEIGEN nicht auszudrücken.

Wie nur dem Kopf nicht alle Hoffnung schwindet

Regenluft. Draußen bleiben; aber wohin? Heinrich war nie ein souveräner Ingenieur seiner Phantasien gewesen. Im Gehen findet er wieder zu den alten Gedanken zurück; um neue zuzulassen.

Ein jeder lernt nur was er lernen kann

Gerade und aufrecht stehen die Gebäude der Stadt da. Nur die Bäume der Wälder außerhalb bewegen sich geschmeidig im Wind hin und her. An den Schnittstellen des Abends, wo Stein und Holz nicht mehr unterscheidbar sind, ist die diffuse Verschmelzung erkennbar. Das Leben und das Grübeln darüber und ... die Existenz dazwischen. Ein Konzept ist nur ein Konzept - ohne Lebenssaft. Ein Behälter lediglich, aus dem man sich befreien muss. Das Dunkle, die Dämmerung aber ist auch außerhalb präsent. Das Reden kann vielleicht helfen. Dämmrige Nachmittage eignen sich für manches. Und gehen vorbei, gleichgültig wie sie verliefen.

Seltsame Gesellen, die da zusammengekommen sind. Der Zufall hat sie wohl zusammengebracht. Vielleicht die Verzweiflung. Oder ein unmögliches Begehren, das Leben zu erkennen.

„Auf welche Weise glauben sie mir helfen zu können?"

„Nicht Hilfe..., Möglichkeiten habe ich ihnen anzubieten, aufzuzeigen ..., Konzepte, Modelle nur."

„Aber das Leben ist ... das Leben! Kein Modell, kein Konzept."

„Leben ist Lust und Unlust, Bedürfnis und Bedürfnislosigkeit zugleich; scheinbar konträre Konzepte, die er-lebt und ge-lebt werden. Auch von ihnen. Ich versuche lediglich ihnen die Möglichkeiten zu geben, das für sie Geeignete zu erkennen."

„Voller Hoffnung und - ich gebe es zu - mit einer gewissen Ehrerbietigkeit bin ich in ihren ‚Laden der Philosophie' gekommen und sie ... versuchen mir Binsenweisheiten zu verkaufen. Nehmen sie sich doch endlich meiner Probleme an!"

„Jederzeit können sie ja gehen, obwohl sie - glauben sie mir - hier am ‚richtigen Ort' sind. Ja, der Ort ist richtig. Wir, die Protagonisten, sind die ‚Richtigen', das Thema ist das richtige, nämlich, den Jammer des Lebens mit der Intelligenz in Einklang zu bringen."

„In dieser grauen Kammer? Alles hier ist fahl, grau, farblos. Schauen sie doch in den Spiegel, Herr Doktor: Ohne jede Emotion sitzen sie da, ohne jede menschliche Regung hocken sie mir gegenüber. Ich aber liebe an den Menschen besonders deren gefühlsbetonte Regungen. Das müssen sie mir ja - trotz all ihrer Philosophie - zugestehen; ein derart lasches Lamm bin ich nicht."

„Sie haben studiert?"

„Nun ich wollte ... ich habe ... einige Semester Medizin ..., dann auch ..."

„Ich denke einige Aspekte der Philosophie werden wohl passend sein für sie, trotz ihres Urgierens der sinnlichen Erlebnisse, demnach Regungen hormonellen Ursprungs, die ihnen zu schaffen machen."

„Was ich immer noch von ihnen erwarte, ist ... Lebens-Hilfe!"

Ich bin ja kein Psychologe, aber hören sie, es ist wirklich einfach: In der Philosophie haben sie immer die Möglichkeit eines wechselnden Standpunkts. So können sie die Szene betreten, erklären dies und das, oftmals gänzlich ohne Überzeugung ... und schon hört man ihnen zu und mit einem Mal haben sie Kompetenz und ... Selbstvertrauen."

„Wenn die Frauen nicht wären..."

„Die Frauen haben damit nichts zu tun, die würden sie ja mit ihren Lebenstiefen langweilen, die wollen Deftiges, unter dem Mantel des Gentleman Verborgenes, versteht sich."

„Besonderes hätten die nicht zu erwarten. Ich übrigens auch nicht."

„Das ist ihr Fehler."

„Was?"

„Dass sie immer irgendetwas erwarten."

„Aber wie lebe ich dann … ohne Erwartungen haben zu dürfen?"

„Lernen sie, ohne Bedürfnisse zu sein und leben sie ohne Beunruhigungen."

„Immer nur geben sie mir billige Tipps für die nächsten Tage meines Lebens. Und dann?"

„Nein, das war bereits Philosophie."

„Da lebt jeder Tor besser, vermutlich weil er sich dazu durchgerungen hat, so zu leben."

„Schon wieder Philosophie!"

„Unsinn!"

„Doch! Leben sie ein kluges Leben in Zurückgezogenheit und genießen sie ALLES!"

„Das ist ein Widerspruch."

„Nein, das ist … Doch fürs Erste: Verschulden sie sich nicht, da wären sie verloren."

„Aber die Frauen …?"

„Die wollen nur ihr Geschlecht und ein wenig Zärtlichkeit. Keine teuren Restaurantbesuche, keine Sportwägen und keine teuren Villen. Nicht alle zumindest. Werden sie ein Mann!"

„Gibt es solche Frauen wirklich?"

„Genug. Sprechen wir nun von ihnen."

„Vielleicht wäre eine derartige Frau die Lösung meiner so genannten ‚Orientierungsprobleme'."

„Ihr Untergang wäre sie.“

„Ist denn gar nichts Großartiges an den Frauen?“

„Nein, versuchen sie nur mehr Lust als Unlust zu gewinnen.“

„Keine Konzepte?“

„Das ist ein Konzept.“

„Vielleicht sollte ich erblinden.“

„Unsinn! Schauen sie die Welt an, aber bleiben sie bei sich.“

„Irgendwie fühle ich mich immer ein wenig krank.“

„Das gibt sich allmählich. Erlernen sie die ‚Ästhetik der Gleichgültigkeit‘.“

„Soll ich demnach gegen andere gleichgültig sein? Soll ich die Gleichgültigkeit tragen wie einen Orden, der von ferne schon blinkt, oder soll ich meine eigene stille Teilnahmslosigkeit gegen die Welt leben?“

„Sie sollen darauf achten, stets zu essen und zu trinken zu haben; das Weitere findet sich.“

„Wie aber beginnen?“

„Auch das ist nur eine der tausend Möglichkeiten: zu fragen - zu antworten.“

„Sie sehen mich hilflos … verwirrt. Allmählich zweifle ich an ihrer Kompetenz, gleichzeitig bin ich aber bereit, mich ihnen völlig auszuliefern. Was also tun?“

„Genau an diesem Punkt - tief drinnen - muss die gesuchte erstarrte Lava sein; ich bin beeindruckt! Dennoch … halten sie sich an Worte … an Worte, die Begriffe sind. Wo der Begriff fehlt, fehlt der Bezug zum Leben.“

„Und was ist nun mit den Frauen?“

„Lernen sie die Frauen zu führen, die wollen das. Nicht nur einen Schwanz allein; die wollen den Pfau UND den Stier zugleich. Aber vergessen sie sich nicht selbst dabei. Genießen sie!“

„Aber die Philosophie…?“

„Ist grau. Nur das Leben hat den roten Saft zu bieten. So oder so.“

„Und die Vernunft ..., wider die Kraft?“

„Die beiden schließen einander nicht aus. Die Vernunft ist vielleicht sogar wertvoller als das Philosophieren. Denn: Man kann nicht freudvoll sein, ohne vernünftig zu leben; aber auch nicht vernünftig, ohne freudvoll zu leben. Besser ist es, unser Tun nicht vom Zufall zum Erfolg führen zu lassen.“

„Das scheint mir eine klare, einfache Philosophie zu sein … ja, besser als Philosophie. Doch nur von der Vernunft bestimmt möchte ich nun nicht mehr sein müssen.“

„Das ist der richtige Weg.“

„So bin ich nun befreit von meinen Zweifeln, von meinen Ängsten ebenso?“

„Es ist nicht möglich, sich von der Furcht vor den wichtigen Dingen - vor allem aber vor sich selbst - zu befreien. Keine Lust zu empfinden ist jedoch von Übel.“

„Und nachher …, was geschieht nach meinem Tod?“

„Der Tod geht uns nichts an. Bleiben sie bei der Philosophie; vor allem bleiben sie dem Fleische treu. Die Lust - sie wissen es - ohne Lust sind wir nichts. Und unsere Träume sind verloren, noch ehe wir sie wahrgenommen haben.“

„Philosophie und Fleischeslust. Eine skurrile Mischung tischen sie da auf.“

„Nehmen sie oder … gehen sie.“

„Wird es funktionieren?“

„Was?“

„Die Sache mit den Frauen."

„Nun finde ich sie in Feuer, recht so! Und keine Fragen über die Frauen mehr."

„Ich bin nur so groß wie das, was ich sehe."[1]

„Die Feinheiten der Menschen erkennt man nur, wenn man sie einzeln betrachtet. Geben sie mir die Masse und ich erkenne den Irrtum."

„Aber je weniger ich von der Masse wahrnehme, desto größer werde ich."

„Vielleicht, doch ein Mensch allein hat immer eine Möglichkeit. Eine Masse ist keine Möglichkeit."

„Ich verstehe ihre Schlussfolgerung nicht."

„Im Grunde sind wir nur Zeugen einer Trennung: der Trennung von Gefühl und Geist. Eine sentimentale Angelegenheit."

„Demzufolge befinde ich mich in einem Zwiespalt?"

„Jeder bleibt in seinem Käfig."

„Aber die Welt ..., ich ..."

„Erkennen sie einen Zusammenhang zwischen sich und der Welt?"

„Ja ... nein; ich habe ihn verloren."

„Sie begreifen nur das, was sie zu verstehen imstande sind. Mit mir Philosophen - gar mit dem Geist der Philosophie - haben sie nichts gemeinsam. Gehen sie!"

[1] *Alberto Caeiro (Heteronym von Fernando Pessoa): "Ich bin nicht so groß wie ich bin, sondern so groß, wie das, was ich sehe."*

Da hast du beides

Heinrich betrat das nächstgelegene Lokal, setzte sich an einen abseitigen Tisch und gab beim Kellner seine Bestellung auf. Während er in Ruhe seinen Wein trank, blickte er von einem Tisch zum anderen. Durch die Abgeschiedenheit seines Platzes fiel das nicht weiter auf. Ihm gegenüber aber saß einer, an einem ähnlich abgesonderten Tisch wie der, an dem Heinrich saß, einer, der sich ebenso wie Heinrich verhielt, aber keine Notiz von ihm nahm. Heinrich vermied es, ihn weiter zu beobachten, respektierte dessen ‚Insel', wie er es gelernt hatte, derartige Inseln und Menschen, die sich dorthin zurückgezogen hatten, zu respektieren. Er trank seinen Wein aus, zahlte und war im Begriff das Lokal zu verlassen. Als er an jenem Platz vorbeikam, an dem sein stilles Visavis gesessen war, bemerkte er einen mannshohen Spiegel anstelle eines Tisches. Heinrich hatte es die ganze Zeit vermieden, sich selbst in die Augen zu schauen.

Ich habe keine Stimme [Wer ist Auerbach?]

Da saßen noch andere im Lokal; lustige Gesellen, die den Abend feierten und ihren letzten Wein des Abends tranken. Heinrich war abseits geblieben. Und während er die Männer am Tische beobachtete, dachte er …

So vermag ich aber …, nein; wenn ich aber …, nein, das schlösse eine Absicht ein, die ich nicht habe, das heißt, ich werde handeln. Das schließt eine Absicht ein, nein, das ist die Absicht. Die Absicht, etwas zu tun, zu handeln. Nur das. Das aber, was ich zu suchen glaubte, was ich mir vorgenommen hatte, herauszufinden, das blieb ja liegen. Passender: Es wurde von mir übergangen, will heißen: Ich übergehe ständig das für mich Wesentliche. Und ich versuche, die wenigen aber wesentlichen Schritte zurückzugehen, gleich einem Maler, um einen Überblick über das Bisherige zu erlangen: Nehmen wir an, es bedeutet ..., es bedeutet ... Schon komme ich ins Stottern. Und ins Sinnieren.

Die Bedeutung einer Sache, abgesehen von der Bedeutung, die ich ihr zuschreibe, macht mir Schwierigkeiten. Abgesehen von der Bedeutung, die ich mir selbst zuschreibe. Ich beginne also nochmals: Die Bedeutung der… Es ist NICHTS. Es wäre einfach, aber es ist nichts. Nicht einmal Schwarzseherei. Und davon muss ich ausgehen. Am besten wäre es demnach, hinaus zu gehen. Also gehe ich hinaus. Nun bin ich draußen, finde mich selbst wieder, finde mich an einem Ort, der … Nein, ich bin ja noch hier, ich bin herinnen geblieben. Ergo: Wir bleiben im Grunde, wo wir sind.

Gelernt habe ich dabei zwei Dinge: Die Warum-Frage ist unstatthaft. Und die Sinn-Frage ist unsinnig. Nach alldem stehe ich wieder am Anfang.

Das Philosophische ist demnach gleichzusetzen mit einem Blick aus den Augenwinkeln heraus, um die Welt eben dadurch genau zu betrachten. Aber das legitimiert mich noch nicht zu jener Überheblichkeit, der Schwarzseherei abzuschwören und gleichzeitig dem Spott zu frönen.

Es ist Zeit geworden. Es gilt aufzubrechen. Und alles zurückzulassen. So bleibt mir nichts. Außer einem faden Geschmack auf der Zunge. Ich werde sie im Zaume halten, meine Zunge.

Es hat den Anschein, als stünden mir unwahrscheinliche Begegnungen bevor: wie ein Straßentheater fiktiver Erlebnisse. Ja, so lebt man sich die erdachte Seele aus dem Leib: Im Weitergehen sich selbst erkennen, demnach reingefallen sein auf die eigenen Hirngespinste:

Die Methode ist das System ist die Anordnung ist die Mach-Art ist die Lehrweise ist die Schnitt-Stelle ist das System ist die Anordnung ist die Mach-Art ist die Lehrweise ist ...

Die Schnittstelle ist DAS SYSTEM:

Metabolismus	Vernichtung
Veränderung	Nicht
Übertritt	Nichts
Gestern	Zyklus: NEIN
Heute	Kosmos: NEIN
Ja	Auferstehung: NEIN
Nein	Geschichte: NEIN
Verweigerung	Katalysator: NEIN

Derivat: NUR DAS: DERIVAT; vielleicht später auch…

Das ist deine Welt, das heißt eine Welt!

Atem holen. Nicht links noch rechts schauen. Unbemerkt sind Wolken aufgezogen. Es ist Gefahr in Verzug. Irgendwann weiß man nicht mehr genau, wo oben und wo unten ist. Und kann man nicht nach oben, versucht man es mit unten. So beginnt der Abstieg. In Ordnung … gehen wir in die Hölle! In dieses Labor der Hoffnungen und der schönen Worte. Lustige Gespräche, unterbrochen von durchschaubaren Tricks: In der Hölle ist es ja gestattet, den Teufel an die Wand zu malen, den Teufel, diesen Psychologen für verpfändete Seelen. Nur noch Scheingespräche statt Zurückgezogenheit. Und das Wohlbefinden, nicht mit sich allein zu sein, und dabei bedeutungsvolle Momente erfahren.

Immer schon hatte Heinrich mit nur wenigen Menschen Umgang gehabt. Und er schien seine Identität in Gegenwart anderer verändern zu können. Im Falle eines Visavis würde er sich auf der Stelle verwandeln und forteilen; den Nachfolgenden aber würde er unangetastet lassen.

Wer überwindet der gewinnt

Ein neuer Anfang. In unserer Verlegenheit beginnen wir immer wieder von neuem.

„Nehmen sie Platz".

Da rührt er sich; da ist ja Bewegung angekündigt, nicht bloß Wortreiches.

„Bitte setzen sie sich doch".

Am Anfang war das Sprechen einfach. Am Ende stehen nur wenige Worte. Nicht gewillt sein, irgendwas zu bedenken, auf irgendetwas zu achten, von dem man nicht sicher sein kann, ob es eintreten wird. Dennoch Zustimmung zum Stummbleiben oder zu wenigen Worten nur.

„Wie fühlen sie sich?"

Das alte Frage-und-Antwort-Spiel wurde eingeleitet; tief sinkt das Lot hinunter zu Eigentlichem, Persönlichem: Das Fühlen gar wurde angesprochen; gleichfalls eine stumme Destination des Inneren.

„Danke es geht so".

Nichts bewegt sich. Gepriesen sei die Erfindung der unverbindlichen Floskel.

„Weshalb kommen sie zu mir?"

„Aus Verlegenheit vielleicht."

„Unsicherheit demnach?"

„Ich hätte nicht gewusst in jenem Augenblick, wohin ich sonst hätte gehen können."

„Von welchem Augenblick sprechen sie?"

Jetzt kommt die Sache in Schwung. Wir sind bereits bei den Augen-Blicken; gleichfalls stumme Zeugen des Sprechens. Die wenigen Worte scheinen nicht zu zählen.

„Nun es war … ein Augenblick der Wahrheit; gleichzeitig ein Moment der absoluten Unkenntnis; nichts mehr in dieser Sekunde, woran ich mich hätte erinnern können."

„Und deshalb kommen sie zu mir, wegen dieser ‚Orientierungslosigkeit' wie sie es ausdrücken?"

„Was meinen sie?"

Klapp, die erste Falle ist lautlos zugeschnappt. Der Doktor ringt nur scheinbar nach Luft, es ergibt sich dennoch ein längeres Schweigen. Wir sind also wieder auf der richtigen Linie, auf der stummen, versteht sich. Ist das schon der Ausdruck selbst in seiner klaren Ansichtigkeit? Das Wunder der - anhaltend - stummen Sprache? Es war, nein, es IST ein Axiom: Der Moment der absoluten Unkenntnis. Absolut unkenntlich.

„Sprechen sie weiter. Sprechen sie einfach …, was ihnen in den Sinn kommt."

„Mein Sinn ist Unkenntnis …, Verwirrung manchmal."

„Erzählen sie es auf ihre Weise."

„Alles ist nur manchmal und doch zur gleichen Zeit. Verstehen sie das?"

„Sprechen sie nur."

„Es wird versucht mir das Mark herauszusaugen, alles aus mir herauszuziehen, gleichgültig ob Verwirrung, Vorkenntnis, absolute Verzweiflung - die wurde ja noch gar nicht angesprochen. Seltsamerweise bin ich nicht verzweifelt; meine Orientierungslosigkeit nehme ich hin wie der Bauer eine schlechte Ernte hinnimmt. Ich stelle mich darauf ein."

„Ja, und weiter?"

„Trotzdem habe ich mir nichts zugelegt, was einer Konditionierung gleichkäme; meistens schweige ich."

Wir werden Zeugen einer missverhältigen Kondition, die ihre tiefe Entwurzelung leugnet; ein Beispiel versuchter Illoyalität gegen die Befindlichkeit. Jemandem gegenüber zu sitzen sollte aber Beruhigung bringen in diesem Sondierungsprozess. Der Bauer hat nur klare Empfindungen angesichts seiner fruchtlosen Äcker. Die Einladung zur Katastrophe aber dient nicht wirklich der Orientierung. Die Eindeutigkeit und die Orientierung gleichzeitig zu leben, wäre eine zu hohe Anforderung, die an einen ‚Stummen' zu stellen wir nicht das Recht haben.

„Und jetzt? Wie fühlen sie sich jetzt?"

„Ich fühle nichts. So wie schon immer."

„Sie meinen, seit sie denken können?"

„Was meinen sie mit denken?"

Knall! Der zweite Treffer mitten ins Fragen hinein. Genauso gut hätte er – dieser ‚Doktor' – nach dem Sinn des Lebens eines Stimmlosen fragen können. Alsbald aber begibt er sich ohnehin auf den Pfad der feigen Hintertürfragerei.

„Nehmen wir an, es wäre ihnen jetzt in diesem Augenblick der größte Wunsch ihres Lebens erfüllt worden. Was würden sie fühlen? Wie würden sie fühlen?"

„Ich habe keinen Wunsch."

Hier wollen wir kurz innehalten: Orientierungslose Wunschlosigkeit, gepaart mit dem Augenblick der Wahrheit, ist ein allzu festes und gleichzeitig liquides Amalgam, das die Doktoren dieser Welt wohl kaum separieren können. Wären sie dennoch dazu imstande – nur die Erfahrensten, versteht sich – die stets präsente ‚steinerne Stummheit' würde ihr Vorhaben im Nu zunichte machen. Diesen Felsen würde keiner aufzulösen imstande sein. Und dieser Sprengmeister würden das Ganze lediglich in unendlich viele Teilchen zerstückeln. Etwas bliebe immer. Etwas vom Ganzen. Selbst die Momente des kurzen Fragens bringen ihn nicht ab von seiner Haltung jeglicher Wunschlosigkeit. Auch wenn er die Vorstellung darüber aufgäbe, irgendeinem gegenüber zu sitzen, er würde sich derartige Fragen, die ihm ein solches Gegenüber stellte, nicht stellen, er bliebe ganz bei sich, fraglos, wunschlos.

Längst hat er es aufgegeben, die Abbilder seiner Gedanken zuzulassen; das stumme Sprechen ist die Ausnahme, an der er seine Orientierungslosigkeit nährt. Seine Geduld währt nur von Augenblick zu Augenblick; keiner, den er vom anderen, vorhergehenden zu unterscheiden imstande wäre. Dennoch ergibt sich ein Ganzes: seine präsente innere Festigkeit. Noch spricht er nur zu sich selbst. Das Zusammenpressen der Lippen aber ist kein Indiz für sein stilles Sprechen; halb offen der Mund, weit geöffnet die Augen - alles aufnehmend - in der Welt sein. Ein Wort, ein lautes, lässt er noch zu, ein weiteres vielleicht, und noch eines ..., und manche noch. Nicht wichtig, wer es ausspricht; im Raum wird es zu hören sein. Eine vermutete Voraussetzung dafür: Während er dem anderen gegenübersitzt, an den Sonnenschein zu denken.

„Was empfinden sie in diesem Augenblick?"

„Kann man einen Augenblick empfinden?"

„Was ich meinte ist, wie sie sich jetzt fühlen?"

„Das scheint mir ohne Bedeutung!"

„Nun was mich interessiert ist, seit wann haben sie aufgehört mit ...?"

„Ich habe niemals aufgehört; nie hörte ich mit irgendetwas auf."

„Sie wollen demnach so weitermachen?"

„Ich mache …"

Ja, es geht weiter. Der Stillstand ist ja das Weitermachen, zumindest ein Indiz dafür; wenigstens eine Rechtfertigung.

In tiefen Schächten und Gruben holen staubbedeckte Männer Erz hervor: Eine sonnige Nachmittagsbeschäftigung gegen das Vorhaben, dessen Zeugen wir sind. Nur: Es gibt nichts abzubauen, nichts herauszuholen. Das Erz ist bereits abgebaut, liegt vor uns, verschmolzen zu einem Metall mit einer Härte jenseits aller Vorstellungskraft.

„Möchten sie sich etwas ausruhen?"

„Ich ruhe und ich wache zur gleichen Zeit; jederzeit."

„Das muss sie doch anstrengen!?"

„Angestrengt kann das Wahrgenommene auch Bewusstsein sein, und leicht und ruhig; beides in einem: Es ist keine Kraft hierfür nötig; ein Lächeln vielleicht."

„Es war nur der Vorschlag, sich jetzt auszuruhen, wie es nur eine beiläufige Frage war, wie sie sich jetzt fühlen."

„Ich werde jetzt gehen; meine Verbindung mit dem eigentlichen Sprechen wird dadurch nicht unterbrochen werden."

„Sie können nicht fortgehen. Nicht jetzt. Das wissen sie."

Das aber ist nicht seine Wahrheit; keineswegs auch seine Wirklichkeit. Was für ihn als wahr und wirklich zu gelten hat, wäre ja nur jene Welt, die seiner Vorstellung entspricht; liegt demnach immer ein Stück vor dem, was erkennbar wäre. Und nur er selbst wäre befugt, die Methode des Erkennens zu definieren. Es ist einerlei, an welchen Orten er sich dabei befindet, und ob er in Bewegung ist oder nicht, ob er fortgeht oder ankommt, oder für immer sitzen bleibt, oder für alle Zeiten fort und fort geht, gar die Welt umrundet. Die Wüsten begehend, in den Kloaken der Städte dahinwandernd, das Häusergefüge über sich wissend, die Sonne – den Mond wohl auch – meidend, so immerfort gehend und in dieser Art die Städte erkennend. Auf diese Weise – die Abflüsse aus dem Gelebten vor und neben sich – gewinnt er die Sicherheit, nun alles zu wissen über das Leben und sich selbst; seine Schädeldecke nur scheint ihn davon zu trennen.

„Schlafen sie ruhig?"

Das erste Mal wird eine Frage gestellt, ohne die Antwort auf die vorhergegangene abzuwarten; ein hohes Risiko, das sein Gegenüber eingeht.

„Ich gehe wohin ich will und wann ich will. Mit meinem Schlaf ist es dasselbe: Ich gleite in die Träume, wann ich es für nötig halte und bleibe draußen ..., von ihnen entfernt, wenn es mir beliebt. Meine Unsicherheit hat damit nichts zu tun. Die vermutete Gleichzeitigkeit meiner Entscheidung und der ihnen folgenden Begebnisse verträgt kein Zögern. Und nur unter dem sanften Diktat selbst auferlegter Orientierungslosigkeit vermag ich konsequent den Weg in meine Richtung einzuschlagen."

„Was ist aber ihrer Meinung nach das Charakteristische an der Richtung ihres Weges? Wie würden sie diese beschreiben?"

„Das wichtigste Kriterium ist dabei das Stummsein; nur so ist Sprechen möglich."

„Das scheint mir ein Widerspruch zu sein, ja nahezu eine Definition des Absurden."

Das Absurde ist in sich schlüssig; demnach existiert es nicht. Es hat übrigens nur selten etwas mit dem Sprechen gemein. Er ist nicht gewillt aus den Kloaken heraus zu steigen. Mit gutem Recht. Das Bewusstsein schafft die Bedingung der Lebensumgebung. Und die Bedingungen der Umgebung des fortgesetzten Lebens bilden das entsprechende Bewusstsein: differenziert, nicht eingeordnet, stumm, laut, frei, gefangen; je nachdem.

So vermag das Sprechen am Laufen gehalten zu werden.

Die Entscheidung darüber trifft nur er selbst. Was aber, wenn ihn der Gleichmut verließe? Oder die stille Sprache, in der er glaubt, sich so prägnant auszudrücken? Das wäre dann der Moment der ABSOLUTEN STILLE; gleichzeitig würde er vermutlich JEDES LAUTE WORT zulassen. Für sich, und andere. Das aber wäre dann der Augenblick, wo das Gespräch abgebrochen wird. Die LAUTE STILLE wäre dann ja unerträglich geworden. Und das eigentliche Sprechen undurchführbar. Säße er aber in den Gaststuben und lauschte den Worten in fremder Sprache, und verstünde sie nicht, sein Glück wäre ein vollkommenes. Und der Schlamm aus den Kloaken wäre für ihn vergessen, obwohl er das Schweigen in den Straßen unmöglich machen würde.

Ausgestattet mit dieser Erkenntnis beschließt er, das Sprechen fortzusetzen: „Ich bin auf alles vorbereitet, und bereit alles zuzulassen; mein Sprechen ist mir dabei ebenso hilfreich wie mein Schweigen."

„Wollen sie demnach jetzt schweigen?"

„Was geschehen soll wird geschehen, ob in meiner Art des Sprechens ausgedrückt, oder in der ihren, es wird keinen Unterschied machen. Wesentlich bleibt, die Mitte gefunden zu haben, von der Mitte aus zu agieren, oder in manchen Momenten, auch das Nichts zuzulassen."

„Meinen sie damit eine orientierungslose Befindlichkeit?"

„Nein, aber auch diese würde ich jetzt nicht mehr beklagen, wäre sie doch Teil meines selbst. Das Sprechen mit ihnen hat damit nichts zu tun. Das Schweigen übrigens ebenso wenig."

„Sprechen sie weiter!"

„Wozu sollte ich etwas sagen? Sind doch nur wir beide hier."

„Sie meinen ihre Art des Sprechens wäre hier in meiner Gegenwart nicht angebracht?"

„Sie sind ja auch nicht hier. All das ist ja nur eine Schimäre. Meine Art des Sprechens wird daran nichts ändern."

Sollten wir Zeugen eines abrupt abgebrochenen Versuchs gewesen sein? Es wurde aber nichts ausprobiert. Lediglich Schattenspiele der Verständigung wurden begonnen. Das Licht verlöscht. Die Schatten lösen sich auf und so wird aus dem einheitlichen Grau der gleichförmigen Passagen eine Vorstellung, die zugleich Aufführung und Imagination verkörpert. Er musste kein großes Theater machen, um sich diese Möglichkeiten vorzustellen.

Auf ein Neues also? Es kann nichts Neues geben in seiner Welt der Sprachgier und gleichzeitigen Sprechverweigerung, die eigentlich keine Verweigerung darstellt, sondern nur die Möglichkeit einer effektiven Vereinigung von ‚Plus - Minus'. Aussagen, wie das Durchbrechen eines Nebelvorhangs. Ein ‚Über-den-Horizont-Schauen', das vor allem die Möglichkeit eröffnet, zu kommunizieren; dazu ist dieses Sprechen kreiert, dafür ist es geschaffen worden. Was wir zu hören bekommen werden, ist nicht abhörbar, was wir zu erkennen vermeinen, ist nicht absehbar. Und solange die Vorstellung nicht einer Verstellung weicht, können wir vielleicht das eine oder andere aufnehmen; ohne aber sprachlos zu werden.

Die Sprachlosigkeit wäre vielleicht die Lösung, die jenes Dilemma zu lösen imstande wäre: Das Eingeständnis des Gesagten, somit des Gehörten, je nach dem, wer von den beiden sich gerade als der aktive Teil dieses Spiels betrachtet. Denn ein Spiel ist es ja nur. Und spielerische Überlegungen würde auch ein Beobachter anstellen. In Wahrheit existieren keine Beobachter, keine stillen oder lärmenden Zeugen, keiner der hier auch nur das Geringste zu hören imstande wäre. Denn das ist ja die Bedingung, unter der die beiden antreten: Alleine zu sein mit ihrem Gespräch und es vorerst nicht zu beenden; ohne Vorsätze in diese Richtung gefasst zu haben; beide nicht. Dennoch kam jene Frage vom Therapeuten; sie musste von ihm kommen.

„Sind sie vorsätzlich zu mir gekommen?"

„Nein, es war Zufall und geschah ohne Vorsatz; das heißt, ich habe nicht darüber nachgedacht."

„Und da sie nun bei mir sind, glauben sie das Spiel gewonnen zu haben?"

„Welches Spiel?"

„Nun, das Spiel, das sie ständig - also auch hier - mit sich selbst spielen."

„Ich spiele keine Spiele."

Hier wäre eine Unterbrechung, eigentlich ein Hinweis angebracht, aber die Fairness, die wir uns auferlegen, gestattet uns einen solchen nicht. Lassen wir den Dingen ihren Lauf ...

„Ihr ganzes Leben ist für sie nur ein Spiel, nicht wahr?"

„Nein, alles geschieht ohne Absicht; nur beiläufig. Ich könnte gar nicht spielen. Alles ist zu weit weg von mir."

„Wie meinen sie das?"

„Die Dinge ..., die Menschen - vor allem die Menschen - sind nicht wirklich in meiner Nähe; das was ich als meine Nähe bezeichne. Eigentlich ist alles wie aus Watte rings um mich."

„Nehmen sie irgendwelche Medikamente?"

„Nein, nein. Es ist nur ..., es ist da eine Entfernung, ein Abstand, zwischen mir und den Menschen und den Dingen und den Abläufen, die um mich herum geschehen. Irgendwie ist da etwas dazwischen, von dem ich nicht sagen kann, was es ist. Und immer wenn ich darüber nachdenke, fühle ich mich tot; so als ob ich nur als Toter umherginge und alle anderen könnten mich nicht mehr erreichen mit ihren Worten, ihrer Abneigung und...ihrer Liebe."

„Vielleicht langweilen sie sich nur.“

„Ja, vielleicht empfinde ich mein Leben als langweilig.“

„Vielen Menschen geht es so wie ihnen, mein Lieber.“

„Ich bin nicht ihr Lieber.“

„Und wie fühlen sie sich jetzt?“

„Ich lasse mich von ihnen nicht konsultieren!“

„Aber ich versuche ja lediglich, Klarheit in ihre Seele zu bringen; zumindest ihnen den Weg zu dieser Klarheit zu zeigen.“

Das Problem der Kompetenz ist, dass sie nie wirklich erkannt werden kann. Es fehlen die letzten Beweise; die Ergebnisse sind meist dürftig. Und so ist es auch in diesem Fall. Vermutlich bedarf es nur der Kraft und Ausdauer, lange genug sitzen zu bleiben, sich ALLES anzuhören, und eigene klare Schlüsse daraus zu ziehen – das Ergebnis dieser Schlussfolgerungen aber nicht zu befolgen. Auf diese Weise ist es vielleicht möglich, den so genannten Kompetenzen anderer zu entgehen, um nicht Schaden zu nehmen. Diese Art des Versagens wird, außer von manchen Klienten, von niemandem wahrgenommen. Das ‚Versagen‘ jedoch findet in einem Phänomen seinen Ausdruck, das beide nicht erkannten: der Metamorphose. Der ‚Therapeut‘, der bekanntlich eine Schimäre, ein Produkt der Verstellung ist, verwendet diesen Begriff als Argument gegen den vermeintlichen Patienten. In Wahrheit sind beide der Verwandlung ausgeliefert.

„Ich suche mir selbst meine Klarheit.“

„Sie scheinen in letzter Zeit einige Veränderungen an sich bemerkt zu haben.“

„Nein.“

„Doch, sie änderten ihr Verhalten bereits hier, in meiner Anwesenheit, seit wir miteinander sprechen.“

„Ich bin der, der ich war und immer sein werde; vor allem aber bin ich nicht ihr Patient.“

„Nun, wenn sie diesen Standpunkt einnehmen, hätten sie genauso gut einen Brief an einen guten Freund schreiben können; sie würden sich den Aufenthalt bei mir erspart haben.“

„Was hätte ich dem wohl schreiben können.“

„Möglicherweise das, was sie zu mir sagen und noch einige andere Gedanken.“

„Genau das möchte ich ja, das ist ja mein Wunsch: Ihnen einige, vielleicht sogar ALLE meine Gedanken vorzulegen, sie ausbreiten vor ihnen, wie einen geheimnisvollen chinesischen Seidenteppich. Das ist vermutlich mein wahres Ansinnen!“

Klapp, die Falle ist zugeschnappt: Schon sind die ersten Anzeichen einer öden und hoffnungslosen Abhängigkeit zu bemerken. Es scheint das der Beginn einer sehr seltsamen Beziehung zu sein, die mit Gemeinschaft …, gar mit Gemeinsamkeit nichts zu tun hat. Die Konsequenzen daraus sind nicht absehbar.

„Und weiter …“

„So wie wir hier einander gegenübersitzen, empfinde ich in ihrer Nähe - ich bin ihnen doch irgendwie nahe? - eine für mich neuartige Geborgenheit; fühlen sie diese Nähe nicht auch?“

„Was genau empfinden sie?“

„Ich habe doch versucht, mit meiner Frage ihre Empfindung auszuloten, und sie stellen mir diese Frage!“

„Ich bin ja kein ‚Beschaffer‘ von Nähe.“

„Trotzdem gehöre ich ab jetzt ihnen …, nur noch ihnen.“

„Einverstanden.“

Es wird mir so!
Ich weiß nicht wie

Besser wäre es, denkt Heinrich, mit einem Kind an der Hand - und nicht mit einer jungen Frau - durch die Straßen der Stadt zu gehen und sodann über die Dächer hinweg zu gehen; mit festem Schritt - das Kind an der Hand - über all das hinweg zu steigen.

SIE aber empfand sich in diesem Augenblick als flügelgestutzter Falke, der auf den Moment seines Auffliegens wartet.

Ich schreie laut, laut dass alles erwacht

Ich bin wie ich bin. Für mich, für die anderen. Jedenfalls sind die anderen irgendwie entfernt von mir, entfernt von dem, was ich bin. Und mit den Männern …, da habe ich nie etwas anfangen können. Obwohl …, da war schon einer. Der war ein gelehrter Mann. Der hat ja alles studiert. Der hätte vielleicht …, doch er hatte an nichts Freude. Vielleicht an mir, wer weiß!

Die Sache war ja rasch entschieden: Innerhalb von Sekunden habe ich über ihn entschieden. Und ließ es zu, dass er redete. Ich weiß nicht mehr was. Ich weiß nichts mehr darüber. Oder doch noch zu viel. Wie er sich gab: selbstsicher, gelehrt, souverän, kalt und auch liebevoll, geil, verständnisvoll und manchmal verzweifelt. Ich habe ja nichts gelernt oder gar studiert. Er aber badete geradezu in seiner für sich zurechtgelegten Lebensphilosophie.

Ich wollte von alldem nichts wissen. Von den Heiligen und Unheiligen. Vom Leben und vom Tod. Die Kühle der Orte, an denen wir gemeinsam waren, ist mir immer nahe.

Ich möchte das alles aus dem Gedächtnis verlieren. Und aus dem Herzen. Aber wie kann ich in mein Vergessen eintauchen, habe ich doch keine wirklichen Erinnerungen mehr! Ich bin wie ich bin. Ich habe mich von ihm entfernt. Und er von mir. Und ich habe mich von den andern entfernt. Und die anderen von mir. Die Erinnerungen sind ausgelöscht, weggewischt. Er hat sie weggewischt. Brutal. Ich habe sie ausgelöscht. Habe ihn ausgelöscht. Mitsamt seinem Hund, den er stets mit sich führte. Vielleicht hat uns die ständige Anwesenheit dieses Tieres entzweit.

Ich bin wie ich bin. Und was ich für jemanden tue - welche Gefälligkeit auch immer - ich tue es gern. Wenn einer kommt und sagt: „Los mach ...", dann mach ich es. Entweder ich mache es, oder ich lasse es bleiben. Ich will mich nicht beliebt machen. Es ist eine Selbstverständlichkeit, die - ohne dass ich darüber nachdenke - aus meinem Inneren kommt. Nein, ich höre nur genauer hin. Was jemand zu mir sagt, ist für mich entscheidend. Mit ihm war es genauso. Ich hatte immer ein besseres Gehör für seine Wünsche und Begierden. Und für seine Verzweiflung; mehr als er selbst.

Ich bin wie ich bin. So wie er lebte, möchte ich nicht leben. Wie ein Hund oder an Stelle eines Hundes. Er redete ständig von Dingen, über die er nichts wusste, nichts wissen konnte. Ansonsten war er ja in Ordnung; obwohl er immer an mir roch, und mir unter den Rock zu greifen versuchte. Ich hätte ihm ja nur was sagen müssen, damals. Wie großartig sein Schwanz ist. Nicht, wie ER ist. Dieser Träumer. Sein Schwanz, ha, den habe ich ja nie zu sehen bekommen, damals. Immer hat er nur höfliche Aufwartung gemacht. Das hält eine Frau ja nicht aus. Ich habe es nicht ausgehalten; allmählich habe ich dann die Zeit mit ihm nicht mehr ausgehalten. Anfangs glaubte ich, er führt Selbstgespräche, doch er redete ständig nur mit seinem Hund ... der schien ihm zu antworten, vielmehr: ihm Fragen zu stellen, Vorschläge zu machen, Befehle zu geben.

Dieser Hund ..., wie der stank. Wenn er den Raum betrat, sich mir schleichend näherte, war ein widerlicher Geruch um beide, um Heinrich und den Hund. Ich habe mich ja nie diesem ‚magischen Pudel', ergeben, so wie Heinrich es tat. Der war auch nur verwirrt. Aber er hatte noch nicht aufgegeben. Mit mir an seiner Seite.

Ich bin wie ich bin. Nachts strecke ich - nackt unter dem offenen Fenster liegend - meine Scham dem geöffneten Fenster entgegen; strecke sie der Welt entgegen, strecke sie ihm entgegen. Kalt ist es in diesem Zimmer; feucht und kalt ist mein Loch!

Vielleicht hätte er sich weniger mit dem Mond beschäftigen sollen, hätte die Nächte – über Bücher und Papier – nicht sich selbst oder seiner ‚Sache' opfern sollen. Davon wurde er schließlich trübselig. Was habe ich denn nicht alles geopfert, noch bevor mir bewusst wurde, worum es ging! Eine die sich aufzehrt war ich ja immer, eine, die sich verzehrt für andere, ohne das Eigene zu finden, ohne je begonnen zu haben, es zu suchen.

Er wollte das ... das Suchen. Und was hat er gefunden? Einen Hund! Den hätt´ ich ja auch haben können. Sein Hund musste ja zunächst ein Löwe, ein Drache gar sein, der den Löwen alsbald verschlang; dann ein Stier – welch' Potenzträume! –, und schließlich ein Affe. Und aus alldem, nachdem sich der Nebel allmählich gelegt hatte, kam ein Hund hervor. Den hat er ja verdient. Seine Einsamkeit war ja eine andere als die meine: die Einsamkeit der Erinnerung. Die versuchte der Hund ihm ja auszutreiben, und ihm stattdessen mich einzureden. Der Hund machte ja viele Spiele mit Rauch und Schwefel, mit Licht und Schatten. Und wenn ich – was manche sagen – auch körperlich einem Schatten gleiche, bin ich doch noch die Frau, ja die Frau!

Ich brauche keine Ratschläge. Und die ‚Strumpfbänder der Zuneigung' verteile ich an wen ich will! Der Zeitpunkt spielt dabei keine Rolle.

In mein Zimmer hat er Einlass begehrt; zum ‚richtigen' Zeitpunkt, wie er glaubte. Gesehen hab ich ihn ja schon vorher. Man malt sich ein Bild; zeichnet manches an die Zimmerwand. Ich bin ja anspruchslos, was manche Dinge betrifft. Mit einem Kästchen ist er angekommen. Was da drin war, wurde mir bald klar: ‚Golde, Golde'; so ein Schock. Als ob ich nicht anderes wichtiger bräuchte. Meine Worte der Einsamkeit, meine stille Kraft. Da hat er blöd auf meine Zöpfe geschaut. Die sehen so frisch und gesund aus, wie Kornähren, hat er gemeint - und ist mir nahe gekommen. Mein Gesicht aber, meinte er, sei sehr blass, kränklich gar, hat er gesagt, und ist noch näher gerückt.

Aber ..., ich häng' ja nur von mir selbst ab, von niemandem sonst. Zu lange war es mir schwül und dumpf herinnen, so dass ich mich, kaum, dass ich das Fenster geöffnet hatte, über die weißen Blenden beugte. Versuchte - lächerlich! - mein Schicksal, meine Hoffnung, mein Sehnen auszuzählen. ‚Er liebt mich - er liebt mich nicht.' Auch der Schmuck - von der Natur verführerisch bereit gestellt - verhalf mir nicht zum Glück. Meine Sehnsüchte muss ich anderswo stillen. Und die Begierden? - die scheinen tot in mir zu sein.

Schluss mit dem Wimmern; töricht und furchtsam war ich lange genug; zu lange. Jedem Schmuckkästchen werde ich von nun an ausweichen; das Geschmeide darin erwies sich als Schlüssel zum Untergang meines Selbst, obwohl ich da noch ein wenig Kraft in mir hatte. Und heute? Heute ist alles anders.

Ich bin wie ich bin. Glaube ich ... Was so ein Mann nicht alles denken kann. Und es stimmt nicht, wenn die anderen Frauen sagen, die Männer denken nur mit ihrem Schwanz. Vielleicht denkt unsereins zu viel mit dem Bauch. Ich bin im Vorteil. Gegenüber wem? Den Männern, den anderen Frauen; Im Denken, Fühlen? Nicht links und rechts zu schauen ist kein Nachteil, schadet also nichts: Das Linke und das Rechte ist stark verbunden bei uns starken Frauen.

Und ich ...? Ich kann ja doch nichts machen. Das Fenster aber habe ich geöffnet. Vielleicht sollte ich nicht nur hinausschauen. Ich müsste hinausschreien. Es wird mich ja keiner, auch kein Mann hören. Die Hoffnung, dass noch einer schläft, und durch mein Schreien erwacht, habe ich längst aufgegeben. Das ist ja nicht die Sprache der Verständigung, das Schreien.

Auch mit meinen flachen Brüsten werde ich die Welt zu ändern imstande sein. Also, hinaus! Doch draußen war ich schon. Diese Ruhelosigkeit. So muss es den Männern mit ihren Schwänzen gehen. Und ich hab nur meinen Bauch, ja, meinen Bauch. Allein die Sommervögel sind längst weggeflogen.

Zurück bleibt der staubige Hund. Und die ganze Welt in meinem verrückten Kopf, in meinem brennenden Bauch. Wenn's mir im Bauch nur brennen würde. Unten brennt's, rund um das verdammte Loch, das ich nicht mag, und das Herz schlägt schneller als sonst seinen Takt, so dass ich es spüren kann. Spüren. Zuviel hab ich schon spüren müssen. Jetzt sollen andere mich spüren. Und spuren. Und sich nach meiner Melodie bewegen müssen. Ach wäre ich doch auch nur so ein staubiger Hund, ein schwarzer. Alle hörten sie auf ihn. Immer hören sie aufmerksam auf die Hunde. Ich aber bleibe allein.

Ja, ich werde stark sein, von nun an! Dennoch ist mein Leben vom Versagen geprägt. Und wenn ich meine Art von Befriedigung verspüre, dann nur durch Verzicht. Verzicht. In meiner Kammer knistert es. Immer irgendwie etwas für andere tun, das ist mein Leben, mein kraftloses Leben. In der Kammer. Auf der Wiese. Dort habe ich die Lust zum ersten Mal verspürt. Und versäumt. Lächerlich das Blumenmirakel zu befragen: ‚Er liebt mich – liebt mich nicht'. Nur das Praktische war früher immer mein Bestreben. Deshalb habe ich auch nicht ‚richtig' gehandelt. Das Sinnliche hab ich nie auf mich wirken lassen.

All die Tage und Nächte scheinen nun verloren, umsonst gelebt, es gab ja nichts zu erleben. Die Tage, die Nächte damals …, kaum dass ich sie voneinander unterscheiden konnte. Oft, vor dem Einschlafen, sah ich wunderschöne Dinge, nachdem ich die Augen geschlossen hatte: Straßen, Wälder, Wiesen, ausgebreitete Landkarten meiner nur im Traum frohen Seele. So war mein Leben. Mein Leben war ein

Traumpfad; erwachte ich, war ich tot. Und spürte nichts mehr. Der Schmerz war mein Leben. Und die Angst. Die Bäume ... ihre Stämme, ihre Äste wurden zu jenen Gesichtern, zu jenen Schimären, vor denen ich ins Wachsein zu fliehen versuchte.

Aufwachen. Ja, endlich aufwachen! Um mich den lebendigen Geistern meines Lebens zu stellen. Allzu rasch öffnete ich stets die Augen und alles verschwand. Die Landkarten anderer vermochte ich nie zu lesen, oder auch nur zu deuten. So beschied ich mich auf das Karge, Wesentliche meines Seins. Denn lebte ich mit einem zusammen über die Zeiten, es wäre nur eine Farce unerfüllter Wunschgedanken gewesen, eine Stereotypie immer gleicher Handlungen, die keine meiner Erwartungen zu erfüllen imstande wäre.

So bin ich wie ein Berg, der kalte Lava ausscheidet: Ein düsteres Gemisch, das in meiner Dunkelheit kaum glüht. Wie leuchtend dagegen ER! Und so gar nicht still. Mein Schweigen, mein Zurückziehen der Hand, mein Wegdrehen des Kopfes, all das nützte nichts: So blaue Augen hätte ich, sagte er, einen blauen Vogelblick - klar und immer in die Ferne gerichtet.

Was so ein Mann nicht alles denken kann; beschämt, doch nicht erkannt, stand ich da und sah ihn kaum an, sah ihm auch sonst nie in die Augen, lebte meine Freiheit des Blicks. Ja, wenn er weniger geredet hätte, weniger auf mich eingeredet hätte, wir wären schweigend im Besitz des Wissens über unsere schweigsame Gemeinsamkeit nebeneinander gegangen. Seine ‚philosophische Lebensführung' war mir auch im Stillen greifbar, doch kaum verständlich. Er aber hatte geglaubt, ‚Fleißaufgaben' machen zu müssen. Auf meiner Landkarte war er nicht auffindbar.

Der ausbrechende Vulkan war erstarrt, noch bevor es zur Eruption gekommen war. Die kalte schwarze Lava behinderte den Weg, den wir gemeinsam gehen wollten. Wir waren ein düsteres Gemisch, das sich nicht wirklich von der

Stelle bewegte. Auch wenn ich glaubte das Licht gesehen zu haben, so kam es doch nur dem Sprung eines Schattens über dem Horizont gleich.

Die Wälder bleiben dunkel. In der Kammer sind die Lichter verlöscht. Vielleicht ein leiser Schrei irgendwo. Mein Schreien aber ist sinnlos geworden.

In der Verzweiflung aus Sehnsucht, aus Unruhe, aus Langeweile finde ich wieder zur Ordnung. Zu jener Ordnung, die ich mir gestatte. Eine Treppe ist ja da, eine Treppe zu anderen Räumen. Diese letzten Räume aber zu schauen bleibt mir verwehrt. Sie zu betreten könnte vielleicht meine Neugier befriedigen; meine Sehnsucht stillen. In solchen Räumen ist ja die Sehnsucht zu Hause. Aber ich bleibe draußen und betrachte die Dinge weiterhin von außerhalb. Dunkel ist es drinnen wie draußen. Wenigstens habe ich die Orientierung nicht verloren. Denn der rote Teppich ist mir bereits gelegt worden. Nie hab ich ihn beachtet, ihn immer betreten ..., getreten. Bin auf und abgegangen auf meiner höllischen Zukunft. In meinem Kämmerchen.

Meine Ruh' ist ..., ist nicht hin! Sie ist erstickt im Fleisch. Im Willen, im Gemüt. Vorwärts. Immer noch bin ich in der Kammer. Auch der Aufenthalt im Gärtchen würde mir nicht nützen. Die Blumen dort haben keinen Geruch. Rot blühen sie. Wie Blut. Also gehe ich woanders hin. Werde mich befreien, der rote Teppich ist mit der Zeit abgetreten und matt geworden. Seine ursprüngliche Farbe vermag ich nicht mehr zu erkennen. Das Ursprüngliche ist unerkennbar geworden.

Kampf also. Und Wunden im Fleisch, wie vordem auch, nur anders. Ach, könnte er jetzt meine Wunden sehen! Und dieses elende Mitleid, dem ich dann ausgesetzt wäre. Ich bin hellhörig geworden. Wach wohl kaum. So bemühe ich weiterhin meine Kinderträume: Die Nachmittage am Teich: Die Sonne ... immer noch sitze ich alleine in meiner Kammer. Und der Regen ... der Übertritt in Aufgeweichtes,

Schlammiges, Verdorbenes, Schmutziges bedeutet Abenteuer.

Den Verzicht wollte ich schon damals nicht. Andere schrieen - ich blieb stumm. Keiner von damals schreit mehr. Ich bin noch laut. Ich schreie laut. Ich verschaff mir Gehör. So oder so. Ob mich jemand hört oder nicht. Ich bin für mich laut geworden.

Ich verlasse meine Kammer. Ich bin draußen. Ich nehme alles, was zu mir gehört mit. Auch das Fordernde, Laute. Und die blutigen Fetzen meines Körpers. Hätte ich doch nur geschrieen, damals. Stattdessen zählte ich Blütenblätter. Meine eigenen Freiheiten aber ..., mein Herz ..., wie Teig; damals. Mein Sehnen heute, voll Kraft. Mein Handeln: skrupellos, konsequent! Nun glaube ich die Kraft zu haben, die ich aus Angst nicht weitergeben konnte; die war damals nicht in mir.

Die Gespräche ... heute führe ich sie anders. Früher war ich nur mit mir selbst beschäftigt. Nein, ich lüge: In Wahrheit habe ich mich verleugnet und mich mit dem Schicksal, nein ..., mit dem Gerede anderer befasst. Und er ... er redete, redete auf mich ein, kalt, ungläubig, unglaubhaft; kaum, dass ich es wagte, seine Demut gegenüber dem Leben zu hinterfragen. Fragen stellen, und ..., nicht jede Antwort akzeptieren. Das habe ich versäumt.

Heute fordere ich ... Küsse, Küsse, die mich nicht im wollüstigen Tod ersticken. Kalte Lippen meide ich. Das Durchbluten des Fleisches ist nun meine Sache, und so ist mir ein Schwanz gerade recht. Die Liebe ist ja schon in mir, die halte ich aus. Ach, was ist das für eine andere Liebe, zu der ich jetzt den Mut aufbringe: Keine Liebe, die von Worten, von Lügen nur, aufrechterhalten wird.

Meinen Liebreiz wolle er für sich, sagte er, den fände er so ‚mädchenhaft'. Lieb-Reiz. Das wollte er nur - ich wusste es, spürte es - wie alle Männer wohl. Ich werde mein Leben ab jetzt als Befreiung sehen und es jedem ins Gesicht spucken: Dass ich nun eine Frau bin, kein Mädchen mehr, und dass das mehr ist als ein paar Augenblicke im Fleisch zu brennen, dass das Sinnliche anders zu sein hat, dass ich andere Sehnsüchte habe, Sehnsüchte nach Befriedigung, Sehnsüchte nach Verständnis. Das kann ich verlangen. Das verlange ich!

Ich bin wie ich bin! Und dass ich nicht nur ein Stück Fleisch bin, ein Loch lediglich, zur Benützung demütig geöffnet, sondern, dass ich akzeptiert werden will, dass ich fordere, soll ab jetzt die ganze Welt wissen! Ab jetzt werde ich nur noch fordern als das genommen zu werden, was ich bin. Nehmen werde ich mich dann auch noch lassen. Aber ich möchte nicht sofort berührt werden. Später aber …

Hat je ein Mann erfühlt, was er bewirkt, wenn er sanft über meine Haut streicht, vorausgesetzt, ich wär' bereit dazu; das hätte er zu spüren, zu erkennen. Das vor allem. Nicht nur Worte finden.

Wo soll ich denn jetzt hin, was beginnen, alleine wie ich bin. Die Sehnsucht bleibt zäh und klebrig an mir. Die Sehnsucht nach Verständnis. Die Sehnsucht nach Verständigung!

Und wenn ich ‚Es' ihm ohne Brimborium, unerwartet plötzlich - weit gespreizt, auseinander gezogen - gezeigt hätte. Er wäre davon gerannt. Oder er hätte doch … Ob er mir das Höschen nachher wieder rauf gezogen hätte? Oder er hätte - aus Angst nur - meinen Hintern gestreichelt. Einmal. Sanft. Dann hätte ich ihn ja gern drinnen gespürt. Und jetzt? Fort ist er. Dennoch: Tanzen möcht' ich, tanzen, in meinem schönsten Kleid, nur so für mich. Für mich allein.

Manchmal hatte ich das Verlangen, ihn von oben bis unten abzuküssen. Mitsamt dem krausen Haar da unten. Das ist wirklich Schönheit und Poesie. Der Schleim kommt dann ja von selbst. Den würde ich runterschlucken, wie Lebensmilch, die mir versagt geblieben ist. Und außerdem ist er irgendwie sauber. Und wenn ich´s tät, da zerplatzen ja keine Sterne in meinem Kopf. Und er hätte seinen Spaß. Ohne Sterne. Was die Männer wohl für einen Spaß am Körper einer Frau haben? Die stecken ihn halt irgendwo rein. Und dann die ‚Milch'. Das will ich ja auch. Ja, das will ich. Deswegen bin ich ja kein ‚liebreizend' Mädchen, wie er sagte, da bin ich nur das Weib, das er haben will, das warme, weiche Fleisch. Ohne Rede. Einfach so hätt' ich's ihm gegeben, zur Freude ..., seiner Freude. Meiner wohl auch. Meine kleinen Brüste hat er ja nicht angegriffen. Nur ‚dort' war er. War ich mit ihm. Beim Schleim. So haben wir doch was ausgetauscht. Ich gab ihm etwas. Er gab mir etwas.

Und jetzt? Jetzt sag ich nein und sag ich ja. Ich sage ja. Mit meinen kleinen Brüsten. Und einem Kerl, der zur Hölle fuhr. Ach, meine Hölle war er ..., ist er. Wär´ ich ihm doch nie begegnet!

Nein, es hat sich nichts geändert, ich habe nichts geändert. Es ist nur das Äußerliche, das Zeigen meines Selbstbewusstseins, das ich zeige, das ich mir erlernte: So lerne ich besessen und angstvoll zugleich jeden Tag, jede Stunde für die Prüfung meines Lebens, so als ob sie morgen stattfände. Und magere ab dabei. Obwohl ich - in diesen Tagen nach ihm - alles Essensmögliche in mich hineinstopfte, ohne auf den Geschmack zu achten, ohne System. Hin und wieder gehe ich aber, eine Blume in der Hand haltend, durch einen Park.

Früher aß ich anderes: Breiiges, Gemüse meist, oder Gekochtes, Musartiges, Püree, und solche Sachen. Schon das Kauen war mir zuwider - nur rasch hinunter damit! Keine Berührungen mit der Nahrung. Es hatte einfach ‚hinunterzufließen'; ohne Kauen, ohne Riechen, ohne Schmecken, so nebenher. Nichts was meine Sinne anregt, hätte ich mir gestattet. Duftendes, Gebratenes, Gewürztes, Fettes, Deftiges. Heutzutage esse ich alles; ja, alles schlucke ich hinunter. Und es ist mir genauso gleichgültig wie früher, aber den

Augenblick des Genusses, in eine Speise, ins Fleisch hineinzubeißen, den gestatte ich mir jetzt.

Hat er mich wirklich geliebt? So viel hab ich für ihn getan und wusste nie, was mich zu ihm trieb. Es blieb mir nichts anderes übrig. Und ich habe mit der breiigen Nahrung keine Opfer gebracht. Ihm nicht. Mir auch nicht. Für mich war's ja ein Genuss, dieses Breiige fortwährend in mich hineinfließen zu lassen. Kein Verzicht. Ein Genuss, ein breiiger, warmer Genuss. Jetzt aber: blutiges, warmes Fleisch. Hineingebissen also. Ihn hätte ich ja genau so gerne ins Fleisch gebissen. Dafür war er aber zu unnahbar, zu starr in seinem scheinbaren Ungestüm, in all seiner Schwärmerei für mich …, und mein blondes ‚Da-Unten'. Das hat er ja geradezu besungen, in seiner Schwärmerei.

Früher habe ich mich gerne und aus Verlegenheit und Unrast dem Sing-Sang hingegeben …, hingegeben hab ich mich auch noch keinem. Jetzt würd' ich's tun. Doch lieber wär's mir, er führe sogleich in mein Loch, ganz ohne Umstände, und die Zunge vorher ins Maul … es ist ja dasselbe. Nein, ‚unten' ist es anders; er müsste ja nicht gleich hineinfahren; nur dort ein wenig pressen und drücken und den ganzen schleimigen Weg gemeinsam gehen.

Mit anderen hab ich nie gesungen. Nicht mit Mutter, nicht mit Vater. Auch in der Kirche nicht. Da blieb ich stets stumm. So wie er immer stumm geblieben war, wenn er sich mir näherte. Kaum dass ich ihn bemerkte, wie er – im gleichen Schritt mit mir - sich herandrängte, sich mir an die Hinterbacken presste, um sie eilends auseinander zu ziehen, um ‚dorthin' zu gelangen; sofort und ohne jedes Wort. Das war seine Selbstverständlichkeit.

Die hab ich nun meine Selbstverständlichkeit. Immer noch weht mein Rock. Und ich blicke in den Spiegel. Die Blumen hab ich weggeworfen. Ihr Rot war grau geworden. Geduftet hatten die ja nie.

Vor dem Spiegel stehend greif` ich manchmal hinunter. Dorthin. Ohne in den Spiegel zu schauen. Mit geschlossenen Augen. Der Hautschleim kommt noch immer, so wie früher. Nur schneller. Ohne Blumen. Ohne Worte. Immer habe ich ja nur still geweint. Das Hinausschreien ist kein Ersatz dafür. Ich sollte fortgehen. Für immer. Ja, ich sollte die Pfade der Welt träumend und wachend zugleich begehen. Doch die Traumpfade, die ich im Wachsein erlebe, bestehen nur aus meinen eigenen Traumklängen, die mein Wachsein verhindern. So gelange ich immer nur zu mir selbst, also nirgendwohin.

Auch suche ich nicht die neue Zeit. Es gibt sie nicht. Habe ich doch meine Vergangenheit nicht begriffen. Deshalb habe ich keine Erfahrungen, die ich anwenden könnte, die ich für mich verwenden könnte. So stürze ich lediglich von einem Augenblick zum nächsten und habe vergessen, was vorher war, und weiß nicht, was sein wird. Und obwohl ich mir eine klare, gerade Linie der Unschuld gezogen habe, schlingere ich nun mühsam und taumelnd auf ihr dahin. Ja, ich gehe auf einem verbrannten Teppich und erwache dabei mit jedem Schritt - den Abgrund vor mir. Nur wenig ist nötig, um die Mure meiner Seele zum Abgleiten zu bringen und in die Tiefe zu stürzen. Doch bevor ich stürze, drehe ich mich noch einmal um, schaue nach hinten, sehe mein zur Ruine verfallenes Haus, sehe die geschlossene Türe, sehe auch das Gitter, das Rost anzusetzen beginnt.

So bin ich ein Kind geblieben; ein Kind, das nachts im Bett liegt und zur Decke schaut und den Schatten und Figuren folgt, die der Spitzenvorhang durch das Fenster projiziert und das sich ein wenig fürchtet. Das also ist mir noch geblieben: Die Furcht vor Schatten, die ein Stück weißes Tuch wirft. Ich kehre nicht um, gehe nicht zurück, sondern suche weiter nach der Liebe und der Geborgenheit, begleitet von der Furcht vor dem Abstürzen, vor dem Hineinstürzen in andere …, in einen anderen. Doch bevor Liebe entstehen kann, muss man die Angst überwinden.

Ich bin's. Komm mit.

Heinrich versuchte derselbe zu bleiben, der er immer war. Er wusste, er durfte nicht abgleiten in seine Sucht …, in seine Sehnsucht nach dieser jungen Frau. Er musste sich ändern. Er änderte sich nicht. Ich darf nicht abgleiten, sagte er sich. Und glitt ab.

So gehen sie nebeneinander. Im Garten. Eine Frau. Ein Mann. Gehen und reden. Miteinander. Gegeneinander. Ins Leere. Oder auch nur zu sich selbst. Führen Selbstgespräche und glauben nur Gespräche zu führen. Im Garten. So folgt eines aufs andere.

Und immer so fort heute und morgen

„Du bist so stille.“

„Mir genügt schon dein Blick, die Worte kommen dann wie von selbst und klingen weise für mich.“
Was rede ich denn da? Kaum, dass ich sie von der Seite sehe.

Er hat einiges dazugelernt, doch diese Art des Beschönigens ist nur in seinem Kopf; fürs Leben, für unser Leben hat er nichts dazu gewonnen. Ich geb' ihm contra: „Nun, die Zeit begrenzt die Dinge. Keine Liebe, kein Blick, kein Wort. Die Veränderung ist in der Zeit.“
Gott, spreche ich gespreizt und gescheit. Wo hab ich das bloß her? Doch was kann er schon dagegen sagen?

Ich werde ihren Arm berühren, das ist das beste Argument: „Wie kann ich euch verstehen, habt ihr es gar mit der Philosophie?“
Nein, ich werde ihre Hand küssen. Das wird sie zum Verstummen bringen.

„Ich hab ja raue Hände, die müsst ihr nicht küssen.“
Er will meinen ganzen Körper ..., mit meinen weißlichen Händen fängt er an.

„Ach Liebste, die Unschuld, eine Unschuld ist mehr wert als all die wissende Eitelkeit der Welt.“

Ich bin doch nicht unschuldig; sehe ich so schlecht aus?! Vielleicht komme ich ihm so näher: Augenaufschlag, seitab. „Wie?“

„Das Alleinsein soll euch keine Sorgen machen, ich bin ja jetzt bei euch.“

Jetzt hab ich wirklich ihre Hand geküsst - nur angedeutet zwar, aber am Arm halt ich sie fest und lass' so schnell nicht los. Den Gestank ihrer Fotze werde ich später wohl kaum so schnell und gründlich von meinen Fingern waschen können.

„Oh meine Liebste, lass mich nur ...,"

„Oh du Schuft."

Hasse ich ihn denn, hasse ich seine Welt? Nein, die ist mir unbekannt, in der lebe ich nicht, alles ist ..., anders ..., ganz anders. Ich werd ihn fordern:

„Nun wie hältst du´s sonst mit den Frauen?"

„Ich ..."

„Du weißt die Antwort nicht, vielmehr, du willst sie mir nicht sagen."

„Meine Antwort würde dir nicht genügen, schon gar nicht dich beglücken."

Dieser Kerl ..., er drückt sich. Meint er nun meine ‚Dummheit der Seele' oder stört ihn mein geheim gehaltenes Wissen, von dem er nur vermuten kann, dass ich es in mir trage. Oder glaubt er wirklich, dass ich dumm sei? Nein, er will mich - für sich - zum Dummchen machen; ja, zum Dummchen, zum Dummchen nur!

„Ach gebt mir Antwort, seid so gut."

So unschuldig ist die nicht; widerborstig ziert sie sich. Ich werde ...! „Auf eure seltsame Art seid ihr gütig zu mir."

„Zu dir wohl nicht du liebenswerter Spinner!"

Wie sie immer die Augen niederschlägt - perfekt!

„Was aber denkst du über Freiheiten, jene Freiheiten, die ich mir nehme."

Welche ‚Freiheiten' hat er sich denn genommen? Der Arm, der Handkuss, lächerlich?

„Nun ihr seid nicht übel, wenn ihr das versteht?"

„Ihr macht euch lustig über mich."

„Nein, die Lust ist es, die mich bewegt, die hat ja auch mit lustig zu tun. Von lüsternen Männern könnt ich euch wohl erzählen."

„Ich versteh kein Wort, so undurchschaubar sprichst du."

„Es ist doch alles nur ein Spiel; ihr meint es ja doch nicht ernst mit mir."

„Oh, du Holde."

Ha, Holde - halte; halten will er mich, tut es noch immer, lässt meinen Arm nicht los. Ja, lösen werd ich mich schnell und … Blümchen pflücken.

Was treibt sie nur; zerpflückt die Blüten, die unbeteiligten; bringt sie ein ins Spiel.

„Lass doch das Sprechen mit Blumen, komm!"

„Mir geht 's nicht gut: Ich fühl mich so…?"

„Nichts kann dir geschehen; komm gib mir die Hand."
So zeig ich ihr, wie sehr ich sie begehre; ich muss es alsbald haben, dies weiße, zarte Fleisch.

„Es wird dunkel Liebster."

„Das ist noch nicht das Ende, gehen wir - wo läufst du hin? Warte!"

Jetzt ist er da…, nahe bei mir; ich werde ihn wohl küssen müssen?!

„Ich liebe dich, seit ich dich sehe! Komm!"

Das würde ihm so passen, ein schneller Liebesakt im Gartenhaus. „Nicht hier, leb wohl."

„Nein, warte, warte."

„Bis bald, Lieber!"

„Ich flehe dich an: Komm zurück, du kleine weiße Venus!"

„Ich bin nicht so gescheit, wie ihr mein Lieber, ihr beschämt mich ja mit all den ‚hohen' Worten. So nehmt denn Vorlieb mit

mir, so wie ich bin."
Dir werd ich's zeigen, fuchsiger Mensch; die Rede ist er gar nicht wert, doch was hat er schon getan bis jetzt. Ich nehme ihn anders: „Und Gott, glaubt ihr an Gott?!"

„Gott, was?!"

„Du wirst doch an etwas glauben?"

„Ich glaube an das Glühen und an die Liebe; wenn du das Gott nennen willst."
Ach was red` ich da.

„Wenn es nichts Höheres gibt für dich als die Liebe, so soll es mir recht sein."
Der Kerl verbirgt etwas vor mir. Dagegen komme ich mit meiner zarten Haut, den unschuldigen Blicken und dem kleinen Stinkeloch nur schwer an. Doch mit all dem Gestinke und Seelenflitter wird es zu schaffen sein.
„Ich muss nun fort."

„Gib uns, gib mir noch eine Stunde, eine Minute nur."

„Vielleicht später..., in meinem Zimmer."
Mir scheint es wirkt. Auf mein Fötzchen kann ich mich immer verlassen. Und wenn erst ihm und mir der Geruch von da unten ins Hirn steigt und uns beide lähmt und wir nur noch reden – gescheit, und dennoch ohne jeden Sinn, wenn wir also nur noch um des Redens willen miteinander reden, ohne aufzuhören, dann sind wir verloren..., dann bin ich verloren!

„Eigentlich weiß ich nicht, warum ich derart zu dir hinstrebe, was mich so zieht; doch es bleibt mir nichts anderes übrig: Ich muss es tun."

Jetzt hab ich ihn. Wer von uns beiden ist nun verloren. Ach, ich verlier mich in ihm.
„Ja, komm her, komm zu mir ganz nahe."

Vielleicht sehe ich sie nie wieder; das würde mich ausliefern, ja, ich bin ihr schon ausgeliefert.

„Ich muss jetzt leider fort."

Durch all mein Wissen über ihn scheine ich unwissend geworden. Wie ein Kind.
Und er will in mein Löchlein oder sucht sonst was in mir, das er woanders nicht findet. So bin ich wieder ruhelos und in meinem Kopf ist die Welt eine gallige Brühe.
Mir erscheint er schön zu sein. Das Löchlein würde ich ihm schon öffnen wollen.
Und das Küssen sollte nie ein Ende haben.

„Du siehst gut aus, heute ..., begehrenswert."
Die ist so dumm, dass sie mir alles glaubt, die dürre blasse Spinne.

„Ja, ich fühle mich gut in deiner Gegenwart; wäre ich eine alte Frau, würdest du mich auch so lieblich finden?"
Habe ich lieblich gesagt; ich bin doch nicht lieblich.

„Das Wort hab ich ja nicht verwendet. Aber bitte, wenn du willst, bist du auch lieblich."

Schon hat er mir die Ohrfeige verpasst, geschieht mir recht.
„Du bist ja ein stattlicher Mann, an dessen Arm ich gerne ein Stück durch die Zeit ginge."

Endlich erkennt sie, was sie an mir hat. Den Arm kann sie haben, doch bekomme ich alles von ihr dafür. Ich werde es schon schaffen, ganz in ihr Seelchen und in ihr Löchlein einzudringen.
„Nur dich zu geleiten und zu stützen ist mein starker Arm gemacht."

„Schön sind wir demnach alle beide, wie Hinz und Kunz wohl, doch als Mann musst du auch andere Eigenschaften haben. Und hast du Eigenschaften, die mir gefallen könnten?"

„So steh ich vor dir – so bin ich, bin zugleich die Summe aller meiner Eigenschaften, bin, was ich getan, bin auch, was ich noch plane. Nicht mehr, nicht weniger. Dahinter ist nichts. Und ich bin verliebt."

„In mich?"

„In dich, in alles rundum; ich liebe und fürchte es zugleich."

„Du fürchtest dich vor mir?"

„Das ist ja die alte Sache: Du bist so zart und weiß und trotzdem stark, und gehst voran, und weißt wohin!"

„Nun du bist ja nie alleine - vielleicht nur in Gedanken oft - doch stets trippelt jener Pudel, dich begleitend, bewachend, nebenher."

„Auch ihn liebe ich, obwohl er lästig ist und ich ihn gleichfalls fürchte, diesen nur scheinbar Kleinen."

„Ein so gelehrter Mann und fürchtet sich vor kleinen schwarzen Pudeln ..., und vor Frauen?"

„Du ängstigst mich ja auch ..., ach, komm her!"

„Du hältst mich fest; wie gut!"

Was aber halte ich von ihm? Soll ich nun schweigen, nicht mehr lügen, nicht mehr ihn belügen, nicht mehr mich belügen? Soll ich zurückgehen in meinen ‚stummen Erker'? Das würde ihm so passen! Das Ende ist schon da. Wir reden vergeblich miteinander. Es ist zu Ende, bevor es begonnen hat.

„Lass uns nun nicht mehr von schwarzen Hunden reden. Er ist ein wachsamer spöttischer Kauz, der alles anpinkelt und meine begangenen Wege markiert. Nun gehören sie und ich zu seinem Revier."

„Was du redest!"

„Ich möchte mit dir schlafen! Ist das klar genug?"

„Wer besorgt uns wohl Schlafmittel, mit dem wir die Welt ringsum betäuben könnten; wir sind ja schon betäubt und kleben aneinander wie von Sinnen."

„Von dir bin ich berauscht; so einen Zustand kannte ich

bisher nicht.“

„Du bist ja gar nicht gegenwärtig.“

„Du auch nicht.“

„Ich fühle nichts…, vielleicht Angst.“

„Ich fühle alles…, auch Angst.“

„Es gibt keinen Schmerz mehr.“

„So gibt es auch keine Freude.“

Ha, bin ich nicht der Flüchtling, Unbehauste

Heinrich stand auf, wischte sich die Müdigkeit und die Sehnsucht aus den Augen, sah die gelben und grauen Halme zwischen den Blumen im Garten, sah auch den dort liegenden Unrat, wartete auf ein Zeichen von ihr, und ging, ohne sich umzusehen, weiter. So versuchte Heinrich, sich durch sein Gehen dem Schlaf zu entziehen. Im Gehen glitten die Dinge an ihm vorbei, obwohl er sich Mühe gab, sich langsam zu bewegen; wieder hatte er nur die Matrize eines Wunsches gegen die Wirklichkeit eingetauscht. Dennoch: Bliebe er von Zeit zu Zeit stehen, er würde die umliegenden Häuser, die Felder und Wiesen zu lieben beginnen, und würde es genießen, stehen geblieben zu sein.

Heinrich hatte sich eine seltsame Sehnsucht – gleich einem Virus – eingehandelt. Und obwohl er daran festhielt, wieder in die Stadt zu gehen, war er sich nicht darüber im Klaren, wie er die nächsten Stunden, die nächsten Tage zubringen würde. Und er begann – noch während er sein Tempo beschleunigte – seine Stunden und Tage, die noch vor ihm lagen, minutiös zu planen.

Ja, Heinrich machte Pläne! An den Vorsatz aber, diese Pläne einzuhalten, hielt er sich schon im nächsten Augenblick nicht: „Ich muss derselbe bleiben." Und er blieb nicht derselbe. „Ich muss meine Strategie ändern." Und änderte nichts. Seine Kleider saßen ihm eng am Körper, als wären es nicht seine; nichts was er tun hätte können, um sich aus seiner körperlichen Beklemmung zu befreien. Seine Gedanken kreisten wie im Delirium herum, als wären sie in einem Laufrad gefangen.

Im Gehen bereits entwickelte er den Wunsch, alles, was geschehen war, in einem kurzen, traumlosen Schlaf hinter sich zu bringen, von neuem zu beginnen und endlich ein anderer sein zu können. Alle Empfindungen vermeintlicher Sicherheiten, mit denen er sich bisher geschützt zu haben glaubte, streifte er nun ab. Dadurch wähnte er sich gegen alle Verführungen von außen gefeit.

„Ich habe nichts begangen", denkt Heinrich, „ich will nicht immer wieder die Wahrheit benennen müssen." Und so denkt er an das Kind, das er einmal war, an jenes Kind, dessen nackte Füße im Gehen Markierungen in den schlammigen Weg setzten, die ihn damals aus der Stadt hinausgeführt hatten. In diesem Moment wurde sich Heinrich bewusst, die Stadt damals mit dem Vorsatz verlassen zu haben, sich nicht nur von dieser, sondern sich auch von sich selbst zu entfernen. Wohin könnte er gehen? Und wem könnte er sich jetzt noch anvertrauen?

Willst fliegen und der Kopf wird dir schwindlig

Heinrich war jetzt nur noch seiner eigenen Ordnung unterworfen. Er konnte sich selbst nicht mehr entkommen. Und er erschrak, als er feststellte, welch fremdartige Gedanken sich allmählich in seinem Bewusstsein festgesetzt hatten: das Denken über das Denken, nicht über sein Handeln. Das brachte ihn zu einer Art Ablösung von sich selbst: Wie alte Lacksplitter sprangen Teile seiner Seele von ihm ab. Die Kreatur, die übrig geblieben war, und die er selbst zu sein schien, wollte er nicht akzeptieren. Sie machte ihm Angst. Heinrich schien am Grunde seines Wesens angelangt zu sein, am Grunde seiner von ihm ersehnten Wahrheit.

Und dann:

Einer hier, einer dort. Einer der manipuliert, verführt. Und einer der Klarheit ersehnt. Abgedunkelter Raum. Zeitloser Raum. Raumzeit; nur die war noch gültig. Zwischen den Worten. Kein Aufhören. Mit den Worten: Ein Hin und Her der Vergeblichkeit. Keine Erkenntnisse.

Wir werden erst die Reise machen müssen

Wieder saßen die beiden Gestalten einander gegenüber und redeten: Heinrich (H.) und Mephistopheles (M.), der sich diesmal nicht hinter der Maske einer falschen Persönlichkeit verbarg.

Der eine, H., fragte den anderen, welches gemeinsame Ziel sie hier an diesem Ort noch verbände.

Das Ziel, meinte M., sei lediglich ihr Reden, das Sprechen zueinander. Und weiters meinte er, dass H. noch immer nicht zu Zugeständnissen bereit sei.

Prompt kam die Erwiderung von H., dass den Versprechungen und Beteuerungen des Gegenübers nun nicht mehr geglaubt werde. Und dass er bereits zu viel Hoffnung in diese dubiose Partnerschaft eingebracht habe. Nun wisse er mehr und wäre geheilt von all den schönen Worten. Ganz vorne, an der Kante seines Stuhls saß er dabei, machte mit den Händen heftige Bewegungen gleich einem Beschwörungsritual.

Welche Versprechungen?, fragte M.

Nun, es ginge um jenes Mädchen, dessen Zuneigung er ihm versprochen hatte.

Das aber, meinte M., sei eben nur ein Versprechen gewesen und nur an dieses habe er sich zu halten; ohne Opfer würde es wohl nicht abgehen dabei.

H. blieb still, blickte auf den Boden, betrachtete die Parketthölzer, die in Streifen angeordnet sein Fundament, auf dem er saß, bildeten. Dann sagte er, ob einer erst sterben müsse, damit er das bekäme, was er so ersehnte …, damit er das Mädchen bekäme, um ALLES mit ihr anstellen zu können.

Der Nachmittag war bereits dem Abend entgegengekommen. Die Silhouetten vermischten sich; undeutlich die Gesichter.

Sein Selbstmitleid rühre ihn nicht, kam es von M., und dass H. wohl glaube, allen Toten und allen Verzweifelten dieser Welt zeigen zu müssen wie sehr er daran leide, um sich daraufhin ständig tot zu stellen. In eine üble Verantwortung wolle er die Welt damit drängen.

Nun wäre er ja ein beinahe Toter, das müsse genügen, entgegnete H.; doch es wäre nun alles gesagt worden und das Ergebnis sei klar: Er habe nur versucht, die Welt zu definieren; aber jetzt ginge es in eine andere Richtung. Auch dieses Bekenntnis bewirkte nichts beim anderen.

Währenddessen war die Sonne untergegangen. Die Dinge waren von den Schatten nicht mehr zu unterscheiden.

Immer noch aufrecht sitzend fuhr H. fort: Das Sehen der Dinge sei leichter ohne die Worte, und dass er keine innere Ruhe mehr habe, dass ja doch alles kaputt sei, er nicht mehr zu sich selbst fände und ihn nichts mehr, ja, die ganze Welt, nicht mehr freue, und dass in seinem Kopf alles wie zerstückelt sei und ob denn einer erst … und begann seinem Gegenüber eine Gegenwelt darzustellen, eine Welt, in der alle Menschen ohne Gehör sind. Die Verständigung, fuhr H. fort, wäre dementsprechend: Auch gäbe es keine Zeichen anstelle der Worte. Es wäre eine neue Form des Grimassierens, nichts sonst.

H. sei es doch, der mit den Worten und den Menschen spiele, und dadurch Unglück über alle brächte, entgegnete M.

Vermutlich, meinte H., daraufhin, sei M. nur ein ‚verdammter Sophist'.

Ein anderer Ton kam nun auf, vertraute, nahezu freundschaftliche Töne: Er bräuchte IHR nur seine Liebe schwören, ihr ALLES zu schwören, und dann ab!

M. war aufgestanden. Er täte ihm unrecht, wenn er glaube, dass er nun ALLES akzeptieren müsse, nur um dieses Ziel …, nur um SIE zu erreichen. In Wahrheit fände er keine WORTE, keine Namen, um ALLES zu bezeichnen, andauernd tappe er daneben und fände sich in der Lüge wieder.

Sie aber, diese junge Frau, sei keine Lüge, erwiderte H.

Gut und schlecht zugleich, sagte M. Doch er wäre eben dadurch nicht bei sich selbst angekommen, sondern wäre in sich selbst gefangen. Für immer.

Ach, er habe wohl immer Recht, meinte H., in welche Richtung das Gespräch auch ginge. Und er selbst, meinte er weiters, sei wohl die Ursache, denn wäre er nicht hier, würde der andere nicht ‚so daherschwätzen'.

Ein Opfer fände sich immer, meinte M. Und dass H. nun versuche den Erkenntnissen des Lebens, vor allem IHR, auf diese Weise zu entfliehen, und zu glauben an einem Endpunkt angelangt zu sein. Und was es denn hieße, ALLES sei von ihm gesagt worden. Und ob er vielleicht daran glaube, genug bemüht zu sein, um die Welt zu definieren. Oder ob er nicht einfach nur geil auf dieses Fräulein sei.

Er möge von nun an nicht mehr so tun als redete er gerne mit ihm, erwiderte H. Er selbst versuche ja nur, dem Leben durch seine Hoffnungen zu entfliehen. Das aber, so glaube er, wäre förderlich für ihn.

… förderlich, wiederholte M., denn ein Mensch sei immer Opfer seiner Wahrheiten.

Nun wäre er an seinem Endpunkt angelangt, gab H. zu.

Dunkel das Zimmer. Nichts mehr war erkennbar.

Er wäre nur deshalb so hilflos geworden, ergänzte H., weil er angenommen habe, M. würde sein ‚Lebenskonzept' in Frage stellen, oder noch schlimmer, es seiner ‚Existenz' anpassen zu wollen, als Gegenkonzept gegen sich selbst sozusagen. Mit allen erdenklichen Konsequenzen für ihn selbst.

Das habe er nicht getan. Nein, dazu bestünde keine Notwendigkeit, knurrte M. gleich einem Hund zurück. Und er habe das deshalb nicht getan, weil es eben jedes Gegenkonzept gäbe und er sie alle kenne. Für ihn sei das kein Weg, sofern er je überhaupt einen Weg beschritten habe. Er kenne sich mehr mit dem Fallen und Stürzen aus, das sei sein Metier. Das eigene Stürzen und das der Anderen, das er ja betriebe. Dennoch hätte auch er ein Da-Sein, meinte er. Er profitiere von den Fehlern der anderen und hielte sie nicht auf im Fallen, sondern bestärke sie in ihrem Stürzen.

Wie er da saß, glich er mehr einem schwarzen Hund denn einer Person. Im abgedunkelten Raum wirkte er beinahe schwarz. H. vermochte M. kaum noch zu erkennen. Längst war die Dunkelzeit angebrochen.

Es gibt nichts mehr zu ergründen, sagte H.

Alle wollen immer nur etwas entdecken - er, M., aber wisse, wofür Ausdauer vonnöten sei, und die habe er, genügend Ausdauer über all die Zeit.

Auch Wölfe seien ausdauernd, entgegnete H.; die dagegen wären darüber hinaus vorsichtig, ja scheu. Und scheu sei er doch wohl kaum.

Meine Scheu ist von ganz anderer Natur, erwiderte M. Dennoch ..., ist es nicht so, dass die Wölfin den Rüden hungrig hält?! Genauso verfahre auch ich.

Sie dämonisieren ja ihre eigene Figur; H. war verwirrt.

Passen sie auf, was sie sagen, drohte M., der Dämon ist in jedem von uns; bei einem ist er stärker, beim anderen kaum zu erahnen, doch immer ist er da. Und Zerstörung könne ja auch Lust bedeuten. Er möge also die Ethik mitsamt der Wissenschaft vergessen, obwohl doch beide klare Beispiele für unzählige Zerstörungen seien.

Es war so finster im Raum geworden, dass sie einander nicht mehr erkennen konnten. Nur ihre Stimmen waren zu hören. Die Stille zwischen den Gesprächen schien lauter als das Sprechen. Und dieses Sprechen rief ein Echo hervor, das der Wirklichkeit näher schien als die Stimmen selbst. Es war aber etwas anderes, was sie erkannten in dieser Dunkelheit, etwas das nichts mit den Bildern ihrer WORTE gemeinsam hatte.

Wo ist das Weib jetzt?

Ein Blitz, unerwartet diese fordernde Frage von H.; gepaart mit Gier.

Es wäre ihnen möglich - das läge in meiner Macht - ALLE Frauen zu besitzen. Aber die eine ganz besonders; ja, die vor allem. Die ist ja das Ziel ihrer Ziegenbockigkeit, meinte M. lächelnd.

Nein, erwiderte H., und dass sie beide jetzt nicht von Weibern sprächen, eher von Träumen der Verzweiflung. Und dass M. nun endlich handeln solle und ihn nicht hinhalten möge in dieser dunklen Zeit; es wäre nun genug geredet worden. Erkenntnis brächten ihm diese Reden nicht mehr. Darüber sei er nun hinaus.

Ob er denn IHM noch vertraue, kam die Frage von M.

Wen er meine, fragte H.

Nun, Gott.

Er wisse nicht, wer das sei, entgegnete H.

Ob er sich denn vorstellen könne, IHM zu vertrauen. An IHN zu glauben hätte ja nur Sinn, wenn man sich mit ihm nicht einverstanden erklärt. Demnach sei er also noch nicht am Ende?

Nein, es sei wie es sei, und nichts wäre dahinter, sagte H.

Ob er denn nun zu ihm heraufsteigen oder zu ihm hinunter kommen solle. Das Fragen M's. ging weiter, ein Sticheln nach dem anderen, gleich einem lästigen Mückenschwarm.

Nein, er solle bleiben, wo er sei, vielmehr baldigst verschwinden und seine WORTE einlösen. Dort aber, wo er sei, meinte H., sei er ja auch, dort wo der andere sei.

M. lächelte: Sind wir Träumer, oder werden wir geträumt?

Nein, wir existieren; wohl nur in meinem Kopf, mehr noch in meinem Herzen, dort bohren sie herum, entgegnete H. Dennoch bliebe er stolz bei all dem Gesagten, es sei ja so, als ob er selbst zu sich gesprochen hätte, oder gar mit IHM. So sei sein Stolz gefestigt und er, M., könne ihm nichts anhaben. Und übrigens möge er nun bald - spätestens im Morgengrauen - jenes Weib herbeischaffen und ihm gefügig machen.

Er sei nur eitel, sagte M. in Richtung H., aber er werde schon sehen, wie weit, nein wie tief er damit komme, mit seiner Herzenseitelkeit.

Das, so habe er lange geglaubt, sei das einzige gewesen, was ihm geblieben sei, und doch war es sein Lebensirrtum, erwiderte H. Die Suche nach Wahrheit schien umsonst, so blieb die selbstverliebte Sucht in eigene Gefühle, die er nicht wirklich hatte. Und jetzt? ..., jetzt gäbe es für ihn nur noch Bedürfnisse - nein, Gier, die nach Befriedigung strebt. Und ob er jemals wieder gierig nach Erkenntnis sein könne, daran glaube er nicht. So habe er sich eine schöne ‚Monstrosität des Leidens' zugelegt; vielleicht nur als Maske, die aber nütze ihm nichts, denn er kenne ihn, M., ja besser als er sich selbst.

Und doch zweifle er, zweifle an sich selbst, stellte M. fest.

Ohne seine Zweifel, kam die Antwort, wäre er längst tot. Und das Wenige, das er erkannt hatte, wäre besser unerkannt geblieben: Die Vögel, die Tiere der Berge und der Täler, die Wälder - all das sei nun Bestandteil von ihm selbst. Da sei ja jeder Bauer besser dran als er, denn der vereine die Liebe zur Natur und das Verstehen der Schöpfung genauso, nur ohne Qual, ohne jede Qual. Und deswegen hasse er ihn, genauso wie er sich selbst hasst.

Die Konfrontation ist es, die er meide, sagte M., die Konfrontation mit anderen und deshalb mit sich selbst. Mehr Mut also, trotz all der Gier und Geilheit: Alsbald möge er den Spiegel für sich aufstellen, um hineinzublicken und zu erkennen.

M. komme wahrlich aus der finstersten Ecke dieser Welt,

entgegnete H. Nur Qual wolle er ihm verursachen, mit Erkennen hätte solcher Firlefanz ja nichts zu tun. Und die Zweifel habe er - wie gesagt - längst abgelegt, obwohl er das in manchen Augenblicken bedauere. Und an der Trostlosigkeit, in der er nunmehr lebe, schrecke ihn nur noch, dass er nichts finde und allein sei in diesem Nichts-Finden.

Mich haben sie gefunden, feixte M.

Die Stille, die darauf folgte, währte sehr lange.

Nein, sagte H. leise, er habe ihn nicht gefunden, er habe ihn für sich erwählt. Und er empfinde ihn wie einen übermächtigen, gewaltigen, boshaften Vulkan, der die Naturgesetze ins Gegenteil verkehrt, und alles, dessen er habhaft würde, mit der glühenden Lava verschlänge, die tiefer und tiefer, bis in den letzten Abgrund dieser Welt führte.

Lächelnd bemerkte M., dass sein Gegenüber längst zum Basalt erstarrt sei, unfähig, sich in irgendeine Richtung zu bewegen, und dass er aus ihm entstanden sei, und dass er sich damit abzufinden hätte.

Ja, er habe Recht, entgegnete H., er strebe nunmehr nichts mehr an, strebe nach keinerlei ‚Erkenntnis' mehr, mache sich über das Welttheater keine Gedanken mehr, denke folglich über nichts mehr nach. Vielleicht aber, lenkte er ein, sei er nur ein durch die Maschen eines zu spät geknüpften Netzes geschlüpfter Fisch, der seine Freiheit nicht erkennt und gleich einem Stein zu Boden sinkt.

Um auf diesem Weg nach unten getötet und verspeist zu werden, kam es höhnisch von M.

Das sei der Fall, bestätigte H. Er sei es ja, der ihn Stunde um Stunde, Minute um Minute, Stück für Stück verzehre. Aber werde er dies nicht mehr länger zulassen. Auch er hätte einen Anspruch auf so etwas wie Glück. Und deshalb werde er jetzt ihm gegenüber fordernd auftreten. Und er, M., habe alsbald dies ‚fleischliche Glück' herbei zu schaffen.

Und er sei nun nicht mehr bereit, nur in das Loch irgendeines, lediglich in seiner Fantasie existierenden Kraters zu schauen, denn er sei ja bereits tief eingedrungen in jenes ‚Frauenloch', außer Atem dabei, verwirrt und betäubt durch den Geruch, den dieses Organ ausströmt.

Das Wichtigste im Leben, kam die Antwort von M., das was er wirklich über das Leben wisse, sei der Tod. Und es sei gleichgültig, in welche Art von Schuld man versänke, denn H. sei ja nur das Unglück, die Qual wichtig. Gleich einem wehleidigen, aber stolzen Masochisten trüge er sein so genanntes Leid vor sich her, um es jedem, der ihm begegnete, aufs Gesicht zu legen, diese starre, nur scheinbar verzweifelte, unbewegliche Maske. In Wahrheit sei er nur ein einfältiger Egoist, der eine falsche Traurigkeit zur Schau trägt und sich trotz aller Beteuerungen einen Dreck um die Welt, noch weniger aber um die Menschen schert.

Er möge das so sehen, antwortete H. Dennoch habe er in den Runen, die die Zeit allmählich in ihm gezogen hat, deutlich gelesen, wie eine Erkenntnis über sich selbst, dass nur eine Sehnsucht in ihm Bestand hätte, die Sehnsucht nach Zärtlichkeit und nur ‚oberflächlichen' Berührungen. Dass also all die Worte, nach denen er gesucht hatte, all die Antworten, die er erhofft hatte, ja das Sprechen selbst bedeutungslos geworden seien. Und nur die Bereitwilligkeit zu einem aufrichtigen Blick, verbunden mit einer behutsamen, zärtlichen Berührung sei übrig geblieben. Somit wäre er nicht am Ende, sondern am Anfang einer – eben seiner – neuen Sicht auf die Welt, auf die Menschen und auf sich selbst.

So soll ich loslassen?, fragte M.

Nun, meinte H., die Trennung sei längst vollzogen, sein Weg klar, und dieser Weg habe nichts mit den Intentionen des Verführers zu tun. Das sei vorbei.

Es ist vorbei, bestätigte M., er habe sich seine Grenzen nun selbst geschaffen. Nun sei er frei.

Heinrich ahnte nicht, dass die Larve des Bösen bereits in ihm war.

Fühlst du mich!
Hörst du mich!

Irgendwann hatte Heinrich zu ihr gesagt: „Das einzige, was wir tun können, ist - selbst aus der Entfernung, die zwischen uns liegt, und die wir ja selbst festgelegt haben - miteinander zu reden; nur zu reden. Und alle Orte unserer kurzen Begegnungen werden sodann zu Ansiedlungen unserer innerlichen Gemeinsamkeiten."

Sie aber, Gretchen, hatte damals, was Heinrich betraf, zu anderen gemeint: „Ihr kennt ihn nicht, wie ich ihn kenne."

Doch hab ich jetzt so ziemlich stille Tage

Nein, denkt sie, ich schaue nach vorne; es scheint nun alles in Ordnung gekommen zu sein. Alles, was hinaus drängte, ist draußen. Alles, was herein sollte, ist nun in mir.

Sie ist geblieben, vorläufig. Sie ist im Haus; geblieben aus der Angst und der Sicherheit ihrer Stille heraus, aus ihrer ruhigen Selbstständigkeit ins Selbstverständliche des Frauseins.

Die Rehe aber kauern während des Tages nicht ängstlich in den Kuhlen des Waldes: Sie lagern ruhig auf bemoosten Felsen; weithin sehen sie, sehen alles.

Wenn ich auf meine abgelegten Kleider schaue, denkt sie, bin ich das nicht selbst? Ist das nicht nur eine Impression, die andere von mir haben, die auch er von mir hat. So von hinten und unbewegt? Ich höre nur noch die Stille, habe stille Tage fortan, rede in mich hinein.

Da ist kein Platz für irgendetwas, außer für sie selbst. Kein Platz für ein äußeres Leben. Und für die Geschichten, die sie sich selbst erzählt. Regelmäßig tickt die Uhr. Hier ist der Ort, den sie erreicht hat, für die Lieder, die sie sich selbst vorsingt, für die Tröstungen, die sie sich selbst gibt. Und für die Lügen, die sie sich selbst auftischt. Ihre Kleider sind sauber, aber geflickt und abgenutzt. Aber die schönen Kleider die sie kaufen wollte, wo sind die?

Da ist nur der Rand des Tisches, an dem sie sitzt. Und kein Hund, kein Pudel, der sich unter diesem Tisch wohlig hingestreckt hätte. Der Pudel ist draußen geblieben, heult aus der Ferne. Sie weiß, er heult, auch wenn sie sein Heulen nicht hört.

Womit vermag ich die Leere jenseits der Tischkanten zu füllen?, denkt sie; mit jenen Bildern, die ich kenne, die in mir sind, die Erinnerungen nur sind, Traumreisen in irgendein Gestern.

Die Fenster habe ich geschlossen. Und die hellen Vorhänge verdecken milchig mir, was außerhalb ist, was ich nicht zu sehen wage. Ich sitze hier und bin so klug als wie zuvor; bin ja nicht gescheiter als die anderen Weiber, bin nirgends hingekommen wie die, vermag also nichts zu wissen, wie die auch, und doch fürchte ich mich vor dem Draußen, fürchte mich vor Gott und Teufel. Und habe keine Freude mehr. Arm bin ich und unbedeutend, und so gescheit zu reden wie manche Herren, vermag ich schon gar nicht. Was also ist es, das mich noch zusammenhält?

In den Schacht leuchten. Da ist etwas. Unter den Füßen brodelt es. Niemals hat sie derartige Lava gesehen: Ein düsteres Gemisch, das selbst in der Dunkelheit des Zimmers kaum glüht. An den Rändern aufgestellt die Gräber, und mit ihnen die Toten, den Hang hinab. In die Tiefe.

Es zieht in den Brüsten. Lange schon hab ich nicht mehr so geschwitzt. Zur Hölle! Ich werde euch zeigen wie ‚scheu' ich bin: Ich lechze danach, ein dreckiges Schauspiel zu geben. In meinem Löchlein juckt es gar nicht mehr. Und immer müde sein, aber immer wach sein müssen. Wach bin ich, doch noch nicht erwacht. Mit offenen Augen sitzt sie da, hat sich die Maske der Wachsamkeit über das Gesicht gezogen.

Ach, hätte er mir damals seinen Samen ins Gesicht gespritzt, über und über, sodass ich eine diese, schleimige, triefende Maske zu tragen gehabt hätte, die nach den Blüten des Kastanienbaumes riecht, es wäre dennoch keine Maske der Demütigung gewesen. Vom so genannten Pudel hätte mich das sehr gestört, der hätte das nicht machen dürfen; und nicht weil er – angeblich – ein Hund ist.

Doch wäre ich schon froh gewesen, hätte er nur von außen auf mein Löchlein gespritzt, nicht hinein – obwohl ich mir das gewünscht habe - nur außen drauf, denkt sie. Oder hätte ich sein Zeug demütig erwartend schlucken sollen? Das alles hat nie stattgefunden, hat er nie verlangt. So trage ich doch eine demütigende Maske, die Maske meines reinen unbefleckten Gesichts.

Einen wie ihn wird sie nicht mehr suchen. Sie wird sich aufmachen, wird aufbrechen, um ‚den Anderen' zu suchen. Noch immer ist die Türe verschlossen, sind die Fenster zu.

Was immer von mir gewollt wird, und sei es noch so kompliziert, sagt sie sich, ich werde willig sein.

Die Sonne scheint. Es ist ein schöner Tag. Sie war in einer Welt, die sie nie wieder betreten würde. Sie wird auch keine Bäume ausreißen. Nur sich hin und wieder am Geruch der blühenden Kastanienbäume erfreuen und aufgeilen.

Noch ist Kraft in ihr. Sie weiß das, sie weiß nur noch nicht, wofür sie diese neue Kraft verwenden soll.

Von ferne winselt ein Hund. Auf in die Niederlage. In die Niederung. Wir steigen hinab, beugen uns über das Loch: Ein heißer, heftiger Luftzug trifft uns - da unten muss die ersehnte Lava sein. In der Tiefe.

Sie aber ist bereits hinunter gestiegen. Einmal, damals, lange bevor ER auftrat: Da saß sie nackt als junges Ding auf dem Bretterboden jenes Zimmers, in das sie nun zurückgekehrt war, blickte zum offen stehenden Fenster, hinter dem die hellen Wolken den grauen Abend freundlicher machten. So kauerte sie, Stunde um Stunde, nackt unter dem Fenster und wusste: Dort will ich hinaus.

Später dann betrachtete sie sich fortwährend in einem Spiegel, mit traurigen Blicken, einen Strohhut am Kopfe. Und heimlich - nur selten gestattete sie sich dieses Vergnügen - zog sie ihr Höschen herunter, um im Spiegel zu erschielen, was ‚da unten' ist, wie sie da aussah. Das gefiel ihr nicht; es war ihr abscheulich fremd. Die dunklen Härchen verdeckten, was sie sehen wollte. Da nützte ihr ihr vorgestrecktes, dem Spiegel hin gebeugtes Ducken auch nichts. Sie drehte sich schließlich um, setzte sich einen Blumenhut auf, stellte sich nackt vors Fenster, zeigte so der Welt ihren Hintern; ach, sie wollte hinaus, um all das zu erproben: Das Ekelhafte, das sie vorne an sich nicht entdecken konnte, und ihr Hinterteil, das sie den Menschen entgegenhielt, als anonyme Kehrseite ihrer Verletzlichkeit.

Und noch später dann, da gab sie vor dem Spiegel ihre Hände über den Kopf und streckte sich selbst ihren Brüstchen entgegen; gleichzeitig presste sie die Beine fest zusammen und sagte sich: „So nicht! - ich will mich umschau'n in der Welt, nicht mich ihr anbieten!"

Von draußen hörte sie das Kläffen jenes Köters, der schwarz ihr in Erinnerung geblieben war. Nackt war sie und drehte vor dem offenen Fenster die tollsten Pirouetten. Irgendwann kleidete sie sich an und ging mit einem bestimmten „Jetzt" vor die Tür. Und war draußen. Und fühlte sich nackt wie vordem in ‚ihrer' Zeit. Nach wenigen Schritten stand sie auf einem Hügel und sah auf die Stadt hinunter, die sich in rauchiger Trübnis ihrem Blick entzog. Aber sie sagte sich „Ich will", kehrte um, ging zurück, kontrollierte den Zustand der Pflanzen und Blumen im Gärtchen, betrat ihr Zimmer und wartete. Ihr Spiegelbild kannte sie ja nun, die Stadt aber hatte ihr einen trüben Eindruck vermittelt.

Ab jetzt besaß sie ihre erlernte Sicherheit. Sie war ein kleines Kind geblieben, das alles gefordert und doch nichts bekommen hatte. Sie hatte zu viel erwartet. Ihr Seelchen war bereit. Ihr Fötzchen auch. Was küssen bedeutet, ahnte sie nur.

Aber sie war IHM ein Hürchen gewesen, ohne etwas von sich gegeben zu haben. Nicht einmal ‚das' hatte sie ihm gegeben. Sie war stark geblieben. Und war wieder am Anfang, bereit hinauszugehen. Und als sie aus dem Haus getreten war und - wie eingebettet - in die Nacht zur Straßenmilch hinauf sah, war das Loch zwischen den Sternen nicht mehr da. Und die Vollkommenheit der Sterne erkennend gestand sie sich ein, eines nie gewollt zu haben, alles zu akzeptieren. Und nur bereit zu sein. Nackt oder angezogen.

Hätte ich doch Entenfüße, ich hätte es leichter, sagte sie sich, doch Selbstmitleid passt mir nicht! Ich werde ihn suchen und werde dennoch nur mehr vor Spiegeln sein. Und jedes Mal, wenn diese Erscheinung, die ja meine Erscheinung ist, vor mir ersteht, wenn ich mich dem Spiegel nähere - ach könnte ich doch sterben - erkenne ich mein Ich seltsam verdoppelt. Diese Frau mir gegenüber bin ich und doch ist sie meine Konkurrentin: schöner, geschmeidiger, souveräner als ich es bin.

So ist sie fast wie eine Zweite, eine Imaginäre, die alle Bewegungen nachmacht, während er durch die Länder reist, in Bewegung ist und ihr Spiegelbild nie mehr sehen wird. Ihr Bild ist ihm eingeprägt in seiner Seele, die nicht mehr die Seine ist.

Ein Hundeabrichter wollte er sein. Ein ewig Wandernder ist er geworden. Er reist umher und weiß sie immer noch in jenem Haus, in seinem Garten. Ja, viele Männer hatten sie besiegt, seit sie einander das letzte Mal sahen. Und eines hatten sie alle gemeinsam: Die Richtung war nie klar, wohin die wollten, nachdem sie sich entleert hatten. Sie mochte nicht mehr daran denken. An diese Zwischen-Zeit. Und obwohl sie nunmehr klare Gedanken hatte, konnte sie die Erlebnisse aus der Vergangenheit nicht mehr ordnen. Sie war nun draußen, hatte sich entschlossen, das Haus zu verlassen, hatte sich entschlossen, die gewohnten Dinge ihres Lebens hinter sich zu lassen.

Als sie weiterging, wurde ihr bewusst, dass sie nun auch in den Gedanken der anderen nicht mehr existierte. Und während sie innehielt, um eine Blume zu pflücken, erkannte sie, dass sie ein anderer Mensch geworden war. Sie würde nun nichts mehr mit sich anstellen lassen. Und Nein sagen können. Nein, Heinrich. Nein!

Nein, du sollst überbleiben, überbleiben von allen

Ein Sturm hatte den Tag hinweggefegt. Die beginnende Nacht musste auf den Mond verzichten. In der Schwärze des Tagesendes verschwammen Heinrich die Grenzen seines Befindens. Die dunklen Wolken der Nacht zogen nun in eine andere Richtung.

Nichts gleicht dem
schrillen Schrei
eines kleinen Mädchens.

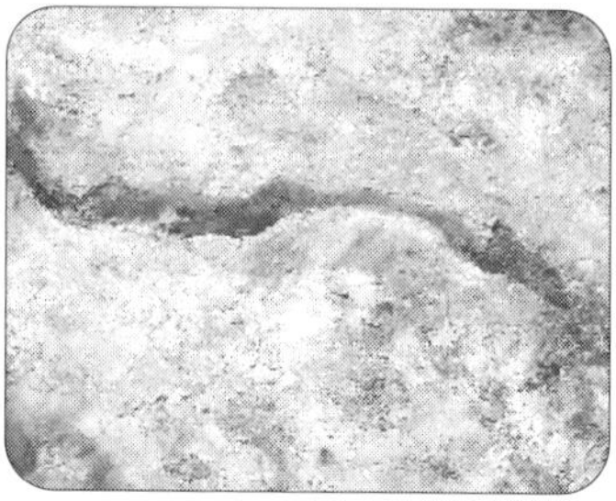

Robert Floch

In Wien geboren.
Langjähriger Aufenthalt in Deutschland und Frankreich.

Ab 1986	Zeichnung und Aquarell bei Prof. Hans Escher und Prof. Fritz Martinz.
1994	Beteiligung an einem Gemeinschaftsbild für den Wiener Tiergarten
1997	Gestaltung der Einladung ‚Lebensstil und Tischkultur - Kostbares aus Frankreich' im franz. Kulturinstitut
2000 - 2002	Kursleiter an der VHS Hietzing (Aktzeichnen)
2008	Illustrationen zu dem Buch ‚wortkarg' von Peter Miniböck

Seit 1994 Ausstellungen sowie Ausstellungsbeteiligungen - u.a.: Galerie im Spektakel, Evangelisches Krankenhaus, Technische Universität Wien,
Orangerie Schloss Miller-Aichholz, WIFI Wien, 7. Internationale Kunstmesse Salzburg,
Galerie Artpoint 222, Art Point-Black Florenz, Kunst im Raum »Galerie im ersten Stock« / Mödling,
AKH Galerie / Künstlerhaus, Hauptverband der Volkshochschulen c/o Kleine Galerie, Galerie Jüttner, Waldmüllerzentrum / Wien, Kremstaler Kunstsommer auf Rosenschloss Felling, Atelier Csokay / Gols, Gauermann Museum / Scheuchenstein.
Ausstellungen im In- und Ausland.

Peter Miniböck

Geboren 1946 in Wien,
lebt in Mödling

Anerkennungspreis für
Literatur des Landes NÖ

Mitglied des P.E.N. - Clubs,
der Franz Kafka-Gesellschaft,
des PODIUM, der IG-Autoren

LITERATURZEITSCHRIFTEN
Literatur aus Österreich, Schmale Spuren, Skylark, Österr. Literaturforum, Jetzt, Podium, Quasar, Wienzeile, Lichtungen

BÜCHER
Anleitungen zum Verirren, Malek Verlag, 1990
Die Schneckenmumie, merbod Verlag, 1993
Fälschung der Erinnerung, in ‚Literaturlandschaft', P.E.N. - Anthologie, NP, 1997
STAi, in ‚massiv. Steine sind flüchtig. Ein Härtetest', Triton Verlag, 2001
Iwan oder Die Stadt heißt immer noch Wien, EDITION ROESNER, 2006
Meine Liebe, in ‚süchtig', Residenz Verlag, 2007
wortkarg, Literaturedition NÖ, 2008

WEB SITES
Essay: Die anderen Verwandlungen, lesbar, atelier 3A, 1998
http://www.atelier3a.at/les.bar/pm.htm
les.bar: Eine Initiative der ateliergalerie 3A, Idee und Konzept Peter Miniböck
http://www.atelier3a.at/les.bar/lesbar/htm

BILD- UND TONTRÄGER
Autorenporträt Peter Miniböck, DVD oder VHS
Dokumentation des NÖ P.E.N. - Clubs

ORF
Anleitungen zum Verirren in ‚Texte, Neue Literatur aus Österreich'
wortkarg in ‚Nachtbilder – Poesie und Musik'

www.peter-miniboeck.at